btb

Elizabeth Strout bei btb

Amy & Isabelle. Roman (74249)
Mit Blick aufs Meer. Roman (74203 und 74700)
Das Leben, natürlich. Roman (74840)
Bleib bei mir. Roman (71405 und 71746))
Die Unvollkommenheit der Liebe. Roman (71657 und 71911)
Alles ist möglich. Roman (71900)

Elizabeth Strout

# Die langen Abende

Roman

*Aus dem Amerikanischen*
*von Sabine Roth*

btb

*Noch einmal für Zarina*

# Zusammenstoß

An einem Samstag im Juni, kurz nach Mittag, setzte Jack Kennison die Sonnenbrille auf, ließ das Verdeck seines Sportwagens herunter, spannte den Gurt über seinen nicht eben kleinen Bauch und fuhr von Crosby, Maine, hinüber ins fast eine Stunde entfernte Portland, um sich seinen Whiskey dort zu kaufen, weil ihm nicht danach war, im hiesigen Lebensmittelladen Olive Kitteridge in die Arme zu laufen. Oder dieser anderen Frau, die ihn schon zweimal, während er mit seiner Flasche in der Hand dastand, in ein Gespräch übers Wetter verwickelt hatte. Über das *Wetter*! Wie sie hieß, wusste er jetzt nicht mehr, aber sie war auf jeden Fall auch eine Witwe.

Beim Fahren kam fast eine Art Ruhe über ihn, und in Portland angelangt, parkte er und ging hinunter ans Wasser. Langsam wurde es Sommer, und auch wenn es noch kühl war für Mitte Juni, war der Himmel doch blau, und über dem Hafen kreisten die Möwen. Überall waren Leute unterwegs, viele junge Paare mit Kindern oder Kinderwagen, und alle unterhielten sie sich. Das machte auf ihn den größten Eindruck. Wie selbstverständlich sie es offenbar fanden, zusammen zu sein, jemanden zum Reden zu haben! Niemand streifte ihn auch nur mit einem Blick, und so wenig neu die Erkenntnis an sich war, traf sie ihn nun doch auf neue Weise: Er war nur ein alter

Mann mit einem Hängebauch, niemand mehr, den man wahrnahm. Fast hatte das etwas Befreiendes. Viele Jahre seines Lebens hindurch war er ein großer, gutaussehender Mann mit straffem Körper gewesen, der über das Universitätsgelände in Harvard schlenderte, und die Leute hatten ihn bemerkt, all diese Jahre war er es gewohnt gewesen, dass ihm die Studenten scheu nachsahen, und auch Frauen – auch von ihnen erntete er Blicke. Bei den Institutsversammlungen war er als einschüchternd herübergekommen, Kollegen hatten ihm das gesagt, und es wunderte ihn nicht, denn genau das war seine Absicht gewesen. An dem Kai, den er entlangbummelte, waren Wohnanlagen entstanden; vielleicht sollte er hierherziehen, ging es ihm durch den Kopf, Wasser ringsherum, Wasser und Menschen. Er zog das Handy aus der Tasche, sah rasch darauf und steckte es wieder weg. Seine Tochter, wie lange hatte er schon nicht mehr mit ihr gesprochen?

Aus einer der Wohnungen trat ein Paar etwa in seinem Alter, der Mann hatte auch einen Bauch, allerdings keinen so dicken wie Jack, und die Frau sah besorgt aus, aber aus der Art ihres Miteinanders schloss er, dass sie seit vielen Jahren verheiratet waren. »Das war's jetzt«, hörte er die Frau sagen, und der Mann erwiderte etwas, und die Frau sagte: »Doch, das war's.« Sie gingen an ihm vorbei (ohne ihn wahrzunehmen), und als er sich gleich darauf noch einmal umdrehte, sah er verblüfft – ein bisschen zumindest –, dass die Frau sich bei dem Mann eingehakt hatte, während sie davongingen, auf das kleine Stadtzentrum zu.

Jack stand am Ende des Kais und schaute aufs Meer hinaus; er sah in die eine Richtung, dann in die andere. Ein Wind, den er jetzt erst spürte, trieb schmale Schaumkronen vor sich her. Von hier aus ging die Fähre nach Nova Scotia, er und Betsy waren einmal damit gefahren. Drei Nächte waren sie in Nova Scotia geblieben. Er versuchte sich zu erinnern, ob Betsy sich bei ihm eingehakt hatte; möglich schien es. So dass ihm nun ein Bild von ihnen beiden vor Augen stand, wie sie von der Fähre herunterkamen, der Arm seiner Frau in seinem …

Er wandte sich zum Gehen.

»Hornochse.« Das sagte er laut, und ein kleiner Junge sah erstaunt zu ihm herüber. Was hieß, er war ein alter Mann, der an einem Anleger in Portland im Staate Maine laut Selbstgespräche führte, und er hatte keine Ahnung – er, Jack Kennison, mit seinen zwei Doktortiteln, hatte keine Ahnung, wie es so weit hatte kommen können. »Mannomann!« Auch das sagte er laut, weit genug entfernt von dem kleinen Jungen jetzt. Ein paar Bänke standen da, und er setzte sich auf eine, die frei war. Er zog sein Handy heraus und rief seine Tochter an; in San Francisco, wo sie wohnte, war jetzt noch Vormittag. Zu seiner Überraschung hob sie ab.

»Dad?«, sagte sie. »Alles in Ordnung?«

Er sah zum Himmel hinauf. »Ach, Cassie«, sagte er. »Ich wollte nur wissen, wie's dir geht.«

»Mir geht's gut, Dad.«

»Ah, gut. Sehr gut. Das freut mich.«

Ein kurzes Schweigen trat ein, dann fragte sie: »Wo bist du?«

»Oh. Ich bin in Portland am Hafen.«

»Warum?«, wollte sie wissen.

»Ich dachte einfach, ich fahre nach Portland. Um mal rauszukommen, weißt du.« Jack blinzelte auf das Wasser hinaus.

Wieder Schweigen. Dann sagte sie: »Ah ja.«

»Hör zu, Cassie«, sagte Jack, »ich wollte nur sagen, ich weiß, dass ich ein Arschloch bin. Das weiß ich. Nur dass du es weißt. Ich *weiß*, dass ich ein Arschloch bin.«

»Daddy«, sagte sie. »Also bitte, Daddy. Was soll ich denn jetzt sagen?«

»Nichts«, antwortete er verträglich. »Da gibt's nichts zu sagen. Du sollst einfach nur wissen, dass ich es weiß.«

Sie schwieg wieder, länger diesmal, und Furcht beschlich ihn.

Sie sagte: »Meinst du, wegen der Art, wie du mich behandelt hast, oder wegen deiner Affäre mit Elaine Croft diese ganzen Jahre?«

Er sah hinab auf die Bretter des Anlegers, auf seine Altmännerturnschuhe auf dem aufgerauten Holz. »Beides«, sagte er. »Oder such's dir aus.«

»Ach, Daddy«, sagte sie. »Ach, Daddy, ich weiß nicht, was ich jetzt machen soll. Was erwartest du denn jetzt von mir?«

Er schüttelte den Kopf. »Gar nichts, Kind. Ich erwarte gar nichts von dir. Ich wollte bloß deine Stimme hören.«

»Dad, wir sind eigentlich gerade am Aufbrechen.«

»Ach ja? Wohin denn?«

»Zum Bauernmarkt. Es ist Samstag, und am Samstag gehen wir immer auf den Bauernmarkt.«

»Ist gut«, sagte Jack. »Dann schau zu, dass du loskommst. Keine Sorge. Wir sprechen ein andermal. Bis bald.«

Er meinte, sie seufzen zu hören. »Okay«, sagte sie. »Tschüs.«

Und das war alles. Das war alles!

Jack blieb lange auf der Bank sitzen. Leute gingen an ihm vorbei, oder vielleicht ging auch zeitweise niemand vorbei, aber er dachte an seine Frau, Betsy, und er hätte heulen mögen. Klar schien nur eines: Er hatte es verdient. Er hatte es verdient, dass er hier mit einer Einlage in der Unterhose saß, wegen der Prostataoperation; er *verdiente* es, so wie er es auch verdiente, dass seine Tochter keinen Kontakt zu ihm wollte, denn über

Jahre hinweg hatte er keinen Kontakt zu ihr gewollt – sie war lesbisch; eine Lesbe war sie, und bei dem Gedanken überkam ihn nach wie vor ein leichtes Unbehagen. Betsy dagegen verdiente es nicht, tot zu sein. *Er* hätte den Tod verdient gehabt, aber nicht Betsy. Und trotzdem packte ihn plötzlich eine Riesenwut auf seine Frau. »Verflixt«, murmelte er mit zusammengebissenen Zähnen.

Als seine Frau im Sterben lag, war sie die Wütende gewesen. »Ich hab einen derartigen Hass auf dich«, hatte sie gesagt. Und er hatte gesagt: »Ich kann's dir nicht verdenken.« Und sie sagte: »Oh, komm mir jetzt nicht mit so was.« Aber er hatte es völlig aufrichtig gemeint. Er konnte es ihr nicht verdenken, natürlich nicht. Und ihre letzten Worte zu ihm waren gewesen: »Ich hab einen Hass auf dich, weil du leben darfst und ich nicht.«

Er sah einer Möwe nach, und er dachte: Aber ich lebe nicht, Betsy. Was für eine erbärmliche Farce das alles ist.

Die Bar des Regency Hotel lag im Souterrain, die Wände hier waren dunkelgrün, und die Fenster gingen auf den Gehsteig hinaus, aber der Gehsteig verlief so hoch oben, dass Jack hauptsächlich Beine vorbeimarschieren sah. Er setzte sich an den Tresen und bestellte einen Whiskey pur. Der Barmann war ein leutseliger junger Bursche. »Gut«, antwortete Jack auf seine Frage, wie es ihm heute gehe.

»So soll's sein«, sagte der Barmann; seine Augen waren dunkel und klein unter den halblangen dunklen Haaren. Als er ihm einschenkte, sah Jack, dass der Mann älter war, als er anfangs gewirkt hatte, wobei es Jack dieser Tage ohnehin schwerfiel, Leute altersmäßig einzuschätzen, gerade die Jüngeren. Und dann dachte Jack: Wenn ich einen Sohn gehabt hätte … Das hatte er schon so oft in seinem Leben gedacht, dass es ihn wunderte, dass die Überlegung ihn immer aufs Neue umtrieb. Und wenn er Betsy nicht aus enttäuschter Liebe geheiratet hätte … Er hatte über eine unglückliche Liebe hinwegkommen müssen, und sie auch, zu diesem Tom Groger, dem sie nach dem College so nachgetrauert hatte. Aber wenn nicht? Was wäre dann gewesen? Bedrückt, aber auch befreit, weil er jemanden zur Gesellschaft hatte, den Barmann, rollte Jack diese Gedanken vor sich aus wie eine große Stoffbahn. Er sah sich selbst, einen alten Mann von vierundsiebzig Jahren, der auf sein Leben zurückblickte, voll Staunen darüber, dass es so verlaufen war und nicht anders, und zerfressen von Reue über all die Fehler, die er gemacht hatte.

Und dann dachte er: Wie lebt man ein anständiges Leben?

Es war nicht das erste Mal, dass er sich die Frage vorlegte, aber heute fühlte sie sich anders an, objektiver; es beschäftigte ihn wirklich.

»Und was bringt Sie nach Portland?«, erkundigte sich der Barmann, während er den Tresen mit einem Tuch abwischte.

Jack sagte: »Nichts.«

Der Bursche sah kurz hoch, bevor er sich halb abwandte, um das andere Ende des Tresens zu wischen.

»Ich wollte einfach mal rauskommen«, sagte Jack. »Ich wohne in Crosby.«

»Hübsche Stadt, Crosby.«

»Stimmt.« Jack trank von seinem Whiskey und stellte das Glas behutsam wieder hin. »Meine Frau ist vor sieben Monaten gestorben«, sagte er.

Jetzt sah der Junge wieder zu Jack hoch und schob sich die Haare aus den Augen. »'tschuldigung? Hatten Sie gesagt …?«

»Ich habe gesagt, meine Frau ist vor sieben Monaten gestorben.«

»Ach je«, sagte der Junge. »Das muss hart für Sie sein.«

»Ja, ist es auch. Doch, ja.«

An dem Ausdruck des jungen Mannes veränderte sich nichts, als er sagte: »Mein Dad ist vor einem Jahr gestorben, und meine Mom hält sich super, aber ich weiß, dass es echt schwer für sie war.«

»Natürlich.« Jack zögerte und sagte dann: »Und wie war es für Sie?«

»Ach, traurig, klar. Aber er war auch ziemlich krank, wissen Sie.«

Jack spürte das langsame innere Brennen, das er inzwischen schon kannte, das gleiche Brennen, das er gespürt hatte, als diese Witwe im Lebensmittelladen vom Wetter angefangen hatte. Lass den Blödsinn!, wollte er sagen. Erzähl mir, wie es dir *wirklich* damit gegangen ist! Er lehnte sich zurück, schob sein Glas vor. Aber so war es nun mal. Die Leute wussten entweder schlicht nicht, wie es ihnen mit etwas ging, oder sie lehnten es ab, darüber zu sprechen.

Und deshalb fehlte ihm Olive Kitteridge.

Vorsicht, sagte er zu sich. Vorsicht, mein Freund. Immer sachte.

Mit einer gezielten Anstrengung lenkte er seine Gedanken zurück zu Betsy. Und dann erinnerte er sich an etwas – merkwürdig, dass ihm das gerade jetzt einfiel: Als ihm vor vielen Jahren die Gallenblase entfernt worden war, hatte im Aufwachraum seine Frau neben ihm gestanden, und als er später erneut wach wurde, hatte der Patient im Nachbarbett zu ihm gesagt: »Ihre Frau hat Sie so liebevoll angeschaut, das ist mir richtig zu Herzen gegangen, wie liebevoll sie Sie angeschaut hat.« Jack hatte es geglaubt; er hatte sich fast ein bisschen schuldbewusst gefühlt deswegen, das wusste er noch, und dann – Jahre später – hatte er es bei einem Streit aufs Tapet gebracht, und Betsy hatte gesagt: »Ich habe gehofft, dass du stirbst.«

Ihre Unverblümtheit hatte ihn schockiert. »Du hast gehofft, dass ich *sterbe*?« In der Erinnerung hatte er verwundert die Arme ausgebreitet, während er das fragte.

Worauf sie, etwas betreten, sagte: »Es hätte für mich alles viel leichter gemacht.«

Da hatte er es.

Oh, Betsy! Betsy, Betsy, Betsy, wir haben es versiebt – wir haben unsere Chance versiebt. Wann genau, konnte er nicht sagen, vielleicht, weil es eine echte Chance nie gegeben hatte. Betsy war schließlich Betsy gewesen, und er war er. In der Hochzeitsnacht hatte sie sich ihm nicht verweigert, aber auch nicht so hingegeben wie die Monate zuvor. Das hatte er nicht vergessen, wie auch? Und ganz ohne Rückhalt hingegeben hatte sie sich ihm nie wieder nach dieser Nacht, die inzwischen dreiundvierzig Jahre zurücklag.

»Wie lange wohnen Sie schon in Crosby?« Der Barmann hatte ihn das gefragt.

»Sechs Jahre.« Jack schachtelte seine Beine auf die andere Seite des Barhockers. »Ich wohne seit nunmehr sechs Jahren in Crosby, Maine.«

Der Barmann nickte. Ein Paar kam herein und setzte sich ans Ende des Tresens; sie waren jung, und die Frau hatte langes Haar, das sie über eine Schulter zurückwarf – eine selbstsichere Person. Der Barmann ging zu ihnen.

Jetzt gestattete Jack es sich doch, an Olive Kitteridge zu denken. Groß, wuchtig; mein Gott, war sie eine seltsame Frau. Aber es hatte gepasst zwischen ihnen, sehr sogar, sie hatte eine Ehrlichkeit – war es Ehrlichkeit? – irgendetwas hatte sie an sich. Verwitwet auch sie, hatte sie ihm (so fühlte es sich für ihn an) praktisch das Leben gerettet. Sie waren ein paarmal essen gegangen, ins Konzert; er hatte sie auf den Mund geküsst. Er hätte laut auflachen können, wenn er nun daran dachte. Auf den Mund. Olive Kitteridge. Als würde man einen seepockenverkrusteten Wal küssen. Sie hatte einen Enkel, der schon eins oder zwei war, Jack kümmerte das nicht groß, sie aber natürlich schon, weil der Junge nach seinem Großvater Henry getauft war, Olives verstorbenem Mann. Jack hatte sie gefragt, ob sie denn nicht nach New York fahren und sich den kleinen Burschen einmal anschauen wollte, und sie hatte gesagt, mit Sicherheit nicht. Weiß der Geier, warum. Zwischen ihr und ihrem Sohn stand es nicht zum Besten, das wusste er. Aber zwischen ihm und seiner Tochter ja auch nicht. Das hatten sie gemeinsam. Und gleich zu Anfang hatte sie ihm erzählt, dass ihr Vater sich umgebracht hatte, als sie dreißig war. Sich daheim in der Küche erschossen. Vielleicht war sie deshalb so; irgendetwas musste das ja mit einem machen. Und dann war sie eines Vormittags vorbeigekommen und hatte sich wider alles Erwarten zu ihm gelegt, auf das Bett im Gästezimmer. Gott, war er erleichtert gewesen. Eine richtige Flut der Erleichterung hatte ihn durchströmt, als er ihren Kopf an seiner Brust spürte. »Bleib hier«, hatte er schließlich gesagt, aber sie war aufgestanden; sie müsse jetzt heim, sagte sie. »Mir wäre es lieber, du bleibst«, hatte er gesagt, aber sie blieb nicht. Und sie war nie wiedergekommen. Und wenn er sie anzurufen versuchte, hob sie nicht ab.

Ein einziges Mal war er ihr im Lebensmittelladen begegnet – ein paar Tage, nachdem sie bei ihm gelegen war; er hatte mit seinem Whiskey in der Hand dagestanden. »Olive!«, hatte er gerufen. Aber sie war ganz aufgelöst gewesen: Ihr Sohn in New

York bekam ein neues Kind, es konnte jeden Tag so weit sein! »Er hat doch gerade erst eins bekommen«, sagte Jack, und sie sagte, doch, die Frau sei schon wieder hochschwanger, und sie hätten es ihr eben erst gesagt! Olive hatte einen Enkel, wozu brauchten sie noch mehr Kinder, schließlich hatte die Frau schon zwei mit in die Ehe gebracht. Mindestens dreimal hatte Olive das gesagt. Er hatte sie am Tag darauf angerufen, und das Telefon klingelte und klingelte, und er merkte, dass ihr Anrufbeantworter nicht lief. War das möglich? Bei Olive war alles möglich. Er nahm an, dass sie endlich nach New York gefahren war, um ihr neues Enkelkind zu sehen, denn als er es einen Tag später nochmals probierte, hob wieder niemand ab. Er schickte ihr eine E-Mail mit fünf Fragezeichen in der Betreffzeile. Und dann eine ohne Betreff. Auch darauf hatte er keine Reaktion bekommen. Über drei Wochen war das jetzt her.

Der Barmann kam zurück und machte die Drinks für das Paar fertig. »Und Sie?«, sagte Jack. »Sind Sie von hier?«

»Nee«, sagte der Bursche, »ich komme aus der Gegend von Boston. Hier bin ich nur wegen meiner Freundin. Sie lebt hier.« Er warf den Kopf ein Stück zurück, schlenkerte sich das dunkle Haar aus den Augen.

Jack nickte und trank von seinem Whiskey. »Meine Frau und ich haben viele Jahre in Cambridge gewohnt«, sagte er, »bevor wir hierhergezogen sind.«

Er hätte schwören können, dass er in dem Gesicht des Barmanns etwas sah, eine Art Grinsen, bevor er sich abwandte und dem Paar die Getränke servierte.

Als er zurückkam, sagte er zu Jack: »Ein Harvardianer? Dann sind Sie ein Harvardianer?« Er holte einen Drahtkorb mit sauberen Gläsern hinterm Tresen hervor und fing an, sie mit dem Stiel nach oben in das Gestell über ihm zu hängen.

»Ich hab da die Klos geputzt«, sagte Jack. Und der kleine Idiot schaute rasch zu ihm hin, ob er Witze machte. »Nein, Unsinn, ich hab keine Klos geputzt. Ich war Dozent dort.«

»Gute Sache. Und für Ihren Ruhestand haben Sie sich dann Maine ausgesucht?«

Jack hatte sich den Ruhestand generell nicht ausgesucht. »Wie viel schulde ich Ihnen?«, fragte er.

Auf der Heimfahrt dachte er an Schroeder, was für ein Volltrottel der Mann doch immer gewesen war, was für ein beschissener Dekan. Als Elaine dann vor Gericht gegangen war, als sie tatsächlich Ernst machte und wegen sexueller Belästigung klagte, weil es mit ihrer Entfristung nichts geworden war, hatte sich Schroeder auch als menschliches Arschloch entpuppt. Er verhielt sich bizarr, wollte nicht einmal mit Jack sprechen. Jetzt sind die Anwälte am Zug, sagte er. Und Jack hatte ein Forschungssemester verordnet bekommen. Drei Jahre hatte es gedauert, bis die Angelegenheit vom Tisch war, bis Elaine ihren Batzen kassiert hatte, und bis dahin waren Jack und Betsy schon nach Maine übersiedelt, und Jack war im Ruhestand. Nach Maine waren sie gezogen, weil Betsy das wollte – sie wollte weit weg von allem, und bei Gott, das waren sie hier. Crosby war ein hübsches Küstenstädtchen, das Betsy übers Internet ausgekundschaftet hatte, und man war hier so weit ab vom Schuss, wie ein Mensch es nur sein konnte, obwohl man nur ein paar Stunden die Küste hochfuhr. Sie waren hergezogen, ohne irgendwen zu kennen. Aber Betsy fand schnell Anschluss, das hatte sie immer gekonnt.

*Fahren Sie bitte rechts ran.*

*Fahren Sie an den rechten Fahrbahnrand.*

Die Worte wurden mehrmals wiederholt, bevor sie in Jacks

Bewusstsein drangen; sie kamen aus einem Megaphon, und ihr fremder Klang – fremd im Vergleich zu dem monotonen Reifenschlurren auf dem Asphalt – verwirrte ihn, aber noch mehr verwirrten ihn das blitzende Blaulicht und das Polizeiauto so dicht an seinem Heck. *Fahren Sie an den rechten Fahrbahnrand.* »Geht's noch«, sagte Jack laut und hielt auf dem Seitenstreifen des Highways. Er stellte den Motor ab, nicht ohne einen raschen Blick hinunter in den Fußraum vor dem Beifahrersitz, zu der Plastiktüte mit dem Whiskey, den er in einem Laden kurz hinter Portland gekauft hatte. Im Rückspiegel sah er, wie der junge Polizist auf ihn zukam – so ein aufgeblasener kleiner Pisser mit Spiegelbrille –, und sagte höflich: »Womit kann ich dienen?«

»Sir, Ihren Führerschein und die Fahrzeugpapiere bitte.«

Jack öffnete das Handschuhfach, fand nach einigem Suchen die Papiere, zog dann den Führerschein aus der Brieftasche und überreichte alles dem Polizisten.

»Ihnen ist schon klar, dass Sie in einer Fünfundfünfziger-Zone siebzig gefahren sind?« Jack fand den Ton des Mannes unnötig grob.

»Nein, Sir, das war mir leider nicht klar. Schande über mich!« Der Sarkasmus war seine große Schwäche, hatte Betsy immer gesagt, aber dieser Polizist hatte für so etwas offenbar keine Antennen.

»Aber dass die Inspektion überfällig ist, wissen Sie?«

»Nein.«

»Seit letzten März schon.«

»Im Ernst?« Jack spähte um seine Rückenlehne. »Tja, jetzt wo Sie's sagen … Meine Frau ist gestorben, wissen Sie. Sie ist gestorben.« Jack sah zu dem Polizisten hoch. »Tot.« Er sagte es mit Betonung.

»Nehmen Sie die Sonnenbrille ab, Sir.«

»Wie bitte?«

»Ich habe gesagt, nehmen Sie die Sonnenbrille ab, Sir. Jetzt.«

Jack setzte die Brille ab und lächelte den Polizisten übertrieben breit an. »Und jetzt Sie«, sagte Jack. »Zeig mir deinen, dann zeig ich dir meinen.« Er grinste zu dem Mann empor.

Nachdem er Jacks Führerschein hochgehalten und dann Jack angesehen hatte, sagte der Polizist: »Warten Sie, ich frage die Daten kurz ab.« Und er ging zurück zu seinem Auto, auf dessen Dach noch immer das Blaulicht blinkte. Im Gehen sprach er in sein Funkgerät. Binnen Sekunden kam ein zweiter Streifenwagen angefahren, auch er mit eingeschaltetem Blaulicht.

»Müssen Sie jetzt auch noch Verstärkung anfordern?«, rief Jack dem Mann nach. »Bin ich derart gefährlich?«

Der zweite Polizist stieg aus und kam zu Jack herüber. Dieser Mann war riesig und nicht jung. Ihm machte keiner was vor, das besagten sein Gang und auch die Augen, die ausdruckslos waren und keine Sonnenbrille brauchten. »Was ist in der Tüte da unten?«, fragte der Riese mit dröhnender Stimme.

»Das ist Alkohol. Whiskey. Möchten Sie ihn sehen?«

»Aussteigen.«

Jack blinzelte zu ihm hinauf. »Was?«

Der Riese trat einen Schritt zurück. »Aussteigen, hab ich gesagt.«

Jack stieg aus seinem Wagen – langsam, weil er sich plötzlich kurzatmig fühlte. Der Riese sagte: »Legen Sie die Hände aufs Fahrzeugdach«, und darüber musste Jack lachen. »Da ist kein Dach«, sagte er. »Sehen Sie? So etwas nennt man ein Cabriolet, und im Moment ist das Dach heruntergeklappt.«

Der Riese sagte: »Sie legen jetzt die Hände aufs Fahrzeugdach.«

»So?« Jack stützte die Hände auf die Fensterkante.

»So stehen bleiben.« Der Mann ging zu dem Auto, das Jack gestoppt hatte, und sprach mit dem anderen Polizisten, der auf dem Fahrersitz saß.

Jack fiel ein, dass die heutigen Streifenwagen alles auf Video aufzeichneten – das hatte er irgendwo gelesen –, und er zeigte den beiden Autos hinter ihm blitzschnell den Finger. Dann legte er die Hand wieder auf die Fensterkante. »So eine Scheiße«, sagte er.

Nun stieg der erste Polizist wieder aus und stiefelte zu Jack herüber, Holster am Schenkel. Jack mit seinem über die Hose hängenden Bauch und den sinnlos auf das Cabriofenster gestützten Händen musterte den Kerl und sagte: »Gut bestückt sind Sie.«

»Was haben Sie gesagt?« Der Polizist schaute angesäuert.

»Nichts.«

»Möchten Sie mit aufs Revier?«, fragte der Polizist. »Möchten Sie das?«

Jack fing zu lachen an und biss sich dann auf die Lippe. Er schüttelte den Kopf, den Blick zu Boden gesenkt. Und da sah er die Ameisen wuseln. Seine Wagenräder hatten sie aufgestört, und er starrte hinab auf all die vielen, winzig kleinen Ameisen, die durch einen Riss im Pflaster wimmelten, Sandkorn für Sandkorn wegschleppten von der Stelle, wo sein Reifen so viele von ihnen zermalmt hatte, fort zu – ja, wohin? Einem neuen Nest?

»Drehen Sie sich um und nehmen Sie die Hände hoch«, befahl der Polizist, also drehte sich Jack mit erhobenen Händen um, mit dem Gesicht zu den Autos, die auf dem Highway vorbeifuhren. Was war, wenn jemand ihn erkannte? Jack Kennison neben zwei Streifenwagen mit blinkendem Blaulicht, die

Hände überm Kopf wie ein Krimineller. »Und jetzt hören Sie gut zu«, sagte der Polizist. Er schob die Sonnenbrille hoch, um sich das Lid zu reiben, und für diesen kurzen Moment konnte Jack seine Augen sehen, die irgendwie merkwürdig wirkten, wie Fischaugen. Der Polizist deutete mit dem Finger auf Jack. Er zielte damit auf ihn, aber er sagte nichts, als wüsste er nicht mehr, was er hatte sagen wollen.

Jack legte den Kopf schief. »Ich höre«, sagte er. »Ich bin ganz Ohr.« Das sagte er so sarkastisch, wie er nur konnte.

Fischauge ging um Jacks Auto herum, öffnete die Beifahrertür und holte den Whiskey in seiner Plastiktüte heraus. »Was ist das?«, fragte er, während er zu Jack zurückkam.

Jack ließ die Arme sinken und sagte: »Ich habe das Ihrem Freund schon gesagt, das ist Whiskey. Wie Sie ja wohl sehen können, Himmel, Arsch und Zwirn.«

Daraufhin stellte sich Fischauge ganz dicht vor Jack, der zurückweichen wollte, was aber nicht ging, weil das Auto im Weg war. »Wiederholen Sie das, was Sie da gerade gesagt haben«, verlangte Fischauge.

»Ich habe gesagt, dass das Whiskey ist und dass Sie das ja wohl sehen können. Und dann habe ich den Himmel als Zeugen angerufen.«

»Sie haben getrunken«, sagte Fischauge. »Sie haben getrunken, Sir.« Und in seiner Stimme schwang ein so hässlicher Ton mit, dass Jack schlagartig nüchtern wurde. Fischauge ließ die Tüte mit dem Whiskey auf den Fahrersitz von Jacks Wagen fallen.

»Das ist richtig«, sagte Jack. »Ich war auf einen Drink in der Regency-Bar in Portland.«

Daraufhin zog Fischauge etwas aus seiner Gesäßtasche, etwas so Kleines, dass es in einer Hand Platz hatte, aber grau und irgendwie viereckig, und Jack sagte: »Guter Gott, wollen Sie mich tasern?«

Fischauge lächelte, er lächelte! Er trat auf Jack zu, das Ding in der Hand, und Jack sagte: »Ich bitte Sie.« Er verschränkte die Arme vor der Brust; er hatte echte Angst.

»Blasen Sie da rein«, sagte Fischauge, und aus dem Ding in seiner Hand kam ein kleiner Schlauch zum Vorschein.

Jack schloss die Lippen um den Schlauch und blies.

»Noch mal.« Fischauge rückte noch dichter an Jack heran.

Wieder stieß Jack den Atem aus und nahm den Schlauch dann aus dem Mund. Fischauge musterte das Gerät mit scharfem Blick und sagte: »Grade noch unter der Promillegrenze.« Und er schob es zurück in seine Tasche. »Mein Kollege stellt Ihnen einen Strafzettel aus, und wenn Sie den haben, würde ich vorschlagen, Sie setzen sich in Ihren Wagen und fahren auf direktem Weg in die Werkstatt, haben Sie mich verstanden, Sir?«

Jack sagte: »Ja.« Dann fragte er: »Darf ich jetzt wieder einsteigen?«

Fischauge beugte sich nahe an ihn heran. »Ja, jetzt dürfen Sie wieder einsteigen.«

Also setzte sich Jack auf den Fahrersitz, der sehr tief lag, weil sein Auto ein Sportwagen war, und stellte den Whiskey in seiner Tüte auf den Sitz daneben und wartete darauf, dass der Riese ihm seinen Strafzettel brachte, aber Fischauge rührte sich nicht von der Tür weg, als bestünde bei Jack Fluchtgefahr.

Und dann sah Jack – aus dem Augenwinkel – etwas, dessen er sich nie ganz sicher sein und das er nie vergessen würde. Der Hosenstall des Polizisten war exakt auf Höhe von Jacks Augen, und Jack meinte – er *meinte,* es zu sehen, aber er schaute ganz schnell wieder weg –, dass der Kerl einen Ständer hatte. Eine Beule war da, größer als … Jack sah hastig hoch in das Gesicht des Mannes, der durch seine Sonnenbrille auf ihn herunter starrte.

Der Riese kam zurück und händigte Jack seinen Strafzettel aus, und Jack sagte: »Allerbesten Dank, die Herren. Ich pack's dann mal.« Und in langsamem Tempo fuhr er davon. Aber Fischauge blieb auf dem Highway hinter ihm, den ganzen Weg bis zur Ausfahrt nach Crosby, und erst als Jack dort herunterfuhr, ließ der Kerl von ihm ab und fuhr weiter geradeaus, und Jack schrie ihm nach: »Kauf dir gefälligst einen Slip, wie jeder andere Mann in diesem Staat auch!«

Dann atmete er tief durch und sagte: »Okay. Okay. Alles gut.« Er fuhr die acht Meilen nach Crosby, und unterwegs sagte er: »Betsy, Betsy! Warte, bis ich dir erzähle, was mir grade passiert ist. Das glaubst du nicht, Betts.« Das genehmigte er sich, diese Unterhaltung mit ihr über sein Erlebnis. »Danke, Betsy«, sagte er, und er meinte, danke dafür, dass sie bei der Prostatageschichte so lieb reagiert hatte. Denn das hatte sie, keine Frage. Sein Leben lang war Jack der Boxershorts-Typ gewesen. Mit Feinrippslips konnte man ihn jagen, aber in Crosby, Maine, gab es keine Boxershorts zu kaufen. Er hatte es nicht fassen können. Und Betsy war für ihn nach Freeport gefahren und hatte ihm dort Boxershorts besorgt. Dann, fast ein Jahr war das jetzt her, hatte ihn die Prostata-OP gezwungen, die Boxershorts aufzugeben. Er brauchte Unterwäsche, in der die schwachsinnigen Einlagen hielten. Wie er sie hasste! Und wie aufs Stichwort spürte er – kein Tröpfeln, nein, es war ein kleiner Schwall, der da aus ihm herauskam. »Himmelarsch«, sagte er laut. Der ganze Staat, so schien es, trug Feinripp; erst neulich war Jack zu dem Walmart am Stadtrand gefahren, um eine Packung nachzukaufen, und hatte gesehen, dass auch der Walmart keine Boxershorts führte. Nur Stapel von Feinripp-unterhosen in allen Größen bis XXXL, für all diese armen dicken Männer, all diese Fettsäcke hier in Maine. Aber Betsy war nach Freeport gefahren und hatte dort Boxershorts für ihn aufgetrieben. Ach, Betsy, Betsy!

Wieder daheim, konnte Jack nur den Kopf schütteln über das, was ihm da passiert war, es schien alles so lächerlich und irgendwie – beinahe – vernachlässigbar. Lange Zeit saß er in seinem großen Sessel und betrachtete das Wohnzimmer; es war großzügig geschnitten, mit einer L-förmigen blauen Couch auf Metallfüßen, deren Längsteil dem Fernseher zugewandt war, während der Querteil zusammen mit einem gläsernen Couchtisch, ebenfalls mit Metallgestell, den Sitzbereich bildete. Dann drehte er sich mitsamt dem Stuhl um und blickte durch die Fenster auf die große Wiese und dahinter die Bäume mit ihrem hellgrünen Laub. Er und Betsy waren sich einig gewesen, dass ihnen die Aussicht auf diese Wiese lieber war als jeder Meerblick, und als er daran dachte, flirrte eine Wärme durch ihn. Schließlich stand er auf, goss sich einen Whiskey ein und machte sich vier Würstchen heiß. Während er eine Dose Baked Beans öffnete, schüttelte er immer noch den Kopf. »Betsy«, sagte er mehrere Male laut. Nachdem er gegessen und das Geschirr abgespült hatte – er räumte es nicht in die Spülmaschine, das war ihm zu viel Aufwand –, trank er noch einen Whiskey und musste wieder an diesen Tom Groger denken, den Betsy so geliebt hatte. Mann, Mann, Mann, was für eine seltsame Sache das Leben war …

Aber aus einem versöhnlichen Impuls heraus – der Tag war fast um, und der Whiskey tat seine Wirkung – setzte sich Jack an den Computer und googelte den Knaben, Tom Groger. Er fand ihn schnell; anscheinend unterrichtete er nach wie vor an dieser privaten Mädchenschule in Connecticut; er musste an die acht Jahre jünger als Jack sein. Aber eine reine Mädchenschule? Heute? Jack scrollte weiter und stellte fest, dass sie seit etwa zehn Jahren auch Jungen aufnahmen. Dann stieß er auf ein kleines Bild von Tom Groger; er war grau geworden, aber er war schlank, das sah man an seinem Gesicht, das nicht unsympathisch war, aber furchtbar nichtssagend, fand Jack. Auch eine E-Mail-Adresse war angegeben. Also schrieb er an Grogers Schuladresse: »Meine Frau Betsy (Arrow, wie Sie zu Ihrer Zeit noch mit Nachnamen hieß) ist vor sieben Monaten gestorben, und ich weiß, dass sie Sie in ihrer Jugend einmal sehr geliebt hat. Ich dachte, ich sollte Sie von ihrem Tod wissen lassen.« Er drückte auf SENDEN.

Jack lehnte sich zurück und sah hinaus in das Abendlicht über den Bäumen. Diese langen, langen Abende; sie waren so lang und schön, es konnte einen verrückt machen. Die Wiese lag schon großteils im Dämmer, die Bäume dahinter schienen wie Flecken aus schwarzer Leinwand, aber der Himmel schickte noch immer einzelne Strahlen herab, die sanft das Gras am hinteren Wiesenrand strähnten. Im Geist ließ er noch einmal den Tag Revue passieren, und irgendwie ergab nichts einen Sinn. Hatte der Kerl allen Ernstes einen Ständer gehabt? Eigentlich kaum denkbar, aber Jack kannte – auf eine Art zumindest – diese Mischung aus Wut und Machtgefühl, die dazu geführt haben konnte. Falls er sich nicht doch verschaut hatte. Und dann dachte Jack an die Ameisen, die vermutlich noch immer emsig dabei waren, den Sand dahin zu schaffen, wo sie ihn brauchten. Sie zerrissen ihm regelrecht das Herz, so winzig waren sie, so beharrlich.

Zwei Stunden später rief Jack noch einmal seine Mails ab, für den unwahrscheinlichen Fall, dass ihm seine Tochter geschrieben hatte oder dass Olive Kitteridge in sein Leben zurückgekehrt war. Immerhin hatte sie ihm zuerst gemailt, das von ihrem Sohn, und er hatte ihr mit der Mail über seine Tochter geantwortet. Irgendwann hatte er Olive gegenüber sogar seine Affäre mit Elaine Croft erwähnt, und Olive schien ihn dafür nicht zu verurteilen. Sie hatte von einem Lehrer erzählt, in den sie vor vielen Jahren verliebt gewesen war – eine Beinahe-Affäre nannte sie es – und der eines Nachts tödlich mit dem Auto verunglückt war.

Was ihm kurzfristig entfallen war (entfallen, ha!), war Tom Groger, aber im Posteingang wartete eine Antwort von TGroger@Whiteschool.edu auf ihn. Jack blinzelte durch seine Lesebrille. »Vom Tod Ihrer Frau hatte ich schon gehört. Betsy und ich standen über viele Jahre in Verbindung. Ich weiß nicht, ob ich Ihnen das sagen soll oder besser nicht, aber sie hat mir von Ihrer Liebelei erzählt, und vielleicht sollte ich es gar nicht erwähnen – wie gesagt, ich bin mir nicht sicher –, aber über eine gewisse Zeit hinweg haben Betsy und ich uns in einem Hotel in Boston getroffen, und später auch in New York. Aber vielleicht wussten Sie das ja sowieso.«

Jack stieß seinen Schreibtischstuhl zurück; die Räder wummerten über die Dielen. Er zog sich wieder an den Tisch heran und las die Nachricht ein zweites Mal. »Betsy«, murmelte er, »du alte Schlawinerin.« Er nahm die Brille ab, fuhr sich mit dem Arm übers Gesicht. »Ich glaub, ich spinn«, sagte er. Nach ein paar Minuten setzte er die Brille wieder auf und las die Mail nochmals. »Liebelei?«, sagte er laut. »Wer sagt heute noch ›Liebelei‹? Was bist du, Groger, eine Schwuchtel?« Er drückte auf LÖSCHEN, und die Nachricht verschwand.

Jack fühlte sich so nüchtern wie eine Kirchenmaus. Er wanderte durchs Haus und bemerkte all die Dinge, in denen sich die Hand seiner Frau zeigte, die Lampenschirme mit ihren Rüschenborten, die Mahagonischale, die sie von irgendwo mitgebracht hatte und die nach wie vor auf dem Couchtisch stand, jetzt mit Plunder aller Art gefüllt: Schlüsseln, einem alten Telefon, das nicht mehr ging, Visitenkarten, Büroklammern. Er versuchte sich zu erinnern, wann seine Frau in New York gewesen war; eher früh in ihrer Ehe, meinte er. Sie war Vorschullehrerin gewesen, und sie hatte von Fortbildungen in New York gesprochen, an denen sie teilnehmen musste. Er hatte nicht groß darauf geachtet; er hatte damit zu tun gehabt, sich seinen Lehrstuhl zu sichern, und später dann hatte er einfach zu tun.

Jack setzte sich in seinen Sessel und stand sofort wieder auf. Er wanderte weiter durchs Haus, blickte hinaus auf die inzwischen ganz dunkle Wiese, ging dann nach oben und wanderte auch dort herum. Sein Bett, ihr Ehebett, war ungemacht wie immer, bis auf die Tage, an denen die Putzfrau kam, und es schien ihm symbolisch für seinen eigenen desolaten Zustand oder den ihrer Beziehung in all der Zeit. »Betsy«, sagte er laut, »Herrgott noch mal, Betsy.« Er setzte sich vorsichtig auf die Bettkante, fuhr sich mit der Hand über den Nacken. Vielleicht legte es Groger ja nur darauf an, ihn zu ärgern, spielte ein bisschen Katz und Maus mit ihm? Nein. So einer war Groger nicht; er war, nach allem, was Jack wusste, ein ernsthafter Mensch, Englischlehrer auch noch, unterrichtete seit all den Jahren diese verzogenen kleinen Gören. Obwohl, halt – hatte Betsy deshalb gesagt, es hätte »alles einfacher gemacht«, wenn Jack bei seiner Gallenoperation gestorben wäre? So früh schon? Wie früh war das gewesen? Höchstens zehn Jahre, nachdem sie geheiratet hatten. »Du hast meine Frau gevögelt?«, sagte Jack laut. »Du kleiner Wichser.« Er stand auf und nahm seine Wanderschaft durch das Obergeschoss wieder auf. Es gab noch ein zweites Schlafzimmer und dann den Raum, den seine Frau als Arbeitszimmer benutzt hatte; Jack ging in beide hinein und drehte sich um die eigene Achse, als würde er etwas suchen. Dann stieg er die Treppe wieder hinunter und ging durch die beiden Gästezimmer, das mit dem Doppelbett und das mit dem Einzelbett. In der Küche schenkte er sich noch einen Whiskey aus der Flasche ein, die er am Nachmittag gekauft hatte; das schien ihm jetzt Tage her zu sein.

Seine eigene Affäre mit Elaine Croft hatte er erst nach fünfundzwanzig Jahren Ehe begonnen. Diese Begierde, die ihn und Elaine getrieben hatte. Mein Gott, hatten sie es nötig gehabt. Grauenvoll. War es Betsy auch so gegangen? Ausgeschlossen, Betsy war keine Frau, die es nötig hatte. Aber woher wollte er wissen, was für eine Art Frau Betsy war?

»He, Cassie«, sagte Jack, »deine Mutter war eine Schlampe.«

Aber noch während er die Worte aussprach, wusste er, dass es nicht stimmte. Cassies Mutter war – gut, irgendwo war sie natürlich doch eine Schlampe, wenn sie es mit Groger in Hotels in Boston und New York getrieben hatte, während daheim die kleine Cassie saß, aber Betsy war eine wunderbare Mutter gewesen, so sah es aus. Jack schüttelte den Kopf. Jetzt fühlte er sich plötzlich betrunken. Und er wusste, nie, niemals würde er Cassie etwas davon sagen; sollte sie ihr Bild von ihrer Mutter behalten dürfen, das der Heiligen, die es mit einem homophoben Vater aushielt, einem egozentrischen Arschloch.

»Okay«, sagte Jack. »Okay.«

Er setzte sich wieder an den Computer. Er holte die gelöschte Mail aus dem Papierkorb, las sie noch einmal und schrieb dann – wobei er höllisch aufpasste, sich nicht zu vertippen, damit er auch ja nicht betrunken wirkte: »Lieber Tom, ganz recht, ich weiß von Ihren Treffen mit ihr. Deshalb dachte ich ja, dass Sie von ihrem Tod erfahren sollten.« Er schickte die Nachricht ab und fuhr den Computer herunter.

Danach saß er lange Zeit in seinem Lehnstuhl. Die Ameisen fielen ihm wieder ein, die er heute gesehen hatte, während Fischauge ihn gegen das Auto drängte. Diese *Ameisen*. Die einfach das machten, wozu sie auf der Welt waren: leben, bis sie starben, völlig unbekümmert um Jacks Auto. Er konnte nicht aufhören, an sie zu denken. Jack Kennison, der das menschliche Verhalten seit dem Mittelalter studiert hatte und die K.u.k.-Zeit bis hin zur Ermordung von Erzherzog Franz Ferdinand und dem nachfolgenden Gemetzel quer durch Europa – Jack dachte an diese Ameisen.

Dann dachte er, dass morgen Sonntag war, und wie endlos sich dieser Tag hinziehen würde.

Und dann dachte er – als würde sich vor seinen Augen ein Farbkaleidoskop drehen – an sein eigenes Leben, daran, wie es einmal gewesen war und wie es jetzt war, und er sagte laut: »Mit dir ist es nicht mehr weit her, Jack Kennison.« Das überraschte ihn, aber es fühlte sich wahr an. Wer hatte das neulich von jemandem gesagt? Olive Kitteridge. Sie hatte es über eine Frau in der Stadt gesagt. »Mit der ist es nicht weit her«, hatte Olive bemerkt, und das war's mit der Frau, aus, erledigt.

Schließlich nahm Jack ein Blatt Papier und schrieb mit Füller: »Liebe Olive Kitteridge, Du fehlst mir, und wenn Du Dich dazu verstehen könntest, mich anzurufen oder mir zu mailen oder Dich mit mir zu treffen, wäre das sehr schön.« Er setzte seinen Namen darunter und steckte das Blatt in einen Umschlag. Er klebte ihn nicht zu. Er würde am Morgen entscheiden, ob er den Brief abschickte oder nicht.

# Geburtswehen

Zwei Tage zuvor hatte Olive Kitteridge bei einer Geburt geholfen.

Die Geburt hatte auf dem Rücksitz von Olives Auto stattgefunden, das auf der Grasfläche vor dem Haus von Marlene Bonney parkte. Olive war zu einer Babyparty für Marlenes Tochter eingeladen, und sie wollte sich nicht hinter die übrigen Autos auf den Schotterweg stellen, aus Angst, jemand könnte sie zuparken, und dann käme sie nicht weg; Olive war es wichtig wegzukönnen. Also hatte sie vorn auf dem Gras geparkt, was ein Glück war, denn bei diesem hohlköpfigen Mädel – Ashley hieß sie, eine Freundin von Marlenes Tochter, blond – hatten die Wehen eingesetzt, was aber von den anderen niemand merkte; sie saßen alle auf Klappstühlen im Wohnzimmer, und Ashley, die den Platz neben Olive hatte und die schwanger bis zum Bersten war und ein rotes Stretchtop trug, um diesen Umstand noch zu betonen, war aus dem Zimmer gegangen, und in dem Moment hatte Olive Bescheid gewusst.

Sie war aufgestanden und hatte das Mädchen in der Küche gefunden, wo sie über der Spüle lehnte und »O Gott, o Gott!« murmelte, und Olive hatte zu ihr gesagt: »Das sind Wehen«, und dieses spatzenhirnige Ding hatte gesagt: »Ja, ich glaub auch. Aber mein Termin ist erst in einer Woche.«

Spatzenhirniges junges Ding.

Und überhaupt diese Babyparty! Auch jetzt noch, während sie daheim im Wohnzimmer saß und hinaussah auf das Wasser, machte es Olive fassungslos, was für eine schwachsinnige Veranstaltung das gewesen war. Sie sagte laut: »Schwachsinn, Schwachsinn, Schwachsinn, Schwachsinn.« Und dann stand sie auf und ging in die Küche und setzte sich dort hin. »*Meine* Herren«, sagte sie.

Sie wippte mit dem Fuß.

Die große Armbanduhr ihres verstorbenen Mannes, Henry, die sie seit seinem Schlaganfall vor vier Jahren am Handgelenk trug, zeigte vier Uhr an. »Na dann«, sagte sie. Und sie nahm ihre Jacke – es war Juni, aber kein warmer Tag – und ihre große schwarze Handtasche und stieg in ihr Auto – dessen Rückbank immer noch mit einem Rest Glibberzeugs von dem spatzenhirnigen Mädel verschmiert war, obwohl Olive geschrubbt hatte, was das Zeug hielt – und fuhr zu Libby's, wo sie sich ein Hummer-Sandwich kaufte, und dann fuhr sie weiter zur Landspitze und aß im Auto sitzend, mit Blick auf den Halfway Rock.

Ein Mann in einem Pick-up parkte ganz in der Nähe, und Olive winkte durchs Fenster zu ihm hinüber, aber er winkte nicht zurück. »Blödmann«, sagte sie, und ein Stückchen Hummer landete auf ihrer Jacke. »Heiliger Strohsack!«, murmelte sie, weil sie jetzt Mayonnaise an der Jacke hatte, ein kleiner dunkler Fleck zeichnete sich ab, und wenn sie ihn nicht schnell mit heißem Wasser wegtupfte, war die Jacke ruiniert. Es war eine neue Jacke, sie hatte sie gerade gestern auf ihrer alten Nähmaschine genäht, ein gesteppter Stoff mit blauen und weißen Schnörkeln, extra so lang, dass sie ihr übers Gesäß reichte.

Was regte sie sich bloß so auf?

Der Mann in dem Pick-up war am Telefonieren, und auf

einmal lachte er, sie sah ihn den Kopf zurückwerfen, sogar seine Zähne konnte sie sehen, so weit öffnete er beim Lachen den Mund. Dann ließ er den Motor an und stieß zurück, immer noch mit dem Handy am Ohr, und Olive blieb allein mit dem Blick über die Bucht, die sich vor ihr ausbreitete mit ihren sonnenglitzernden Wellen und der kleinen Insel, auf der die Bäume strammstanden wie die Soldaten; die Felsen glänzten nass, das Wasser zog sich zurück. Sie hörte ihre kleinen Kaugeräusche, und eine bodenlose Einsamkeit überkam sie.

Es war Jack Kennison. Sie wusste, es war der Gedanke an ihn, an diesen grässlichen alten Großkotz von einem Mann, mit dem sie sich im Frühling ein paar Wochen lang getroffen hatte. Sie hatte ihn gemocht. Sie hatte sich sogar einmal zu ihm aufs Bett gelegt, einen Monat war das jetzt her, ganz dicht neben ihn, den Kopf an seiner Brust, so dass sie sein Herz schlagen hörte. Und eine solche Erleichterung war in ihr aufgewallt – und dann, wie Donnergrummeln, die Angst. Angst war nichts für Olive.

Und so hatte sie sich nach einer Weile aufgesetzt, und er hatte gesagt: »Bleib, Olive.« Aber sie blieb nicht. »Ruf mich an«, hatte er gesagt. »Ich fände es schön, wenn du anrufst.« Sie hatte ihn nicht angerufen. Er konnte sich schließlich auch melden, wenn er wollte. Und er hatte sich nicht gemeldet. Aber sie waren sich wenig später über den Weg gelaufen, im Lebensmittelladen, und sie hatte ihm von ihrem Sohn erzählt, von dem neuen Kind, das jetzt jeden Moment geboren werden musste, da unten in New York City, und Jack hatte nett reagiert, aber er hatte nichts davon gesagt, dass sie ihn wieder besuchen sollte, und kurz darauf hatte sie ihn im selben Laden gesehen (aber er sie nicht), er hatte mit diesem blöden Weib geredet, Bertha Babcock, die auch Witwe war und die, soweit Olive wusste, die

Republikaner wählte wie er, und wer weiß, vielleicht war ihm diese dumme Gans ja lieber als Olive. Ein einziges Mal hatte er ihr gemailt, mit einem Haufen Fragezeichen als Betreff und sonst nichts. So etwas sollte eine E-Mail sein? Das konnte er jemand anderem erzählen.

»Blödmann«, sagte sie jetzt und aß den letzten Bissen von ihrem Hummer-Sandwich. Sie rollte das Papier zusammen, in dem es eingewickelt gewesen war, und warf es auf die Rückbank, wo es neben dem Fleck von diesem spatzenhirnigen Mädel landete.

»Ich habe heute bei einer Geburt geholfen«, hatte sie ihrem Sohn am Telefon erzählt.

Schweigen.

»Hast du gehört?«, fragte Olive. »Ich habe gesagt, ich habe heute bei einer Geburt geholfen.«

»Wo?« Seine Stimme klang misstrauisch.

»Bei mir im Auto, vor dem Haus von Marlene Bonney. Eins von den Mädchen da …« Und sie erzählte ihm die Geschichte.

»Hmm. Sehr gut, Mom.« Und dann sagte er mit sarkastischem Unterton: »Du kannst herkommen und dein nächstes Enkelkind auf die Welt bringen helfen. Ann bekommt es in einem Pool.«

»Einem Pool?« Olive begriff nicht, wovon er redete.

Christopher sagte gedämpft etwas zu jemandem.

»Ist Ann denn schon wieder schwanger? Christopher, warum hast du mir das nicht gesagt?«

»Noch ist sie nicht schwanger. Wir arbeiten dran. Aber es wird schon klappen.«

Olive sagte: »Wie meinst du das, sie bekommt es in einem Pool? Einem Swimmingpool?«

»Ja. So eine Art. Ein Babybecken. So ähnlich wie das, das wir hinten im Garten hatten. Nur größer, klar, und eben absolut keimfrei.«

»Warum?«

»Warum? Weil es natürlicher ist. Das Baby flutscht einfach ins Wasser. Die Hebamme ist dabei. Es ist vollkommen sicher. Beziehungsweise noch besser als sicher, eigentlich sollten alle Geburten so ablaufen.«

»Verstehe«, sagte Olive. Sie verstand rein gar nichts. »Und wann kommt dieses Baby?«

»Sobald wir wissen, dass sie schwanger ist, fangen wir zu zählen an. Im Moment sagen wir niemandem, dass wir es versuchen, wegen dieser Sache beim letzten Mal. Aber dir habe ich es jetzt gesagt. Da siehst du mal.«

»Na dann«, sagte Olive. »Macht's gut.«

Christopher – sie hätte es schwören können – stieß einen angeekelten Laut aus, bevor er sagte: »Du auch, Mom.«

Wieder zu Hause, sah Olive befriedigt, dass der kleine Mayonnaisefleck auf ihrer neuen Jacke mit heißem Wasser und Seife wegging, und sie hängte die Jacke im Bad auf, damit sie trocknen konnte. Dann kehrte sie zurück zu ihrem Sessel und schaute auf die Bucht hinaus. Die Sonne schien schräg aufs Wasser, ein Meer aus glitzernden Pünktchen, nur eine Hummerboje oder zwei ließen sich ausmachen, so grell war das seitlich einfallende Licht um die Tageszeit. Olive kam nicht darüber hinweg, wie blöd diese Babyparty gewesen war. Lauter Frauen. Warum kamen zu einer Babyparty nur Frauen? Hatten die Männer mit dem Kinderkriegen etwa nichts zu tun? Olive mochte Frauen nicht besonders, so sah es aus.

Sie mochte Männer.

Ihr waren Männer schon immer lieber gewesen. Sie hatte sich fünf Söhne gewünscht. Bis heute wünschte sie sich die, denn Christopher ... Jetzt fühlte Olive das Gewicht echter Traurigkeit herabsinken, wie immer, seit Henry seinen Schlaganfall gehabt hatte, vor vier Jahren, und erst recht seit seinem Tod, der nun zwei Jahre her war; sie spürte richtig, wie ihre Brust schwer wurde davon. Christopher und Ann hatten ihr erstes gemeinsames Kind Henry genannt, nach Christophers Vater. Henry Kitteridge. Was für ein wunderbarer Name. Ein wunderbarer Mann. Olive hatte ihren Enkelsohn noch nie gesehen.

Sie verlagerte ihr Gewicht, stützte das Kinn in die Hand und dachte wieder an diese Babyparty. Auf einem Tisch war Essen hergerichtet gewesen; von ihrem Platz aus hatte Olive einen gelegentlichen Blick auf kleine Kanapees, russische Eier und winzige Stückchen Kuchen erhascht. Als Marlenes schwangere Tochter an ihr vorbeiging, zupfte Olive sie an ihrem Umstandskleid und sagte: »Kannst du mir ein bisschen was zu essen bringen?« Das Mädchen machte ein überraschtes Gesicht und sagte dann: »Ja, Mrs Kitteridge, natürlich.« Aber ihre Gäste hielten sie immer wieder auf, und es dauerte ewig, bis Olive schließlich ein Papptellerchen mit zwei russischen Eiern und einem Happen Schokoladenkuchen auf den Knien balancierte. Keine Gabel, keine Serviette, kein gar nichts. »Danke«, sagte sie.

Sie steckte sich den Kuchen in einem Bissen in den Mund und schob den Teller mit den russischen Eiern unauffällig unter ihren Stuhl. Wenn sie etwas hasste, dann russische Eier.

Marlenes Tochter nahm in einem weißen Korbsessel Platz, von dessen Rückenlehne Bänder herabwallten wie bei einem Königsthron. Als schließlich alle saßen – niemand setzte sich neben Olive, bis diese schwangere Ashley es tat, notgedrungen, weil sonst kein Stuhl mehr frei war –, als sie alle saßen, sah Olive den vollgehäuften Geschenketisch, und da erst kam es ihr: Sie hatte kein Geschenk mitgebracht. Ihr wurde siedend heiß vor Schreck.

Marlene Bonney blieb auf ihrem Weg nach vorn bei ihr stehen und fragte leise: »Olive, wie geht es Christopher?«

Olive sagte: »Sein neues Kind ist gestorben. Herzstillstand, ein paar Tage vor dem Termin. Ann musste es tot zur Welt bringen.«

»*Olive!*« Marlenes hübsche Augen füllten sich mit Tränen.

»Weinen bringt auch nichts«, sagte Olive. (Olive hatte geweint. Sie hatte Rotz und Wasser geheult, als sie nach Christophers Anruf den Hörer aufgelegt hatte.)

»Ach, Olive, das tut mir so leid.« Marlene wandte den Kopf und ließ den Blick durch das Zimmer wandern, bevor sie leise sagte: »Hier sollten wir das besser nicht erzählen, was meinen Sie?«

»Wie Sie wollen«, sagte Olive.

Marlene drückte noch einmal Olives Hand und sagte: »Dann kümmere ich mich jetzt mal um die Mädchen.« Damit trat sie in die Zimmermitte, klatschte in die Hände und rief: »Also, wollen wir loslegen?«

Sie nahm eins der Päckchen vom Tisch und gab es ihrer Tochter, die die Karte las und sagte: »Von Ashley!«, und alle Köpfe drehten sich der schwangeren Blondine neben Olive zu. Ashley winkte kurz; sie war rot geworden. Marlenes Tochter begann das Geschenk auszupacken; die Bänder trennte sie ab und klebte sie mit Tesafilm auf einen Pappteller. Erst dann brachte sie eine kleine Schachtel zum Vorschein, und aus der Schachtel ein winziges Pullöverchen. »Nein, *schaut* nur«, sagte sie.

Überall im Zimmer waren anerkennende Ahs und Ohs zu hören. Und zu Olives Entsetzen wurde der Pullover von einer zur anderen gereicht. Als er zu ihr kam, sagte sie: »Sehr hübsch«, und gab ihn an Ashley weiter, die sagte: »Ich kenne ihn schon«, und alle lachten, und Ashley gab ihn der Frau auf ihrer anderen Seite, die sehr viel über den Pullover zu sagen hatte, bevor sie ihn dem Mädchen zu ihrer Linken gab. All das nahm viel Zeit in Anspruch. Jemand fragte: »Hast du den selbst gestrickt?« Und Ashley sagte ja. Ein anderes Mädchen sagte, ihre Schwiegermutter stricke auch, aber nichts so Hübsches wie diesen Pullover. Ashley erstarrte ganz leicht, und ihre Augen wurden groß. »Wie lieb«, sagte sie.

Endlich war das nächste Geschenk an der Reihe, und Marlene brachte es ihrer Tochter. Die Tochter sah auf die Karte und sagte: »Von Marie.« Eine junge Frau am anderen Ende das Zimmers winkte in die Runde. Marlenes Tochter klebte die Bänder von der Verpackung umständlich auf dem Pappteller fest, und Olive begriff, dass das bei jedem Geschenk so gemacht werden würde, bis zum Schluss ein Teller voller Bänder entstanden war. Wozu sollte das gut sein? Sie saß da und wartete, und dann hielt Marlenes Tochter eine Garnitur Plastikfläschchen mit kleinen grünen Blättern darauf hoch. Dieses Geschenk fand nicht so viel Anklang, bemerkte Olive. »Aber du stillst doch?«, fragte jemand, und Marlenes Tochter sagte: »Doch, versuchen werden wir es auf jeden Fall.« Und dann fügte sie munter hinzu: »Aber die sind sicher auch so sehr praktisch.«

Marie sagte: »Ich dachte einfach, man weiß ja nie. Man kann gut ein paar Fläschchen dahaben, auch wenn man stillt.«

»Ja, natürlich«, sagte jemand, und auch die Fläschchen wurden herumgereicht. Olive dachte, bei ihnen würde es schneller gehen, aber wie es schien, hatte jede Frau, die die Fläschchen anfasste, eine Stillgeschichte zu erzählen. Olive hatte Christopher selbstredend nicht gestillt – niemand stillte damals, außer Leuten, die etwas Besonderes sein wollten.

Ein drittes Geschenk wurde Marlenes Tochter zum Öffnen gereicht, und Olives Beklemmung wuchs. Es war nicht abzusehen, wie lange es dauern würde, bis das Mädchen jedes einzelne Geschenk auf diesem gottverfluchten Tisch ausgewickelt und die Bänder so liebevoll auf dem gottverfluchten Teller festgeklebt hatte, und bei jedem Geschenk mussten alle warten – einfach *warten* –, während es die Runde machte. Etwas so Hirnrissiges hatte sie in ihrem ganzen Leben noch nicht erlebt.

Ein Paar gelbe Babyschühchen wurde in ihre Hände gelegt, sie starrte darauf und reichte sie dann an Ashley weiter, die sagte: »Oh, wie niedlich.«

Und unvermittelt ging Olive auf, dass sie auch vor Henrys Schlaganfall nicht glücklich gewesen war. Warum sie das ausgerechnet jetzt dachte, hätte sie nicht sagen können. Dieses spezielle Unglück kam ihr öfter einmal zu Bewusstsein, aber meist dann, wenn sie allein war.

Dabei verstand Olive ja selber nicht recht, warum das Älterwerden bei ihr eine solche Hartherzigkeit gegen ihren Mann hervorgebracht hatte. Aber sie hatte es nicht zu ändern vermocht, es war, als wäre die Steinmauer, die sich während ihrer langen Ehe zwischen ihnen dahingeschlängelt hatte – eine Mauer, die sie trennte, aber in der es auch unerwartete Durchbrüche gab, warme, moosbewachsene Breschen, durch die das Sonnenlicht blitzte –, mit einem Mal hoch und undurchlässig geworden, und die Ritzen, aus denen früher Blumen gewachsen waren, hätte nun ein Eissturm überkrustet. Mit anderen

Worten, etwas war zwischen sie getreten, das nicht mehr überwindbar schien. An manchen Tagen sah sie ganz klar einen Steinbrocken hier, ein paar Kiesel da, die das Bollwerk verstärkt hatten (Christophers Pubertät, ihre Empfindungen, vor all den Jahren, für Jim O'Casey, der ihr Kollege an der Schule gewesen war, Henrys Gefühlsduselei um die kleine Thibodeau, der Alptraum dieses Verbrechens, in das sie und Henry hineingeraten waren und im Zuge dessen Unsägliches gesagt worden war, und dann Christophers Scheidung und sein Wegzug aus der Stadt), aber sie verstand dennoch nicht, wie es sein konnte, dass sich im Alter diese hohe, hässliche Mauer zwischen ihnen erhob. Und die Schuld lag bei ihr. Ihr Herz hatte sich im gleichen Maß verhärtet, in dem das von Henry liebebedürftiger wurde, und wenn er im Haus manchmal zu ihr gekommen war, um von hinten die Arme um sie zu legen, hatte sie an sich halten müssen, um nicht sichtbar zusammenzuschaudern. Lass das!, hätte sie ihn anherrschen mögen. (Aber warum? Welches Verbrechen hatte er begangen außer dem, Liebe von ihr zu wollen?)

»Das ist eine Milchpumpe«, sagte Ashley zu ihr. Denn Olive hielt eine Plastikvorrichtung in der Hand und drehte sie hin und her, außerstande, einen Sinn darin zu erkennen. »Ah ja«, sagte Olive und gab das Ding Ashley. Sie sah zu dem Tisch mit den Geschenken und dachte, dass in dem Berg noch nicht einmal eine Delle sichtbar war.

Eine zartgrüne Babydecke kam des Weges. Sie fühlte sich schön an, Olive behielt sie auf ihrem Schoß und strich mit den Händen darüber. Jemand sagte: »Mrs Kitteridge, andere wollen auch mal«, und Olive reichte sie eilig an Ashley weiter. Ashley sagte: »Ach, ist die hübsch«, und da sah Olive, dass ihr Schweißtropfen die Schläfen hinabrannen. Und dann meinte

Olive – sie war sich fast sicher –, ein geflüstertes »O Gott« zu hören. Als die grüne Decke bei Marie am anderen Ende des Zimmers angekommen war, stand Ashley auf und sagte: »Entschuldigung, ich müsste mal wohin.« Und Marlene sagte: »Du weißt, wo, oder?« Und Ashley nickte.

Eine Garnitur Babybadetücher machte die Runde, und Ashleys Stuhl war immer noch leer. Olive gab sie dem Mädchen auf der anderen Seite des leeren Stuhls, und dann stand sie auf und sagte: »Ich komme gleich wieder.« In der Küche stand Ashley über die Spüle gebeugt. »O Gott«, sagte sie, »o Gott.«

»Alles in Ordnung?«, fragte Olive laut. Das Mädchen schüttelte den Kopf. »Das sind Wehen«, sagte Olive.

Das Mädchen sah sie an, ihr Gesicht glänzte vor Nässe. »Ja, ich glaub auch«, sagte sie. »Heute früh dachte ich schon, ich hätte vielleicht eine gehabt, aber dann war nichts mehr, und jetzt … O *Gott*«, und sie krümmte sich vornüber, die Hände um den Rand der Spüle gekrampft.

»Sie müssen ins Krankenhaus«, sagte Olive.

Nach ein paar Sekunden richtete Ashley sich auf, gefasster nun. »Ich kann ihr doch nicht ihre Party verderben, das war ihr so wichtig. Wissen Sie« – das im Flüsterton –, »ich weiß gar nicht, ob Rick sie überhaupt heiratet.«

»Egal«, sagte Olive. »Sie haben Wehen. Da ist doch jetzt diese Party egal. Die werden gar nicht merken, dass Sie weg sind.«

»Doch. Und dann stehe ich im Mittelpunkt. Und dabei sollte doch sie im Mit…« Ashleys Gesicht verzerrte sich, und sie klammerte sich wieder an die Kante der Spüle. »O Gott, o Gott«, sagte sie.

»Ich hole jetzt meine Tasche, und dann fahren wir ins Krankenhaus.« Das war ihre Lehrerinnenstimme, sie merkte es selbst. Sie ging zurück ins Wohnzimmer und nahm ihre große schwarze Tasche.

Die Leute lachten über irgendetwas; lautes Gelächter schlug an Olives Ohr. »Olive?« Das war Marlene.

Olive schwenkte kurz die Hand überm Kopf und ging wieder in die Küche, wo Ashley stand und keuchte. »Hilfe«, sagte Ashley; sie weinte jetzt.

»Kommen Sie.« Olive drängte das Mädchen in Richtung Tür. »Das da ist mein Auto, gleich vorn auf dem Gras. Steigen Sie ein.«

Marlene erschien und fragte: »Was ist denn los?«

»Ihr Kind kommt«, sagte Olive, »und ich fahre sie ins Krankenhaus.«

»Aber ich wollte doch die Party nicht verderben«, sagte Ashley zu Marlene; sie stand da, ihr nasses Gesicht unschlüssig.

»Jetzt«, sagte Olive. »Jetzt sofort. Ins Auto. Auf dem Gras.«

»Ach, Olive, rufen wir doch lieber einen Krankenwagen. Was ist, wenn sie das Kind bekommt, während Sie fahren? Bleiben Sie hier, Olive. Ich rufe an.« Marlene griff nach dem Telefon an der Wand, und es dauerte eine gefühlte Ewigkeit, bis die Verbindung zustande kam.

Olive sagte: »Wir fahren jetzt, sagen Sie dem Notarzt, wie mein Auto aussieht, dann kann er mir ja nachfahren, wenn er will.«

»Aber wie sieht Ihr Auto denn aus?« Marlene jaulte es regelrecht.

»Schauen Sie halt hin«, blaffte Olive sie an. Ashley war schon am Auto und hievte sich auf die Rückbank. »Die sollen mich einfach stoppen, wenn sie da sind.«

In dem Moment, als sie die Tür aufzog, sah Olive Ashleys

Gesicht und wusste: Es war so weit. Dieses Mädchen bekam ihr Kind hier und jetzt. »Ziehen Sie die Hose runter«, kommandierte sie. »Jetzt. Ziehen Sie sie aus.« Ashley versuchte es, aber sie krümmte sich vor Schmerz, und Olive suchte mit zitternden Händen in ihrer Tasche und fand die Schere, die sie immer dabeihatte. »Legen Sie sich hin.« Olive beugte sich zu ihr hinein, aber sie hatte Angst, dem Mädchen in den Bauch zu stechen, also ging sie ums Auto herum auf die andere Seite und schaffte es von dort, Ashleys Hose aufzuschneiden. Dann lief sie wieder zurück und zog ihr die Hose von den Beinen. »Liegen bleiben«, befahl sie mit strenger Stimme, o ja, da sprach die Lehrerin.

Das Mädchen spreizte die Knie, und Olive staunte. Sie konnte nicht anders als hinstarren. Das Wort *Scham* ging ihr durch den Kopf. Da stand sie und starrte einer jungen Frau auf die – Scham. Nicht zu glauben! So haarig – und sie – ja, sie klaffte weit auf! Und Blut und klumpiges Zeug kamen heraus; was für ein Anblick! Ashley stieß grunzende Laute aus, und Olive sagte: »Alles gut, alles gut, ganz ruhig.« Sie hatte nicht die leiseste Ahnung, was sie tun sollte. »Ganz ruhig!« Sie schrie es. Sie streckte die Hände aus und berührte Ashleys Knie, drückte sie noch weiter auseinander. Nach mehreren Minuten – Olive konnte nicht schätzen, wie vielen – gab Ashley einen unglaublichen Laut von sich, ein Stöhnen, das tief und gleichzeitig gellend war. Und etwas glitt aus ihr heraus.

Olive kam es im ersten Moment gar nicht wie ein Kind vor, es war ein klumpiges Etwas, mehr wie ein Batzen Lehm. Dann sah sie das Gesicht, die Augen, die Ärmchen – »Da ist es ja«, sagte sie. »Meine Güte.«

Wie von fern spürte sie die Hand des Mannes auf ihrer Schulter und hörte ihn sagen: »Na, dann schauen wir doch mal.« Es war der Arzt, sie hatte ihn gar nicht kommen hören. Aber als sie sich umdrehte und sein Gesicht sah, so selbstverständlich kompetent, schoss heiße Liebe in ihr auf. Marlene stand auf dem Gras, das Gesicht tränenüberströmt. »Oh, Olive«, sagte sie. »Wie wunderbar.«

Jetzt stand Olive auf und stromerte durch das Haus. Es fühlte sich nicht so wie ein Haus an, mehr wie ein Nest, in dem eine Maus wohnte. Das war nun schon lange so. Sie setzte sich in die kleine Küche, stand aber gleich wieder auf und ging vorbei an dem Faulenzerzimmer, wie sie und Henry es genannt hatten, wo der lila Quilt achtlos über das kleine Bett in der Fensterbucht geworfen war – seit dem Tod ihres Mannes schlief Olive hier –, und zurück ins Wohnzimmer, wo die Schneefälle des letzten Winters blasse Wasserstreifen auf der Tapete beim Kamin hinterlassen hatten. Sie setzte sich in den großen Sessel am Fenster und ließ den Fuß wippen. Die Abende nahmen dieser Tage kein Ende, dabei wusste sie noch, wie sie die langen Abende immer geliebt hatte. Über der Bucht plinkerte die Sonne, tief am Horizont jetzt. Eine Lichtbahn fiel schräg über die Dielen bis auf den Kaminvorleger.

Olives Unrast wuchs; sie war fast nicht mehr auszuhalten. Ihr Fuß wippte immer heftiger, und als der Himmel endlich dunkel war, sagte sie laut: »Bringen wir's hinter uns.« Sie wählte Jack Kennisons Nummer. Vor einem knappen Monat hatte sie sich zu dem Mann aufs Bett gelegt; es schien immer noch etwas, das sie nur geträumt hatte. Falls Bertha Babcock abhob, würde Olive einfach einhängen. Und bei jeder anderen Frau auch.

Jack meldete sich nach dem zweiten Klingeln. »Hallo?«, sagte er. Seine Stimme klang gelangweilt. »Ist da Olive Kitteridge?«

»Woher weißt du das?«, fragte sie entgeistert – konnte er sie am Ende in ihrem Haus sitzen sehen?

»Ach, ich habe etwas, das sich Nummernkennung nennt, deshalb weiß ich immer, wer anruft. Und hier steht – warte, ich schau noch mal nach –, ja, hier steht ›Henry Kitteridge‹. Und Henry kann es ja nun nicht sein. Also dachte ich, vielleicht bist du es. Hallo, Olive. Wie geht's dir so? Ich bin sehr froh, dass du anrufst, Olive. Ich habe mich schon gefragt, ob wir uns je wieder sprechen. Du hast mir gefehlt.«

»Ich habe vorgestern bei einer Geburt geholfen.« Olive saß auf der Sesselkante, während sie das sagte, und sah durchs Fenster auf die dunkle Bucht hinaus.

Eine Pause entstand, bevor Jack sagte: »Im Ernst? Du hast bei einer Geburt geholfen?«

Sie erzählte ihm die ganze Geschichte, etwas weiter zurückgelehnt jetzt, den Hörer erst in der einen Hand, dann in der anderen. Jack lachte schallend. »Das ist großartig, Olive. Mein Gott, du hast Hebamme gespielt. Das ist köstlich.«

»Also, mein Sohn klang nicht so entzückt, als ich es ihm erzählt habe. Er klang – ach, ich weiß auch nicht. Wollte nur von sich reden.«

Sie meinte hören zu können, wie Jack sich das durch den Kopf gehen ließ. Dann sagte er: »Also, Olive, dieser Sohn von dir ist irgendwie eine einzige Enttäuschung.«

»Ja, das stimmt«, gab sie zu.

»Komm rüber«, sagte Jack zu ihr. »Setz dich ins Auto und komm zu mir rüber.«

»Jetzt? Es ist doch schon dunkel.«

»Wenn du im Dunkeln nicht mehr fährst, kann ich auch kommen und dich abholen«, sagte er.

»Ich fahre natürlich noch im Dunkeln. Also bis gleich«,

sagte sie und legte auf. Sie holte ihre neue Jacke, die noch im Bad hing; der Fleck war getrocknet.

Jack trug ein kurzärmliges Hemd, seine Arme sahen schlaff aus. Sein Bauch wirkte riesig unter dem Hemd, aber Olives Bauch war auch nicht gerade klein, das wusste sie. Wenigstens war ihr Hinterteil verdeckt. Jacks blaue Augen zwinkerten ganz leicht, als er sich verneigte und sie hereinbat. »Hallo, Olive.«

Olive wünschte, sie wäre nicht gekommen.

»Darf ich dir die Jacke abnehmen?«, fragte er, und sie sagte: »Ganz sicher nicht.« Und ergänzte: »Das ist eine Kombination.«

Woraufhin er ihre Jacke ansah und sagte: »Sehr hübsch.«

»Ich habe sie gestern genäht«, sagte sie, und Jack sagte: »Du hast sie selbst genäht?«

»O ja.«

»Tja, ich bin schwer beeindruckt. Setz dich doch.« Und Jack führte sie ins Wohnzimmer, wo Dunkelheit vor den Fenstern lag. Er deutete mit dem Kopf zu einem Sessel und nahm in dem gegenüber Platz. »Du bist nervös«, sagte er. Und gerade, als sie ihm antworten wollte, weshalb zum Kuckuck sie denn nervös sein sollte, sagte er: »Ich bin's auch.« Dann fügte er hinzu: »Aber wir sind beide erwachsen, und wir kriegen das hin.«

»Schauen wir mal«, sagte sie. Sie fand, dass er ihre Jacke ruhig etwas mehr hätte loben können. Sie blickte um sich und war enttäuscht von dem, was sie sah: eine geschnitzte Holzente, einen Lampenschirm mit Rüschenborte – war dieses Zeug beim letzten Mal auch schon da gewesen? Höchstwahrscheinlich ja, und sie hatte es nur nicht bemerkt; wie hatte sie es geschafft, solchen Firlefanz nicht zu bemerken?

»Meine Tochter will nichts von mir wissen«, sagte Jack. »Ich hab dir ja erzählt, dass sie lesbisch ist.«

»Ja, ich weiß. Und ich habe dir gesagt …«

»Ich weiß, Olive. Du hast mir gesagt, dass ich ein Unmensch bin, wenn ich damit ein Problem habe. Und ich habe darüber nachgedacht und eingesehen, dass du recht hast. Also habe ich sie vor ein paar Tagen angerufen und ihr gesagt – also *versucht* habe ich es, auf eine trottelige Art –, dass ich weiß, dass ich ein Arschloch bin. Sie hat es nicht gelten lassen. Ich glaube, sie denkt, ich bin einfach so einsam, jetzt, wo ihre Mutter nicht mehr da ist, dass ich plötzlich beschlossen habe, sie zu akzeptieren.« Jack seufzte, er sah müde aus, und er fuhr sich über das schüttere Haar.

»Und stimmt das?«, fragte Olive.

»Tja, das habe ich mich auch gefragt. Immer wieder. Und ich weiß es nicht. Ausschließen kann ich es nicht. Aber es stimmt auch, dass deine Reaktion mich zum Nachdenken gebracht hat.« Jack schüttelte langsam den Kopf, den Blick hinab auf seine Strümpfe gerichtet, weshalb Olive ebenfalls hinschaute und verblüfft seinen Zeh sah, der zu einem Loch in dem einen Strumpf herauslugte. Der Zehennagel gehörte geschnitten. »Gott, wie unmanierlich«, sagte er. Er bedeckte den Zeh kurz mit dem anderen Fuß und nahm ihn dann wieder weg. »Worauf ich hinauswill – Kinder. Dein Sohn. Meine Tochter. Sie mögen uns nicht sehr, Olive.«

Darüber musste nun Olive erst nachdenken. »Nein«, gab sie ihm schließlich recht. »Ich glaube, Christopher mag mich wirklich nicht besonders. Woran liegt das?«

Er sah zu ihr hoch, den Kopf in die Hand gestützt. »Weil du eine lausige Mutter warst? Wer weiß, Olive? Oder er ist einfach so geboren.«

Olive saß da und betrachtete ihre Hände, die sie im Schoß zusammengelegt hatte.

Jack sagte: »Warte mal. Hat er nicht gerade ein Kind bekommen?«

»Es ist gestorben. Sie musste warten und es dann tot zur Welt bringen.«

»Oh, Olive, das ist *furchtbar*. Gott, ist das furchtbar.« Jetzt saß Jack kerzengerade.

»Ja. Sehr.« Olive schnippte eine Fluse vom Knie ihrer schwarzen Hose.

»Na ja, vielleicht wollte er deshalb nicht von dieser Geburt hören, bei der du geholfen hast.« Jack zuckte die Achseln. »Ich meine ja nur …«

»Nein. Du hast recht. Natürlich.« Der Gedanke hatte sie nicht einmal gestreift, und sie merkte, dass sie ganz warme Backen bekam. »Jedenfalls probieren sie es gleich wieder, und das Nächste soll in einem Pool zur Welt kommen. So einem Babyschwimmbecken. Sagt Christopher.«

Jack legte den Kopf zurück und lachte. Es klang so echt, dass Olive nur staunen konnte.

»Jack.« Ihre Stimme war scharf.

»Ja, Olive?« Er sagte es mit trockenem Humor.

»Ich kann dir gar nicht sagen, wie schwachsinnig diese Babyparty war. Marlenes Tochter – das arme Mädchen musste in einem Sessel sitzen und sämtliche Bänder von ihren Geschenken auf einen Pappteller kleben, und jedes einzelne Drecksgeschenk wurde unter diesen ganzen Frauen rumgereicht. Jedes einzelne! Und alle sagten, oh, wie niedlich, und ist das nicht goldig, und ganz ehrlich, Jack, ich dachte, ich sterbe.«

Er sah sie einen Moment lang an, dann bildeten sich um seine Augen Fältchen der Heiterkeit.

»Olive«, sagte er schließlich, »wo hast du nur diese ganzen Wochen gesteckt? Ich habe dich ein paarmal anzurufen versucht, und ich dachte, vielleicht bist du in New York und lernst endlich deinen Enkel kennen. Hast du keinen Anrufbeantworter? Ich hätte schwören können, du hast einen, ich hab dir doch schon draufgesprochen.«

»Ich kenne meinen Enkel bis heute nicht«, sagte Olive. »Und natürlich habe ich einen Anrufbeantworter.« Und dann sagte sie: »Oh. Ich hatte ihn irgendwann ausgeschaltet, weil ständig diese Anrufe kamen, dass ich eine Reise gewonnen hätte. Vielleicht habe ich ihn nicht wieder angemacht.« Noch während sie es sagte, wurde es ihr klar: Sie hatte das verdammte Ding tatsächlich nicht wieder eingeschaltet.

Jack schwieg; er betrachtete seinen Zehennagel. Dann schaute er auf und sagte: »Du brauchst ein Handy. Ich kaufe dir eins, und ich zeige dir, wie man es benutzt. So, und jetzt sag mir, warum du noch nicht bei deinem Enkel warst.«

Etwas Seltsames durchrieselte Olive, ein flüchtiges Gefühl von Unwirklichkeit. Dieser Mann, Jack Kennison, wollte ihr ein Handy kaufen! Sie sagte: »Weil mich niemand eingeladen hat. Ich hab dir erzählt, was für ein Reinfall mein letzter Besuch in New York war.«

»Ja, das hast du. Hast du sie mal gefragt, ob sie dich besuchen möchten?«

»Nein.« Olive studierte den rüschenbesetzten Lampenschirm.

»Warum machst du das nicht mal?«

»Weil sie diese drei Kinder haben, ich hab dir doch erzählt, sie hat zwei Kinder von zwei verschiedenen Männern, und dazu jetzt auch noch Henry junior, und ich kann mir nicht vorstellen, dass sie den Aufwand auf sich nehmen wollen.«

Jack öffnete die Hand. »Möglich. Aber ich glaube, es wäre nett, wenn du sie einladen würdest.«

»Sie brauchen keine Einladung, sie können auch so kommen.« Olive legte die Hände auf die Armlehnen rechts und links und dann wieder zurück auf ihren Schoß.

Jack beugte sich vor, die Ellbogen auf die Knie gestützt. »Olive, manchmal möchte man einfach gern eingeladen werden. Ich hätte mir zum Beispiel schon öfter sehr gewünscht, dass du mich zu dir einlädst, aber das hast du nie, außer dieses eine Mal, wo ich dich *gebeten* habe, mich einzuladen. Und deshalb habe ich mich zurückgewiesen gefühlt. Verstehst du?«

Olive stieß laut die Luft aus. »Du hättest anrufen können.«

»Olive, ich habe dir gerade gesagt, ich habe angerufen. Ich habe sogar mehrmals angerufen, aber weil du deinen verflixten AB ausgeschaltet hattest, hast du es nicht mitbekommen.« Er lehnte sich zurück und wackelte mit dem erhobenen Finger. »Die wenigsten Leute können Gedanken lesen, so ist es nun mal. Und gemailt habe ich dir auch.«

»Pah«, sagte Olive. »Ein Haufen Fragezeichen, das ist für mich keine E-Mail.«

»Ich mag dich, Olive.« Jack warf ihr ein halbes Lächeln zu und schüttelte dann leicht den Kopf. »Warum, weiß ich eigentlich gar nicht. Aber ich tu's.«

»Pah«, sagte Olive noch einmal und bekam wieder ganz warme Backen, aber ab da redeten sie. Sie redeten über ihre Kinder, und nach einer Weile erzählte Jack ihr von seinem Erlebnis vor ein paar Tagen, als die Polizei ihn wegen überhöhter Geschwindigkeit angehalten hatte.

»Sie waren so unglaublich unverschämt, Olive. Man konnte denken, ich würde wegen Mordes gesucht, in so einem Ton haben die mit mir geredet.« Jack bog indigniert die Hand auf.

»Wahrscheinlich haben sie dich für einen Auswärtigen gehalten.«

»Ich habe ein Mainer Kennzeichen.«

Olive zuckte die Achseln. »Trotzdem. Du bist ein alter Mann, der in einem schnittigen kleinen Sportwagen rumfährt. Die erkennen einen Zugereisten, wenn sie einen sehen.« Olive zog die Augenbrauen hoch. »Ganz im Ernst, Jack. Die wittern dich Meilen gegen den Wind.« Sie sah auf Henrys schwere Uhr an ihrem Handgelenk. »Es ist spät«, sagte sie und stand auf.

»Olive, könntest du heute Nacht nicht hierbleiben?« Jack setzte sich anders hin. »Nein, hör mir erst mal zu. Ich sitze hier mit einem Auslaufschutz, wegen der Prostata-OP, die ich hatte, kurz bevor Betsy ihre Diagnose bekam.«

»Was?«, fragte Olive.

»Ich sage das nur zu deiner Beruhigung. Ich habe nicht vor, über dich herzufallen. Was ein Auslaufschutz ist, weißt du, oder?«

»Ein Auslaufschutz?«, sagte Olive. »Du meinst … Oh.« Sie hatte die Werbung dafür im Fernsehen gesehen.

»Ich sage dir, dass ich eine Inkontinenzeinlage trage, für Männer, die sich in die Hose pinkeln. Männer, die nach dieser OP undicht sind. Angeblich soll es besser werden, aber darauf warte ich noch. Olive, ich sage dir das nur, weil …«

Sie wedelte mit der Hand, damit er aufhörte. »Guter Gott, Jack«, sagte sie. »Du hast wirklich einiges hinter dir.« Aber sie merkte, dass sie erleichtert war.

Jack sagte: »Wie wäre es, wenn du im Gästezimmer schläfst, und ich schlafe in dem Gästezimmer über den Flur? Ich hätte dich einfach gern da, wenn ich aufwache, Olive.«

»Wenn du aufwachst? Dann komme ich eben wieder. Ich stehe früh auf.« Als er nicht antwortete, fügte sie hinzu: »Ich habe kein Nachthemd mit, und meine Zahnbürste auch nicht. Und ich würde garantiert kein Auge zutun.«

Jack nickte. »Versteh schon. Wegen der Zahnbürste – wir haben ein paar unbenutzte Zahnbürsten hier, frag mich nicht warum. Aber Betsy hat immer gern auf Vorrat gekauft, und ein T-Shirt von mir könntest du auch haben, wenn dir damit gedient ist.«

Sie schwiegen, und Olive machte sich klar: Er wollte, dass sie die ganze Nacht bei ihm blieb. Was sollte sie tun? Heimgehen in das Rattennest, in dem sie jetzt lebte? Ja. Ganz genau das. An der Tür drehte sie sich um. »Jack«, sagte sie. »Hör zu.«

»Ich höre.« Er war im Sessel sitzen geblieben.

Sie stand da und starrte auf diesen lächerlichen Lampenschirm mit dem Rüschenzeug unten rum. »Ich habe bloß keine Lust darauf, in den Lebensmittelladen zu kommen, und du stehst da und unterhältst dich mit dieser Bertha Babcock …«

»Bertha Babcock, so hieß sie. Gott, ich kam nicht auf den Namen.« Er lehnte sich zurück und klatschte einmal in die Hände. »Sie redet übers Wetter, Olive. Übers *Wetter*. Schau, Olive, ich sage nur, dass ich es schön fände, wenn du heute Nacht hier wärst. Ich versprech dir, du hast dein Zimmer, und ich habe meins.«

Sie war nahe dran. Ganz nahe. Aber dann sagte sie: »Ich komme morgen früh wieder, wenn du magst.« Sie hatte die Tür schon aufgezogen, als Jack endlich aufstand und ihr nachkam.

Er winkte. »Dann bis dann.«

»Gute Nacht, Jack.« Sie schwenkte die Hand über dem Kopf.

Die Abendluft trug die Gerüche der Wiese zu ihr herüber, als sie zum Auto ging, und sie konnte die Zirpfrösche hören. Die Hand schon am Türgriff, dachte sie: Olive, du Idiotin. Sie sah sich daheim in der großen Fensterbucht im Faulenzerzimmer liegen, stellte sich vor, wie sie die ganze Nacht das kleine Transistorradio am Ohr haben würde, so wie in den meisten Nächten seit Henrys Tod.

Sie kehrte um und klingelte, und Jack öffnete die Tür fast sofort. »Also von mir aus«, sagte sie.

Sie benutzte die neue Zahnbürste, die seine arme tote Frau auf Vorrat gekauft hatte (Olive hatte daheim keine Zahnbürsten vorrätig), dann schloss sie die Tür zu dem Gästezimmer mit dem Doppelbett und zog das riesige T-Shirt über, das er ihr herausgelegt hatte. Das T-Shirt roch nach Waschmittel und noch etwas anderem – zimtig vielleicht? Es roch nicht nach Henry. Sie dachte: Das ist das Dümmste, was ich jemals gemacht habe. Und dann dachte sie: Auch nicht dümmer, als zu dieser blöden Babyparty zu gehen. Sie legte ihre Kleider zusammen und hängte sie über den Stuhl beim Bett. Sie war nicht unglücklich. Dann öffnete sie die Tür einen Spalt. Soweit sie es sehen konnte, lag er schon in dem Einzelbett in dem Gästezimmer auf der anderen Flurseite. »Jack?«, rief sie zu ihm hinüber.

»Ja, Olive?«, rief er zurück.

»Das ist das Dümmste, was ich jemals gemacht habe.« Sie wusste nicht, warum sie das sagte.

»Das Dümmste, was du jemals gemacht hast, war, zu dieser Babyparty zu gehen«, rief er zurück, und Olive war einen Moment wie vom Donner gerührt. »Außer, dass du da Hebamme spielen konntest«, rief er noch.

Sie ließ die Tür ein Stück offen, stieg ins Bett und drehte sich auf die Seite, zur Wand. »Gute Nacht, Jack.« Sie schrie es regelrecht.

»Gute Nacht, Olive.«

Diese Nacht!

Es war, als trügen Wellen sie empor und ließen sie fallen, höher und immer höher schwangen sie sie, und dann fasste aus der Tiefe das Dunkel nach ihr, und sie schlug in blinder Furcht um sich. Denn sie sah, dass ihr Leben – ihr Leben, was für ein törichter, alberner Begriff: ihr Leben – sich verändert hatte, kurz davorstand, völlig anders zu werden oder vielleicht auch gar nicht anders, und beides ängstigte sie unsagbar, außer wenn die Wogen sie hoch, hoch hinauftrugen und eine so unbändige Freude sie überkam, aber das dauerte nie lange, und dann saugte es sie wieder hinab, tief unters Wasser, und so ging es immer weiter – hin und her, auf und ab, es zehrte an ihr, und sie konnte nicht schlafen.

Es wurde schon hell, als sie endlich eindöste.

»Guten Morgen«, sagte Jack. Er stand mit verstrubbelten Haaren in der Tür. Er trug einen Bademantel, der dunkelblau war und ihm gerade mal bis zu den Waden reichte. Er war unvertraut; es gefiel ihr gar nicht.

Sie scheuchte ihn mit der Hand. »Geh weg«, sagte sie. »Ich schlafe.«

Er lachte schallend. Welch ein Geräusch – Olive spürte es fast körperlich, wie ein Prickeln. Im selben Moment packte sie helle Angst, als hielte jemand ein brennendes Streichholz an sie, an ihre Kleider, die mit Öl getränkt waren. Die Angst, das Prickeln seines Gelächters – es war wie ein Alptraum, aber gleichzeitig so, als ginge eine große Blechbüchse, in die sie hineingestopft worden war, plötzlich auf.

»Das ist kein Scherz«, sagte Olive. Sie drehte sich zur Wand. »Weg mit dir, Jack. Sofort«, sagte sie. Sie kniff die Augen zu. *Bitte*, dachte sie. Aber sie wusste nicht, was sie damit meinte. *Bitte*, dachte sie wieder. Bitte.

# Putzgeld

Kayley Callaghan ging in die achte Klasse und wohnte mit ihrer Mutter in einer kleinen Wohnung in der Dyer Road in Crosby, Maine; ihr Vater war jetzt seit zwei Jahren tot. Ihre Mutter war eine zarte, sorgenvolle Frau, und aus Angst, ihren drei älteren Töchtern, die alle schon eigene Familien hatten, auf der Tasche zu liegen, hatte sie das große Haus in der Maple Avenue, in dem sie früher gewohnt hatten, an ein Ehepaar aus einem anderen Bundesstaat verkauft, das den Kaufpreis extrem niedrig gefunden hatte und an den Wochenenden zum Renovieren kam. Die Maple Avenue lag auf Kayleys Schulweg, aber Kayley bog immer eine Straße früher ab, um nicht an dem Haus mit dem Anbau hinten vorbeizukommen, in dem ihr Vater gestorben war.

Es war Anfang März, und der Tag war bis kurz zuvor wolkig gewesen; jetzt, in der Englischstunde, schien die Sonne zu den Fenstern von Kayleys Klassenzimmer herein. Kayley, den Kopf in die Hand gestützt, dachte an ihren Vater; er hatte nie eine höhere Schule besucht, aber als sie klein war, hatte er ihr von der Hungersnot in Irland erzählt und von den Getreidezollgesetzen, die das Brot so teuer gemacht hatten, dass niemand es mehr kaufen konnte, er hatte ihr viele Dinge erzählt; im Geist sah sie die Straßen Irlands vor sich, all die Hungernden, die am Wegrand zusammenbrachen und starben.

Mrs Ringrose stand vor der Klasse, das Wörterbuch mit beiden Händen vor ihrem voluminösen Busen aufgeklappt. Sie sagte: »Dreimal korrekt gebraucht, und ihr habt es«, wie jedes Mal, wenn Wortschatzerweiterung dran war. Mrs Ringrose war alt, mit weißem Haar und einer Brille, die auf ihrer Nase wackelte; das Gestell war golden.

»Verworfen«, sagte Mrs Ringrose. Sie ließ den Blick über die Schüler an ihren Pulten wandern; ihre Brillengläser spiegelten in der Sonne. »Christine?« Und der armen Christine Labbe fiel kein Beispielsatz ein. »Äh, weiß jetzt nicht …« Das kam bei Mrs Ringrose nicht gut an. »Kayley?«, sagte sie.

Kayley setzte sich gerade hin. »Sie haben den Plan umzuziehen verworfen«, sagte sie.

»Von mir aus«, sagte Mrs Ringrose. »Noch zwei.«

Kayley wusste über die Ringroses, was die meisten Leute in der Stadt wussten: An Thanksgiving zogen sie als Pilger verkleidet durch die Schulen in Maine und hielten Vorträge über die ersten Erntedankfeste in Neuengland; Mrs Ringrose nahm sich dafür immer zwei Tage frei, die einzigen Tage im Jahr, die sie freinahm.

»Der Türrahmen hat sich verworfen«, sagte Kayley.

Mrs Ringrose schaute säuerlich. »Noch eins, Kayley, und du hast es.«

Kayley wusste auch, denn davon sprach Mrs Ringrose oft, dass einer von Mrs Ringroses Vorfahren vor vielen, vielen Jahren auf der *Mayflower* von England herübergekommen war.

Sie schloss kurz die Augen und sagte schließlich: »Mein Vater sagt, viele Engländer hätten die Iren als verworfen betrachtet«, und Mrs Ringrose warf einen Blick hoch zur Decke und klappte das Wörterbuch zu. »Gut, das muss wohl genügen. Du hast es, Kayley.«

Die Nachmittagssonne schien zu den Fenstern des Klassenzimmers im ersten Stock herein, und Kayley spürte ein Leeregefühl im Magen, das nicht Hunger war, sondern eher eine vage Übelkeit und das – warum, hätte Kayley nicht sagen können – mit Mrs Ringrose zu tun hatte, die mit Vornamen Doris hieß.

Doris Ringrose, und ihr Mann hieß Phil. Sie hatten keine Kinder.

»Komm nach der Stunde zu mir«, sagte Mrs Ringrose zu Kayley.

Als sie an dem Tag vom Putzen bei Bertha Babcock heimkam – Kayley putzte dort jeden Mittwoch nach der Schule –, konnte sie ihre älteste Schwester, Brenda, in der Küche mit ihrer Mutter reden hören. Kayley stand in der dunklen Diele; die Holztreppe, die sie gerade hinaufgestiegen war, war steil und nur von einer einzelnen Birne erleuchtet, der Rucksack mit den Schulsachen rutschte ihr halb von der Schulter, und sie hörte Brenda sagen: »Aber, Mom, er will andauernd, und irgendwie macht es mich ganz krank.« Und ihre Mutter erwiderte: »Brenda, er ist dein Mann, du kannst es ihm nicht abschlagen.«

Kayley zögerte, aber sie hatten zu reden aufgehört, und als sie hereinkam, stand Brenda auf und sagte: »Na, Süße, wo hast du gesteckt?« Brenda war viele Jahre älter als Kayley, und mit den dunkelroten Haaren und dem glatten Teint war sie immer eine hübsche Frau gewesen, aber seit einiger Zeit hatte sie dunkle Ringe unter den Augen, und sie war dicker als früher.

»Putzen bei Bertha Babcock«, sagte Kayley und stellte den Rucksack hin. »Es steht mir bis hier.« Sie zog die Jacke aus und fügte hinzu: »Ich meine, *sie* steht mir bis hier.«

Kayleys Mutter zündete sich eine Zigarette an und sagte:

»Keine Angst, sie mag dich bestimmt auch nicht. Du bist irisch, für sie bist du einfach ein Dienstbote.« Sie ließ das Streichholz in die Untertasse ihrer Teetasse fallen und sagte, jetzt an Brenda gewandt: »Bertha Babcock ist Kongregationalistin«, und nickte vielsagend dazu.

Brenda schlüpfte in ihre blaue Strickjacke, aber sie bekam sie über dem Bauch nicht zu. »Ich find's trotzdem gut, dass du das machst.« Sie zwinkerte Kayley zu.

»Mrs Ringrose will mich jetzt auch als Putzfrau«, sagte Kayley. »Mrs Babcock hat mich weiterempfohlen.«

»Noch eine Kongregationalistin?« Brendas Ton war scherzhaft, und Kayley sagte: »Ich glaube schon.«

Kayley ging in ihr Zimmer; die alte Holztür schloss nicht richtig, und die Stimmen der beiden Frauen – ein gedämpftes Murmeln jetzt – drangen zu ihr herein; Kayley begriff, dass es ein Gespräch über Sex war, ihre Schwester wollte keinen Sex mit Ed, was Kayley nicht wunderte. Er war in Ordnung, ihr Schwager, aber er war ein kleiner Mann, und er hatte schlechte Zähne, und Kayley wurde ein bisschen flau zumute bei der Vorstellung, dass er die ganze Zeit wollte. Kayley setzte sich aufs Bett und dachte, dass sie selbst nie – niemals – jemanden wie Ed heiraten würde.

Und sie würde nie eine alte Frau wie Bertha Babcock werden, die verwitwet war und einen schwarz-weiß-gefliesten Küchenboden hatte, dessen Fugen sie Kayley jede Woche mit der Zahnbürste schrubben ließ; es stand Kayley bis hier. Das Babcock-Haus schien ihr eine Einsamkeit auszudünsten, gegen die kein Mittel je helfen würde.

Brenda kam zu Kayley herein; das Zimmer war klein und von der Deckenlampe erleuchtet, die auf den zerwühlten rosa

Steppüberwurf auf Kayleys Bett schien, und während Brenda ihren Mantel überzog, sagte sie zu Kayley: »Ich muss los, Herzchen, den Kindern ihr Abendessen machen.« Brenda wohnte zwei Ortschaften weiter. Dann sagte sie: »Mom sagt, du spielst nach wie vor nicht Klavier.« Und leise, verschwörerisch: »Wäre es dir lieber, sie verkauft es?«

Kayley stand auf und umarmte ihre Schwester zum Abschied. »Nein, bitte, sie darf es nicht verkaufen«, sagte sie. »Ich spiel bald wieder, versprochen.«

Es war das Klavier ihres Vaters gewesen, aber nachdem Kayley mit dem Klavierspielen begonnen hatte, hörte er lieber ihr zu, statt selbst zu spielen. »Ich liebe das Klavier, und ich liebe dich, die Kombination ist für mich also unschlagbar«, hatte ihr Vater gesagt, in der Tür ihres alten Wohnzimmers stehend. An diesem Abend setzte sich Kayley ans Klavier, das ein altes schwarzes Wandklavier war. Aber sie spielte schlecht, weil sie aus der Übung war; selbst die einfacheren Mozart-Sonaten fielen ihr nicht mehr so leicht wie früher. Kayley klappte den Deckel herunter. »Ich bleibe dran«, sagte sie zu ihrer Mutter, die rauchend in der Ecke neben dem halb geöffneten Fenster saß, und ihre Mutter antwortete nicht.

Den Rest des Abends saß Kayley in ihrem Zimmer und sah sich auf ihrem Computer Martin Luther Kings »I have a dream«-Rede an. Das war ihre Hausaufgabe in Sozialkunde, aber die Rede hatte sie auch schon vorher gekannt, durch ihren Vater.

Das Haus der Ringroses verströmte ebenfalls etwas Einsames. Aber es war eine andere Art von Einsamkeit als bei Bertha Babcock, und das Haus war kleiner – es lag in der River Road, ein Haus im Cape-Cod-Stil mit einer kleinen Tafel außen an der Fassade, auf der 1742 stand – und irgendwie auch sauberer; Kayley hatte weniger Arbeit. An ihrem ersten Tag erklärte ihr Mrs Ringrose, dass die Scheite im Kamin jede Woche mit einer Reinigungslösung gesäubert gehörten, die in einen Eimer warmes Wasser gerührt wurde; es waren Birkenscheite mit weißlich-grauer Rinde. Und die Holzböden müsse sie auf allen vieren scheuern, sagte Mrs Ringrose, was Kayley nichts ausmachte, sie war jung, es war nicht die endlos lange Küche in Bertha Babcocks Haus. Im Wohnzimmer stand auf einem Tisch für sich allein ein hölzernes Modell der *Mayflower*. Kayley dürfe es auf keinen Fall anfassen, schärfte Mrs Ringrose ihr an diesem ersten Tag mit erhobenem Zeigefinger ein. »Nicht. An. Fassen.« Dann sagte sie Kayley, dass sie eine direkte Nachfahrin von Myles Standish sei (aber bitte mit y!), der auf diesem Schiff herübergekommen war, und wenn man richtig hinschaue – Mrs Ringrose spähte hinunter auf das Modell –, könne man sehen, wo die Leute untergebracht gewesen waren, und Kayley murmelte: »Wahnsinn«, aber sie dachte dabei an ihren Vater, an all die Male, die sie mit ihm, während er krank hinten im Anbau lag, den Film über Michael Collins gesehen hatte, wo der grüne Panzer der Engländer ins Croke-Park-Stadion gefahren kam und das Feuer auf die Iren eröffnete. Kayley trat einen Schritt von Mrs Ringrose weg; wenn sie zu nahe stand, konnte sie durch ihr weißes Haar hindurch die Flecken rosa Kopfhaut sehen, und dann stieg wieder dieses Übelkeitsgefühl in ihr hoch.

An diesem ersten Tag – das war das Allermerkwürdigste – verlangte Mrs Ringrose von Kayley auch noch, dass sie ihr Brautkleid anprobierte. Das Kleid war an manchen Stellen ganz gelb und lag auf Mrs Ringroses Bett ausgebreitet. Mrs Ringrose hatte ihr eigenes Schlafzimmer und Bad. »Schlüpf einfach rein, Kayley. Du hast in etwa meine Größe, als ich geheiratet habe, und ich würde das Kleid gern einmal wieder angezogen sehen«, sagte sie mit einem auffordernden kleinen Nicken. »Worauf wartest du?«

Kayley sah hinter sich und dann wieder zu Mrs Ringrose. Zögernd knöpfte sie sich die Bluse auf, und Mrs Ringrose stand da und beobachtete sie, und so zog Kayley die Bluse aus, und dann öffnete sie den Reißverschluss ihrer Jeans und zog auch die aus, zusammen mit den Turnschuhen. In Unterhose und BH stand sie vor dieser Frau, in dem milchigen Sonnenlicht, das zu den Schlafzimmerfenstern hereinfiel, und bekam Gänsehaut auf Armen und Beinen. Mrs Ringrose hielt ihr das Kleid über den Kopf, und es fiel an ihrem Körper herab; es passte problemlos.

Mrs Ringrose setzte die Brille ab und wischte sich mit der anderen Hand über die Augen. Ihre Wangen waren noch feucht, als sie die Brille wieder aufsetzte.

»Hör zu«, sagte Mrs Ringrose und berührte Kayley an der Schulter. »Ich habe in unserer Kirche eine Gruppe ins Leben gerufen, das Silberkränzchen. Es gibt schon eine Gruppe, die sich Goldener Kreis nennt, aber das sind alte Leute, deshalb habe ich das Silberkränzchen gegründet, und wir halten im Juni eine Modenschau ab, und ich möchte gern, dass du Klavier spielst und dazu mein Brautkleid trägst.«

Immer noch unter den Blicken der Frau stieg Kayley wieder in ihre eigenen Kleider.

Außer an Kayleys erstem Tag war Mrs Ringrose nie zu Hause. »Ich bin bei meinem Silberkränzchen«, hatte sie gesagt; Kayley solle einfach den Schlüssel unter der Fußmatte hervorholen und aufschließen, und das tat sie. Auf dem Küchentisch lag immer ein Zehn-Dollar-Schein für sie bereit.

Aber das Haus der Ringroses deprimierte Kayley unglaublich.

Zum Beispiel war Mr Ringroses Bad so hergerichtet, dass es wie ein Außenabort aussah. Ein dunkelgrün gestrichenes Fass umschloss das WC, so dass man den Eindruck hatte, auf einem Plumpsklo zu sitzen. Die Wände waren mit rohen Holzbrettern verkleidet. Kayley hatte noch nie mit Mr Ringrose gesprochen; er war nie da, wenn sie zum Putzen kam, und wer er war, wusste sie nur, weil sie ihn in der Stadt schon mit Mrs Ringrose gesehen hatte: Er war groß, alt und weißhaarig. Er hatte über Jahre in einem historischen Museum in Portland gearbeitet, war nun aber schon lange im Ruhestand. In seinem Bad gab es kein Waschbecken, nur diese groben Bretter mit dem dunkelgrünen Fass in der Mitte. Mrs Ringroses Bad war normal, weißes Porzellanklo, Waschbecken und ein Frisiertisch mit ihrer Haarbürste und Haarnadeln darauf.

Die Wohnzimmercouch war klein und prall gepolstert. Die Sitzfläche wölbte sich steil nach oben, und wenn Kayley darauf saß, hatte sie fast Angst abzurutschen. Bei den Sesseln war es dasselbe. Die Polster waren altrosa, und an den dunkelgrünen Wänden hingen Gemälde von Leuten, die wie gruselige Puppen wirkten; ein bisschen sahen sie wie Erwachsene aus, nur waren sie dafür viel zu klein, und sie trugen weiße Hüte und Kleider aus einem anderen Zeitalter; diese Bilder standen Kayley bis hier.

Sie standen ihr bis hier.

»Woher weiß sie überhaupt, dass du Klavier spielst?«, fragte Christine Labbe. Sie und Kayley schlenderten den Bürgersteig entlang; sie kamen von dem Doughnutladen in der Stadtmitte, und Christine aß einen Doughnut, der rundherum mit Zimt bestreut war. Christines Augen waren mit dunkelblauem Eyeliner umrandet, und an einer Stelle war er verwischt.

»Weiß auch nicht.« Kayley drehte sich nach den Autos um, die vorbeifuhren. »Vielleicht hat sie mich mal auf dem Klavier in der Turnhalle spielen hören, keine Ahnung.«

Christine sagte: »Also mir ist die Frau irgendwie unheimlich. Und ihr Mann auch. Mit ihrer bescheuerten Pilgerverkleidung jedes Jahr und ihren Vorträgen über diese bescheuerte *Mayflower*, auf der ihre Vorfahren hergekommen sind. Und diesem bescheuerten Longfellow-Gedicht über den bekackten Miles Standish, das so lang ist, dass sich alle zu Tode gähnen.«

»Du solltest ihr Haus sehen«, sagte Kayley und beschrieb ihr Mr Ringroses Bad.

Christine sah sie an und sagte: »Ach du heilige Scheiße.« Dann tippte sich Kayley ans Auge, um Christine darauf aufmerksam zu machen, dass ihre Schminke verwischt war, und Christine zuckte die Achseln und biss von ihrem Doughnut ab.

Am Samstagnachmittag radelte Kayley zu dem Pflegeheim auf der anderen Seite der Brücke, in dem Miss Minnie untergebracht war. Es war ein kalter Tag Mitte März, aber es lag kaum noch Schnee, und Kayleys Rad holperte über abgebrochene Zweige, die auf den Weg gefallen waren; ihre Hände waren kalt, weil sie keine Handschuhe anhatte. Miss Minnie hatte lange Jahre in der Wohnung über Kayley und ihrer Mutter gewohnt; es war Kayleys erste Putzstelle gewesen. Die alte Frau war winzig, mit riesengroßen dunklen Augen, und Kayley hatte gestaunt, welche Dreckschichten sich mit der Zeit bei ihr angesammelt hatten, vor allem in der Küche. Und so hatte Kayley geschrubbt und geschrubbt, während Miss Minnie durch die Tür lugte und sagte: »Wunderschön machst du das alles, Kayley!« Miss Minnie klatschte in die Hände, so begeistert war sie von Kayleys Arbeit, und dafür liebte Kayley sie. Wenn sie fertig war, bekam sie von Miss Minnie ein Glas Orangensaft, und Miss Minnie setzte sich ihr gegenüber an den Tisch, beugte sich zu ihr vor und stellte ihr Fragen über die Schule und ihre Freundinnen; niemand hatte Kayley über diese Dinge ausgefragt, seit ihr Vater nicht mehr da war.

Seit Miss Minnies Schlaganfall letzten Herbst besuchte Kayley sie im Pflegeheim. Es war dunkel dort, und es roch schlecht, und Miss Minnie bedankte sich jedes Mal überschwänglich, wenn sie kam. »Das mache ich gern«, sagte Kayley. »Ich freu mich doch, wenn ich Sie sehe«, und nach den ersten paar Malen gab sie Miss Minnie beim Abschied einen Kuss, und die riesigen dunklen Augen der alten Frau leuchteten.

Kayley schloss ihr Rad hinter dem Gebäude fest, und als sie nach vorn ging, kam gerade Mrs Kitteridge heraus. »Auch wieder da?«, begrüßte Mrs Kitteridge sie; sie war groß und dick, und als Kayley ihr zum ersten Mal hier begegnet war, vor einem Monat, war sie ein bisschen eingeschüchtert gewesen von ihr. Jetzt hielt Mrs Kitteridge ihr die Tür auf und sagte: »Das würden nicht viele in deinem Alter machen, so oft hier rauskommen. Gott, ich hoffe ja, wenn's bei mir mal so weit ist, gibt mir jemand einfach den Gnadenschuss.«

Kayley sagte: »Ich weiß. Ich auch. Ich meine, ich hoffe auch, dass mir jemand den Gnadenschuss gibt.«

Mrs Kitteridge setzte die Sonnenbrille auf und sah an Kayley auf und ab, bevor sie sagte: »Na, darüber musst du dir ja vorerst noch keine Gedanken machen.« Sie ließ die Tür los, und sie standen zusammen in der blassen Märzsonne. »Sag mal, ich hab ein bisschen spioniert und erfahren, dass du die jüngste von den Callaghan-Töchtern bist. Ich hab vor Jahren deine Schwestern unterrichtet. Dein Vater war unser Briefträger. Er war ein guter Mann, es tut mir sehr leid, dass er gestorben ist.«

»Danke«, sagte Kayley. Eine plötzliche Wärme durchlief sie: Diese Frau wusste, wer ihr Vater gewesen war! »Kommen Sie von Ihrer Freundin?«, fragte sie.

Mrs Kitteridge seufzte lautstark und blickte durch ihre Sonnenbrille zum Himmel. »Ja. Fürchterlich. Die ganze Sache. Aber hör zu« – jetzt sah sie wieder Kayley an –, »du hast letztes Mal erzählt, du hättest bei Miss Minnie geputzt, und ich weiß eine andere alte Frau, die nach einer Putzhilfe sucht. Bertha Babcock. Sie ist eine alte Schreckschraube, aber es müsste schon auszuhalten sein. Ich sag ihr, sie soll dich anrufen, ja?«

»Sie hat mich schon gefunden«, sagte Kayley. »Ich bin immer mittwochnachmittags bei ihr. Seit ein paar Wochen jetzt.«

Mrs Kitteridge schüttelte den Kopf, anteilnehmend, so schien es Kayley.

»Und bei Mrs Ringrose muss ich inzwischen auch putzen. Sie ist meine Englischlehrerin.«

»Kenn ich. Noch so eine alte Schreckschraube. Na, dann viel Glück.« Und Mrs Kitteridge stampfte davon, eine Hand winkend hochgereckt.

Im Heim war es dunkel, und es roch ungut, wie immer. Miss Minnie schlief, darum setzte sich Kayley auf den einzigen Stuhl im Zimmer. Auf dem Tisch neben Miss Minnies Bett stand das Foto eines jungen Mannes in Uniform und neben dem Foto ein Sträußchen Kunstblumen, Veilchen. Dasselbe Bild und dieselben Veilchen hatten auch in der Wohnung an Miss

Minnies Bett gestanden. Die Fotografie zeigte Miss Minnies Bruder, das wusste Kayley, seit Miss Minnie sie einmal genommen und an ihre Brust gedrückt und Kayley von seinem Tod im Koreakrieg erzählt hatte. Kayley fand das traurig; sie hätte es viel lieber gehabt, wenn dieser Mann, den Miss Minnie so geliebt hatte, kein Verwandter gewesen wäre.

Nun saß Kayley da und wartete darauf, dass Miss Minnie aufwachte. Eine Pflegerin kam herein, eine dicke Frau in blauer Schwesterntracht, und sagte: »Sie war den ganzen Nachmittag nicht wach. Es geht ihr nicht so gut. Sie schläft fast nur noch.« Kayley und die Pflegerin blickten gemeinsam auf Miss Minnie hinunter, und dann stand Kayley auf und sagte: »Also gut. Aber können Sie ihr sagen, dass ich da war? Bitte?«

Die Frau sah auf die Uhr. »In einer Stunde habe ich Feierabend. Wenn sie bis dahin aufwacht, sag ich es ihr.«

»Ich schreibe ihr einen Zettel«, sagte Kayley, und die Frau ging ihr Stift und Papier holen, und Kayley schrieb in großer Schrift: HALLO, MISS MINNIE, LIEBE GRÜSSE VON KAYLEY. ICH WOLLTE SIE BESUCHEN, ABER SIE HABEN GESCHLAFEN. ICH KOMME BALD WIEDER!

Eines Tages, als Kayleys Vater schon sehr krank war, hatte er sie zu sich ans Bett gewinkt, und sie war zu ihm hingegangen und hatte das Ohr zu seinem Mund heruntergebeugt, und er hatte gesagt: »Du warst immer mein Lieblingskind.« Und nach einer kurzen Pause hatte er hinzugefügt: »Der Liebling von deiner Mutter ist Brenda.« Seine Mundwinkel waren mit weißlichem Sekret verklebt.

»Ich hab dich lieb, Daddy«, sagte Kayley und wischte ihm die Lippen behutsam mit einem Papiertuch sauber, während ihr Vater sie liebevoll anschaute.

Aber daran musste sie oft denken – dass ihr Vater sie sein Lieblingskind genannt hatte. Und sie dachte an ihre Mutter, die schon immer etwas Abwesendes gehabt hatte und die jetzt halbtags in einer Zahnarztpraxis in der Stadt arbeitete; abends schien sie wenig zu Kayley zu sagen zu haben, und das verletzte Kayley oft. Manchmal spürte sie den Schmerz als regelrechte kleine Welle in der Brust, und dann dachte sie: Deshalb sagt man, etwas verletzt die Gefühle – weil es körperlich wehtut.

Als Kayley die Woche darauf bei den Ringroses putzte, überkam sie das gleiche Gefühl wie immer in dem Haus, eine geballte Trostlosigkeit. Es war ein strahlender Tag, das Sonnenlicht flutete zu den Wohnzimmerfenstern herein, und nachdem Kayley die Kaminscheite abgerieben hatte, setzte sie sich auf die Couch mit ihrer steifen, harten Polsterung.

Plötzlich spürte sie sehr stark ihren eigenen Körper, fast als würde die Schamhaftigkeit aller Dinge hier drin nach ihr schreien. Immer stärker spürte sie ihn, während sie dort saß, und schließlich öffnete sie langsam den obersten Blusenknopf, schob die Hand in ihren BH und befühlte ihre Brust, und eine Hitze breitete sich in ihr aus. Sie schloss die Augen und öffnete auch noch den zweiten Knopf und hob die Brust aus dem Körbchen. In der Stille des Hauses kam die Brust ihr verletzlich und lebendig vor; sie brachte die Finger an den Mund und dann wieder an ihre Brust, berührte sie immer von neuem, von ungeahnten Empfindungen erfüllt. Mit geschlossenen Augen saß sie da und strich sich über die Brust, und die Luft strich auch darüber – es war seltsam aufregend, dies in der Steifheit und Stille des Ringrose'schen Hauses zu tun.

Ein kleiner Laut ließ sie aufschauen, und in der Wohnzimmertür stand Mr Ringrose. Kayley setzte sich kerzengerade auf und versuchte, die Bluse zu schließen; ihre Wangen brannten wie Feuer. Der Mann war groß, und er sah sie durch seine Brille an, ohne zu lächeln. Er sagte kein Wort, nickte nur kaum merklich, und verschwommen begriff sie, er wollte, dass sie weitermachte. Sie starrte ihn an und sagte dann: »Nein«, oder wollte es sagen, aber er kam ihr zuvor, und seine Stimme war belegt. »Mach weiter.« Sie schüttelte den Kopf, aber er wandte den Blick nicht von ihr, und ein milder Ausdruck erschien auf seinem Gesicht. »Mach weiter«, sagte er noch einmal leise. Sie starrte ihn an; sie hatte furchtbare Angst. Und das wusste er offenbar, denn sein Ausdruck wurde noch sanfter; er neigte ganz leicht den Kopf. Leise sagte er: »Bitte mach weiter.« So sahen sie sich an, und seine Augen – hinter den großen, randlosen Brillengläsern – wirkten sanft und merkwürdig harmlos, und nach ein paar Sekunden schloss sie die Augen und griff sich erneut an die Brust. Als sie die Augen wieder aufschlug, war er verschwunden.

Hastig knöpfte sie sich die Bluse zu und stand auf. Mit immer noch glühenden Wangen staubte sie zu Ende ab; ihr Atem ging flach, während sie ihre Arbeit machte, auf allen vieren den Boden scheuerte. O mein Gott, dachte sie unentwegt, o mein Gott, o mein Gott, o mein Gott.

Fast hätte sie es beim Hinausgehen übersehen, das Kuvert auf der Fußmatte gleich bei der Haustür, und als sie sich danach bückte, las sie ihren Nachnamen darauf. Sie nahm es an sich, und als sie um die Ecke gebogen war, riss sie es auf und fand darin drei Zwanzig-Dollar-Scheine.

Jetzt packte sie eine ganz neue Angst. Sie steckte das Geld in ihre Gesäßtasche, noch in dem Kuvert, und fuhr mit dem Rad weit aus der Stadt hinaus. »O mein Gott, o mein Gott«, sagte sie immer wieder.

Als sie nach Hause kam, fragte ihre Mutter: »Wo warst du?« Kayley sagte, ihr sei nach dem Putzen bei den Ringroses nach Radeln zumute gewesen, es sei ein so herrlicher Tag. Und dann setzte sie sich ans Klavier und fing an zu spielen – oh, wie sie spielte! Eine Mozart-Sonate nach der anderen spielte sie, als könnte sie ihre Finger gar nicht tief genug in das frische Erdreich der Musik graben; sie spielte und spielte.

Als sie beim Abendessen saßen, sagte ihre Mutter: »Du hast das Klavier kaum angerührt, seit dein Vater tot ist, und es steht nur da und nimmt Platz weg.«

Kayley sagte: »Ich spiel ab jetzt wieder mehr. Bitte gib es nicht weg.«

In der Woche darauf regnete es, und als Kayley zu den Ringroses radelte, wurde sie trotz Regenjacke und Kapuze klatschnass, und wieder war von keinem der beiden etwas zu sehen. Sie trocknete sich notdürftig mit einem Geschirrtuch ab und ging an die Arbeit, rührte die Reinigungslösung für die Scheite in den Eimer, und als sie vor dem Kamin kniete und die Scheite abrieb, glaubte sie, etwas zu hören, und blickte auf; da, an genau derselben Stelle wie beim letzten Mal, stand Mr Ringrose. Er hatte ein paar Regenspritzer auf den Schultern seines hellblauen Hemds und auch auf der Brille, aber seine Augen sah sie trotzdem. Er stand einfach da und sah sie an, und sie blieb stumm. Nach einer Weile nickte er ganz leicht, und sie setzte sich in die Hocke und legte die Hand auf die Brust, und er nickte wieder dieses winzige Nicken, und nach kurzem Warten stand Kayley auf und wischte sich die Hände an der Jeans ab und ging zu der strammgepolsterten Couch und knöpfte sich die Bluse auf, wobei sie ihn diesmal ansah. Sie empfand ein starkes Gefühl der Unwirklichkeit, während sie zum Regenrauschen vor den Scheiben ganz langsam ihre Bluse auszog, dann den BH auszog und die Zimmerluft ihre nackten Brüste ansprang. Mr Ringrose sagte mit leiser Stimme: »Danke.«

Auf der Fußmatte vor der Haustür lag auch diesmal wieder ein Kuvert mit Geld.

Als kleines Mädchen hatte Kayley ihre Mutter einmal gefragt, ob sie hübsch sei, und ihre Mutter hatte gesagt: »Na, Schönheitskönigin wirst du keine werden, aber ins Monstrositätenkabinett stecken sie dich auch nicht.«

Tatsächlich hätte Kayley kurz vor dem Tod ihres Vaters – sie war damals in der Sechsten gewesen – einmal fast bei einem Schönheitswettbewerb mitgemacht. Ihre Turnlehrerin hatte sie beiseitegenommen und gefragt, ob sie am Little-Miss-Moxie-Wettbewerb in Shirley Falls teilnehmen wollte; Kayleys Vater war empört gewesen. »Niemand hat meine Töchter nach ihrem Aussehen zu beurteilen!« Er war richtig in Rage geraten, und so hatte Kayley ihrer Lehrerin gesagt, dass sie nicht dabei sein würde, und es hatte ihr nicht das kleinste bisschen ausgemacht.

Aber nun schaute sie oft in den Spiegel bei sich im Zimmer und wendete ihren Kopf hierhin und dorthin. Sie dachte – an manchen Abenden dachte sie das –, dass sie vielleicht doch hübsch war. Sie zog sich vor dem Spiegel nicht Hemd und BH aus, um zu sehen, was Mr Ringrose sah. Das brachte sie nicht über sich, aber sie dachte fast unentwegt an den Mann.

Es wurde Juni. Bis zu den Ferien waren es noch zwei Wochen.

Im Mehrzwecksaal der Kongregationalistenkirche saß Kayley, angetan mit Mrs Ringroses Brautkleid, am Klavier. Der Tag war übergebührlich heiß für die Jahreszeit, und ein großer Ventilator rührte unter leisem Quietschen die Luft auf. Die Klappstühle waren in zwei Blöcken aufgestellt, mit einem Gang dazwischen, und die alten Holzdielen knarzten, als die Frauen hereinkamen und auf den Stühlen Platz nahmen. Durch die Fenster war ein Ausschnitt leuchtend blauer Himmel zu sehen und dazu der Parkplatz. Seit neun Wochen hatte Kayley nun jede Woche für Mr Ringrose die Bluse ausgezogen – nur einmal war er nicht erschienen, und sie hatte sich im Stich gelassen gefühlt –, und die Kuverts mit den Geldscheinen, die sie anfangs unter die Socken und Unterhosen in ihrer Kommodenschublade gestopft hatte, waren so viele geworden, dass sie sie herausnehmen und im Schrank verstecken musste. Es war seltsam, manchmal waren es sechzig Dollar, dann wieder nur zehn plus ein paar Ein-Dollar-Noten, und einmal waren es zwei Zwanziger gewesen.

Von ihrem Platz auf der Klavierbank beobachtete Kayley Mrs Ringrose auf ihrem Weg durch den Saal und dachte: Dein Mann hat *meine Brüste gesehen*, und ich wette, deine hat er seit Jahren nicht mehr angeschaut! Dieser Gedanke machte sie richtig glücklich. Schließlich gab ihr Mrs Ringrose ein Zeichen, und Kayley stimmte »Pomp and Circumstance« an, und durch den kleinen Gang zwischen den Klappstühlen marschierte die erste Frau der Silberkränzchen-Modenschau mit langem Kleid und einem weißen Häubchen auf ihrem grauhaarigen Kopf; Mrs Ringrose stand derweil vorn und sagte: »Die ersten Pilger, 1620.« Etwa fünfzehn alte Frauen saßen auf den Stühlen, die für fünfzig gereicht hätten, und Kayley spielte immer weiter, während Mrs Ringrose an ihrem Lesepult die einzelnen Auftretenden vorstellte und erklärte, für welche Epoche die Kostüme standen.

Als Letzte kam Bertha Babcock; sie trug einen orangen Hosenanzug. »Die heutige Zeit«, verkündete Mrs Ringrose, und alle klatschten verhalten.

Hinterher blieben die Frauen auf den Klappstühlen sitzen und aßen Kekse auf dünnen Papierservietten, die sie auf dem Schoß hielten. Niemand redete mit Kayley, also ging sie nach einer Weile hinaus, zog sich um, legte das Brautkleid auf den Tisch vorn im Saal und radelte heim.

Christine Labbe starrte sie mit ihren blau geschminkten Augen an und prustete los. »Da wird einem ja schlecht«, sagte sie, und sie lachte so, dass sie zu husten anfing.

»Kotzübel«, sagte Kayley. »Es war so was von abartig.«

»Shit, Kayley.« Und Christine hustete wieder und sagte: »Also echt. Kränker geht's ja wohl nicht. Sie hört dieses Jahr auf, wusstest du das?«

Das hatte Kayley nicht gewusst. Sie schaute auf einen Pickup, der neben ihnen parkte; auf einem Aufkleber an seinem Heck stand: REDNECKS GESUCHT, SOMMERSPROSSEN OK.

»Doch. Die von der Schülervertretung sind ganz rührselig geworden und wollen ihr zum Abschied einen Fliederbusch schenken.« Christine verdrehte die Augen.

»Sollen sie. Mir so was von egal«, sagte Kayley.

Wenn sie jetzt abends heimkam, spielte sie Klavier; sie spielte und spielte und wurde wieder richtig gut. Ihre Finger flogen nur so über die Tasten.

Miss Minnie im Pflegeheim saß zusammengesunken über ihrem Klapptablett, den Kopf auf den Armen, Augen geschlossen. »Miss Minnie?«, flüsterte Kayley und beugte sich zu der alten Frau vor. »Miss Minnie?« Aber die alte Frau reagierte nicht, sie rührte sich nicht und schlug auch die Augen nicht auf. Genau so war es auch beim letzten Mal gewesen, als Kayley zum Pflegeheim geradelt war, und bei dem Mal davor auch. Die Pflegerin in ihrer blauen Schwesterntracht kam herein und beobachtete Miss Minnie eine Weile, die Hände in die Hüften gestemmt.

»Ach, Herzchen«, sagte sie schließlich zu Kayley. »Sie ist einfach sehr alt und mag nicht mehr.«

Kayley beugte sich zu Miss Minnie hinab und wisperte so dicht an ihrem Ohr, dass das feine Haar sie am Mund kitzelte: »Miss Minnie, ich bin's, Kayley. Hören Sie mich, Miss Minnie?« Und dann sagte Kayley: »Ich hab Sie sehr lieb.« Und die alte Frau regte sich nicht.

Als Kayley das nächste Mal kam, war Miss Minnies Zimmer leer – vollständig leer, kein Bett mehr, kein Stuhl –, und zwei Frauen wischten es mit dem Mopp aus. »Warten Sie!«, sagte Kayley, aber sie schwenkten nur ihre Mopps über den Boden.

Und als Kayley zur Rezeption ging, sagte die Frau dort: »Tut mir leid. Wir hatten deine Nummer nicht, sonst hätten wir angerufen.«

Kayleys Mutter zuckte an dem Abend lediglich die Achseln und sagte: »Es war nur eine Frage der Zeit.«

»Aber was ist mit dem Bild von ihrem Bruder und mit den Veilchen?«

»Weggeschmissen wahrscheinlich«, sagte ihre Mutter.

Kayley wartete eine Weile, damit ihre Mutter nicht denken konnte, sie hätte es eilig, von ihr wegzukommen, aber dann sagte sie: »Mom, ich geh noch ein bisschen radeln. Es bleibt jetzt so schön lange hell«, und ihre Mutter sah sie misstrauisch an. Kayley konnte gar nicht fest genug in die Pedale treten, die

Dyer Road hoch, dann die Elm Street runter, an der Schule vorbei, es konnte ihr einfach nicht schnell genug gehen.

Als Mr Ringrose die Woche darauf auftauchte, stumm wie immer, staubte Kayley gerade die Füße der Couch ab. Sie drehte sich um; sie war unglaublich froh, ihn zu sehen. »Hallo«, flüsterte sie und stand auf. Sie hatte noch nie vorher etwas zu ihm gesagt. Er nickte und lächelte ein ganz klein wenig, den Blick durch die randlose Brille auf sie gerichtet. Sie knöpfte sich ohne Umschweife die Bluse auf. Seine Augen erschienen ihr noch sanfter als sonst, und sie wandte den Blick nicht von ihm, während sie die Finger anfeuchtete und sich damit über die Brust strich, deren Spitzen sich fast sofort aufrichteten; sollte Mrs Ringrose ruhig hereinkommen, ihr doch egal! So empfand Kayley an diesem Tag, während sie den Oberkörper bald so und bald so drehte, vor dem stummen Mr Ringrose.

Sie steckte das Kuvert mit dem Geld in ihre Wäscheschublade, und die der nächsten drei Wochen auch; in einem fand sie zu ihrer Verblüffung einen Hundert-Dollar-Schein.

Die Schule war jetzt aus, und an den Mittwoch- und Samstagvormittagen arbeitete Kayley im Doughnutladen. Sie schenkte Kaffee aus, holte die Doughnuts aus der Backstube und packte sie den Kunden in weiße Papiertüten. Eines Mittwochs sah sie Mr Ringrose vor dem Laden vorbeigehen; er sah vor sich auf den Gehsteig und schaute nicht auf. Er ging leicht gebückt, und sie erkannte ihn im ersten Moment gar nicht; sein weißes Haar stand ihm wirr vom Kopf ab. Sie hielt im Einpacken inne, um ihn zu beobachten; er schien eine Spur zu schwanken. Wahrscheinlich war er es doch nicht, entschied Kayley. Aber es erschreckte sie. Nein, er konnte es nicht gewesen sein.

Als sie in der Woche darauf wieder bei den Ringroses putzte, kam er nicht, und sie machte sich die schrecklichsten Sorgen.

Am nächsten Samstag, als die Sonne zu den großen Schaufenstern hereinstach, erschien Mrs Kitteridge im Laden. »Oh, Mrs Kitteridge«, sagte Kayley; es überraschte sie selbst, wie froh sie über ihren Anblick war. Aber Mrs Kitteridge sah sie an und fragte: »Kenne ich dich?« Und Kayley wurde rot.

»Ich bin die Calla…«

»Ach so, ja, natürlich. Die immer so tüchtig in das grässliche Heim geradelt ist, um diese Frau da zu besuchen.«

Kayley sagte: »Besuchen Sie Ihre Freundin noch dort? Meine ist gestorben.«

Mrs Kitteridge musterte sie von oben bis unten. »Das tut mir leid«, sagte sie. Dann fügte sie hinzu: »Nicht, dass sie tot ist, wer wäre nicht lieber tot, als in diesem Loch festzusitzen. Ziemlich schlau von ihr, einfach zu sterben. Meine Freundin lebt leider noch.«

»Ach, das tut mir leid«, sagte Kayley.

Mrs Kitteridge bestellte drei unglasierte Doughnuts und zwei Kaffee und drehte sich zu dem Mann hinter ihr um. »Jack«, sagte sie, »das ist die jüngste von den Callaghan-Mädchen.« Der Mann trat vor. Er war ebenfalls dick; er trug ein kurzärmliges Hemd, das seine schlaffen Oberarme sehen ließ, und eine Fliegersonnenbrille, und er sagte: »Hallo, jüngstes Callaghan-Mädchen«, auf eine Art, die Kayley nicht richtig nett fand, ein bisschen, als würde er sich über sie lustig machen.

»Also dann«, sagte Mrs Kitteridge, und sie verließ mit ihm den Laden, eine winkende Hand überm Kopf.

Ein paar Abende später klingelte bei ihnen das Telefon, und Kayleys Mutter hob ab und sagte: »Ja, natürlich. Hier ist sie schon.«

Kayley hatte Klavier gespielt – wie eine Wilde hatte sie gespielt, aber als das Telefon klingelte, hatte sie abgebrochen –, und als ihre Mutter nun sagte: »Für dich«, stand sie auf und ging hin.

»Kayley? Hier spricht Mrs Ringrose.«

Kayley öffnete den Mund, aber es kam kein Ton.

»Ich brauche dich ab sofort nicht mehr«, sagte Mrs Ringrose. Ein Schweigen entstand.

»Oh, ich …«, setzte Kayley dann an.

»In unserem Haus steht gesundheitlich nicht alles zum Besten, und ich bin jetzt im Ruhestand, wie du ja wohl weißt. Also kann ich mich selbst um alles kümmern. Danke, Kayley. Auf Wiedersehen.«

Eine Welle des Kummers strudelte Kayley fort und gab sie nicht mehr frei. Sie fuhr mit ihrem Rad durch die Stadt, am Meer entlang, sie fuhr und fuhr, und immerzu dachte sie an Mr Ringrose. Es gab niemanden, mit dem sie über das Geschehene sprechen konnte, das Wissen blieb in ihr verschlossen, und sie fühlte sich fast die ganze Zeit unwohl. Trotzdem machte sie weiter, als wäre nichts, radelte durch die Gegend, arbeitete zwei Vormittage die Woche im Doughnutladen, und der Filialleiter gab ihr noch einen dritten Vormittag dazu, Donnerstag. Aber ihr war sterbenselend zumute, und eines Nachmittags, als sie mit der Zahnbürste auf Bertha Babcocks Küchenboden kniete, wurde ihr mit einem Mal schwindlig. Bertha Babcock war nicht da, und Kayley stand auf und legte der Frau einen Zettel hin. ICH KANN HIER NICHT MEHR ARBEITEN. Sie leerte nicht einmal den Eimer aus, und die Zahnbürste ließ sie auf dem Boden liegen.

Am nächsten Tag kam ihre Mutter in den Doughnutladen und sagte zu Kayley: »Du kommst nach der Arbeit sofort nach Hause.« Ihre Mutter sah furchtbar aus, die Augen bitterböse und eng. Als Kayley heimkam, stand ihre Mutter bei ihr im Zimmer. Kayleys Unterwäsche und Socken waren aufs Bett gekippt, die Kommodenschublade hing heraus wie eine Zunge. »Wo hast du dieses Geld her?« Ihre Mutter schrie ihr das entgegen, und sie fuchtelte mit den Kuverts mit den Zwanzigern und dem einen Kuvert mit dem Hunderter vor ihrem Gesicht herum. Sie riss die Scheine heraus und warf sie in die Luft, so dass sie im Zimmer herumflatterten. »Wo du das herhast, will ich wissen!«

»Das ist mein Putzgeld«, sagte Kayley.

»Lüg mich nicht an! Du bekommst zehn Dollar bei dieser Ringrose, und das hier sind mindestens dreihundert, woher hast du die?«

»Mom, ich putze seit einer Ewigkeit bei ihr.«

»Ich warne dich!« Die Wut ihrer Mutter schwoll und blähte sich, sie füllte das ganze Zimmer.

Kayleys Verstand arbeitete flink; während ihre Mutter schrie, überschlug sie die Summe; die restlichen Kuverts voller Geld waren in ihrem Kleiderschrank versteckt, und sie vermied jeden Blick in die Richtung. Stattdessen setzte sie sich aufs Bett und sagte mit betont ruhiger Stimme: »Es ist mein Putzgeld, Mom. Von Bertha Babcock, die mir fünfzehn Dollar zahlt, macht also fünfundzwanzig Dollar die Woche.« Sie fügte hinzu: »Und den Hunderter hab ich mir auf der Bank eingetauscht, weil ich schon immer mal einen haben wollte.«

»Du lügst«, sagte ihre Mutter. »Bertha Babcock hat heute

früh angerufen und mir gesagt, dass du einfach hingeschmissen hast.« Dazu schwieg Kayley. »Wer hat dir beigebracht, dass man einen Job einfach so hinschmeißen darf? Wer hat dir das beigebracht?«

Kayley saß da und ließ sich von ihrer Mutter anschreien. Und dann passierte etwas Merkwürdiges mit ihr: Von einer Sekunde auf die andere machte es ihr nichts mehr aus. Als wäre in ihrem Innern etwas ausgeknipst worden. Die ganze Furcht, die sich in ihr angestaut hatte – weg. Sie stand drüber, es machte ihr nichts aus. Ihre Mutter ohrfeigte sie sogar, was ihr die Tränen in die Augen trieb, aber auch das war ihr egal. Es war das Seltsamste, was sie jemals empfunden hatte, und dieses Gefühl – nicht ihre Mutter – jagte ihr Angst ein. Ihr Schweigen schien den Zorn ihrer Mutter noch anzufachen – »Ich rufe deine Schwester an!«, brüllte sie –, und als es ausgestanden war, als ihre Mutter aus dem Zimmer gestürmt war, blickte Kayley sich um, und es sah aus, als hätten bei ihr die Vandalen gehaust: Auf der Lampe, die umgestürzt auf dem kleinen Schreibtisch lag, war eine Unterhose gelandet, einzelne Socken waren bis an die drübere Wand geflogen, in der rosa Tagesdecke klaffte ein Riss.

Als Brenda kam, sagte sie: »Lass uns ein bisschen allein, ja, Mom?« Dann setzte sie sich neben Kayley aufs Bett und sagte: »Ach, Herzchen, was ist denn passiert?« Kayley sah sie an; jetzt hätte sie gern geweint, aber sie verbiss es sich. »Herzchen«, sagte Brenda, und sie nahm Kayleys Hand und streichelte sie. »Sag mir nur, wo du das Geld herhast, das reicht schon. Sag's mir einfach.«

»Wenn du es zusammenrechnen würdest, würdest du sehen, dass es einfach mein Putzgeld ist. Und das Geld vom Doughnutladen.«

Brenda nickte. »Ja, das dachte ich mir schon. Mom ist nur so ausgerastet, weil du bei Bertha Babcock aufgehört hast, ohne es ihr zu sagen. Mom hat es nicht leicht zur Zeit, und dann hat sie dieses ganze Geld gesehen und gedacht, vielleicht hat es was mit Drogen zu tun oder so.«

»Also echt«, sagte Kayley, und Brenda nickte verständnisvoll; sie streichelte jetzt Kayleys Arm. »Ach, Herzchen, ich wusste gleich, dass es keine Drogen sind.«

Nach einer kurzen Stille sagte Kayley: »Irgendwie finde ich es grässlich, hier mit ihr zu wohnen. Sie redet fast nichts mit mir. Und – und das verletzt meine Gefühle.«

»Ach, Süße«, sagte Brenda. »Ich sag dir jetzt was, Kayley. Mom ist einfach furchtbar depressiv, seit Dad gestorben ist. Und sie war eigentlich schon zu alt, als sie dich bekommen hat …« Brenda beugte sich zu ihr vor und sagte: »Aber gottlob bist du da!« Kayley sah ihre Schwester an, die dunklen Ringe unter ihren Augen; unvermittelt fiel ihr wieder ein, wie Brenda gesagt hatte: »Er will andauernd, und irgendwie macht es mich ganz krank.«

»Brenda, ich hab dich lieb«, sagte Kayley leise.

»Und wir haben *dich* alle lieb. Jetzt hör zu, Herzchen.« Brenda machte eine Pause und sagte dann, als verriete sie ein Geheimnis: »Du hast was im Kopf. Das weißt du, oder? Wir andern sind eher so wie Mom«, und sie legte den Finger an die Lippen, wie um zu sagen, das bleibt unter uns. »Aber du bist wie Dad. Du hast was im Kopf. Also, Kayley, Süße, sei einfach weiter so gut in der Schule, und du hast eine Zukunft. Eine richtige Zukunft.«

»Was meinst du damit, eine richtige Zukunft?«

»Du könntest Ärztin oder Krankenschwester werden oder sonst irgendetwas Wichtiges, Kayley.«

»Im Ernst?«

»Im Ernst«, sagte Brenda.

Als ihre Mutter am nächsten Tag zur Arbeit aufgebrochen war, holte Kayley die vielen Geldkuverts aus ihrem Schrank, und auf ihrer Suche nach einem neuen Versteck fiel ihr plötzlich das Klavier ein. Sie hob den Gehäusedeckel hoch, schob sie durch und schaute zu, wie sie hinter die Saiten plumpsten. Wie sie je wieder an sie herankommen sollte, wusste sie nicht, aber dort waren sie sicher; sie hatte mit dem Spielen aufgehört.

Von ihrer Mutter erwartete sie nichts mehr. So dass sie, als ihre Mutter sich an manchen Abenden plötzlich umgänglich zeigte, überrascht war und sich ihrerseits Mühe gab. An einem dieser Abende erzählte sie von Miss Minnie, und ihre Mutter hörte ihr zu. Und ihre Mutter erzählte von den verschiedenen Patienten in der Zahnarztpraxis, in der sie arbeitete, und auch Kayley hörte zu. Es war keine unzumutbare Existenz.

Und deshalb traf es sie umso heftiger, als sie nach ihrer Samstagsschicht im Doughnutladen ins Wohnzimmer kam und ihr – wie ein fehlender Schneidezahn – die Lücke entgegensprang, wo das Klavier gestanden hatte; fast zweifelte sie an ihrem Verstand.

»Ich habe es verkauft«, sagte ihre Mutter. »Du spielst ja nie mehr, also habe ich es einer Gemeindehalle in der Nähe von Portland verkauft.«

Kayley wartete, aber der Anruf wegen des Geldes blieb aus.

An einem der letzten Sommertage kam wieder Mrs Kitteridge in den Doughnutladen. Diesmal war sie allein, und es war gerade auch sonst niemand da. »Tag, Kindchen«, sagte sie, und Kayley sagte: »Tag, Mrs Kitteridge.«

»Putzt du eigentlich noch bei dieser alten Ringrose-Schrulle?«, erkundigte sich Mrs Kitteridge, nachdem sie zwei unglasierte Doughnuts bestellt hatte.

Und Kayley sagte, während sie die Doughnuts in eine Papiertüte schob: »Nein, sie hat mich gefeuert.«

»Gefeuert hat sie dich?« Das überraschte Mrs Kitteridge offenbar. »Was hast du gemacht, mit ihrem kleinen *Mayflower*-Modell gespielt?«

»Nein. Sie hat einfach nur angerufen und gesagt, dass sie mich nicht mehr braucht. Und dass es in ihrem Haus irgendwelche gesundheitlichen Probleme gibt.«

»Hmm.« Mrs Kitteridge schien abzuwägen. »Na ja, ihrem Mann geht es nicht gut.«

In Kayleys Nasenspitze kribbelte es ganz komisch. »Muss er sterben?«, fragte sie.

Mrs Kitteridge schüttelte den Kopf. »Schlimmer«, sagte sie. Und dann lehnte sie sich über den Ladentisch und legte die Hand an die Wange. »Er ist nicht mehr ganz dicht.«

»Mr Ringrose? Im Ernst?«

»Heißt es. Angeblich stand er nackt bei ihnen im Garten und hat die Tulpen gegossen. Die schon längst nicht mehr blühen.«

Kayley sah Mrs Kitteridge an. »Nehmen Sie mich jetzt auf den Arm?«

Mrs Kitteridge seufzte. »Ach, es wird noch schlimmer. Jetzt hab ich dir so viel erzählt, da kann ich dir den Rest auch noch sagen. Sie schiebt ihn ins Heim ab, das, in dem auch Miss Minnie war. Ist das zu fassen? Als ob sie aufs Geld achten müssten! Da wäre locker dieses Golden-Bridge-Dingsda drin, aber nein, sie steckt ihn in das Loch da draußen, und ich sage dir, und das sage ich schon lange« – Mrs Kitteridge klopfte zweimal hart auf den Ladentisch –, »diese Frau hat ihn immer schlecht behandelt. Immer.« Sie sah Kayley an und nickte mit Nachdruck.

»Ach je«, sagte Kayley, während das Gehörte einsickerte. »Ach je, ist das traurig.«

Und Mrs Kitteridge sagte: »Traurig ist gar kein Ausdruck.«

In zwei Tagen sollte für Kayley die Highschool beginnen. Die Schule lag eine gute Meile außerhalb, ihre Mutter würde sie morgens im Auto hinbringen, und zurück würde sie zu Fuß gehen, oder vielleicht konnte sie bei einer Freundin mitfahren. Aber an ihrem alten Haus in der Maple Avenue führte der Weg nicht mehr vorbei, und so fuhr sie an diesem Tag mit dem Rad hin, und sie sah, wie sehr es sich durch die Renovierung verändert hatte. Es war immer ein weißes Haus gewesen, und jetzt war es tiefblau gestrichen, mit Blumentöpfen auf der neugezimmerten Eingangstreppe. Der Anbau hinten, in dem ihr Vater gestorben war, war ganz abgerissen und durch eine große Veranda ersetzt worden. Das alles sah sie, und dann bog sie an der Ecke kurzentschlossen ab und radelte weiter über die Brücke, an der Textilfabrik vorbei zu dem alten Pflegeheim, in dem Miss Minnie gewesen war. Als sie ankam, hielt sie auf der anderen Straßenseite an und sah zu dem Gebäude hinüber; es war dunkelgrün, ein Schindelhaus, und es schien ihr geschrumpft. Sie schob ihr Rad ein Stückchen; ein paar Autos brausten vorbei. Sie wartete, bis die Straße frei war, überquerte sie dann und schob das Rad auf die Rückseite, wo das Personal parkte. Und weil sie niemandem begegnen wollte, schob sie es auch noch um die nächste Ecke, auf die zum Wald hin gewandte Seite, wo sie sich auf den Kiesboden setzte, das Rad neben sich an die Hauswand gelehnt.

Die obersten Zweige eines Baums färbten sich schon rot,

und Kayley sah erst zu ihnen hinauf und dann auf den Kies, der in der Sonne schimmerte. Sie dachte an Mrs Ringrose mit ihrem Silberkränzchen und an diese Modenschau, die sie abgehalten hatte, beginnend bei den Pilgervätern. O mein Gott, dachte Kayley, und sie lehnte den Kopf an die Schindelwand und schloss die Augen. Und die *Mayflower* in ihrem Wohnzimmer. Die Vergangenheit, an die sich die Frau klammerte, schien Kayley alle Bedeutung verloren zu haben; nur ein kleiner Rest war noch greifbar, so viel anderes war seither passiert – nicht nur die Sache mit Irland, auch sonst hatte sich so viel getan, die Bürgerrechtsbewegung, all die neuartigen Verbindungen zwischen den Menschen, in einer Welt, die viel kleiner geworden war, als es Mrs Ringrose je geahnt hatte.

Und dann dachte Kayley an Mr Ringrose, an den zu denken sie im Grunde nie aufgehört hatte, an die Einsamkeit, die er erduldet haben musste und noch immer erduldete, jetzt so wenige Meter von ihr entfernt.

Kayley schüttelte den Kopf und zog die Arme vors Gesicht. Im Moment – auch wenn es nicht mehr als dieser eine Moment war – wollte sie nur eins: wieder in seiner Nähe sein.

# Mutterlos

Sie waren unpünktlich.

Olive Kitteridge hasste Leute, die unpünktlich waren. Kurz nach Mittag, hatten sie gesagt, und Olive hatte das Mittagessen schon hergerichtet, Brote mit Erdnussbutter und Marmelade für die beiden Großen und Thunfischsandwiches für ihren Sohn und Ann, seine Frau. Bei den Kleinen fühlte sie sich überfragt; das Baby mit seinen sechs Wochen bekam sicher noch nichts Festes, aber Henry junior war über zwei. Was aßen Zweijährige? Olive hatte keine Ahnung mehr, was Christopher in diesem Alter gegessen hatte. Sie machte ein paar Schritte ins Wohnzimmer und versuchte, es mit den Augen ihres Sohnes zu sehen; wahrscheinlich genügte ein Blick, und er wusste Bescheid. In der Küche klingelte das Telefon, Olive eilte zurück und hob ab. Christopher sagte: »Okay, Mom, wir fahren jetzt in Portland los, wir haben noch schnell Mittagspause gemacht.«

»Mittagspause?«, sagte Olive. Es war zwei Uhr nachmittags. Die Aprilsonne schien milchig durch das Fenster zur Bucht, die als stahlgrau schimmernde Fläche dalag, keine Schaumkronen heute.

»Die Kids haben was zu essen gebraucht. Das heißt, wir sind bald da.«

Von Portland fuhr man eine Stunde. »Also gut«, sagte Olive. »Wollt ihr dann noch Abendessen?«

»Abendessen?«, fragte Christopher, als hätte sie ihn aufgefordert, mit ihr zum Mond zu fliegen. »Doch, klar, denk ich schon.« Im Hintergrund war Gekreische zu hören. Christopher sagte: »Annabelle, lass das! Hörst du nicht, Annabelle? Ich zähle bis drei … Mom, ich melde mich gleich noch mal«, und die Verbindung riss ab.

»Himmel noch mal«, murmelte Olive und setzte sich an den Küchentisch. Die Bilder hingen noch, aber auch so war das Haus unübersehbar im Umbruch, so als würde sie – was ja auch stimmte – bald ausziehen. Sie sah sich nicht als einen Menschen, der Schnickschnack ansammelte; dennoch stand hinten im Eck ein Karton voller Kleinkram, und als sie von ihrem Platz hinüber ins Wohnzimmer schaute, erschien ihr der Anblick dort noch verräterischer; nur die Möbel selbst und die zwei Gemälde an den Wänden waren noch da. Die Bücher waren weg – sie hatte sie vor einer Woche in die Bücherei gefahren –, und auch die Lampen waren bis auf eine in Kisten verpackt.

Das Telefon klingelte wieder. »Entschuldige«, sagte ihr Sohn.

»Darf man das, beim Fahren telefonieren?«, fragte Olive.

»Ich fahre nicht. Ann fährt. Also, wenn wir da sind, sind wir da.«

»Ist gut«, sagte Olive. Und sie fügte hinzu: »Ich kann's gar nicht erwarten, dich mal wieder zu sehen.«

»Dito«, sagte ihr Sohn.

*Dito.*

Nach dem Telefonat wanderte sie im Haus auf und ab, und Beklommenheit breitete sich in ihr aus. »Du packst das völlig verkehrt an«, sagte sie leise zu sich. »Himmelherrgott, Olive.«

Fast drei Jahre hatte sie ihren Sohn jetzt nicht mehr gesehen. Und das, dachte Olive, konnte weder natürlich noch richtig sein. Aber dieser eine Besuch bei ihm in New York – als Ann noch mit dem kleinen Henry schwanger gewesen war und lange bevor Ann dieses neue Kind bekommen hatte, Natalie, die jetzt ein Säugling war – war so gründlich missglückt, dass ihr Sohn sie mehr oder weniger rausgeworfen hatte. Und das war's. Seitdem hatten sie sich nur einmal gesehen, kurz danach, als er zur Beerdigung seines Vaters nach Maine geflogen war, um mit tränenüberströmtem Gesicht vor der ganzen Kirche zu sprechen. »Ich habe von meinem Vater nie auch nur ein hässliches Wort gehört«, hatte er unter anderem gesagt.

Olive vergewisserte sich, dass im Bad genügend saubere Handtücher lagen, sie wusste natürlich, dass genügend saubere Handtücher da waren, aber sie konnte nicht anders, als es nochmals zu überprüfen. Wegen des Babybetts solle sie sich keine Sorgen machen, hatten sie gesagt, aber Olive machte sich Sorgen. Der kleine Henry war zweieinhalb, Natalie sechs Wochen, wie sollte es da ohne Babybett gehen? Gut, so wie ihr Haus in New York ausgesehen hatte – Gott, hatten dort Zustände geherrscht! –, war wahrscheinlich jeder Notbehelf gut genug. Annabelle war inzwischen fast vier und Theodore sechs. Wie beschäftigte man einen Sechsjährigen? Und wozu brauchten sie überhaupt so viele Kinder? Ann hatte Theodore und Annabelle von verschiedenen Männern bekommen, und jetzt hatten es noch mal zwei mit Christopher sein müssen. Wem zum Kuckuck wollten sie damit etwas beweisen? Ihr Sohn war schließlich kein junger Mann mehr.

Dennoch konnte sie es, als er aus dem Auto ausstieg, nicht fassen – sie konnte es nicht *fassen* –, wie grau er schon war.

Christopher! Sie ging auf ihn zu, aber er öffnete gerade die Autotüren, und kleine Kinder quollen heraus. »Hallo, Mom.« Er nickte ihr zu. Sie sah das dunkelhaarige kleine Mädchen in seiner unförmigen rosa Nylonjacke und den kniehohen türkisblauen Gummistiefeln, das sich mit einem Ruck wegdrehte, und den blonden Jungen, älter schon, der Olive anstarrte. Ann war damit beschäftigt, das Baby aus dem Auto zu holen. Olive ging zu Christopher, ihrem Sohn, und legte die Arme um ihn, und sein Körper, der Körper eines nicht mehr jungen Mannes, fühlte sich steif an in ihrer Umarmung. Sie trat einen Schritt zurück, er ebenfalls, und dann beugte er sich ins Auto und schnallte ein Kind aus einer Vorrichtung los, die aussah wie der Pilotensitz eines kleinen Astronauten; er hob das Kind heraus und sagte zu seiner Mutter: »Das ist Henry.«

Der Junge guckte mit großen, verschlafenen Augen zu Olive hoch, und dann wurde er auf den Boden gestellt, wo er sich an das Bein seines Vaters klammerte. »Guten Tag, Henry«, sagte Olive, und seine Augen verdrehten sich ganz leicht, bevor er das Gesicht in Christophers Hosenbeine bohrte. »Fehlt ihm was?«, wollte Olive wissen, denn sein Anblick, dunkelhaarig wie seine Mutter, mit dunklen Augen, weckte in ihr nur den einen Gedanken: Das ist nicht Henry Kitteridge! Was hatte sie erwartet? Sie hatte erwartet, in dem kleinen Jungen ihren Ehemann zu erkennen, aber stattdessen sah sie einen Fremden.

»Er muss erst richtig wach werden«, sagte Christopher und nahm das Kind auf den Arm.

»Na, dann kommt mal rein«, sagte Olive, und erst da merkte sie, dass sie noch kein Wort mit Ann gesprochen hatte, die geduldig mit dem Säugling im Arm dastand. »Grüß dich, Ann«, sagte Olive, und Ann sagte: »Hallo, Olive.«

»Sind das deine Siebenmeilenstiefel?«, fragte Olive das kleine Mädchen, und das kleine Mädchen schaute argwöhnisch und stapfte zu seiner Mutter. »Weil sie so groß sind, meine ich«, erklärte Olive dem Kind, das im Zweifel noch nie von Siebenmeilenstiefeln gehört hatte.

Ann sagte: »Die Stiefel haben wir extra für die Fahrt nach Maine gekauft«, und das verwirrte Olive.

»Aber zieh sie aus, bevor ihr ins Haus geht«, sagte sie.

Damals in New York hatte Ann Olive gefragt, ob sie »Mom« zu ihr sagen durfte. Jetzt machte Ann keinen Schritt auf Olive zu, also machte auch Olive keinen Schritt auf Ann zu, sondern drehte sich stattdessen um und ging hinein.

Drei Nächte sollten sie bleiben.

In der Küche angekommen, beobachtete Olive ängstlich ihren Sohn. Der Ausdruck, mit dem er sich umsah, wirkte im ersten Moment offen, anerkennend. »Mensch, Mom, du hast ja echt gut ausgemistet. Wahnsinn.« Dann sah sie den Schatten herankommen. »Warte mal – hast du etwa alles von Dad weggegeben? Was soll das werden?«

»Nein, wie kommst du darauf?«, antwortete Olive, und dann: »Ich meine, ein paar Sachen natürlich schon. Er ist jetzt schon eine ganze Weile nicht mehr hier, Chris.«

Er sah sie an. »Was?«

Sie wiederholte es, aber sie musste wegschauen dabei. Dann fragte sie: »Theodore, möchtest du ein Glas Wasser?« Der Junge starrte sie mit riesigen Augen an. Dann schüttelte er den Kopf und ging hinüber zu seiner Mutter, die sich, ohne das Baby loszulassen, aus einem dicken schwarzen Pullover herauswand. Ihr Bauch wölbte sich durch den Stoff ihrer schwarzen Stretchhose, dafür wirkten die Arme unter der weißen Nylonbluse zu dünn.

Ann setzte sich an den Küchentisch und sagte: »Mir könntest du ein Glas Wasser geben, Olive«, und als Olive sich umdrehte, um es ihr zu reichen, hing da eine Brust heraus – hing einfach so heraus, hier, mitten in der Küche, die Brustwarze riesig und braun –, und Olive wurde eine Spur anders zumute. Ann drückte das Baby an sich, und Olive sah das winzige Ding mit fest zugepressten Augen an der Brustwarze andocken. Ann lächelte zu ihr hoch, aber ein echtes Lächeln war es nicht, dachte Olive. »Uff«, sagte Ann.

Christopher verlor kein weiteres Wort über die Sachen seines Vaters, was Olive als gutes Zeichen nahm. »Christopher«, sagte sie. »Willkommen zu Hause. Mach es dir bequem.«

Darauf glitt ein Ausdruck über das Gesicht ihres Sohnes, der ihr zu verstehen gab, dass dies nicht mehr sein Zuhause war – so deutete Olive seinen Blick –, aber er setzte sich an den Küchentisch und streckte die langen Beine von sich.

»Was hättest du gern?«, fragte Olive ihn.

»Wie, was hätte ich gern?« Christopher sah hinauf zur Wanduhr und dann wieder zu Olive.

»Möchtest du auch ein Glas Wasser?«

»Ich hätte lieber was Richtiges.«

»Was heißt, was ›Richtiges‹?«

»Einen Drink, aber so was hast du ja wahrscheinlich nicht.«

»Doch«, sagte Olive. Sie öffnete den Kühlschrank. »Ich hätte Weißwein da. Möchtest du ein Glas Weißwein?«

»Du hast Wein?«, fragte Christopher. »Ja, ich hätte sehr gern einen Weißwein, danke, Mom.« Er stand auf. »Warte, ich mach schon.« Und er nahm die Weinflasche, die halbvoll war, und goss sich Wein in einen Becher, als ob es Limonade wäre. »Danke.« Er hob den Becher und trank. »Wann bist du unter die Weintrinker gegangen?«

»Ach ...« Um ein Haar wäre ihr Jacks Name herausgerutscht. »Ich trinke hin und wieder ein Glas, das ist alles.«

Christophers Grinsen hatte etwas Anzügliches. »Erzähl mir doch nichts, Mom. Jetzt sag schon – wann bist du unter die Weintrinker gegangen?«

»Manchmal habe ich Freunde zu Besuch, und die trinken ihn.« Olive musste sich abwenden; sie öffnete den Küchenschrank und holte eine Schachtel Salzcracker heraus. »Mag jemand Cracker? Ich habe sogar Käse da.«

»Du hast Freunde zu Besuch?« Aber Christopher schien das Thema nicht weiterverfolgen zu wollen; er setzte sich an den Tisch, neben seine Frau, die ihre Brust zu guter Letzt wieder in ihre Bluse packte, und Christopher aß den ganzen Käse und fast alle Cracker, und Ann nippte an seinem Wein, den er dann schnell austrank. »Gibt's noch welchen?« Er schob sein Glas vor, und Olive, die fand, dass er schon genug Wein getrunken hatte, sagte: »Da hast du«, und gab ihm die Weinflasche, die er in sein Glas leerte.

Olive hatte das Gefühl, sich setzen zu müssen. Es gab nur zwei Stühle am Küchentisch, wie konnte es sein, dass ihr das noch nie aufgefallen war? Sie sagte: »Gehen wir doch rüber ins Wohnzimmer.« Aber sie rührten sich nicht, also blieb sie an der Anrichte stehen; sie fühlte sich wacklig. »Und, wie war die Fahrt?«, fragte sie.

»Lang«, sagte Christopher, den Mund voller Cracker, und Ann sagte: »Lang.«

Keines von Anns Kindern sagte ein Wort zu Olive. Nicht eine Silbe. Kein Danke, kein Bitte – nicht ein einziges Wort sagten sie. Sie beobachteten sie aufmerksam, und dann kehrten sie ihr den Rücken. Es waren grässliche Kinder, fand sie. »Ich hätte Brote mit Erdnussbutter und Marmelade da«, sagte sie und nickte hinüber zu den Broten auf der Anrichte, und sie sagten nichts. »Na, dann eben nicht«, sagte sie.

Aber der kleine Henry hatte etwas Rührendes. Im Wohnzimmer – wo sie schließlich hingingen, weil Olive noch einmal sagte: »Gehen wir doch rüber ins Wohnzimmer« – wackelte er zu ihr herüber, zog die nasse Hand aus dem Mund und patschte Olive, die auf der Couch saß, damit ein paarmal aufs Knie, und sie sagte: »Hallo, Henry!« Und Henry sagte: »'lo.« »Hallo!«, sagte sie noch einmal, und er sagte: »'lo! 'lo!« Doch, das war nett.

Aber als Olive – weil sie dachte, das würde von ihr erwartet – bat, das Baby halten zu dürfen, brüllte die Kleine, Natalie, wie am Spieß, sobald sie auf Olives Arm war. Brüllte und brüllte und wollte nicht aufhören. »Ist ja gut, ist ja gut«, sagte Olive und gab das Kind seiner Mutter zurück, aber auch dann dauerte es eine ganze Weile, bis endlich Ruhe war. Ann musste dafür ihre Brust wieder hervorholen, und Olive reichte es ziemlich von der Brust ihrer Schwiegertochter, sie war so *nackt*, diese Brust! Prall voller Milch, und so dick geädert; ganz ehrlich, Olive mochte diese Brust nicht mehr sehen. Sie stand auf und sagte: »Ich bring dann mal das Abendessen auf den Weg.«

Christopher sagte: »Ach, ich glaube nicht, dass wir schon Hunger haben.«

»Kein Problem«, rief Olive über die Schulter. In der Küche schaltete sie den Backofen an und schob den Auflauf, den sie am Vormittag vorbereitet hatte, Muscheln mit saurer Sahne überbacken, hinein. Dann kehrte sie ins Wohnzimmer zurück.

Olive hatte sich auf Chaos eingestellt. Mit dem Schweigen dieser Kinder hatte sie nicht gerechnet, und auch nicht mit dem Schweigen von Ann, die anders war, als Olive sie in Erinnerung hatte. »Ich bin müde«, sagte Ann irgendwann zu ihr, und Olive sagte: »Das kann ich mir denken.« Vielleicht lag es ja daran.

Christopher war gesprächiger. Auf die Wohnzimmercouch gelümmelt, erzählte er von dem Stau, in den sie hinter Worcester geraten waren, er erzählte von Weihnachten, ihren Freunden, seiner Arbeit als Fußspezialist. Sie konnte gar nicht genug davon bekommen. Aber Ann unterbrach und fragte: »Olive, wo hattest du deinen Weihnachtsbaum stehen? Da vorm Fenster?«

»Ich hatte keinen Weihnachtsbaum«, sagte Olive. Sie sagte: »Warum bitte schön hätte ich einen Weihnachtsbaum haben sollen?«

Ann zog die Brauen hoch. »Vielleicht, weil Weihnachten war?«

So brauchte Olive keiner zu kommen. »Bei mir war kein Weihnachten«, sagte sie.

Nachdem Ann mit den anderen Kindern hinüber ins Arbeitszimmer gegangen war, wo die Großen auf dem Ausziehsofa schlafen sollten, blieb Olive allein mit Christopher und Henry junior, der auf dem Schoß seines Vaters herumturnte. »Netter Bub«, sagte Olive, und Christopher sagte: »Ja, nicht wahr?«

Aus dem Arbeitszimmer hörte sie Anns gedämpftes Murmeln, und sie hörte die helleren Stimmen – aber nicht die Worte – der Kinder. Olive stand auf und sagte: »Ach, Christopher, ich hab Henry junior ja einen Schal gestrickt.«

Sie ging ins Arbeitszimmer – wo die beiden Großen stumm dastanden und sie beobachteten – und holte den Schal, den sie gestrickt hatte, hellrote Wolle, und ging damit zurück und gab ihn Christopher, der sagte: »He, Henry, schau, was deine Großmutter dir gemacht hat«, und der kleine Junge steckte sich gleich einen Zipfel in den Mund. »Dummerjan«, sagte Christopher zu ihm und zog sachte daran. »Den wickelst du um, damit dir nicht kalt wird.« Und der Kleine klatschte in die Hände. Er war wirklich ein beachtliches Kind, fand Olive.

In der Tür erschien Ann, flankiert von ihren zwei Großen, die jetzt ihre Schlafanzüge trugen. »Ähm, Olive?«, sagte sie. Sie schürzte kurz die Lippen. »Hast du für die anderen Kinder auch was?«

In Olive schoss eine Dunkelheit auf. Sie musste ein paar Sekunden warten, bevor sie sich wieder im Griff hatte, dann sagte sie: »Was meinst du, Ann? Sprichst du von Weihnachtsgeschenken? Ich habe den Kindern Weihnachtsgeschenke geschickt.«

»Ähm, ja?«, sagte Ann langsam. »Aber das war ja – ähm – Weihnachten?«

Olive sagte: »Tja, da ich nie ein Wort darüber gehört habe, dachte ich, ihr hättet sie vielleicht nicht gekriegt.«

»Doch, wir haben sie gekriegt«, sagte Ann. Und dann zu Theodore: »Weißt du noch, der Laster?«

Das Kind zog eine Schulter hoch und drehte sich weg. Und trotzdem blieben sie stehen, diese widerwärtige Mutter und ihre zwei Kinder von zwei verschiedenen Männern, gleich da in der Tür standen sie, als müsste Olive irgendetwas – ja, was sollte sie denn herbeizaubern? Sie musste sich auf die Zunge beißen, um nicht zu sagen: Der Laster hat dir ja scheint's nicht gefallen. Oder zu dem kleinen Mädchen zu sagen: Und was ist mit der Puppe? Die war dir wohl auch nicht gut genug? Olive musste wirklich schwer an sich halten, um nicht zu sagen: Zu meiner Zeit haben wir uns bedankt, wenn jemand uns ein Geschenk geschickt hat. Doch, Olive hatte große Mühe, sich zurückzuhalten, aber sie schaffte es, und nach einigen Minuten sagte Ann zu den Kindern: »So, Zeit fürs Bett. Gebt Daddy einen Kuss.« Und sie gingen zu Christopher und küssten ihn, und an Olive marschierten sie einfach vorbei, und das war's. Grässliche, grässliche Kinder; und eine grässliche Mutter. Aber der kleine Henry wand sich plötzlich von Christophers Schoß herunter und schleifte seinen neuen Schal über den Boden bis zu Olive. »'lo«, sagte er. Er lächelte sie an! »Hallo«, sagte sie. »Hallo, kleiner Henry.« »'lo, 'lo«, sagte er. Er hielt Olive den Schal hin. »Ganke«, sagte er. Ja, er war eben ein Kitteridge. Ein echter Kitteridge war er. »Dein Großvater wäre so stolz auf dich gewesen«, sagte sie zu ihm, und er grinste und grinste mit seinen spuckenassen Zähnchen.

Christophers Blick wanderte durchs Zimmer. »Mom, hier sieht wirklich alles völlig verändert aus«, sagte er.

»Du warst lange nicht mehr da«, sagte Olive. »Die Dinge verändern sich, und deine Erinnerungen verändern sich auch.«

Olive war glücklich.

Ihr Sohn redete mit ihr ganz allein. Henry junior war im Obergeschoss zu Bett gebracht worden, und seine Mutter und sein Schwesterchen waren ebenfalls dort. Die beiden größeren Kinder lagen in ihrem Sofabett im Arbeitszimmer. Das Licht von der Ecklampe fiel auf ihren Sohn. Mehr brauchte sie nicht. Einfach nur das. Chris' Augen wirkten klar; sein Gesicht wirkte klar. Über das Grau in seinem Haar kam sie nach wie vor nicht hinweg, aber sie fand, dass er gut aussah. Er redete lang und breit über seine Fußpflegepraxis, über die junge Frau, die er eingestellt hatte, die Versicherung, die er bezahlen musste, die

Versicherung seiner Patienten, Olive war es egal, worüber er redete. Er erzählte von ihrem Mieter – nicht mehr der Typ mit dem Papagei, der »Halleluja« krächzte, sooft jemand fluchte, sondern ein junger Mann, der jetzt eine Freundin hatte, sie würden wahrscheinlich bald heiraten. Immer weiter redete er, ihr Sohn. Olive war müde, aber sie unterdrückte das Gähnen. Um ihn reden zu hören, würde sie ewig hier sitzen. Er konnte ihr das Alphabet aufsagen, und sie würde dasitzen und ihm lauschen.

Als er schließlich ins Bett ging – »Also dann, Mom, gute Nacht«, eine Hand leicht erhoben –, blieb sie noch eine Zeitlang im Wohnzimmer sitzen. Nur die eine Lampe brannte, das Wasser vor dem Fenster lag tiefschwarz da bis auf das winzige rote Lichtpünktchen des Halfway Rock; auf der Vorderveranda standen geduldig und still die Holzstühle, die Olive erst vor kurzem hinausgestellt hatte. Es war das erste Mal seit Monaten, dass sie abends nicht mit Jack sprach, und es ging ihr ab, aber im Moment schien er ihr weit weg. Dann plötzlich ertönte aus dem Arbeitszimmer ein Aufschrei: »Mama!« Olives Herz fing heftig zu klopfen an, sie stand aus ihrem Stuhl auf, so schnell sie konnte, ging zur Tür des Arbeitszimmers und fand dort Annabelle, die sie anstarrte, vor ihr zurückwich und erneut »Mama!« schrie.

»Sei schön ruhig«, sagte Olive. »Deine Mutter ist erschöpft. Lass sie schlafen.«

Und das kleine Mädchen stieß die Tür wieder zu. Olive wartete noch eine Minute, dann ging sie hoch in ihr Zimmer. Aber gleich darauf hörte sie das Kind – sie nahm an, dass es Annabelle war – auf der Treppe, hörte es zu den Eltern hineingehen, und sie dachte: *Meine* Zeit, was für ein Früchtchen. Sie konnte Anns murmelnde Stimme hören, aber Olive saß jetzt am Computer und las eine E-Mail von Jack: Wie läuft es???? Du fehlst mir, Olive. Bitte, bitte schreib mir noch, wenn du kannst.

Also schrieb sie: Zu viel zu erzählen! Du fehlst mir auch.

Ein Teil von ihr dachte: Also wirklich, Jack, ich hab hier schon genug um die Ohren, ich kann nicht auch noch für dich da sein! In ihrem Kopf schwirrte es, als summten fünfhundert Bienen darin durcheinander.

In dieser Nacht konnte Olive viele Stunden nicht einschlafen, wie ein aufgedrehtes Schulmädchen ging sie ihre Unterhaltung mit Chris immer wieder neu durch – oh, was hatte sie ihn vermisst! –, und als sie aufwachte, drangen aus der Küche Stimmen. In aller Eile stand sie auf; sie war immer früh auf den Beinen und hatte nicht damit gerechnet, dass Ann und Christopher – und sämtliche Kinder – ihr zuvorgekommen sein könnten. Aber das waren sie. Bis auf den letzten Mann saßen sie in Olives Küche, als sie herunterkam, alle schon gestiefelt und gespornt. Olive war kein Mensch, der sich Beinahe-Fremden gern im Bademantel zeigte. »Morgen allerseits«, sagte sie und zog den Bademantel enger um sich. Und niemand antwortete etwas. Die größeren Kinder musterten sie mit offener Feindseligkeit – Olive spürte es ganz deutlich –, und selbst der kleine Henry saß nur stumm auf Anns Schoß.

Dann sprach Christopher. »Mom, kann es sein, dass du keine Cheerios gekauft hast? Ich hab dir gesagt, wir brauchen Cheerios.«

»Ja?« Olive konnte sich nicht erinnern, dass von Cheerios die Rede gewesen war. »Haferflocken hätte ich.« Sie meinte Christopher und Ann einen Blick wechseln zu sehen.

»Ich fahr schon«, sagte Ann. »Sag mir einfach, wo ich hinmuss.«

»Unsinn«, sagte Christopher, »bleib du da. Ich kann doch fahren.«

Und dann – Gott, gerade noch rechtzeitig! – sagte Olive: »Nein, *ich* fahre. Ihr bleibt alle schön hier.«

Also ging Olive wieder nach oben und zog sich an, und dann holte sie ihre Jacke und die große schwarze Tasche und durchquerte die Küche, so schnell sie nur konnte, und fuhr zu Cottle's. Die Sonne schien hell. Sie wollte nur eins, mit Jack sprechen. Aber sie hatte ihr Handy liegenlassen! Und was war mit den Münzfernsprechern dieser Welt passiert? Sie fühlte sich gehetzt und aufgewühlt. Daheim saßen die Kinder und warteten auf ihre Cheerios. Jack, Jack, rief sie im Geist. Hilf mir, Jack, rief sie. Was hatte sie davon, dass Jack ihr ein Handy gekauft hatte, wenn sie nicht einmal in der Lage war, es mitzunehmen? Schließlich, als sie schon wieder vom Parkplatz herunterfuhr, die Tüte mit den Cheerios neben sich, erspähte sie eine Telefonzelle ganz am anderen Ende, und sie stellte den Wagen noch einmal ab und lief mit hastigen Schritten hinüber, und erst konnte sie keinen Vierteldollar finden, aber zuletzt fand sie doch einen und schob ihn durch den Münzschlitz, und dann kam aus dem Hörer kein Freizeichen. Das gottverfluchte Telefon war tot. Oh, sie hätte die Wände hochgehen können!

Die Heimfahrt strengte Olive richtig an, sie brauchte ihre ganze Konzentration. Sie knallte die Cheerios in ihrer Papiertüte auf den Küchentisch. »Entschuldigt mich kurz«, sagte sie und ging hoch in ihr Zimmer, und ihre Finger zitterten regelrecht, als sie an Jack schrieb. Hilf mir, schrieb sie, mir wird das alles zu viel. Dann wurde ihr klar, dass er ihr nicht helfen konnte, er konnte sie nicht anrufen – sie hatten vereinbart, dass sie nicht telefonieren würden, bis Olive es Chris gesagt hatte –, und so löschte sie ihren Satz wieder und schrieb stattdessen: Alles gut, du fehlst mir nur. Halt die Ohren steif! Dann fügte sie hinzu: (Demnächst mehr.)

Unten in der Küche herrschte nach wie vor Schweigen. »Was ist jetzt wieder?«, fragte Olive; sie hörte selbst, wie der Zorn durchklang.

»Die Milch reicht nicht, Mom. Es war nur ein Rest da. Also hat Annabelle ihn bekommen, und Theodore muss seine Cheerios trocken essen.« Christopher lehnte an der Anrichte, die Knöchel übereinandergeschlagen.

»Wie kann das sein?«, fragte Olive. »Gut, dann fahre ich eben …«

»Nein, Mom, jetzt setz dich erst mal.« Christopher nickte zu dem Stuhl hin, auf dem Theodore saß. »Alles gut. Theodore, überlass deiner Großmutter deinen Platz.« Der Junge rutschte mit gesenktem Blick vom Stuhl herunter.

Ann saß mit dem Rücken zu ihr; auf einem ihrer Knie konnte Olive Henry junior sehen, und die Kleine hielt Ann auch noch im Arm. »Wie steht's mit euch anderen?«, fragte Olive. »Was hättet ihr gern? Toast?«

»Alles gut, Mom«, sagte Christopher wieder. »Ich mach den Toast. Du setzt dich hin, Mom.«

Also setzte sie sich ihrer Schwiegertochter gegenüber, die den Kopf hob und Olive mit ihrem falschen Lächeln zulächelte. Theodore drängte sich an seine Mutter und flüsterte ihr etwas ins Ohr. Ann tätschelte ihm den Arm und sagte leise: »Ich weiß, Herzchen. Aber nicht alle Leute leben gleich.«

Christopher sagte: »Was gibt's, Theodore?«

Und Ann sagte: »Er hat sich nur gewundert, dass die Cheerios in einer Papiertüte waren, und gefragt, warum Olive keinen Mehrwegbeutel genommen hat.« Sie sah Olive an und hob eine Schulter. »In New York recyclen wir, weißt du. Wir bringen unsere eigenen Stofftaschen mit.«

»Ach ja?«, sagte Olive. »Schön für euch.« Sie drehte sich um, öffnete die untere Tür am Küchenbüfett und schmiss die Stofftasche mehr oder weniger auf den Tisch. »Wenn ich nicht so in Eile gewesen wäre, hätte ich die genommen.«

»Oh«, sagte Ann. »Guck mal, Theodore.« Und das Kind wandte sich ab und marschierte vom Tisch weg ins Arbeitszimmer. Ann hielt Henry junior ein Cheerio hin. Der kleine Henry war heute Morgen offenbar in keiner sehr gnädigen Stimmung. »Hallo, kleiner Henry«, sagte Olive, und er würdigte sie keines Blicks, betrachtete nur längere Zeit das Cheerio in seiner Hand, bevor er es sich in den Mund schob.

Es war ein strahlender Tag, all die Wolken von gestern hatten sich verzogen, und die Sonne schien durch das Haus. Draußen vor den großen Wohnzimmerfenstern schimmerte die Bucht, und die Hummerbojen wippten sanft auf und ab; ein Hummerkutter fuhr gerade hinaus, jenseits der Bucht standen die Bäume als hauchfeine Linie. Es wurde beschlossen, dass sie alle zusammen hinaus zum Reid State Park fahren würden, weil dort die Brandung stärker war. »Die Kids waren noch nie am Meer«, sagte Christopher. »Ich meine, richtig am Meer. Sie kennen nur die dreckige Plörre, die in New York ankommt. Jetzt sollen sie mal die Küste von Maine erleben. Ich weiß schon, die haben wir hier vor der Haustür« – er nickte in Richtung Fenster, vor dem das Wasser glitzerte –, »aber ich möchte, dass sie noch mehr davon sehen.«

»Dann fahren wir hin«, sagte Olive.

»Wir müssen aber in zwei Autos fahren«, sagte Christopher.

»Dann fahren wir eben in zwei Autos.« Olive stand auf und

kippte den Toast, den Theodore übergelassen hatte, in den Abfall. Christopher hätte sie es im Leben nicht erlaubt, Toast einfach so zu verschwenden, aber was ging der Junge sie an? Sollte dieses garstige Kind doch Essen verschwenden, so viel es wollte!

Draußen überrumpelte Christopher sie, indem er fragte: »Mom, seit wann fährst du einen Subaru?« Er fragte es auf keine nette Art, fand sie. Sie hatte den Wagen gestern in die Garage gestellt; jetzt stand er nur deshalb im Freien, weil sie damit zum Laden gefahren war.

»Ach«, sagte sie, »ich habe ein neues Auto gebraucht, und da dachte ich, als alte Frau, die allein lebt, leiste ich mir eins, das mit dem Schnee fertigwird.« Sie konnte selbst kaum glauben, dass sie so etwas sagte. Es war eine Lüge. Sie hatte ihren Sohn angelogen. In Wahrheit gehörte das Auto Jack. Bei ihrem Honda waren die Bremsbeläge abgefahren gewesen, und Jack hatte gesagt: »Nimm meinem Subaru, Olive. Wir sind zwei Leute mit drei Autos, das ist absurd, also nimm du den Subaru, und den Sportwagen behalte ich, weil ich den so gern fahre.«

»Du hast einen Subaru, ich werd nicht mehr«, sagte ihr Sohn schon wieder, und Olive sagte: »So ist es nun mal, und damit basta.«

Aber wie viel Zeit verging, bis sie startklar waren – Olive konnte es nicht fassen. Christopher und Ann mussten sich zur Beratung auf die andere Seite der Parkfläche zurückziehen. Olive holte ihre Sonnenbrille heraus und setzte sie auf. Als Christopher wiederkam, sagte er: »Theodore, du fährst bei deiner Mutter mit, und Henry, wir packen deinen Kindersitz zu deiner Großmutter ins Auto.« Also wartete Olive, fröstelnd in ihrer Jacke, obwohl die Sonne so hell schien, während Christopher den Kindersitz aus seinem Auto in ihres umlud, und hörte ihn fluchen, weil der Gurt klemmte, und sagte: »Es ist kein Neuwagen, Chris«, und schließlich zog er den Kopf heraus und sagte: »Okay, wir können.«

»Du fährst«, sagte sie, und er setzte sich ans Steuer.

Ann saß auf einem Stein und schaute aufs Meer, obwohl der Stein eiskalt sein musste – er war dem Wind ausgesetzt und deshalb trocken, aber eiskalt musste er trotzdem sein –, während Christopher mit den Kindern am Strand herumtobte. Olive sah vom Parkplatzrand zu, die Jacke eng um sich gezogen. Nach einigen Minuten stapfte sie zu Ann hinüber, die zu ihr aufsah, die schlafende Kleine auf dem Arm. »Hallo, Olive«, sagte Ann.

Olive war sich nicht recht schlüssig, wie es weitergehen sollte. Die Steine waren flach, aber bei ihr haperte es mit dem Hinsetzen. Also blieb sie stehen. Schließlich fragte sie: »Wie geht es deiner Mutter, Ann?«

Ann sagte etwas, das der Wind wegtrug.

»Was?«, rief Olive,.

»Sie ist tot, habe ich gesagt!« Ann wandte Olive den Kopf zu; sie schrie die Worte.

»Sie ist gestorben?«, schrie Olive zurück. »Wann ist sie gestorben?«

»Vor zwei Monaten«, schrie Ann gegen den Wind an.

Eine Zeitlang stand Olive ratlos da. Was machte sie jetzt am besten? Aber dann beschloss sie, es zu riskieren und sich neben Ann zu setzen, und so bückte sie sich und stützte sich vorsichtig mit beiden Händen ab, und zuletzt saß sie.

»Das heißt, ganz kurz vor Natalies Geburt?«, sagte sie.

Ann nickte.

Olive sagte: »Da hast du ja ganz schön was mitgemacht.«

»Danke«, sagte Ann.

Und Olive begriff, dass das Mädchen – diese große, ihr so fremde, nicht einmal mehr junge Frau – trauerte. »Kam das sehr plötzlich?«, fragte sie.

Ann sah blinzelnd aufs Wasser. »Irgendwie schon. Gut, sie hat natürlich immer Raubbau mit sich getrieben. Deshalb hätte es eigentlich keine Überraschung sein dürfen, dass sie den Herzinfarkt hatte.« Ann brach kurz ab und wandte das Gesicht Olive zu. »Aber ich war doch überrascht. Im Prinzip bin ich's immer noch.«

Olive nickte. »Das kenne ich.« Und sie fügte hinzu: »Es kommt immer überraschend, glaube ich. Sogar wenn sie monatelang vor sich hin siechen, kommt das Ende doch plötzlich. Grauenhaft.«

Ann sagte: »Erinnerst du dich an dieses Lied, ich glaube, es ist ein Spiritual – ›Sometimes I feel like a motherless child‹?«

»›A long way from home‹«, vollendete Olive.

»Ja, genau«, sagte Ann. Und dann sagte sie: »Aber ich habe mich immer so gefühlt. Mutterlos und weit weg von daheim. Und jetzt bin ich es tatsächlich.«

Olive ließ das auf sich wirken. »Ach je, das tut mir sehr leid«, sagte sie. Dann fragte sie: »Wo hat sie gewohnt, als sie gestorben ist?«

»In der Nähe von Cincinnati, wo sie immer gewohnt hat. Wo ich aufgewachsen bin, weißt du.«

Wieder nickte Olive. Aus dem Augenwinkel sah sie hinüber zu dem Mädchen – der Frau –, und sie dachte: Wer bist du, Ann? Irgendwo gab es einen Bruder, das wusste sie, aber was war mit ihm gleich wieder? Sie konnte sich nicht erinnern, irgendwie hatten sie keinen Kontakt, war er drogenabhängig? Das konnte es sein. Die Mutter hatte getrunken, so viel wusste

Olive. Und der Vater hatte sich vor vielen Jahren scheiden lassen; inzwischen war er längst tot. »Es tut mir wirklich leid«, wiederholte sie.

»Ja, danke.« Ann stand auf – verblüffend mühelos dafür, dass sie das Kind auf dem Arm hatte – und ging weg. Sie ging einfach weg! Olive brauchte lange, um ihrerseits wieder auf die Beine zu kommen, sie musste sich mit einem Arm hochstemmen und das Gesäß ein bisschen hin und her rollen, um den Fuß unter sich ziehen zu können.

»*Meine* Herren«, sagte sie. Sie schnaufte richtig, als sie zum Auto zurückkam.

Auf der Rückfahrt sagte Olive: »Chris, warum hast du mir nicht erzählt, dass Anns Mutter gestorben ist?«

Er machte ein unbestimmtes Geräusch und zuckte die Achseln.

»Aber warum sagst du mir so etwas nicht?« Die Bäume draußen waren noch kahl, die Äste, die sie in den Himmel reckten, schwärzlich. Sie fuhren an einer Wiese vorbei, die durchweicht wirkte, das Gras zerdrückt; die herabflutende Sonne zeigte es deutlich.

»Ach, ihre Mutter hatte ein Rad ab. Was weiß ich.«

Von der Rückbank krähte Henry: »Goggie, Goggie. Zug, Fugzeug! Daddy, Mama!« Olive drehte sich nach ihm um, und er strahlte sie an.

»Er singt einfach alle Wörter, die er kennt«, sagte Christopher. »Das macht ihm Spaß.«

»Ich versteh's trotzdem nicht«, sagte Olive, nachdem sie dem kleinen Henry zugewinkt hatte. »Ich versteh's nicht, Christopher. Sie ist meine Schwiegertochter, da muss ich doch wissen, was in ihrem Leben vorgeht.«

Christopher sah kurz zu ihr hin und dann geradeaus; er lenkte einhändig, den Arm übers Lenkrand gelegt. »Mir war nicht klar, dass dich das interessiert«, sagte er. Er sah wieder zu ihr. »Was?«, fragte er.

Olive hatte zu einer Frage angesetzt. »Warum …?«

»Ich hab dir doch grade gesagt, warum.«

Und Olive nickte. Ihre Frage, die sie nicht stellte, war: Warum hast du diese Frau geheiratet?

Sie brachten auch die nächste Nacht hinter sich, und noch einen Tag, und dann kam der letzte Abend. Olive fühlte sich ausgelaugt. In der ganzen Zeit hatte bis auf den kleinen Henry keines der Kinder mit ihr gesprochen. Aber sie starrten sie an, immer unverfrorener, schien ihr – wann immer sie zu ihnen hinsah, fing sie ihren Blick auf, und statt wegzuschauen, wie sie es anfangs getan hatten, glotzten sie einfach weiter, Theodore mit seinen riesengroßen blauen Augen, Annabelle mit ihren kleinen dunklen. Unausstehliche Kinder.

Schließlich aber lagen sie in ihrem Ausziehbett drüben im Arbeitszimmer, und Olive saß mit Christopher und Ann und dem Baby im Wohnzimmer, während Henry junior – so ein braver Junge! – im Obergeschoss schlief. Olive gewöhnte sich langsam an die heraushängende Brust, sie sah es nicht gern, aber sie gewöhnte sich daran. Und sie hatte Mitleid mit Ann, die ihr so geschmälert schien durch ihre Trauer. Also machte sie Konversation mit der Frau, und Ann gab sich ebenfalls alle Mühe. Ann sagte: »Annabelle wollte diese Gummistiefel extra für ihre Reise nach Maine. Ist das nicht süß?« Und Olive, der darauf keine Erwiderung einfiel, nickte. Nach einer Weile ging Ann mit der Kleinen nach oben, und Olive blieb mit Christopher allein, und ihr wurde klar, dass der Augenblick gekommen war.

»Christopher.« Sie zwang sich dazu, ihn anzusehen; er saß da und starrte auf seinen Fuß. »Ich heirate wieder.«

Es schien endlos zu dauern, bis er aufblickte und mit leichtem Lächeln fragte: »Moment. Was hast du gerade gesagt?«

»Ich habe gesagt, dass ich mich wieder verheirate. Mit Jack Kennison.«

Aus seinem Gesicht wich die Farbe; sie sah ganz deutlich, wie er fahl wurde. Sein Blick wanderte im Zimmer umher und kehrte dann zu ihr zurück. »Wer zum Henker ist Jack Kennison?«

»Er hat seine Frau verloren, ist schon eine Weile her. Ich habe dir am Telefon von ihm erzählt, Chris.« Ihre Wangen fühlten sich brennend heiß an, so als wäre all das Blut, das sein Gesicht verlassen hatte, bei ihr gelandet.

Seine Fassungslosigkeit war so echt – wenn sie es hätte zurücknehmen können, alles, sie hätte es auf der Stelle getan. »Du heiratest?« Sein Ton war jetzt ruhig. Und noch ruhiger sagte er: »Mommy. Du heiratest?«

Olive nickte hastig. »Ja, Chris.«

Er schüttelte immer weiter den Kopf, in kleinen, langsamen Rucken, schüttelte und schüttelte ihn. »Das versteh ich nicht. Ich kapier's nicht, Mom. Warum musst du heiraten?«

»Weil wir zwei einsame alte Leute sind und zusammen sein wollen.«

»Dann *seid* zusammen! Aber warum deshalb gleich heiraten? Mom?«

»Chris, was für einen Unterschied macht das denn?«

Er beugte sich vor und sagte mit einer Stimme, die beinahe drohend klang: »Wenn es keinen Unterschied macht, warum tust du es dann?«

»Für dich, meine ich. Was für einen Unterschied macht es

für dich?« Aber zu ihrem Entsetzen regte sich tief in ihr ein kleiner, nagender Zweifel. Wozu wollte sie Jack heiraten? Was versprachen sie sich davon?

Christopher sagte: »Mom, du hast uns nur eingeladen, um uns das zu sagen, stimmt's? Ich fass es nicht.«

»Ich habe euch eingeladen, weil ich dich sehen wollte. Ich habe dich seit der Beerdigung deines Vaters nicht mehr gesehen.«

Christopher musterte sie mit hartem Blick. »Du hast uns hierherkommen lassen, um uns zu sagen, dass du heiratest. Verdammte Scheiße!« Und dann sagte er: »Mom, du hast uns davor nicht ein einziges Mal eingeladen.«

»Ich muss euch doch nicht einladen, Chris. Du bist mein Sohn. Das hier ist dein Zuhause.«

Darauf kehrte die Farbe in sein Gesicht zurück. »Das ist nicht mein Zuhause.« Er blickte sich um. »Scheiße.« Er stand auf. »Deshalb sieht hier alles so anders aus. Du ziehst aus. Ziehst du zu ihm? Natürlich, das ist es. Und verkaufst das Haus? Verdammte Scheiße, Mom.« Jetzt drehte er sich wieder ihr zu. »Wann ist die Hochzeit?«

»Bald«, sagte sie.

»Mit großer Feier?«

»Keine Feier«, sagte sie. »Einfach nur Standesamt.«

Er ging zur Treppe. »Gute Nacht«, sagte er.

»Chris!«

Er drehte sich um.

Olive stand auf. »Deine Wortwahl lässt extrem zu wünschen übrig. Nachdem du bei der Beerdigung deines Vaters so betont hast, dass er nie geflucht hat.«

Christopher starrte sie an. »Mom, du machst mich fertig«, sagte er.

»Jack kommt morgen früh her, um dich kennenzulernen, bevor ihr fahrt.« Sie kochte plötzlich vor Wut. »Gute Nacht«, sagte sie.

Fast augenblicklich konnte sie Christopher und Ann reden hören; verstehen konnte sie nichts, sie saß unten im Wohnzimmer, aber der Klang ihrer Stimmen drang stetig zu ihr herunter. Schließlich stand sie auf und ging auf Zehenspitzen zum Fuß der Treppe. » … schon immer narzisstisch, das ist doch nichts Neues, Chris.« Und Chris antwortete: »Aber verdammt, ich …«, und dann noch mehr, und Olive drehte sich um und schlich ganz leise zurück zu ihrem Wohnzimmersessel.

Später, in ihrem Zimmer, wollte ihr das »narzisstisch« nicht aus dem Kopf, sie wusste natürlich, was es bedeutete, aber wusste sie es wirklich? Sie schlug es in ihrem Computer nach. »Sich selbst bewundernd«, las sie im Wörterbuch, und dann: »siehe: narzisstische Persönlichkeitsstörung«. Sie klappte den Computer zu. Das ergab alles keinen Sinn, beim besten Willen nicht. Sich selbst bewundernd? Olive bewunderte sich selbst kein bisschen. Persönlichkeitsstörung? Die Bandbreite menschlicher Emotionen war so ungeheuer groß, was hieß da Persönlichkeitsstörung? Und wer dachte sich so etwas aus? Wahrscheinlich Leute wie dieser Psychoheini, zu dem Ann und Christopher damals in New York gerannt waren. Wenn jemand gestört war, dann dieser Therapeut; der Mann tickte nicht richtig.

Sie ging ins Bett; sie richtete sich auf eine schlaflose Nacht ein, und die hatte sie. Sie holte das kleine Transistorradio aus der Nachttischschublade, mit dem sie schon in so vielen Nächten geschlafen oder zu schlafen versucht hatte, und stellte es leise und drückte es sich ans Ohr. Die ganze Nacht verging so, sie starrte ins Dunkel und lag still da, fast ohne sich umzudrehen. Sie beobachtete die rote Digitalanzeige des Weckers, immer das kleine Radio am Ohr, und sie hörte jedes einzelne Wort, das aus dem Lautsprecher kam, und wusste, sie hatte nicht einmal gedöst.

Als es hell wurde, stand sie auf, zog sich an und ging nach unten. Sie stellte drei Schälchen mit Cheerios und Milch auf den Tisch. In dem kleinen Spiegel neben der Tür sah sie eine rotäugige Strafgefangene.

»Hi, Mom.« Christopher erschien in der Küche. »Um wie viel Uhr kommt er? Weil wir irgendwann losmüssen, weißt du.«

»Ich rufe ihn sofort an«, sagte Olive und nahm das Telefon. »Morgen, Jack«, sagte sie, »kannst du gleich rüberkommen? Sie haben eine lange Fahrt vor sich und wollen bald los. Sehr gut. Dann bis dann.« Sie legte auf.

»Guckt mal, Kinder, was Oma gemacht hat.« Ann kam herein, die Kleine auf dem Arm. »Sie hat schon für euch gedeckt.« Die Kinder schauten sie nicht an – Olive sah es genau –, aber sie setzten sich hin, Theodore und Annabelle zusammen auf einem Stuhl kippelnd, und aßen laut schmatzend ihre Cheerios. Der kleine Henry haute mit dem Löffel in sein Schälchen und lächelte zu Olive hoch, während Milch und Cheerios durch die Gegend spritzten. »Henry«, murmelte Ann. Und Henry sagte: »Fugzeug!« Und nahm den Löffel und schwenkte ihn durch die Luft.

Erst als Jacks Auto schon in die Einfahrt einbog, dachte Olive daran, dass er (natürlich) den Sportwagen fuhr, und hoffte nur, dass Christopher es nicht bemerkte. Als sie ihm die Tür öffnete, stand er da in seiner Wildlederjacke, und irgendwie sah er geldig damit aus, geldig und verschlagen. Aber wenigstens küsste er sie nicht. »Jack«, sagte sie. »Guten Morgen. Komm herein, dann stelle ich dir meinen Sohn vor. Und seine Frau«, fügte sie hinzu. Und in einem zweiten Nachsatz: »Und ihre Kinder.«

Jack verbeugte sich leicht auf seine ironische Art, mit diesem Zwinkern im Blick, das er so oft hatte, und folgte ihr ins Wohnzimmer. »Hallo, Christopher«, sagte er und streckte ihm die Hand hin. Christopher erhob sich langsam aus seinem Sessel und sagte: »Hallo.« Er nahm Jacks Hand, als würde ihm ein toter Fisch hingehalten.

»Jetzt mach aber mal einen Punkt, Chris.« Die Worte waren heraus, ehe Olive sie stoppen konnte.

Christopher sah sie ganz verdutzt an. »Einen *Punkt* soll ich machen?« Seine Stimme war laut. »Einen *Punkt*? Herrgott noch mal, Mom, was soll das heißen, ›Jetzt mach aber mal einen Punkt‹?«

»Ich meine doch nur …« Und Olive begriff, dass sie schon seit vielen Jahren Angst vor ihrem Sohn hatte.

»Das reicht, Christopher! Schluss jetzt, verdammt!« Das war Anns Stimme; sie war hinter Olive ins Zimmer getreten, und als Olive sich zu ihr umdrehte, sah sie zu ihrer Verblüffung, dass Anns Gesicht rot angelaufen war, ihre Lippen wirkten voller, die Augen größer, und sie wiederholte: »Schluss jetzt, Chris. Reiß dich zusammen. Lass die Frau doch heiraten. Wo ist dein Problem? Kannst du nicht wenigstens höflich sein, Himmelherrgott? Verdammt, Christopher, du bist so *unreif*, ich glaube manchmal, ich hab nicht vier kleine Kinder, sondern fünf!«

Und dann wandte Ann sich an Jack und Olive und sagte: »Ich entschuldige mich in aller Form für meinen Mann und sein unglaublich kindisches Benehmen. Er kann so kindisch sein, und das hier ist kindisch, Christopher. Meine Güte, ist das kindisch von dir.«

Fast augenblicklich hob Christopher beide Hände hoch und sagte: »Sie hat recht, sie hat recht, ich habe mich kindisch benommen, es tut mir leid. Jack, fangen wir noch mal von vorn an. Freut mich.« Und nun hielt Christopher Jack die Hand hin, und Jack schüttelte sie. Aber Christophers Gesicht war aschfahl, und Olive – die jetzt völlig durcheinander war – empfand furchtbares Mitleid mit ihm, ihrem Sohn, der soeben von seiner Frau offen zusammengestaucht worden war.

Jack winkte lässig ab, kein Problem, sagte er, so etwas sei ja auch ein Schock, und er setzte sich, und Christopher setzte sich auch wieder hin, und Ann ging hinaus, und Olive stand einfach da. Sie hörte nur mit halbem Ohr, wie ihr Sohn Jack – der immer noch seine Wildlederjacke trug – fragte, was er beruflich gemacht habe, und ebenfalls nur mit halbem Ohr hörte sie Jack antworten, dass er Professor in Harvard gewesen sei, mit dem Spezialgebiet österreichisch-ungarisches Kaiserreich, worauf Christopher nickte und sagte: Ah, super, das ist super. Ann trug Kindersachen hin und her, sammelte ihre sämtlichen Habseligkeiten ein, während die Kinder von der Tür aus zuschauten; manchmal liefen sie zu ihrer Mutter, und dann schüttelte sie sie ab. »Jetzt steh nicht im Weg!«, schrie sie eins von ihnen an. Henry junior stand in der Wohnzimmertür, und er brach in Geheul aus.

Olive ging zu ihm. »Ist ja gut«, sagte sie. Er fuhr sich über die nassen Augen und sah hoch zu ihr. Dann – und Olive sollte sich später nie sicher sein, ob das wirklich passiert war, bis an ihr Lebensende wusste sie nicht, ob sie es sich nicht nur eingebildet hatte – streckte er ihr die Zunge heraus. »Na schön«, sagte Olive, »wie du willst«, und sie kehrte ins Wohnzimmer zurück, wo Jack und Christopher inzwischen aufgestanden waren und ihr Gespräch beendeten.

»Haben wir's dann?«, fragte Christopher Ann, die mit einem Rollkoffer durchs Zimmer ging. Dann wandte er sich an Jack. »War nett, Sie kennenzulernen, wenn Sie mich jetzt entschuldigen, ich muss meiner Frau helfen, unsere Brut zusammenzutreiben.«

»Oh, selbstverständlich.« Und Jack verbeugte sich wieder auf seine ironische Art. Er machte einen Schritt zurück, schob die Hände in die Taschen seiner Khakihose und nahm sie wieder heraus.

Wie betäubt schaute Olive zu, wie sie ihre Sachen zusammensammelten, sich die Jacken anzogen, die Schuhe, die türkisen Gummistiefel; Anns Gesichtsausdruck blieb steinern, während Christopher unterwürfig versuchte, ihr zur Hand zu gehen. Schließlich waren sie so weit, und Olive zog sich ihrerseits eine Jacke über, um sie hinaus zum Auto zu bringen. Jack kam auch mit, und Olive sah ihren Sohn noch ein paar Worte mit ihm wechseln, neben der Beifahrertür – Ann fuhr –, und der Gesichtsausdruck ihres Sohnes war offen, er lächelte Jack sogar an. Die Kinder wurden in ihren Sitzen festgeschnallt, und dann ging Chris zu Olive und umarmte sie kurz, fast ohne sie zu berühren, und sagte: »Also dann, Mom«, und Olive sagte: »Auf Wiedersehen, Chris«, und danach umarmte auch Ann sie, nicht sonderlich innig, und Ann sagte: »Danke, Olive.«

Und dann fuhren sie davon.

Aber richtig holte es Olive erst ein, als sie im Wohnzimmer, halb unter der Couch versteckt, den roten Schal entdeckte, den sie für Henry junior gestrickt hatte. Sie kauerte sich hin, zog ihn hervor und ging damit in die Küche, wo Jack schon am Tisch saß, die Unterarme vor sich verschränkt. Und dann öffnete Olive die Hintertür und stopfte den Schal in die Mülltonne draußen. Als sie wieder hereinkam, setzte sie sich Jack gegenüber. »Tja«, sagte sie.

»Tja«, sagte Jack. Er sagte es nett. Er legte seine große altersfleckige Hand auf ihre. Nach einer Pause fügte er hinzu: »Da erübrigt sich zumindest die Frage, wer in dieser Familie die Hosen anhat.«

»Ihre Mutter ist gerade erst gestorben«, sagte Olive. »Sie trauert.«

Aber sie zog ihre Hand weg. Denn in einem schrecklichen, brausenden Crescendo ereilte sie die Erkenntnis: Sie hatte auf kapitale Weise versagt. Sie hatte versagt, wahrscheinlich über Jahrzehnte, und es nicht begriffen. Andere Leute hatten eine Familie, sie nicht. Bei anderen Leuten kamen die Kinder zu Besuch und blieben vielleicht sogar eine Zeitlang, und alle redeten und lachten, die Enkelkinder saßen bei ihren Großmüttern auf dem Schoß, sie machten Ausflüge und unternahmen Dinge, aßen alle zusammen, küssten sich zum Abschied. Olive sah die Bilder vor sich, überall außer bei ihr. Ihre Freundin Edith zum Beispiel, die jetzt umgezogen war in dieses Seniorenheim, hatte oft Besuch von ihren Kindern bekommen, und bestimmt waren es schönere Besuche gewesen als der hier. Und es war ja nicht ohne Grund so. Sie verstand nicht, woran es lag, aber es hatte etwas mit ihr zu tun. Und zwar schon seit Jahren, vielleicht immer schon, woher sollte sie das wissen? Wie vor den Kopf geschlagen saß sie Jack gegenüber – war sie denn völlig blind durch ihr Leben gegangen?

»Jack?«

»Ja, Olive?«

Sie schüttelte den Kopf. Nein, Jack durfte nicht wissen, wie sehr es sie erschreckt hatte, mitzuerleben, wie Ann ihren Sohn abkanzelte. Und sie konnte ihn nicht zum ersten Mal so abgekanzelt haben, das wurde ihr nun klar, während sie hier am Tisch saß; das waren die dunklen Seiten einer Beziehung, in die man versehentlich Einblick bekam, so als wehte der Wind kurz die Tür einer dunklen Scheune auf, und man sähe Dinge, die nicht für fremde Augen bestimmt waren …

Aber es war nicht nur das.

Sie hatte das Gleiche gemacht wie Ann. Sie hatte Henry im Beisein Dritter heruntergeputzt. Vor wem genau, wusste sie nicht mehr, aber sie war immer grob mit ihm umgesprungen, wenn ihr danach war. Was letztlich hieß: Ihr Sohn hatte seine Mutter geheiratet, wie es alle Männer – in der einen oder anderen Form – im Endeffekt tun.

Jack sagte leise: »Komm, Olive. Als Erstes musst du hier mal raus. Fahren wir ein bisschen spazieren, und dann gehen wir zu mir, einverstanden? Du brauchst einen Tapetenwechsel.«

»Gute Idee.« Olive stand auf und holte ihre Jacke und die große schwarze Handtasche und ließ sich von Jack zu dem Subaru hinausführen. Er half ihr hinein und stieg selber ein, und dann fuhren sie los. Sie wollte sich noch umdrehen, aber stattdessen schloss sie die Augen. Sie sah es auch so vor sich. Ihr Haus, das Haus, das sie und Henry vor so vielen Jahren gebaut hatten, das Haus, das inzwischen klein wirkte und bald von einem neuen Besitzer abgerissen werden würde; in der heutigen Zeit ging es nur um den Baugrund. Da stand es, hinter ihren geschlossenen Lidern, und ein Frösteln durchlief sie. Das Haus, in dem sie ihren Sohn großgezogen hatte – nicht im Traum wäre ihr eingefallen, dass ihr eigenes Kind mutterlos sein könnte und nun auch noch weit, weit weg von daheim.

# Hilfe

Bis das Haus der Larkins abbrannte, hatten alle gedacht, Louise Larkin wohne noch dort. Und nun stand in der Zeitung, dass sie in der Golden-Bridge-Seniorenresidenz lebte. »Das heißt, sie ist jetzt komplett plemplem«, sagte Olive Kitteridge zu Jack Kennison und sah von dem Artikel auf. »Aber *meine* Zeit, ist das tragisch mit ihrem Mann.« Louise Larkins Mann war bei dem Brand ums Leben gekommen; anscheinend hatte er nur noch das Obergeschoss bewohnt, und ausgebrochen war das Feuer in der Küche. In der Zeitung, die Olive las, war von einem Drogendelikt die Rede. Die Schlagzeile lautete: *83-jähriger stirbt in brennendem Haus – stecken Junkies dahinter?*

Die Ausgabe des nächsten Tages bestätigte den Verdacht. Es hatte eine Festnahme gegeben. Zwei Drogenabhängige hatten geglaubt, das Haus stehe leer, und nach Dingen gesucht, die sie stehlen konnten – hauptsächlich Kupfer –, und zu dem Brand war es gekommen, als sie anfingen, Meth zu kochen. Sie hatten es beide heil aus dem brennenden Haus herausgeschafft, aber als die Feuerwehr endlich verständigt wurde, morgens um vier, gab es so gut wie nichts mehr zu retten. Es war ein großes Haus, aber es war alt und aus Holz, und es hatte gebrannt wie Zunder. Jetzt sah man gleich, wenn man nach Crosby, Maine, hineinfuhr, die verkohlten Überreste, und der Anblick konnte einen wirklich traurig stimmen.

Es war Herbst, das Laub verfärbte sich schon, fiel aber noch nicht ab, und auf dem Grundstück der Larkins loderten die Ahornbäume um die Wette, aber um ehrlich zu sein, war das Haus bereits vor dem Brand ein trauriger Anblick gewesen. Das Gras wuchs kniehoch, und die großen, herrschaftlichen Fenster zur Straße hin waren fast zugewuchert von den Büschen, die niemand mehr schnitt. Kein Wunder, dass es die Leute überraschte zu hören, dass Roger Larkin die ganze Zeit oben gehaust hatte. Aber was für eine schreckliche Art zu sterben! Bei lebendigem Leib zu verbrennen, während direkt unter einem zwei Drogensüchtige ihr Teufelszeug kochten. Es wurde natürlich so manches geredet. Die Larkins hatten sich immer für etwas Besseres gehalten; ihr Sohn saß wegen dieser grausigen Bluttat im Gefängnis; Louise Larkin war eine hübsche Frau gewesen, da war man sich in der Stadt einig, sie hatte die Berufsberatung an der hiesigen Highschool gemacht, aber seit ihr Sohn diese Frau umgebracht hatte – neunundzwanzig Messerstiche! –, hatte sie definitiv einen Knacks weg. Und die Tochter? Was mit der war, wusste keiner.

Jack und Olive fuhren aus der Stadt hinaus, und als sie an dem abgebrannten Haus der Larkins vorbeikamen, sagte Olive, die aus dem Fenster sah: »Traurig, traurig.« Dann reckte sie den Hals ein bisschen und sagte: »Oh, da parkt ein Auto. Hinter dem Baum. Wem das wohl gehört?«

Das Auto gehörte der Larkin-Tochter.

Suzanne war abends zuvor aus Boston gekommen und im Comfort Inn ein Stück außerhalb von Crosby abgestiegen, wo sie unter dem Namen ihres Mannes reserviert hatte. An diesem Morgen war sie zu dem Haus gefahren – der Ruine – und hatte den einzigen Menschen angerufen, den sie in Crosby noch kannte und durch den sie überhaupt erst von dem Vorgefallenen erfahren hatte: den Anwalt ihres Vaters, Bernie Green. Er versprach, herzukommen und sie zu holen; sie wusste den Weg zu seinem Haus nicht mehr.

*Hilf mir hilf mir hilf mir hilf mir.* Das dachte Suzanne unausgesetzt, seit sie die grausigen Überreste des Hauses bei Tageslicht gesehen hatte. Eine einzige Ecke stand noch, der Rest war ein Berg aus schwärzlichen Trümmern, Glasscherben und verkohltem Gebälk. Eine Schicht niedriger, schnell ziehender Wolken ließ den Himmel fast wie gesteppt aussehen. Suzanne saß im Auto, mit den Knien wippend, an ihren Fingerkuppen knibbelnd; durch die Windschutzscheibe sah sie, dass auch der Stamm des Ahorns angesengt war. *Hilf mir hilf mir hilf mir.*

Als Bernies Reifen über die Flecken schwarzer Asche in der Einfahrt knirschten, flog Suzanne förmlich zu seinem Wagen; sie kannte Bernie schon, seit sie ein Kind war. Er stieg aus, groß, korpulent, und hielt ihr die Beifahrertür auf. »Bernie«, flüsterte sie, während sie einstieg, und er sagte: »Hallo, Suzanne.« Auf der Fahrt zu ihm schwiegen sie; Suzanne fühlte sich befangen.

»Du siehst aus wie deine Mutter früher«, sagte Bernie, als sie in seinem Büro im ersten Stock seines Hauses in der River Road standen. »Hier, setz dich, Suzanne.« Er zeigte auf einen Stuhl mit einem rotsamtenen Sitzkissen. Suzanne setzte sich hin. »Magst du mir deine Jacke geben?«, fragte er, und sie schüttelte den Kopf.

»Wie geht es deiner Mutter? Weiß sie Bescheid?« Bernie nahm schwerfällig auf seinem Schreibtischstuhl Platz.

Suzanne hielt kurz den Handrücken vor den Mund, ehe sie sich vorbeugte und sagte: »Sie ist jenseits von Gut und Böse, Bernie. Als ich ihr gestern Abend erklärt habe, dass ich ihre Tochter bin, hat sie gesagt, ihre Tochter wäre tot.«

Bernie betrachtete sie durch halbgeschlossene Lider. Nach ein paar Sekunden fragte er: »Was macht deine Arbeit, Suzanne? Bist du noch im Justizministerium?«

»Doch, ja, in der Arbeit läuft es gut. Da ist alles in Ordnung«, sagte Suzanne und lehnte sich zurück. Ein winziger Teil von ihr entspannte sich.

»Welches Ressort?«

»Kinder- und Jugendschutz«, sagte sie, und er nickte.

Suzanne sagte: »Die Fälle da gehen einem echt an die Nieren. Bei diesem einen, den ich gerade ...« Sie winkte ab. »Egal. So ist es nun mal, aber ich mach's richtig gern.«

Bernie sah sie aufmerksam an.

Nach einer kurzen Pause sagte Suzanne: »Bei meinem Vater hatte ich immer das Gefühl, für ihn bin ich keine echte Juristin.«

»Du bist eine echte Juristin, Suzanne.«

»Oh, mir brauchst du das nicht zu sagen. Aber für ihn, für den Herrn Investmentbanker, war eine Stelle im Justizministerium, beim Kinder- und Jugendschutz auch noch, irgendwie nie – ich weiß nicht. Aber stolz war er trotzdem auf mich, glaube ich.« Sie schaute Bernie an, der den Blick gesenkt hatte.

»Das war er ganz bestimmt, Suzanne.«

»Aber hat er das jemals zu dir gesagt? Dass er stolz auf mich ist?«

»Ach, Suzanne.« Mit seinen müden Augen sah er sie an. »Ich weiß, dass er stolz auf dich war.«

Suzanne schaute zu dem Fenster an der anderen Wand mit

seinen langen weißen Vorhängen und dem roten Volant darüber; zwischen den Vorhangen sah man die Wolken, die über dem Fluss lagerten. Suzanne wandte den Blick wieder Bernie zu. »Bernie, darf ich dir etwas erzählen?« Er hob ermutigend die Augenbrauen. »Als ich ein kleines Mädchen war, da hatte ich diesen Plüschhund, der Snuggles hieß. Ich hing furchtbar an ihm, er war so wunderbar weich. Und als ich vor zwei Jahren meinem Vater geholfen habe, meine Mutter ins Heim zu bringen, da habe ich entdeckt – ich meine, ich hatte gar nicht gedacht, dass es Snuggles noch gibt, aber meine Mutter hat ihn irgendwie als ihr Tier adoptiert. Und als ich gestern zu ihr kam, da schlief sie, und sie hielt Snuggles ganz fest im Arm, und die Leute im Heim – die Pflegerinnen – haben mir gesagt, dass sie den Hund abgöttisch liebt, sie schläft nie ohne ihn, sie muss ihn immerzu bei sich haben.« Sie drückte den Finger an die Wange und biss sich leicht auf die Innenseite der Backe.

»Ach, Suzanne.« Bernie seufzte.

Suzannes Magen knurrte; sie hatte ein wattiges Gefühl im Kopf. Außer der Tasse Kaffee am Morgen hatte sie nichts zu sich genommen, aber jetzt fühlte sie die Redseligkeit kommen, und das war ihr nicht unlieb. Sie sah sich in Bernies Büro um, das kleiner war, als sie es im Gedächtnis hatte; es hatte diesen umwerfenden Blick auf den Fluss, an den sie sich vage erinnerte. In der Ecke war eine große Standuhr, aber sie ging nicht. Suzanne schlug die Beine übereinander und ließ den Fuß wippen; ihr brauner Wildlederschuh stieß gegen den Schreibtisch. »Meine Mutter …« Suzanne brach ab. »Ich weiß nicht, ob du das weißt, aber sie hatte ein kleines Alkoholproblem. Wenn ich ehrlich sein soll, glaube ich, dass sie schon immer ein bisschen verrückt war. Ich glaube, Doyle hat es von ihr, er hat ihre Anlagen.«

»Wie geht es ihm denn?« Bernie fragte es in neutralem Ton, die Hände im Schoß.

»Na ja, er ist ruhiggestellt.« Suzanne musste einen Augenblick warten, ehe sie fortfahren konnte; die Geschichte mit ihrem Bruder war tief in ihr eingekapselt; sie spürte sie immer, eine kleine Schwere unterhalb des Brustkorbs. »Das heißt, es geht ihm so weit gut, aber er hat so etwas leicht Zombiehaftes. Was wahrscheinlich nicht verkehrt ist, weil er ja lebenslang dortbleiben muss. Bevor sie ihn sediert haben, hat er den ganzen Tag nur geweint. Von morgens bis abends geweint, der Arme.«

»Oi vey«, sagte Bernie. Er schüttelte den Kopf, und in Suzanne schoss eine innige Zuneigung zu diesem Mann auf, den sie schon seit so früher Jugend kannte. Sie bemerkte, dass seine Augen blau waren, große Augen, die das Alter wässrig gemacht hatte. »Aber kommen wir noch mal kurz auf deine Mutter zurück, Suzanne. Dann hat sie dich also gestern nicht erkannt? Und sie weiß nichts von dem Feuer? Sie weiß nicht, dass dein Vater tot ist? Hat sie noch irgendeine Erinnerung an Doyle?«

Suzanne lehnte sich zurück, so dass ihr Fuß ins Leere wippte, und sagte: »Nein, ich glaube nicht, dass sie das von meinem Vater weiß, und ganz ehrlich« – sie sah Bernie an –, »ich habe ihr auch nichts davon erzählt.«

»Das kann ich verstehen«, sagte Bernie. »Wozu auch?«

»Genau«, sagte Suzanne. »Wozu auch? Mein Vater hat gesagt, bei seinen Besuchen sei sie jedes Mal furchtbar ausfällig geworden …« Sie schwenkte kurz die Hand durch die Luft. »Ach, keine Ahnung. Jedenfalls hat sie Doyle nicht erwähnt, also habe ich auch nicht von ihm angefangen.«

»Nein.« Bernie schüttelte milde den Kopf. »Nein, natürlich nicht.«

Was Suzanne für sich behielt: Vor zwei Jahren war sie aus einem Instinkt heraus zum Haus ihrer Eltern gefahren, und als sie sich der Tür näherte, hatte sie von drinnen Schreie gehört. Sie hatte ihren Schlüssel genommen und aufgesperrt, und im Wohnzimmer stand ihr Vater über ihre Mutter gebeugt, die in einem schmutzigen Nachthemd auf einem Sessel saß, und ihr Vater hielt sie an den Handgelenken gepackt und riss sie daran aus dem Sessel hoch und stieß sie wieder hinein, riss sie hoch und stieß sie wieder hinein, und dazu brüllte er: »Ich halt das nicht aus, verdammt, ich ertrage dich einfach nicht mehr!« Und ihre Mutter schrie und versuchte sich aus seinem Griff zu befreien, aber ihr Vater ließ ihre Handgelenke nicht los. Als er sich umdrehte und Suzanne sah, sackte er neben dem Stuhl auf dem Boden zusammen und brach in Schluchzen aus. Suzanne hatte ihren Vater noch nie weinen sehen, es war unvorstellbar für sie gewesen, dass er weinte. Ihre Mutter in ihrem Stuhl schrie und schrie.

»Suzanne«, sagte ihr Vater, schwer atmend, das Gesicht tränenüberströmt, »Suzanne, ich steh das nicht länger durch.«

»Ach, Daddy«, sagte Suzanne. »Es ist so viel schlimmer geworden mit ihr, du solltest das nicht ganz allein machen müssen.« Schließlich schaffte sie es, ihre Mutter ins Bett zu verfrachten, aber dabei sah sie die blauen Flecken an ihren Unterarmen, und zu ihrem Entsetzen entdeckte Suzanne noch mehr blaue Flecken, um die Knöchel, an den Oberarmen, sogar am Brustbein. Ihr Vater saß noch im Wohnzimmer auf dem Boden, und sie kauerte sich zu ihm; sein rotes T-Shirt war nass. »Dad«, sagte sie, »Dad, sie hat überall blaue Flecken.« Ihr Vater sagte nichts, vergrub nur das Gesicht in den Händen.

Sie hatte eine Vierundzwanzig-Stunden-Betreuung organisiert, hatte jede der Pflegerinnen beiseitegenommen und ihr gesagt, dass ihre Mutter gestürzt sei, aber sie hatte in ständiger Angst geschwebt – panischer Angst –, dass sie es melden könnten, was jedoch nicht passiert war. Aber eine Woche später war unerwartet ein Heimplatz in der Golden-Bridge-Seniorenresidenz frei geworden, Suzanne hatte ihrem Vater geholfen, ihre Mutter dort hinzubringen, und Suzannes Vater hatte sich vollständig ins Obergeschoss zurückgezogen, wo er sich schon vorher die meiste Zeit aufgehalten hatte. Zu Suzanne hatte er gesagt: »Bitte komm nicht mehr her, du hast dein eigenes Leben, das du leben musst.« Er war nur noch eine leere Hülse, sie erkannte ihn kaum mehr.

Jetzt dachte Suzanne, dass sie – Suzanne – nicht mehr ganz richtig im Kopf war, seit all dies passiert war.

Sie sagte: »Aber mit meinem Vater habe ich jede Woche telefoniert.«

Bernie kratzte sich am Hinterkopf. »Und wie war er da so?«

»Ich habe ihn jede Woche angerufen. Nur für ein paar Minuten meistens. Ich meine, was hätte er denn erzählen sollen? Aber wir haben ein bisschen geredet, und an dem Abend, als er gestorben ist, auch. Bevor er gestorben ist, meine ich natürlich«, und nach diesem Zusatz dachte sie: O Gott, ich bin wirklich nicht ganz richtig im Kopf. Sie sagte: »Ich glaube, irgendwie bin ich nicht ganz richtig im Kopf. Ich meine, nicht verrückt wie meine Mutter, es ist nur …«

Bernie hob seine große Hand. »Ich weiß schon, was du meinst. Denk dir nichts. Du stehst unter Stress. Du bist nicht verrückt, Suzanne. Es ist völlig normal, dass du dich nicht ganz richtig im Kopf fühlst.«

Oh, er war so ein lieber Mann!

Sie schloss einen Moment lang die Augen. »Danke«, sagte sie. Und dann fing sie an zu weinen. Sie hätte losheulen mögen wie ein Schlosshund, aber ihre Schluchzer kamen nur in unregelmäßigen kleinen Schüben. Wie wenn man darauf wartet, sich zu übergeben, dachte sie – man spürt, es will raus, aber es dauert noch. Zu ihrer Überraschung hatte er eine Schachtel Kleenex – die sie vorher gar nicht bemerkt hatte – mitten auf seinem großen hölzernen Schreibtisch stehen. Er schob sie ihr hin, und sie drückte sich ein Tuch an die Augen. Nach einer Weile sagte sie: »Heißt das, du hast oft weinende Leute hier sitzen, wie ein Therapeut?« Sie versuchte ein Lächeln. »Ich meine, weil du so gut mit Taschentüchern ausgerüstet bist.«

»Die Leute kommen in allen Stadien der Anspannung zu mir«, sagte Bernie, und ihr wurde klar, dass das natürlich stimmte.

»Also ich bin extrem angespannt«, sagte sie. Sie schnäuzte sich und zerknüllte das Taschentuch in der Hand. Tränen kamen keine mehr nach.

»Selbstverständlich bist du angespannt. Dein Vater, mit dem du jede Woche telefoniert hast, ist in seinem Haus verbrannt. Wie sollst du da nicht angespannt sein?«

»Doch. Stimmt. Und die Scheidung blüht mir vielleicht auch noch.«

Auf diese Mitteilung hin senkte Bernie die Lider noch weiter, mit einem Kopfschütteln, das Suzanne unendlich mitfühlend schien. Nach kurzem Schweigen sah er auf und fragte: »Was machen deine Söhne?«

Suzanne bemerkte einen kleinen Papierkorb unter dem Schreibtisch, und sie beugte sich vor und warf ihr Taschentuch hinein. »Die studieren seit letztem Jahr beide. Einer in Dartmouth und der andere in Michigan. Sie ahnen zum Glück nicht, dass wir uns möglicherweise trennen. Aber es ist einfach – ach, es ist entsetzlich.«

Bernie nickte.

Suzanne sagte: »Es ist allein meine Schuld, Bernie.« Sie zögerte und sprach es dann aus: »Ich hatte eine Affäre. Eine saudumme kleine Affäre mit einem – ach, mit so einem ekelhaften Stück Mensch – und wenn ich das meinem Mann beichte, dann wird er komplett durchdrehen, und er wird die Scheidung verlangen.« Sie fügte hinzu: »Mein Mann ist ein sehr …« Sie hielt inne, suchte nach dem richtigen Wort. »Na ja, er hat sehr traditionelle Ansichten.«

Bernie verschob ein Blatt Papier auf seinem Schreibtisch, nur ein Stückchen, und nickte nach einer Weile sachlich.

»Warum tust du so, als ob das völlig normal wäre?« Suzanne kniff sich mit zwei Fingern in die Nase.

Bernie seufzte und sagte: »Weil es das ist, Suzanne.«

»Also, für mich ist es nicht normal. Kein bisschen. Für mich ist es ein Gefühl, als hätte ich in meinem Leben eine Bombe hochgehen lassen. Ich habe mich so viele Jahre sicher gefühlt, wie – keine Ahnung, wie auf einer Insel. Ich hatte es geschafft, diesen ganzen Schlamassel mit dem armen Doyle hinter mir zu lassen, ich war auf meiner sicheren Insel mit meiner eigenen Familie, meinem Mann und meinen Jungs, und jetzt habe ich alles kaputtgemacht.«

»Verluste können so etwas auslösen«, sagte Bernie.

»Was auslösen?«

Bernie drehte die Handflächen nach oben. »Solche … Seitensprünge.«

»Aber als ich mir diesen *saublöden* Seitensprung geleistet habe, war mein Vater ja noch nicht einmal tot!«

»Aber deine Söhne waren von daheim weggegangen.« Bernie

hielt einen Finger in die Höhe. Dann setzte er hinzu: »Und dein Bruder hat vor sechs Jahren lebenslänglich bekommen. Und deine Mutter ist, wie du es ausdrückst, jenseits von Gut und Böse. Das sind ungeheure Verluste, Suzanne.«

Die Worte rollten zu schnell über Suzanne hinweg, sie meinte, darin eine Wahrheit zu spüren, die sie nicht recht zu greifen bekam. Ihr Blick wanderte wieder durch das Büro. Wenn sie nur hierbleiben könnte! Durch das Fenster an der anderen Wand fiel ein plötzlicher Sonnenstreifen, der ein schmales Lichtband über Bernies Schreibtisch zog, und Suzanne bemerkte vor Bernies Platz eine kleine gerahmte Fotografie. »Wer ist das?«, fragte sie und deutete mit dem Kinn darauf.

Er drehte das Bild zu ihr um. Das Paar, in Schwarzweiß abgelichtet, sah aus wie ein Relikt früherer Tage: der Mann vollbärtig, in einem Anzug mit schmaler Krawatte, die Frau mit eng am Kopf anliegender Haube. »Meine Eltern«, sagte er.

»Wirklich?« Suzanne kniff die Augen zusammen, um besser zu sehen. »Waren sie, äh, orthodox?«

Bernie hob eine Hand und wendete sie erst in eine, dann in die andere Richtung. »Ja. Nein. Letzten Endes nein.«

»Letzten Endes? Ich dachte, wenn man orthodox ist, dann ist man orthodox?«

Bernie presste die Lippen aufeinander und zuckte dann die Achseln. »Tja. Da irrst du dich. Sie sind im Konzentrationslager umgekommen«, sagte er. »Sie haben so getan, als wären sie keine Juden, aber sie waren welche, und das war ihr Todesurteil.«

»Oje. O Gott. Es tut mir so leid.« Suzannes Gesicht glühte. »Das wusste ich nicht.«

»Woher hättest du es wissen sollen?« Unter den halbgeschlossenen Lidern hervor sah er sie an.

»Wie bist du in Maine gelandet, Bernie?«

Die Frage schien ihn nicht groß zu berühren. »Meine Frau und ich wollten weg aus New York, und in Shirley Falls gab es – gibt es – eine jüdische Gemeinde, also sind wir hierhergezogen, aber dann irgendwann hat es uns gereicht, von der Gemeinde, meine ich, also sind wir nach Crosby gekommen.«

Sie wollte ihn fragen, wie es ihn nach New York verschlagen hatte, nachdem seine Eltern in Europa umgekommen waren, aber sie traute sich nicht. Sie hätte ihn auch gern nach seinem Glauben gefragt – ob er ihn verloren hatte, ob er das gemeint hatte, als er sagte, es habe ihnen von der Gemeinde gereicht. Wer seine Eltern auf diese Weise verlor, der musste ja fast den Glauben verlieren, oder? Sie selbst hatte über Jahre hinweg eine Art Glauben gehabt, oder ein Gefühl, das sie für sich – im weitesten Sinne – als Glauben einstufte, aber seit einigen Jahren war es ihr abhandengekommen, und das quälte sie. »Ach, Bernie«, sagte sie. Dann fragte sie: »Wie geht es deinen Kindern? Den Enkelkindern?«

»Denen geht's gut.« Er schaute zum Fenster, als er das sagte, und ergänzte dann: »Ironischerweise sind sie alle wieder in New York gelandet. Was völlig in Ordnung ist«, schob er nach.

»Ah, gut«, sagte Suzanne. Nach seiner Frau erkundigte sie sich nicht, weil sie sie gerade vorhin auf der Treppe begrüßt hatte, auf dem Weg hinauf zu Bernies Büro. Seine Frau sah aus wie eine geschmolzene Kerze, das war das Bild, das Suzanne bei ihrem Anblick durch den Kopf gegangen war. Aber vielleicht hatte sie immer schon so ausgesehen, Suzanne wusste es nicht mehr.

»Am liebsten würde ich einfach hierbleiben«, sagte sie. In der hinteren Ecke des Raums stand ein Sofa, das die gleichen roten Samtpolster hatte wie ihr Stuhl.

»In Crosby?«, fragte Bernie.

»Guter Gott, nein. Nein, ich meine hier. In diesem Zimmer. Ich möchte mich hier nicht mehr wegbewegen, das meine ich.«

»Bleib hier, so lange du willst, Suzanne. Keine Eile.«

Aber dann sprachen sie über den Nachlass. Als Bernie ihr den Geldbetrag nannte, den sie erben würde, setzte sie sich kerzengerade hin. »Hör auf«, sagte sie. »Bernie, da wird mir schlecht.«

»Dein Vater hat sein Geld sehr geschickt angelegt«, sagte Bernie.

»Und in was? Ich weiß schon, er war Investmentbanker, aber in was investiert man, dass solche Summen herauskommen? Mein Gott, Bernie, das ist unglaublich viel Geld.«

»Südafrika.« Bernie schaute auf einen Packen Papiere vor sich. »Vor ewigen Zeiten schon. Dann natürlich Pharmakonzerne. Und Exxon.«

»Südafrika?«, sagte Suzanne. »Soll das heißen, er hat während der Apartheid dort investiert?« Bernie nickte, und sie sagte: »Aber das kann nicht sein, Bernie. Ich habe ihn gefragt – als Mandela aus dem Gefängnis entlassen wurde, habe ich meinen Vater gefragt, ob er Geld in Südafrika angelegt hat, und er sagte: ›Nein, Suzanne.‹ Das hat er ganz klar gesagt.«

Bernie steckte die Papiere zurück in einen Ordner.

»Ich gebe es alles weg. Jeden Cent. Ich will es nicht.« Suzanne ließ sich in ihren Stuhl zurückfallen. »Mein Gott«, sagte sie.

Bernie sagte: »Mach damit, was immer du willst.«

Sie würde die Überreste des Hauses abtragen lassen müssen, sagte er – wobei da die Versicherung griff –, und dann würden sie das Grundstück zum Verkauf anbieten. »Du wirst es leicht loskriegen, denke ich«, sagte er. »Die Lage ist einmalig, gleich am Ortseingang. Da findet sich sicher ein Käufer.«

»Oder auch nicht«, sagte Suzanne; sie kam immer noch nicht über diese Summe hinweg.

»Oder auch nicht.« Bernie zuckte leicht mit den Schultern.

Schließlich stand Suzanne auf, und auch Bernie erhob sich. Sie trat zu ihm und legte die Arme um ihn, und nach einer Sekunde erwiderte er die Umarmung. Sie drückte ihn fester und spürte dann, wie er eine Spur zurückwich, also ließ sie ihn los und sagte: »Danke, Bernie, du hast mir sehr geholfen.«

Sie ging schon zur Tür, als er »Suzanne« sagte. Sie wandte sich um. »Warum musst du deinem Mann eigentlich so dringend von deinem … Abenteuer erzählen?« Seine Hände lagen locker auf seinen Hüften.

»Weil er mein *Mann* ist. Wir können nicht weitermachen, wenn das zwischen uns steht, das wäre absolut grauenvoll.«

»So grauenvoll wie eine Scheidung?«

»Was willst du damit sagen, Bernie? Dass ich auf ewig mit dieser Lüge leben soll?«

Er drehte sich ein kleines Stück weg, die Hand am Kinn, und wandte sich dann wieder zu ihr. »Du bist diejenige, die beschlossen hat, eine Affäre anzufangen. Also solltest du es auch sein, die die Verantwortung dafür übernimmt. Nicht dein Mann.«

Sie schüttelte den Kopf. »So ist das bei uns nicht, Bernie. Wir hatten nie Geheimnisse voreinander, das darf einfach nicht sein. Ich muss es ihm sagen.«

»Geheimnisse gibt es immer«, sagte Bernie. »Wollen wir?« Er zeigte zur Tür, und sie ging vor ihm die Treppe hinunter. Sie hatte vergessen, dass er sie zurückbringen musste.

Unter den Wolken – die jetzt noch tiefer hingen – zackte die eine Hausecke empor, die das Feuer überstanden hatte, ein schauerliches Memento. »Danke«, sagte Suzanne. Sie holte den Autoschlüssel aus der Handtasche.

»Gern geschehen.« Er stellte den Motor ab, und in Suzanne regte sich ein kleines Glücksgefühl, dass er sie noch nicht alleinließ. Nach kurzem Schweigen sagte er: »Weißt du, es geht mich ja nichts an, aber ich frage mich, ob du nicht zu jemandem gehen könntest, einem Therapeuten. In Boston muss es doch ein paar gute Therapeuten geben. Nur vorübergehend, bis du dich wieder ein bisschen gefangen hast.«

»Ach, Bernie«, sagte Suzanne. Sie berührte kurz seinen Arm. »Ich war bei einem Therapeuten. Das ist der Mensch, mit dem ich meine saudumme Affäre hatte.«

Für einen langen Moment schloss Bernie die Augen, öffnete sie dann wieder und sah geradeaus durch die Windschutzscheibe. »Suzanne. Das tut mir leid.«

»Nein, ich bin selber schuld. Ich habe auf seine Avancen reagiert.«

»Du bist nicht schuld, Suzanne.« Jetzt sah er sie doch an. »So unprofessionell darf kein Therapeut sein. Wie lange warst du bei ihm?«

»Zwei Jahre«, sagte Suzanne. »Ich hab damit angefangen, nachdem meine Mutter ins Heim kam.«

»Oi vey«, sagte Bernie.

»Aber diese Sache, das waren nur die letzten paar Monate – ach, es war so schmierig, alles, und dazu ist er auch noch – sei mir nicht böse, Bernie, aber er ist auch noch alt. Weißt du.«

»Ja«, sagte Bernie. Und fügte hinzu: »Wie zu erwarten.«

»Bitte mach dir keine Sorgen um mich. Bitte.«

»Er gehört angezeigt«, sagte Bernie, und Suzanne sagte: »Ich werde ihn ganz bestimmt nicht anzeigen.«

Daraufhin hob er die Hand und sagte: »Dann mach's gut,

Suzanne. Viel Glück. Ruf mich an, wenn du etwas brauchst.« Damit ließ er den Motor an, und sofort befiel sie wieder diese bodenlose Verlassenheit.

Sie stieg aus und setzte sich in ihr eigenes Auto, während er aus der Einfahrt fuhr. Ein paar orangegelbe Blätter waren von dem Baum neben ihr auf die Kühlerhaube gefallen. Auf ihrem Handy fand sie eine SMS von ihrem Mann, der fragte, wie es ihr ging, und sie schrieb zurück, dass sie ihn bald anrufen würde. Durchs Autofenster sah sie auf die verkohlten Überreste des Hauses, in dem sie aufgewachsen war. Streng dich an, befahl sie sich erbittert, und damit meinte sie: Streng dich an und grab *eine* positive Erinnerung aus.

Es ging nicht.

Sie wurde fast gar keiner Erinnerungen habhaft, nur vager Bilder: ihre Mutter, die schwankend vom Esstisch aufstand, ein Weinglas in der Hand; ihr Vater, wie von einem Schatten verdunkelt, der die Treppe hinabstieg. Doyle, immer so zapplig, fast schon hyperaktiv. Sie wandte den Kopf und betrachtete blinzelnd den Ausschnitt der Main Street, den sie von ihrem Platz sehen konnte, und sie dachte an ihre Jugend in dieser Stadt hier, wobei sie nicht auf die hiesige Schule gegangen war, sondern auf eine Privatschule in Portland, deshalb war sie hier nie so richtig daheim gewesen. Als junges Mädchen hatte sie weite Spaziergänge gemacht, allein, sie war über die Brücke gegangen und am Meer entlang; na bitte, wenn das nicht positiv war! Dann dachte sie an Doyle, Doyle morgens neben ihr im Auto, auf seinen Knien herumtrommelnd, lachend. Die Beziehung zwischen ihnen war sehr eng gewesen, weil sie beide nach Portland zur Schule mussten. Und weil er ihr kleiner Bruder war, den sie liebte. An den meisten Tagen hatte ihr Vater sie gefahren, und plötzlich sah sie ihn vor sich, wie er an der Tankstelle vor Freeport, wo sie immer anhielten, aus dem kleinen Laden kam und ihr eine Packung zellophanumwickelter Doughnuts zuwarf, sechs Minidoughnuts mit dick Puderzucker. »Für dich, Twinkie«, sagte ihr Vater dazu, denn Twinkies kaufte er ihnen auch, als Nachtisch mittags in der Schule.

Zu Hause angekommen, trat Bernie hinter seine Frau, die in der Küche das Geschirr spülte, und legte die Arme um sie. Sie war klein, ihr Hinterkopf reichte ihm nur knapp bis zum Kinn. »Oi, Eva«, sagte er, und sie drehte sich zu ihm um, die Hände noch nass. »Ich weiß«, sagte sie. Er drückte sie mit einem Arm an sich und schaute auf die Zeder vor dem Küchenfenster. »Das arme Mädchen«, sagte seine Frau, und Bernie sagte: »Ja.«

Er ging wieder hoch in sein Büro und saß längere Zeit einfach an seinem Schreibtisch, den Stuhl in Richtung Fenster gedreht, so dass er auf den Fluss sah. Suzanne war ihm kindlicher vorgekommen, als er es nach ihrem Gespräch am Telefon erwartet hatte; sie hatte die Nachricht vom Tod ihres Vaters gefasst und erwachsen aufgenommen. Aber der Anblick des abgebrannten Hauses, und damit die Realität all dessen, was passiert war – das hätte wohl keiner so leicht weggesteckt. Jedenfalls lag sie verblüffend richtig, was ihren Vater anging; Roger Larkin war es in der Tat schwergefallen, sie als richtige Juristin zu sehen; sie sei »eher so eine Art Sozialarbeiterin«, hatte er mehr als einmal zu Bernie gesagt. Bernie legte die Hände auf die Armlehnen und rief sich den Roger der frühen Jahre ins Gedächtnis, dunkelhaarig, gutaussehend, mit seiner hübschen blonden Frau; ihre Familie stammte aus Philadelphia. Roger selbst kam aus einer armen Familie in Houlton, Maine, aber er war clever und schaffte es an die Wharton School, und ab da verdiente er einfach Geld, Unmengen an Geld. Als er zum ersten Mal Bernies juristischen Rat gesucht hatte, war es um Anlagegeschäfte in Südafrika gegangen; Roger brauchte ein Steuerschlupfloch, das er auch schon ausfindig gemacht hatte, und Bernie sollte ihn beraten. Bernie hatte damals zu ihm gesagt: »So was mache ich sehr ungern, Roger«, und Roger hatte bloß gegrinst und gesagt: »Du bist mein Anwalt, Bernie, nicht mein Priester.« Das hatte Bernie nie vergessen; ein Priester, so dachte er, musste sich ähnliche Geheimnisse anhören, wie sie Bernie von seinen Mandanten erfuhr, nur wurde ein Priester dadurch – sollte man denken – nicht beschmutzt; Bernie fühlte sich beschmutzt.

Über die Jahre hinweg saß Roger in diversen Aufsichtsräten, darunter dem des Symphonieorchesters Portland. Einmal, vor Jahrzehnten, war Roger unangemeldet zu Bernie in die Kanzlei gekommen und hatte gesagt: »Da musst du mich jetzt echt raushauen, Bernie.« Er hatte eine Affäre mit einer Frau aus seinem Büro gehabt, Geld hatte bereitgestellt werden müssen, damit sie in New York eine Abtreibung vornehmen lassen konnte, und dann hatte sie ihn verklagt. Bernie hatte sie schnell abgefunden, und so war nichts an die Öffentlichkeit gelangt. Von dieser Seite ihres Vaters wusste Suzanne anscheinend nichts.

Was Bernie freilich noch mehr zu schaffen machte – er verlagerte sein Gewicht etwas –, war der Anruf, den er vor zwei Jahren von Louise Larkin bekommen hatte; es war abends gewesen, Bernie war zufällig noch in seinem Büro, weil er einen Schriftsatz vorbereiten musste, und Louise hatte ins Telefon geschrien: »Er bringt mich um! Hilfe, Hilfe!« Und dann hatte Roger den Hörer an sich genommen und Bernie mit müder Stimme erklärt, dass seine Frau dement war und er nicht mehr mit ihr fertigwurde. Bernie hatte eine ganze Weile mit Roger geredet und zu bedenken gegeben, dass seine Frau ja offenbar nicht zu dement sei, um bei ihm anzurufen, und wenn Louise ihn um Hilfe bat, weil sie sich körperlich bedroht fühlte, müsse dem eventuell nachgegangen werden. Roger hatte gesagt: »Du tust, was du tun musst, Herr Oberstaatsanwalt.« Bernie hatte nichts unternommen. Aber eine Woche später hatte er Roger angerufen und ihm geholfen, Louise in der Golden-Bridge-Seniorenresidenz unterzubringen; dank Rogers Geld hatte sie die Warteliste übersprungen. Danach hatte er nichts mehr von Roger gehört, bis dieser vor einem halben Jahr mit einem geänderten Testament zu ihm gekommen war.

Bernie blickte auf den Fluss hinaus, der grau dalag unter den Wolken, und dann sah er anstelle des Flusses wieder Suzanne vor sich, das arme Kind, so hübsch, genau wie ihre Mutter früher, und so … so verloren. Als sie sich beim Abschied so dicht an ihn geschmiegt hatte, da hatte er – was hatte er gefühlt? Dass er sie auf den Schoß nehmen und ihr das Haar streicheln und alles Böse in ihrem Leben wegzaubern wollte. Er sah sie als kleines Mädchen vor sich; hier, in der Ecke dieses Zimmers, hatte sie gesessen und still mit ihrer Puppe gespielt, während ihr Vater mit Bernie das Geschäftliche besprach.

Ein Unbehagen regte sich nun in Bernie, das gleiche Unbehagen, das ihn seit Jahren immer wieder beschlich. Durch manche seiner Mandanten, so schien ihm, war etwas Unsauberes in sein Leben gekommen, aber keiner hatte ihn das so stark empfinden lassen wie Roger Larkin.

Er ging in das kleine Bad und hörte draußen das Telefon klingeln. Als er herauskam, erkannte er Suzannes Nummer; sie hatte keine Nachricht hinterlassen. Er rief sie zurück, aber sie hob nicht ab. Also saß er nur da. Arme, liebe Suzanne.

Suzanne fuhr auf den Parkplatz der Golden-Bridge-Seniorenresidenz. Sie kam aus dem Comfort Inn, wo sie nur rasch ihre Tasche geholt hatte, und die Begegnung mit der Frau an der Rezeption dort steckte ihr noch in den Gliedern. Suzanne hatte Bernie angerufen, sie war völlig aufgelöst. Er hatte zurückzurufen versucht, als sie über die Brücke fuhr, und sie hatte nicht abgehoben; sie hatte sich nicht getraut, beim Fahren zu telefonieren, weil sich alles in ihrem Kopf drehte. Jetzt saß sie im Wagen, und ihr Blick wanderte zum Telefon, aber dann fiel ihr Bernies leichtes Zurückweichen ein, als sie ihn umarmt hatte, und sie steckte das Telefon in die Tasche und schloss die Augen. *Hilf mir hilf mir hilf mir*, dachte sie, und dann stieg sie aus und ging hinein. Obwohl sie erst gestern hier gewesen war, traf es sie doch unvorbereitet. Der schmuck aussehende Bau mit den schwarzen Fensterläden, der ein Stück von der Straße zurückversetzt lag, barg eine Welt für sich, deren Geruch – nach Desinfektionsmitteln und ganz leicht auch nach menschlichen Exkrementen – sie anfiel, sowie sie durch die Doppeltür trat.

Sie machte einen Bogen um einen Mann, der im Rollstuhl mitten auf dem Flur stand, und ging weiter zum Zimmer ihrer Mutter. Als sie gestern Abend gekommen war, hatte ihre Mutter geschlafen, und ihr Anblick hatte Suzanne schockiert; das graue Haar ihrer Mutter – der klägliche Rest – klebte in wirren Strähnen auf dem Kopfkissen, und sie war so winzig, wie ein Mensch es nur sein konnte, ohne tot zu sein. Sie fühlte sich wie in einem Science-Fiction-Film – als hätten Invasoren aus dem All die Substanz ihrer Mutter, ihren Wesenskern, aus ihr herausgesogen. Als ihre Augen sich öffneten, sagte Suzanne: »Mom, ich bin's, Suzanne«, und ihre Mutter setzte sich auf und sagte: »Hallo.« Und als Suzanne wiederholte: »Ich bin's, Mom, deine Tochter«, erwiderte ihre Mutter liebenswürdig: »Nein, meine Tochter ist tot.« Worauf sie anfing, Snuggles in ihren Armen zu wiegen und ihm ein Schlaflied zu singen, und damit fuhr sie fort, bis Suzanne wieder ging.

Als Suzanne diesmal ins Zimmer kam, musste sie um eine Frau herumgehen, deren Rollstuhl nah an ihre Mutter herangeschoben war; die Frau sah sie aus trüben Augen an, und als Suzanne ihr zuwinkte, reagierte sie nicht.

Ihre Mutter saß friedlich in einem Rollstuhl in der Zimmerecke, Snuggles auf dem Schoß. Ihr Haar war gekämmt, sie trug einen eierschalenfarbenen Trainingsanzug, und ihre Füße steckten in adretten weißen Turnschuhen. »Hallo«, sagte sie zu Suzanne. »Sie sind ja eine Hübsche. Wer sind Sie?«

»Ich bin deine Tochter, Mom. Ich bin's, Suzanne.«

»Ich habe keine Tochter«, entgegnete ihre Mutter höflich. »Sie ist gestorben. Aber als sie noch klein war, da hatte sie den hier.« Und ihre Mutter hielt Snuggles hoch. »Er heißt Snuggles.«

»Das weißt du noch, Mom, dass er Snuggles hieß?« Suzanne beugte sich zu ihrer Mutter herab.

»Ich habe keine Ahnung, wer Sie sind«, erklärte ihre Mutter. »Aber meine arme kleine Tochter, sie war immer so ein liebes Mädchen.«

Suzanne setzte sich langsam auf der Bettkante ihrer Mutter nieder.

»Aber ihr Bruder!« Und ihre Mutter lachte auf. »Oh, was war das für ein garstiger kleiner Junge! Wollte andauernd, dass man mit seinem Pimmel spielt. Immer musste ich mit seinem Pimmel spielen, oh, er war ein böser, böser Junge!« Wieder lachte sie.

Schauer liefen über Suzannes Körper, sie spürte es die ganze Länge ihres Beins hinunterrieseln. »Doyle?«, fragte sie schließlich.

Die Züge ihrer Mutter verrieten kein Anzeichen eines Erkennens, doch plötzlich verzerrten sie sich wütend. »Verschwinden Sie hier, aber schnell! Raus hier! Raus!« Speicheltröpfchen spritzten aus ihrem Mund.

Und nun fing die andere Frau in ihrem Rollstuhl zu wimmern an. Es war ein grauenvoller Laut – ein langgezogenes, durchdringendes Klagen. Suzanne stand auf und lief hinaus auf den Gang. »Können Sie mir vielleicht helfen?«, sagte sie zu einer vorbeigehenden Pflegerin. »Meine Mutter hat so eine Art Koller, und sie hat eine andere Frau angesteckt, die bei ihr im Zimmer ist und sie – äh – besucht.«

Die Pflegerin war eine kleine junge Frau mit einem völlig ausdrucksleeren Gesicht, und sie sagte zu Suzanne: »Ich schaue gleich nach.«

»Könnten Sie nicht sofort kommen?«, fragte Suzanne, aber die Pflegerin verschwand schon im Nachbarzimmer. »O Gott«, sagte Suzanne. Sie ging wieder zu ihrer Mutter hinein, vorbei an der Frau, die so schrecklich wimmerte, und ihre Mutter hatte sich halb aus ihrem Stuhl hochgestemmt. Ihr ausgestreckter Arm zeigte auf Suzanne. »Sie! Machen Sie, dass Sie rauskommen!«

Eine Stunde später war Bernie mit seinen Gedanken immer noch bei Suzanne. Im Geist nahm er sie auf den Schoß, legte ganz fest die Arme um sie. Das reicht, dachte er und schlug eine Akte auf, die er zu bearbeiten hatte.

Als das Telefon klingelte, sah er gleich, dass sie es war, und er meldete sich mit: »Hallo, Suzanne.«

Er konnte hören, dass sie weinte. »Oh, Bernie, es tut mir so leid, dass ich schon wieder anrufe, wirklich, aber ich …«

»Das ist völlig in Ordnung, Suzanne. Ich habe dir gesagt,

ruf mich jederzeit an, und das meine ich auch so. Und wenn du nach zehn Minuten noch mal anrufst, meine ich es immer noch so.«

»Ich hab Angst«, sagte sie. »Ich hab solche Angst.«

»Das verstehe ich gut. Du hast jedes Recht dazu, Angst zu haben. Aber du kriegst das hin.« Bernie sprach behutsam. »Ich kenne dich seit vielen Jahren, Suzanne. Und du warst immer klug und verständig, und du bekommst das hin. Im Moment stürmt einfach viel zu viel auf dich ein.«

»Bitte leg nicht auf«, sagte Suzanne.

»Ich bin da«, sagte Bernie. »Lass dir so viel Zeit, wie du willst.«

»Wo bist du?«, fragte Suzanne. »Nur dass ich ein Bild habe.«

»Ich sitze an meinem Schreibtisch. Allein«, fügte er hinzu.

»Bernie«, sagte Suzanne. »Als Erstes – und bitte, hör mir zu und sag mir die Wahrheit. Weißt du, ob mein Vater irgendwann eine Affäre hatte? Als ich vorhin im Comfort Inn meine Tasche geholt habe, da hat die Frau dort meinen Namen auf der Kreditkarte gesehen, und sie sagte, sie hätte meinen Vater immer so nett gefunden – sie hat wohl früher in dieser Tankstelle in Freeport gearbeitet, und sie meinte, meine Mutter wäre so oft mittags mit ihm in die Tankstelle gekommen, und sie hätte so hübsch ausgesehen mit ihren roten Haaren, aber meine Mutter hatte nie rotes Haar.«

Ein Schweigen trat ein, dann sagte Bernie: »Darauf kann ich dir keine Antwort geben.«

»Damit hast du's ja schon.«

»Nein. Das habe ich nicht.« Und nach einer Pause: »Du bist Juristin, und du weißt, dass der Tod eines Mandanten nichts an der Schweigepflicht ändert.«

»Na gut«, sagte Suzanne. »Aber du bleibst dran, ja?«

»Ich bin hier, Suzanne. Ich gehe nirgends hin.« Er nahm eine Büroklammer und tippte damit mehrmals auf die Tischplatte. Sie weinte, und schließlich hörte sie auf.

»Ach, Bernie. Ich weiß, dass mein Vater höchstwahrscheinlich eine Affäre hatte, wahrscheinlich hatte er zig Affären, und ich will nicht sein wie mein Vater.«

»Suzanne.« Bernies Stimme war fest. Er legte die Büroklammer weg. »Du bist nicht wie dein Vater. Hörst du? Du bist du selbst. Niemand sonst.« Dann fragte er: »Wo bist du gerade?«

»An einem Autobahnrastplatz. Und ich kann diese Mutter mit ihrem kleinen Jungen sehen, und sie lachen über irgendetwas, und es erinnert mich so an meine Zeiten mit meinen Jungs.«

»Es sind immer noch deine Jungs«, sagte Bernie. »Und sie werden es immer bleiben.«

»Bernie, darf ich dir noch etwas erzählen?«

»Natürlich.«

»Bevor ich losgefahren bin, war ich noch mal bei meiner Mutter, und sie sagte, Doyle wäre ein böser Junge gewesen, er hätte« – jetzt weinte sie wieder –, »er hätte immer gewollt, dass sie mit seinem Pimmel spielt. Oh, Bernie …«

Diesmal schwieg Bernie länger, und dann sagte er leise: »Ach, Suzanne. Ich weiß nicht, was ich dazu sagen soll.« Er beugte sich vor und stützte den Kopf in die freie Hand.

»Aber glaubst du – Bernie, glaubst du, sie hat wirklich …? Mein Gott, das sind genau die Fälle, mit denen ich in meiner Arbeit zu tun habe! Sogar mein gruseliger Therapeut meinte ganz klar, kein Mann, egal wie verrückt, tötet eine Frau mit neunundzwanzig Messerstichen, wenn er nicht gegen irgendeine Frau irrsinnige Aggressionen hat. Also ja wohl gegen seine Mutter.«

»Ich verstehe«, sagte Bernie. Und nach einem kurzen Zögern: »Genau werden wir es wohl nie wissen.«

»Nein.« Dann sagte Suzanne: »Aber der arme, arme Junge, Bernie! Ich muss mich mehr um ihn kümmern. Bisher bin ich einmal im Monat rüber nach Connecticut gefahren, um ihn zu besuchen, aber jetzt, wo die Jungs weg sind, habe ich mehr Zeit, da kann ich viel öfter hinfahren. Doch, das mache ich. O Gott, Bernie, das arme Kind!«

»Du fährst so oft hin, wie du es für richtig hältst«, sagte Bernie.

Als sie weitersprach, klang ihre Stimme erschöpft. »Bernie, mein Vater hat meine Mutter misshandelt. Sie hatte Blutergüsse am ganzen Körper, als sie ins Heim gekommen ist.«

Etwas fuhr Bernie durch die Glieder, eine Art Stoß. Vorsichtig sagte er: »Ich hatte mir schon gedacht, dass das der Fall sein könnte.«

»Im Ernst? Warum hast du das gedacht?«

Bernie schloss die Augen, öffnete sie dann wieder. »So etwas passiert unter diesen Umständen gar nicht so selten.« Dann sagte er: »Wir haben ihr an der Warteliste vorbei den Heimplatz besorgt.«

»Wie?«, fragte Suzanne.

»Dein Vater hatte Geld, ganz einfach.«

»Und du hast ihm geholfen?«

»Ja.« Bernie spürte selbst, wie er rot wurde. Er belog sie, indem er ihr den Anruf ihrer Mutter verschwieg. Er öffnete den Mund und schloss ihn dann wieder.

»Danke, Bernie.« Und dann: »Damit hast du ihr wahrscheinlich das Leben gerettet.«

»Ich habe keinem einzigen Menschen das Leben gerettet«, sagte Bernie.

Suzanne sagte: »Ach, Bernie, Bernie. Ist dir klar, aus was für einem Haus ich komme? Ist dir das klar? Was sind das bloß für Menschen?! Wie habe ich es da nur lebend rausgeschafft?« Sie wartete kurz. »Aber du ja auch. Du bist auch davongekommen.« Und sie setzte hinzu: »Mit dem Unterschied, dass deine Eltern ermordet wurden, während meine – ja, während meine selbst quasi Mörder sind, Bernie. Und mein Bruder *ist* ein Mörder. O mein Gott.«

»Aber du hast es rausgeschafft. Wie du gesagt hast.«

Suzanne fragte: »Wie bist du denn rausgekommen aus – wo bist du überhaupt geboren?«

»In Ungarn.« Bernie legte sich einen Moment lang die Hand übers Gesicht. Er wollte ihr sagen, wie vorbildlich sie ihr Leben lebte – so, wie sie sich im Justizministerium Tag für Tag für diese Kinder einsetzte und wie sie ihre Söhne großgezogen hatte und wie loyal sie zu Doyle stand. Aber stattdessen beantwortete er ihre Frage. »Ich bin noch als Kind rausgekommen, weil meine Eltern mich meinem Onkel mitgegeben haben, der nach Amerika emigriert ist – sie würden bald nachkommen, sagten sie. Und dann ging es nicht mehr.«

»Das wusste ich gar nicht, dass du aus Ungarn kommst. Hast du denn irgendeine Erinnerung an deine Eltern?«

Bernie ließ den Blick durch sein Büro wandern, bevor er ihr antwortete. Es war lange her, dass er mit jemandem über diese Dinge gesprochen hatte. »Ich erinnere mich daran, wie mein Vater aus der Thora las. Und wie meine Mutter immer den Tisch deckte. Und ich erinnere mich, wie ich einmal krank im Bett lag und sie mir vorgelesen hat.«

»Ach, Bernie.« Suzannes Stimme klang jetzt lebhafter. »Bernie, darf ich dich eine letzte Sache fragen?«

»Aber sicher, Suzanne.«

»Glaubst du? Im religiösen Sinn, meine ich.«

Bernie spürte, wie sein Körper auf diese Frage reagierte; es war, als würde eine kleine Welle durch seine Brust rollen. Er wartete und sagte dann: »Weißt du, ich lebe seit so vielen Jahren als säkularer Jude, da wäre es falsch, von Glauben in diesem Sinne zu sprechen.«

»Aber?«, fragte Suzanne. »Es gibt ein Aber, das höre ich an deiner Stimme.«

Ihm wurde fast ein wenig feierlich zumute. Hier war jemand, der ihn aufforderte, einen Teil seiner selbst ins Spiel zu bringen, der weitab seiner beruflichen Kompetenzen lag, einen Teil, den er nie einem Menschen offenbart hatte, mit Ausnahme seiner Frau, und auch das nur andeutungsweise und vor Jahren. »Also«, sagte er. »Das Aber ist Folgendes: Aber habe ich trotzdem einen Glauben? Ja. Das Problem ist nur, dass ich ihn nicht beschreiben kann. Aber ein Glaube ist es irgendwie. Doch, ein Glaube ist es.«

»Kannst du es trotzdem versuchen? Oh, Bernie, bitte versuch's.«

Bernie fuhr sich mit der Hand über den Nacken. »Es geht nicht, Suzanne. Mir fehlen die Worte dazu. Es ist mehr eine Überzeugung – die ich übrigens die meiste Zeit meines Lebens hatte –, dass es etwas gibt, das weit größer ist als wir.« Ein Gefühl des Versagens befiel ihn; schon so viel gesagt zu haben war ein Fehler.

Suzanne sagte: »Das, was du da beschreibst, kenne ich auch. Etwas ganz Ähnliches habe ich jahrelang empfunden. Aber genauer benennen kann ich es auch nicht.« Bernie erwiderte nichts, und Suzanne fuhr fort: »Als Kind, wenn ich allein war – ich war sehr viel allein, wenn ich nicht in der Schule war, weißt du –, bin ich spazieren gegangen, und dann hatte ich oft dieses

Gefühl, diese ganz tiefe Gewissheit, und ich begriff – soweit man solche Dinge als Kind eben begreift –, dass es mit Gott zu tun haben musste. Aber ich meine nicht Gott im Sinn einer Vaterfigur, ich kann gar nicht sagen, was ich genau meine.«

»Ich versteh dich schon«, sagte Bernie.

»Und ich hatte dieses Gefühl zwischendurch immer wieder, auch als Erwachsene noch, ich habe das nie jemandem erzählt, ich meine, was gibt es da groß zu erzählen?«

»Natürlich«, sagte Bernie.

»Aber jetzt hatte ich es schon viele Jahre nicht mehr, und deshalb frage ich mich, ob es vielleicht nur Einbildung war. Aber ich habe es mir nicht eingebildet, Bernie. Ich habe es meinem Mann nie erzählt, ich habe es keinem Menschen erzählt. Aber wenn Leute sagen, sie sind Atheisten, dann stellen sich bei mir insgeheim immer die Stacheln auf, und sie führen all die offensichtlichen Gründe an, Kinder, die an Krebs erkranken, Leute, die bei Erdbeben umkommen, all diese Sachen eben. Aber wenn ich das höre, denke ich: Ihr bellt den falschen Baum an.« Sie fügte hinzu: »Wobei ich auch nicht weiß, welches der richtige Baum ist – oder wie man ihn auf die richtige Art anbellt.«

Bernie an seinem Schreibtisch konnte es fast nicht glauben: Jedes einzelne ihrer Worte ergab für ihn perfekten Sinn.

Dann sagte Suzanne: »Ich weiß nicht, warum ich dieses Gefühl – diese Gewissheit – nicht mehr habe.«

Bernie sah hinaus auf den Fluss, der seine Farbe schon wieder verändert hatte wie so oft; je mehr die Wolkendecke sich hob, desto grünlicher wirkte das Wasser. »Das kommt wieder«, sagte er.

Suzanne sagte: »Weißt du, Bernie, ich habe viel über das alles nachgedacht. Richtig viel. Und das ist die – na ja, die Formulierung, die ich gefunden habe, nur für mich, meine ich, aber so habe ich es für mich im Kopf formuliert: Ich glaube, unsere Aufgabe – oder sogar unsere Pflicht – ist es«, ihre Stimme klang jetzt fest und erwachsen, »die Bürde des Unerklärlichen mit so viel Anstand zu tragen, wie wir können.«

Bernie schwieg lange Zeit. Schließlich sagte er: »Danke, Suzanne.«

Nach kurzem Zögern sagte Suzanne: »Der einzige andere Mensch, mit dem ich je über dieses Gefühl von – von, ja, Gott oder etwas noch viel Größerem gesprochen habe, war dieser gruselige Therapeut, nachdem wir, äh, nachdem es mit uns angefangen hatte. Und weißt du, was er gesagt hat? Er hat gesagt: ›Unsinn, Suzanne. Du warst ein Kind, das das Leben noch nicht versteht, und jetzt geheimnist du da eine Gotteserfahrung hinein. Du warst ein Kind, das das Leben noch nicht versteht, das ist alles.‹ Ist das nicht gruselig, Bernie?«

Bernie sah hoch zur Zimmerdecke. »Gruselig? Ja. Er war ein sehr beschränkter Mensch, Suzanne.«

»Allerdings«, sagte Suzanne. Und dann: »Meinst du wirklich, ich soll meinem Mann nichts von ihm sagen? Glaubst du, ich kann ganz allein damit leben?«

»Die Menschen leben mit noch ganz anderen Dingen«, sagte Bernie. »Glaub mir. Ich staune immer wieder, womit die Menschen alles leben.« Er setzte hinzu: »Außerdem hast du mir doch gerade gesagt, Suzanne, dein Mann weiß auch nichts von deinen Erfahrungen mit … was immer es ist, worüber wir gerade geredet haben.«

»Du hast recht«, sagte Suzanne. »Bernie, du bist so klug. Ich danke dir so sehr.«

»Und ich dir, Suzanne.« Er sehnte sich danach, ihr sagen zu können, dass auch er sich jetzt besser fühlte, dass dieses Gespräch mit ihr seinem Unbehagen ein wenig abgeholfen hatte. Stattdessen sagte er: »Eins noch. Und hör mir gut zu.«

»Ich höre dir zu«, sagte Suzanne.

Er sagte: »Du legst jetzt auf, und dann weinst du dich erst mal so richtig aus. Wein, wie du in deinem Leben noch nicht geweint hast. Und wenn du damit fertig bist, schau zu, dass du etwas isst. Ich wette, du hast den ganzen Tag keinen Bissen gegessen.«

»Stimmt, habe ich nicht. Und ich versprech dir, ich esse was. Aber nach Weinen ist mir jetzt gar nicht mehr zumute, Bernie. Mir ist eher nach … nach *Singen.*«

»Dann sing«, sagte er.

Und auch wenn Suzanne in ihrem Auto auf dem Rastplatz nicht sang, saß sie doch lange da und ließ das Gespräch in sich nachhallen. Sie würde es nie vergessen, dachte sie; ihr war zumute, als wäre eine riesige Glaskuppel, die sich über ihrem Kopf gewölbt hatte, plötzlich geborsten (wie die Fenster des brennenden Hauses zerborsten sein mussten), so dass sie über sich und um sich herum mit einem Mal wieder die ganze weite Welt spürte, greifbar und zu ihrer Verfügung. Sie sah die Mutter mit dem kleinen Jungen ins Auto steigen; sie lachten über etwas. Vor ihr wuchs ein Ahornbäumchen, das über und über rosa belaubt war. »Ach, Bernie«, flüsterte sie. »Ist das schön.«

Bernie an seinem Schreibtisch blickte hinaus auf den Fluss. Irgendwie hatte Suzanne es geschafft, unverdorben zu bleiben; die Arglosigkeit, mit der sie ihm ihre Fragen gestellt hatte, war ein Geschenk, dessen Wert nicht geringgeschätzt werden durfte. Eine Unschuld umgab sie, so selbstverständlich wie die Luft zum Atmen, und für den Augenblick fühlte auch er sich gereinigt, als hätte diese Unschuld etwas von dem Schmutz weggewaschen, der sich im Lauf der vielen Berufsjahre in ihm abgelagert hatte. Einen Moment noch, dann würde er nach unten gehen und seiner Frau sagen, dass sie sich um Suzanne keine Sorgen zu machen brauchten. Über den genauen Verlauf ihrer Unterhaltung würde er nichts sagen; die Art, wie Suzanne ihm geholfen hatte, würde sein Geheimnis bleiben. Harmlos genug, dachte er im Aufstehen, gemessen an der Vielzahl von Geheimnissen, die die Menschen über Jahre hinweg mit sich herumtrugen.

# Licht

Cindy Coombs schob ihren Einkaufswagen um ein Pärchen herum und fing einen Blick von dem jungen Mann auf. Sie sah ihn wegschauen, dann wieder zu ihr herschauen. Unwillkürlich griff sie an den Reißverschluss ihrer Winterjacke – es war eine hellblaue Steppjacke, und der Reißverschluss war halb offen – und ging weiter, an dem Pärchen vorbei, obwohl das, was sie brauchte, zwei Dosen Tomatensuppe, in dem Regal direkt hinter den beiden war. Stattdessen bog sie in den nächsten Gang ein, langsam, und der Wagen mit seinem eiernden Rad bumperte vor ihr her. In dem Wagen hatte sie Milch und ein Brot liegen. Vor den Rosinen blieb sie stehen, drehte sich zum Regal und zog den Reißverschluss noch ein Stück herunter, um ihren Gürtel ein Loch enger zu schnallen. Tomatensuppe und – was brauchte sie noch? Butter. *Butter, Butter*, wiederholte sie im Geist, wo war gleich wieder die Butter? Und sie war, wo sie immer war, neben der Milch, viele Sorten Butter warteten da in der Kühlung.

Wo war die Sorte, die sie immer kauften? Wo war sie? Cindy bückte sich, um eine andere Marke zu nehmen, egal, und dann sah sie ihre übliche Marke, und als sie sich vorbeugte, verlor sie das Gleichgewicht und musste sich am Griff ihres Einkaufswagens abstützen. Ihre Beine schienen ihr wie zwei kümmerliche kleine Bächlein, mit Schlamm und Zweigen verstopft; wie sollte man auf so etwas stehen?

Von hinten streckte sich eine große ältliche Hand nach dem Stück Butter aus, das Cindy hatte greifen wollen, und beförderte es in ihren Wagen. Als sie sich umdrehte, stand da Mrs Kitteridge, und Mrs Kitteridge sah sie ganz offen an, sah ihr mitten ins Gesicht. »Tag, Cindy«, sagte Mrs Kitteridge schließlich. »Ihnen geht's nicht besonders, scheint mir.«

Vor vielen Jahren, zu Beginn der Oberschule, hatte Cindy Mrs Kitteridge in Mathe gehabt; Cindy hatte sie nicht sehr gemocht. »Nein, Mrs Kitteridge, mir geht's nicht besonders.«

Mrs Kitteridge nickte kurz, ohne sich wegzurühren. »Gut, schauen wir, was Sie noch brauchen, und dann schaffen wir Sie hier raus.«

»Ich brauche zwei Dosen Tomatensuppe«, sagte Cindy.

»Dann holen wir die.« Mrs Kitteridge hatte keinen Wagen, nur einen Korb, den sie in Cindys Wagen stellte, um die Hände frei zum Schieben zu haben, aber sie fasste den Griff so, dass sich Cindy auch noch daran festhalten konnte; Mrs Kitteridges Ärmel waren knallrot, und ihre Hände um den Griff waren aufgedunsen und alt. »Wo sind die verflixten Suppen bloß? Das ist ein derartiges Labyrinth geworden hier, da ist man immer endlos unterwegs. Und jetzt am Samstag ist es auch noch so voll.« Olive Kitteridge war eine große Frau; sie sprach praktisch über Cindys Kopf hinweg.

»Hier um die Ecke, glaube ich«, sagte Cindy und sah erleichtert, dass das Paar, das den Weg zu den Suppen versperrt hatte, fort war. Cindy legte zwei Tomatensuppen in ihren Wagen, und Mrs Kitteridge begleitete sie zur Kasse. Cindy bezahlte, verstaute ihre Sachen in dem Stoffbeutel, den sie mitgebracht hatte, und fühlte sich dann gezwungen, auf Mrs Kitteridge zu warten, die sagte: »Ich hab's gleich, Cindy, dann bringe ich Sie raus zu Ihrem Wagen.«

Sie gingen zusammen hinaus, und als die riesige Glastür vor ihnen aufglitt – beziehungsweise in dem kurzen Moment davor –, sah Cindy ihr Gesicht gespiegelt und erschrak. Die Wollmütze auf ihrem Kopf verbarg nur notdürftig seine Kahlheit, und ihre Augen lagen so tief in den Höhlen, dass sie selber ganz baff war. »Ich glaube nicht, dass ich noch mal hierherkomme«, sagte sie zu der neben ihr hergehenden Mrs Kitteridge. »Ich bin nur gefahren, weil Tom so viel daran lag.«

»Hmm«, machte Mrs Kitteridge; die Tasche, die sie trug, schlug gegen ihre Seite.

Ein plötzlicher Windstoß ließ ein paar abgebrochene Zweige vom Boden aufstieben, und eine mehrfach überfahrene, schlammige Plastiktüte flatterte leicht in die Höhe und sank wieder zurück in den matschigen alten, von Autoreifen durchfurchten Schnee. Cindy öffnete die Fahrertür, stieg ein und merkte dann, dass Mrs Kitteridge wartend dastand. »Ab jetzt komm ich klar. Auf Wiedersehen, Mrs Kitteridge.«

Die Frau nickte, und Cindy drehte sich, nachdem sie aus der Parklücke gestoßen war, nicht noch einmal nach ihr um.

Der Weg schien endlos, auch wenn sie keine volle Meile zu fahren hatte, und nun, am Samstagnachmittag, war der Verkehr dichter als sonst. Als sie heimkam, ließ sie den Wagen in der Einfahrt stehen, obwohl das Garagentor offen war. An der Haustür hing noch der Weihnachtskranz – warum hatte Tom den nicht schon längst abgehängt? Es war Mitte Februar, sie musste es ihm an die hundert Mal gesagt haben. Sie stellte die Einkäufe in ihrem Stoffbeutel auf die Anrichte. »Hallo, Schatz«, rief sie, und Tom kam in die Küche und sagte: »Hey, Cindy, hab ich's nicht gesagt – du schaffst das!« Er nahm die

Butter und die Suppen und die Milch aus dem Beutel und fragte: »Magst du ein bisschen mit mir fernsehen?« Sie schüttelte den Kopf und ging an ihm vorbei zur Treppe. Zu spät fiel ihr der Kranz wieder ein; sie würde ihn nachher daran erinnern.

Zwanzig Jahre war es nun her, dass sie das Haus gebaut hatten. Cindy war es damals riesengroß vorgekommen. Während des Baus war ihr seine Größe sogar peinlich gewesen – das Betonfundament, all die langen Balken; sie und Tom schienen zu jung, um schon so ein Haus zu haben. Cindy war am Ortsrand von Crosby aufgewachsen, in einem Haus, das winzig klein war; sie hatten mit sehr wenig auskommen müssen, sie, ihre Mutter und die beiden Schwestern. Ihr Vater hatte die Familie Jahre zuvor verlassen, und Cindys Mutter arbeitete als Nachtschwester im Krankenhaus; es war kein leichtes Leben gewesen. Aber Cindy hatte Glück; sie konnte aufs College gehen, mit einem Darlehen und dem Geld, das sie sich dazuverdiente. Und dort hatte sie ihren Mann kennengelernt, der nach dem Studium in der Buchhaltung der Eisenhütte untergekommen war, wo er bis heute arbeitete. Erst viel später begriff Cindy, dass dieses Haus, das sie gebaut hatten, von ganz normaler Größe war, mit drei Schlafzimmern oben und Küche, Wohn- und Esszimmer im Erdgeschoss. Nach ein paar Jahren hatten sie noch eine Garage angebaut, und statt das Haus größer zu machen, sorgte sie irgendwie dafür, dass es kleiner aussah. Genau richtig groß, so hatte es sich für sie viele Jahre angefühlt. Aber als die Jungen heranwuchsen, fand sie immer mehr, dass das Haus langweilig wirkte, und sie fragte Tom, ob sie es nicht aquamarinblau streichen könnten. Die Jungen hatten Protest eingelegt, sie hatte ihren Plan fallenlassen, und bis zum heutigen Tag war das Haus weiß.

Cindy legte sich aufs Bett und sah in die Bäume vor dem Fenster, alles dürr und nackt, und doch war da dieser seltsam milchige kleine Sonnenschimmer, der sich an Februarnachmittagen manchmal durch die Wolken stahl – was geschah da? Die kahlen Zweige schienen sich zu strecken, zu greifen; an ihnen war nichts, was verzagte.

Als in der Schlafzimmertür Tom auftauchte, so beflissen und lieb und so ganz und gar hilflos, sagte sie: »Weißt du, woran ich in letzter Zeit denken muss?«

»Woran denn, Liebling?« Tom kam ans Bett und nahm ihre Hand. »An was denkst du?«

»Daran, wie ich das Haus so gern blau streichen wollte, aber es ist nie passiert, weil die Jungen – und du auch, weil ihr dagegen wart.«

Toms Gesicht schien ihr noch größer und breiter als sonst, als er sagte: »Dann streichen wir's eben jetzt, Liebling. Sag einfach, welche Farbe. Einverstanden?«

Cindy schüttelte den Kopf.

»Nein, ernsthaft.« Tom beugte sich zu ihr herab. »Das wär doch mal was, Engelchen. Wir streichen das Haus.«

»Nein.« Sie schüttelte wieder den Kopf und wandte das Gesicht ab.

»Engelchen …«

»Ach, Tom. Lass. Bitte. Nein, habe ich gesagt. Wir streichen das Haus jetzt nicht.« Sie wartete einen Augenblick und sagte dann: »Schatz, dieser Kranz hängt immer noch an der Haustür. Könntest du ihn bitte wegwerfen?«

»Kein Problem«, sagte er und nickte dazu. »Engelchen, betrachte den Kranz als entsorgt.«

Vor ihrer Krankheit hatte Cindy als Bibliothekarin in der Stadtbücherei gearbeitet. Sie liebte Bücher, oh, sie liebte alles an ihnen. Wie sie sich anfühlten und wie sie rochen, und auch diese Halbstille in der Bücherei hatte sie geliebt, und die alten Leute, die manchmal den ganzen Vormittag dort saßen, weil sie nicht wussten, wo sie sonst hingehen sollten. Es hatte ihr Freude gemacht, ihnen mit dem Computer zu helfen oder die Zeitschrift herauszusuchen, nach der sie fragten. Und das Allerschönste war für sie gewesen, Bücher auszubuchen und die Bücher, die ihr gefielen, weiterzuempfehlen; manchmal kamen die Leute dann wieder, um mit ihr über ihre Empfehlungen zu reden. Cindy hatte immer wahllos alles gelesen, selbst jetzt stapelten sich die Bücher auf dem Tisch neben ihrem Bett, auf dem Fensterbrett, sogar auf dem Boden lagen ein paar. Richtige Vorlieben hatte sie dabei kaum, was sie manchmal selbst wunderte; sie las, was ihr in die Finger kam, Shakespeare, Thriller von Sharon McDonald, Biographien von Samuel Johnson, alle möglichen Theaterstücke, seichte Liebesromane – und zwischendrin Lyrik. Dichter saßen für Cindy mehr oder minder zur Rechten Gottes.

Als sie jung war, hatte sie davon geträumt, selbst Dichterin zu werden – schon die Idee war natürlich albern. Aber als Kind hatte sie Gedichte geliebt; ihre Lehrerin in der Dritten hatte ihr Edna St. Vincent Millays *Ausgewählte Gedichte für die Jugend* geschenkt, und als ihre kleine Schwester die Seiten mit roter Wachsmalkreide vollschmierte, hatte Cindy sie geschlagen. Die Erinnerung daran quälte sie bis heute, wegen dem, was später mit ihrer kleinen Schwester passiert war. Aber noch bevor sie rot übermalt waren, hatte Cindy sämtliche Gedichte in dem Buch auswendig gelernt, und die Gedichte, so dachte sie immer, hatten ihr eine Welt jenseits der Enge ihres Zuhauses erschlossen. Das lag auch daran, dass Edna St. Vincent Millay (ihre Lehrerin hatte ihr das erzählt) nicht nur in Maine aufgewachsen war wie Cindy, keine Stunde entfernt, sondern auch in ähnlich ärmlichen Verhältnissen wie sie. Die Lehrerin hatte das sehr behutsam gesagt, und erst Jahre später begriff Cindy, dass sie ihr damit Mut hatte machen wollen. Cindy hatte selbst Gedichte geschrieben, aber nur heimlich; im Grunde verstand sie nichts davon. Andrea L'Rieux, die zwei Jahre jünger war als Cindy, war vor einem Jahr Poet Laureate der Vereinigten Staaten geworden, und Cindy erfüllte es insgeheim mit ungeheurem Stolz, dass jemand aus Crosby, Maine, es so weit gebracht hatte. Wenn sie ehrlich war, verstand Cindy Andreas Gedichte oft nicht. Aber sie waren mutig, keine Frage. Sie enthielten sehr viel über Andreas Leben, und wenn Cindy sie las, war ihr klar, dass sie, Cindy, zu derlei nie in der Lage gewesen wäre. Nie im Leben hätte sie so über ihre Mutter zu schreiben vermocht, hätte nie Worte dafür gefunden, wie sehr der Anblick ihrer beim Rauchen eingesogenen Backen sie abstieß, und auch von sich selbst hätte sie nichts preisgeben können.

Worüber sie hätte schreiben wollen, das war das Licht im Februar. Das veränderte Aussehen, das es der Welt gab. Die Leute schimpften gern über den Februar, es war kalt, und es schneite, oft konnte es klamm und feucht sein, und die Menschen waren alle reif für den Frühling. Aber Cindy erschien das Februarlicht wie ein Geheimnis, auch jetzt empfand sie es wieder so. Denn die Tage wurden jetzt schon eindeutig länger, und wenn man genau hinsah, merkte man es. Es war wie ein Spalt, der sich am Ende jedes Tages eine Spur weiter auftat, und das zusätzliche Licht fiel auf die nackten Zweige, und es lockte. Es *lockte*, dieses Licht – was das allein schon hieß! Auch jetzt, von ihrem Bett aus, konnte Cindy es sehen, das Gold dieses letzten Lichts, das die Welt öffnete.

Am nächsten Tag, Sonntag, legte sich Cindy nach dem Mittagessen wieder hin, und Tom kam mit und versuchte zu helfen, zupfte die Kissen zurecht, strich die Steppdecke glatt.

In der Einfahrt war ein Auto zu hören, und Tom zog den Vorhang zur Seite und schaute hinaus. »O nein«, sagte er. »Das ist dieser alte Besen, Olive Kitteridge. Was zum Teufel will die denn hier?«

»Mach ihr auf«, sagte Cindy undeutlich in ihr Kissen.

»Was, Liebling?«

Cindy stützte sich auf. »Ich hab gesagt, mach ihr auf. Bitte, Tom.«

»Bist du verrückt geworden?«

»Ja. Lass sie rein.«

Also ging Tom nach unten, und Cindy hörte ihn die Haustür öffnen, die sie sonst nie benutzten, und gleich darauf kam Mrs Kitteridge, dicht gefolgt von Tom, die Treppe herauf und blieb in der Schlafzimmertür stehen. Sie hatte ihren roten Anorak an, der recht wulstig aussah, wie das Winterjacken gern tun.

»Hallo, Mrs Kitteridge«, sagte Cindy. Sie setzte sich im Bett auf und stopfte sich die Kissen in den Rücken. »Tom, nimmst du ihr vielleicht die Jacke ab?« Und so zog Mrs Kitteridge den Anorak aus und gab ihn Tom, der sagte: »Cindy? Möchtest du, dass ich dableibe?« Cindy schüttelte den Kopf, und Tom verschwand mit Mrs Kitteridges Anorak nach unten.

Mrs Kitteridge trug eine schwarze Hose und darüber eine Art Jacke, die ihr weit über die Hüften reichte, knallrot mit orangegelben Schnörkeln. Sie stellte ihre schwarze Ledertasche auf den Boden. »Sagen Sie ruhig Olive zu mir. Wenn Sie es schaffen. Ich weiß, dass die Leute es manchmal schwierig finden, wenn ich für sie ihr Leben lang Mrs Kitteridge war.«

Cindy blickte hoch zu dieser Frau, die bei ihr am Bett stand, und nahm in ihren Augen ein Licht wahr. »Ich schaffe es, Sie Olive zu nennen. Hallo, Olive.« Cindy schaute sich um und sagte: »Da, nehmen Sie den Stuhl da.«

Olive rückte den Stuhl ein Stück näher ans Bett, es war ein einfacher Holzstuhl, und Cindy hoffte, dass sie halbwegs bequem darauf Platz hatte. Aber ohne den Anorak wirkte Olive schon etwas weniger monströs, und sie setzte sich hin und faltete die Hände im Schoß. »Ich dachte mir, wenn ich vorher anrufe, dann sagen Sie wahrscheinlich, ich soll nicht kommen.« Sie wartete, ehe sie fortfuhr: »Und dann dachte ich, ich pfeif drauf, ich fahr da jetzt hin und schau nach dem Mädel. Also hab ich mich ins Auto gesetzt und bin einfach gekommen.«

»Kein Problem«, sagte Cindy. »Ich freu mich, dass Sie da sind. Wie geht es Ihnen, Olive?«

»Die Frage ist, wie geht es Ihnen. Gut ja schon mal nicht.«

»Nein, gut geht's mir nicht.«

»Und wird das wieder?«

»Die Chancen stehen fifty-fifty. Angeblich.« Und sie fügte hinzu: »Ich hab nächste Woche meine letzte Chemo.«

Mrs Kitteridge sah Cindy an. »Hmm«, sagte sie. Dann ließ sie den Blick durchs Zimmer wandern – über die weiße Kommode, die Kleidungsstücke auf dem anderen Stuhl in der Ecke, die Bücherstapel auf dem Fensterbrett –, bevor sie ihn wieder auf Cindy richtete. »Das heißt, es ist alles ziemlich beschissen. Was machen Sie den ganzen Tag? Lesen Sie?«

»Das ist schwierig«, gab Cindy zu. »Weil's mir so beschissen geht. Und ich lese viel weniger als früher. Ich kann mich nicht gut konzentrieren.«

Olive nickte nachdenklich. »Tja«, sagte sie. »Üble Sache.«

»Schon, ja.«

»Das können Sie laut sagen.« Da saß sie, die Hände nach wie vor im Schoß gefaltet. Es wirkte nicht so, als gedächte sie dem mehr hinzuzufügen.

Und so platzte es aus Cindy heraus: »Oh, Mrs Kitteridge. Olive. Oh, Olive, ich – ich hab eine solche Wut.«

Olive nickte. »Das glaub ich Ihnen sofort.«

»Ich will im Frieden mit mir sein, ich will nicht hadern, aber ich bin so wütend, ich könnte jede Sekunde platzen vor Wut, und als ich Sie im Laden getroffen habe, da konnte ich merken, wie die Leute mich anschauen. Ich mag nicht mehr rausgehen, die Leute schauen mich an, und ich mache ihnen Angst.«

»Hmm«, sagte Olive. Und dann: »Mir machen Sie keine Angst.«

»Ich weiß. Ich meine, ich weiß das zu schätzen.«

»Wie nimmt Tom es?«

»Ach, *Tom.*« Cindy beugte sich vor, und das Bett kam ihr irgendwie unsauber vor, dabei war es erst gestern frisch bezogen worden, aber irgendwie roch es komisch, so eine schwache metallische Note, die sie jetzt schon seit Monaten wahrnahm. »Olive, er redet ständig so, als würde mir gar nicht so viel fehlen. Ich fass es nicht, ich fass es einfach nicht, es macht mich so einsam, o Gott, ich fühle mich so einsam.«

Olive verzog teilnahmsvoll das Gesicht. »Oje, Cindy: Das ist ätzend. Wie meine Schüler früher immer gesagt haben. Das ist echt ätzend.«

»Aber echt.« Cindy lehnte sich zurück in ihre Kissen und sah sie an, ihre ungebetene Besucherin. »Zu mir kommt zweimal die Woche eine Krankenschwester, und sie sagt, Tom verhält sich exakt so wie alle anderen Männer, wenn sie mit so etwas konfrontiert sind. Männer können damit einfach nicht umgehen, sagt sie. Aber es ist furchtbar, Olive. Er ist mein Mann, und wir lieben uns schon so viele Jahre lang, und das ist furchtbar für mich.«

Olive sah Cindy an, und dann sah sie weg, zum Fußende des Bettes. »Ich weiß nicht«, sagte sie. »Ich weiß nicht, ob das wirklich ein Männerproblem ist. Wenn ich ehrlich sein soll, Cindy, ich habe meinen Mann während seiner letzten Jahre nicht besonders gut behandelt.«

»Aber natürlich haben Sie das«, sagte Cindy. »Jeder wusste das. Sie haben ihn jeden Tag im Pflegeheim besucht.«

Olive schüttelte den Kopf. »Vorher.«

»Er war vorher schon krank?«

»Das weiß ich nicht«, sagte Olive grüblerisch. »Vielleicht war er es, und ich habe es nur nicht gemerkt. Er ist sehr anlehnungsbedürftig geworden. Und ich war nicht – ich war einfach nicht sehr nett zu ihm. Daran muss ich zur Zeit immer wieder denken, ich krieg's nicht aus dem Kopf.«

Cindy wartete einen Moment. »Na gut, aber wenn Sie gar nicht wussten, dass er krank war …«

Olive stieß einen schweren Seufzer aus. »Ich weiß, ich weiß. Was ich sagen will, ist ja nur, ich hab ihn nicht sehr gut behandelt, und das tut mir jetzt weh. Richtig weh. Weil ich in letzter Zeit nämlich manchmal das Gefühl habe – nur selten, ganz selten, aber es passiert –, dass ich – ein klein bisschen nur, ein winziges bisschen – ein besserer Mensch geworden bin, und es macht mich ganz krank, dass Henry nichts mehr davon hat.« Wieder schüttelte sie den Kopf. »Da sitze ich wieder und rede von mir selbst. Dabei versuche ich eigentlich, weniger über mich zu reden.«

Cindy sagte: »Reden Sie, über was Sie wollen. Mich stört das nicht.«

»Nein, jetzt erst mal Sie.« Olive hob kurz die Hand. »Ich fange schon früh genug wieder von mir an.«

Cindy sagte: »Neulich, an Weihnachten, hatte ich plötzlich einen Heulanfall. Ich hab geheult und geheult, und meine Söhne waren beide da und Tom auch, und ich stand auf der Treppe, laut heulend, und dann irgendwann fiel mir auf, dass sie alle weg waren, sie waren weggegangen von mir, bis ich mit dem Weinen aufgehört hatte.«

Olive schloss kurz die Augen. »Ach du je«, murmelte sie.

»Ich habe ihnen Angst gemacht.«

»Tja.«

»Und jetzt wird diese Erinnerung sie immer verfolgen, bei jedem künftigen Weihnachten wird sie meine Söhne einholen.«

»Möglich.«

»Das habe ich ihnen angetan.«

Olive beugte sich vor und sagte: »Cindy Coombs, es gibt nicht einen gottverdammten Menschen auf dieser Welt, der nicht ein, zwei schlimme Erinnerungen mit sich durchs Leben schleppt.« Sie lehnte sich wieder zurück und schlug die Knöchel übereinander.

»Aber ich habe Angst!«

»Oh, ich weiß, natürlich haben Sie Angst. Angst vor dem Sterben hat jeder.«

»Jeder? Ist das wahr, Mrs Kitteridge? Haben Sie Angst vor dem Sterben?«

»Ich habe Todesangst vor dem Sterben, wenn Sie's genau wissen wollen.« Olive setzte sich auf dem Stuhl zurecht.

Cindy dachte nach. »Aber man hört doch immer von Leuten, die ihren Frieden damit gemacht haben.«

»Das heißt es, ja. Ich weiß nicht, wie so was geht, aber es soll vorkommen.«

Sie schwiegen. Cindy fühlte sich – sie fühlte sich fast normal. »Wissen Sie«, sagte sie schließlich, »ich bin nur einfach so allein mit allem. Ich mag nicht so allein sein.«

»Versteh ich.«

»Und Sie haben Angst vor dem Sterben, selbst in Ihrem Alter noch?«

Olive nickte. »Gott, ja, es gab auch schon Tage, da habe ich mich tot gewünscht. Aber Angst vor dem Sterben habe ich trotzdem.« Und dann sagte sie: »Wissen Sie, Cindy, aber selbst wenn es so wäre, selbst *wenn* Sie sterben – die Wahrheit ist doch, wir anderen sind nur ein paar Schritte hinter Ihnen. Zwanzig Minuten hinter Ihnen, so sieht's doch aus.«

So hatte Cindy das noch gar nicht betrachtet. Sie hatte gedacht, Tom und ihre Söhne und – die Menschen eben – würden für immer weiterleben, nur ohne sie. Aber Olive hatte recht: Sie gingen alle dahin, wo Cindy hinging. Falls sie ging.

»Danke«, sagte Cindy. »Und danke, dass Sie hergekommen sind.«

Olive Kitteridge stand auf. »Ich geh dann mal«, sagte sie.

Als Cindys Mutter im Sterben lag – sie war zweiundfünfzig gewesen und Cindy zweiunddreißig –, da hatte ihre Mutter geweint und getobt und Cindys Vater dafür verflucht, dass er sie seinerzeit im Stich gelassen hatte. Nicht, dass Cindy ihre Mutter nicht öfter weinend und tobend erlebt hatte; sie war einfach überfordert gewesen, die Arme. Aber als sie dann starb, fand Cindy die Szenen, die sie aufführte, extrem quälend, und bei sich dachte sie: So will ich auf keinen Fall sterben. Und deshalb litt sie so darunter, dass sie ihren Söhnen das angetan hatte, diesen Weinkrampf auf der Treppe an Weihnachten. Cindys Söhne hatten ihre Mutter nie weinend und tobend erleben müssen, sie, Cindy, hatte sie jede einzelne Sekunde umsorgt, schien es ihr, und sie hatte sie in den Arm genommen, als sie klein waren und Geborgenheit brauchten.

Die Sache ließ sie nicht los, und auch ein paar Abende später, als sie neben Tom auf der Couch saß, eine Decke bis zum Kinn gezogen, und mit ihm fernsah, dachte sie wieder daran. In einer der Werbepausen sagte sie: »Schatz, es tut mir immer noch so leid, dass ich an Weihnachten vor dir und den Jungs losgeheult habe. Ich habe Mrs Kitteridge davon erzählt, aber ich habe gar nicht dazugesagt, wie sehr es mich an meine Mutter erinnert.«

Tom rückte leicht weg von ihr und sah sie an. »Mrs Kitteridge? Warum erzählst du diesem alten Giftzahn solche persönlichen Sachen?«

»Ich …«, begann Cindy.

»Wusstest du, dass sie Jack Kennison geheiratet hat?«

»Im Ernst?« Cindy arbeitete sich ein Stück unter ihrer Decke hervor.

»Ja, stell dir vor. Ist das zu glauben, dass irgendwer diesen alten Drachen heiratet, außer damals der arme Henry?«

Darauf sagte Cindy nicht mehr viel.

Ein paar Tage danach wurde das Wetter schlecht. Es regnete, mit Graupeln dazwischen, und als Tom ihr alles für den Tag herrichtete – ihr Mittagessen in den Kühlschrank stellte, das Telefon auf den Nachttisch legte, das Handy zu ihr ins Bett –, als er so herumräumte, bevor er in die Eisenhütte aufbrach, merkte sie, wie sie immer gereizter wurde. »Das reicht schon, Schatz, fahr einfach«, sagte sie.

»Bist du sicher?«, fragte er, und sie sagte, dass sie ganz sicher war und dass er bitte fahren sollte.

Und so zog er ab, nicht ohne von unten noch einmal heraufzurufen: »Also bis dann, Engelchen!« Und sie rief einen Gruß zurück, und dann war er endlich weg.

Cindy döste, und als sie wach wurde, ärgerte sie sich, dass Tom alle Lichter im Haus ausgemacht hatte. Er ist einfach ein Geizhals, sagte sie zu sich; es war zum Trübsinnigwerden, so ohne Lichter, also hievte sie sich vom Bett hoch und knipste erst die Lampe auf der Kommode an und dann die beim Bett, auch wenn der Flur hinter der offenen Schlafzimmertür grau blieb.

Ihr Handy pfiff. Sie hatte eine SMS von ihrer Schwägerin Anita: Passt es gerade? Cindy setzte sich auf die Bettkante und schrieb zurück: Ja.

»Geht's so weit gut?«, fragte Anita, als sie gleich darauf anrief. Und Cindy sagte, ja, alles wie immer.

»Tut mir leid, dass ich diese Woche nicht da war, ich hol's bald nach.« Und Anita fing an, von den Problemen zu Hause zu erzählen, um die Cindy sie weiß Gott nicht beneidete – Anitas Kinder waren alle ziemlich schräg drauf; sie gingen noch auf die Highschool. Cindy nahm das Telefon mit in den Flur und knipste noch mehr Lichter an, und dann hörte sie ein Auto in der Einfahrt, und als sie aus dem Fenster sah, stieg da Mrs Kitteridge aus ihrem Wagen.

»Anita«, sagte Cindy, »jetzt kommt gerade Mrs Kitteridge. Ich hab dir doch erzählt, dass sie mich neulich besucht hat. Und da ist sie wieder.«

Anita lachte. »Na, dann viel Spaß. Wie gesagt, ich mag die Frau ja irgendwie.«

Es regnete jetzt heftig, und Mrs Kitteridge hatte keinen

Schirm dabei. Cindy klopfte gegen die Fensterscheibe, bis Mrs Kitteridge hochschaute. Cindy machte ihr ein Zeichen, dass sie hereinkommen sollte, und deutete hinunter zur Seitentür, die sie wenig später auf- und wieder zugehen hörte, und dann stand Mrs Kitteridge in ihrem Anorak an der Schlafzimmertür.

»Ziehen Sie die Jacke am besten aus«, sagte Cindy. »Tut mir leid, dass Sie nass geworden sind. Sie können sie einfach auf den Boden werfen. Außer Sie wollen sie aufhängen. Wenn Sie sie aufhängen wollen, müssten …« Aber Mrs Kitteridge ließ ihren Anorak, denselben roten, wulstigen wie neulich, schon auf den Teppich fallen und setzte sich auf den Holzstuhl vom letzten Mal. Die Haare waren ihr an den Kopf geklatscht. Tropfen landeten auf ihrem Kragen, und sie stand noch einmal auf und fragte Cindy: »Wo ist das Bad?« Und Cindy sagte es ihr, und gleich darauf kam Olive mit einem rosa-weiß-gestreiften Handtuch zurück und nahm wieder Platz und frottierte sich die Haare; Cindy traute ihren Augen kaum.

Cindy sagte: »Mrs Kitteridge, haben Sie geheiratet? Tom sagt, Sie hätten Jack Kennison geheiratet, aber ich dachte, das kann doch nicht stimmen.«

Olive Kitteridge hielt inne und drehte den Kopf mit dem Handtuch darüber zur Wand. »Doch. Ich habe Jack Kennison geheiratet.«

Cindy starrte sie an. »Ach. Dann – ja, nachträglich alles Gute. Ist es ein komisches Gefühl?«

»O ja, das ist es.« Olive sah sie an und nickte. »Ein extrem komisches Gefühl, *meine* Herren.« Sie zögerte, und dann, indem sie sich wieder die Haare zu rubbeln begann: »Aber wir sind beide so alt, dass wir ein paar Dinge gelernt haben, und das ist gut.«

»Was für Dinge?«

»Hauptsächlich, wann man besser den Mund hält.«

»Und bei was halten Sie jetzt alles den Mund?«, fragte Cindy, und Olive überlegte kurz und sagte dann: »Na ja, wenn wir zum Beispiel beim Frühstück sitzen, sage ich nicht zu ihm, Jack, *musst* du wie ein Irrer deine Schüssel auskratzen?«

»Wie lange sind Sie denn schon verheiratet?«

»Zwei Jahre werden es jetzt bald. Stellen Sie sich das vor: in meinem Alter noch mal neu anfangen.« Olive ließ das Handtuch in den Schoß sinken und hob eine offene Hand leicht an. »Aber ein Neuanfang ist es gar nicht, Cindy, es ist einfach ein Weitermachen.«

Darauf saßen sie eine Weile schweigend da, und auf dem Dach trommelte der Regen. Dann sagte Olive: »Das ist Ihnen wahrscheinlich keine sehr willkommene Vorstellung, dass Tom noch mal neu anfangen könnte.«

Cindy seufzte. »Ach, Mrs Kitteridge, ich darf gar nicht daran denken, wie es ihm alleine gehen würde. Ich halte den Gedanken nicht aus, ich halte ihn wirklich nicht aus. Er wäre nichts als … Ach, er wäre einfach nur ein großes, hilfloses Baby allein, und das bricht mir das Herz. Aber wenn ich ihn mir mit einer neuen Frau vorstelle, dann bricht mir das noch mehr das Herz.«

Olive nickte, als wüsste sie genau, wovon Cindy sprach. »Wissen Sie, Cindy, Sie und Tom sind zusammen erwachsen geworden. Das war bei Henry und mir auch so. Wir haben uns mit achtzehn kennengelernt, wir waren einundzwanzig, als wir geheiratet haben, und – ja, das ist der Mensch, mit dem Sie Ihr Leben verbracht haben, das geht nie weg.« Olive zuckte mit den Schultern. »Das ist einfach so.«

»Reden Sie mit Jack Kennison manchmal über Henry?«

Olive sah sie an. »Und ob. Als Jack und ich uns kennengelernt haben, da haben wir ohne Pause von seiner Frau und meinem Mann geredet. Ohne Pause.«

»War das nicht irgendwie verstörend?«

»Guter Gott, nein. Es war wunderbar.«

Cindy lag einen Moment lang stumm da. »Ich weiß nicht, ob ich wollen würde, dass Tom mit einer anderen Frau über mich redet.«

Olive zuckte die Achseln. »Sie werden ihn nicht dran hindern können, wenn's erst mal so weit ist. Aber ich verspreche Ihnen, er wird Sie in den Himmel heben. Sie werden eine Heilige sein.«

Cindy lachte. Sie lachte! Und nach einer Sekunde lachte Olive mit.

Dann sagte Cindy: »Ihr Sohn. Mag er diesen Jack Kennison?«

Olive antwortete nicht gleich. Dann sagte sie: »Nein, er mag ihn nicht. Aber mich mag er auch nicht sehr, glaube ich. Schon bevor ich Jack geheiratet habe.«

»Ach, Olive. Das tut mir leid.«

Olives Fuß wippte auf und ab. »Tja-ja«, sagte sie. »Da lässt sich jetzt nicht viel machen.«

Cindy zögerte und fragte dann: »Hatten Sie immer ein schwieriges Verhältnis zu Ihrem Sohn?«

Olive legte den Kopf schief, als überlegte sie. »Schwer zu sagen. Ich glaube nicht. Jedenfalls eine ganze Weile nicht. Vielleicht hat es mit seiner ersten Frau angefangen.«

Nach einer Weile sagte Cindy, die zum Fenster hinübersah, in das Schneeregengrau, das gegen die Scheiben spritzte: »Na, Sie werden kaum die ganze Zeit rumgeschrien und -getobt haben, so wie meine Mutter. Sie war ein schwieriger Mensch, Olive. Aber sie hatte es natürlich auch schwer im Leben.« Sie wandte das Gesicht wieder Olive zu.

Und Olive sagte: »Oh, ich glaube, ich habe sogar ziemlich viel geschrien und getobt.«

Cindy öffnete den Mund, aber Olive fuhr fort: »Ich kann mich ganz ehrlich nicht mehr erinnern, aber ich glaube, ich war ziemlich schlimm. Ich konnte furchtbar sein, wenn mir danach war. Mein Sohn hält mich sicher auch für eine schwierige Person, so wie Sie Ihre Mutter.«

»Na gut, aber geliebt habe ich sie trotzdem«, sagte Cindy.

»Tja. Und Christopher liebt mich wahrscheinlich auch.«

Olive schüttelte langsam den Kopf. Dann saßen sie mehrere Minuten schweigend da, Olive mit dem Handtuch auf dem Schoß.

Schließlich beugte Olive sich vor und sagte gedämpft: »Ich sag Ihnen jetzt was, Cindy. Es gibt Zeiten, da fehlt mir Henry so stark, dass ich kaum noch Luft kriege.« Sie lehnte sich zurück, und Cindy schien es, als hätte sie Tränen in den Augen. Olive blinzelte und sagte nach einer Weile: »Er fehlt mir so sehr, Cindy, aus heiterem Himmel – und das hat nichts damit zu tun, dass Jack nicht nett zu mir ist, das ist er, meistens jedenfalls – aber irgendetwas passiert, und ich denke: *Henry.*«

»Ich bin so heilfroh, dass Sie gekommen sind«, sagte Cindy. »Sie glauben gar nicht, wer mich alles nicht besucht.«

»O doch. Das glaub ich sofort.«

»Aber warum besuchen sie mich nicht? Ich meine, Olive, ganz alte *Freunde* kommen mich nicht besuchen!«

»Sie fürchten sich.«

»Pech für sie!«

»Oh, unbedingt. Das sehe ich ganz genauso.«

»Aber Sie fürchten sich nicht.«

»Ich nicht, nein.«

»Obwohl Sie Angst vor dem Sterben haben.«

»So ist es«, sagte Olive.

Das Wetter blieb scheußlich; der Wind pfiff durch die Fenster herein, es regnete, und kurzzeitig schneite es sogar, bevor aus dem Schnee wieder Regen wurde. Cindy kam es vor, als ginge es viele Tage so. Einmal lag in der Post eine Karte von ihren Kolleginnen in der Bücherei. Vorne drauf war eine Blume, und innen stand: Gute Besserung!, und darunter hatten alle unterschrieben. Cindy warf die Karte in den Papierkorb. Die Krankenschwester kam und überzog das Bett neu, und Cindy war froh über die Abwechslung; sie unterhielten sich kurz und nett. Aber als die Schwester weg war, kroch Cindy wieder ins Bett und zog sich die Decke fast bis über den Kopf. Sie hörte auf ihrem Handy Pandora, über Kopfhörer; das machte sie jetzt immer öfter. Ein Buch brauchte sie heute gar nicht erst in die Hand zu nehmen; ihr war nicht nach Lesen. Und ihr war auch nicht danach, irgendeinen Film auf dem iPad anzuschauen, das Tom ihr extra zu dem Zweck gekauft hatte.

Dann nahm sie das Handy und schrieb eine Nachricht an ihre Söhne, die beide an der Universität waren. Einmal muss ich noch, schrieb sie, ich hab euch lieb!! Und innerhalb von Minuten schrieben sie beide zurück: Wir haben dich auch lieb, Mom. Und der Größere schrieb danach noch einmal: Alles Gute für die letzte Runde! Und sie schrieb zurück: Danke, mein Schatz! und hängte ein Kuss-Smiley an. Am liebsten hätte sie noch mehr geschrieben, ihm gesagt: Aber ich hab dich richtig richtig RICHTIG lieb! Aber was für einen Sinn hätte das gehabt? So vieles ließ sich nicht sagen, das merkte Cindy an allen Ecken und Enden, und das Herz wurde ihr schwer davon. Aber sie war schrecklich müde, und in gewisser Weise half das, denn der Müdigkeit konnte sie sich einfach hingeben und dazu auf ihrem Handy Musik hören. Über dem Dösen merkte sie nicht, dass sie einschlief, und war deshalb erstaunt, wenn sie aufwachte.

Gegen Abend schaute Anita auf dem Heimweg von der Arbeit bei ihr vorbei, und Cindy setzte sich mit ihr an den Küchentisch. Anitas Mann – Toms Bruder – drohte die Kündigung, und Cindy sagte: »Du hast's echt auch nicht leicht, Anita«, und Anita sagte: »Aber du, oder wie?«, und dann lachte sie; sie hatte dieses sprudelnde Lachen, und sie schob sich die Brille die Nase hinauf, und Cindy legte die Hand über ihre. »Und Maria mit ihren Tattoos«, sagte Anita. »Beide Arme hoch und runter, und ich sag noch: Wart nur, bis die Haut da so richtig schön schwabblig wird. Und sie sagt: Ach übrigens, am Po lass ich mir auch welche stechen …« In diesem Augenblick kam Tom herein, und Cindy fragte, ob Anita zum Essen bleiben wolle, und Anita sagte: »Mit euch zu Abend essen, das wär's.« Und sie stand auf und zog ihren Mantel an. »Aber ich muss heim, meinen Irrenhaufen füttern.«

Am nächsten Tag kam die Sonne heraus. Sie schien hell vom Himmel, als Cindy über den Vorplatz zum Auto ging, mit Tom, der sich den Vormittag freigenommen hatte, um sie zu ihrer letzten Chemo zu begleiten, und sie nahm die Sonne wahr, aber so gut wie nichts sonst, und sie schwieg fast die ganze Fahrt zum Krankenhaus. Dort saß sie dann, wie die Male zuvor, über eine Stunde da, während das Zeug in sie hineintropfte, und danach half Tom ihr beim Einsteigen, und er sagte: »Ich bleib bei dir, Cindy. Den ganzen Tag.« Zu Hause legte sich Cindy gleich wieder hin, und kurz darauf kam Tom die Treppe herauf und setzte sich zu ihr ans Bett. Er aß einen

Apfel, und Cindy fand das Geräusch zum Aus-der-Haut-Fahren. Dieses knirschende Abbeißen, und zwischendurch kurze Schlürfer, und schließlich sagte sie: »Tom, kannst du deinen Apfel vielleicht irgendwo anders fertig essen?« Und er schaute verletzt und sagte »Ja, gut«, und trottete wieder nach unten.

Genau eine Woche nach Cindys abschließender Chemo kam Olive Kitteridge, und sie sagte: »Glückwunsch. Wie geht's jetzt weiter?«

»Ultraschall in drei Monaten. Bis dahin müssen wir abwarten.«

»Verstehe.« Nach einer kurzen Pause sagte Olive: »Jack und ich hatten gestern Krach. *Meine* Herren, hat's da gescheppert.«

»Ach je, Olive«, sagte Cindy, »tut mir leid, das zu hören.«

»Tja, und mir tut's leid, es zu berichten. Es ging um unsere Freunde. Unser Sozialleben, wie Jack es nennt.«

Cindy lehnte sich zurück in die Kissen und sah Olive an, in deren Gesicht es arbeitete; die Sache schien sie jetzt noch aufzuwühlen. »Möchten Sie es mir erzählen?«

»Na ja, er hat diese Freunde aus seinem früheren Leben, die Rutledges, und wir waren mit ihnen essen, und hinterher hab ich gesagt: Marianne Rutledge wäre schon recht, wenn ihr nur jemand eine Stecknadel reinpieksen würde.« Und Olive hob die Hand, zwei Finger aneinandergelegt, und stach damit in die Luft. »Die Frau ist derart aufgeblasen, das geht auf keine Kuhhaut. Und daraufhin war er beleidigt, *richtig* beleidigt, und er sagte, immer noch besser als so provinziell wie deine Freunde. Das hat er wörtlich gesagt. Meine Freunde würden ihn nie etwas Persönliches fragen – über so was kann sich auch nur ein Mann beschweren! –, und überhaupt wären sie ihm zu provinziell. Und ich hab ihm gesagt, wirklich provinziell ist als Einziges, dass er ein Problem mit seiner lesbischen Tochter hat, und er soll sich schämen, andere Leute provinziell zu nennen, denn so eine Einstellung, hab ich gesagt, ist mehr als nur provinziell, Mr Harvard-Klugscheißer, die gehört in die Steinzeit. Ich hab mich so aufgeregt, dass ich ins Auto gestiegen und weggefahren bin, und wissen Sie, wo ich hinwollte? Heim! Ich dachte, ich fahre jetzt heim in mein Haus mit Henry, und erst nach ein paar Minuten hab ich kapiert, dass es dieses Haus nicht mal mehr *gibt*. Also bin ich zur Landspitze rausgefahren und hab da im Auto gesessen und geheult wie ein Kleinkind, und dann bin ich zurück zu Jacks Haus, na ja, unserem Haus, muss man wohl sagen, und jetzt kommt's: Er hat auf mich gewartet, und er war richtig geknickt. Er war völlig geknickt, dass er solche Sachen gesagt hatte.

Und ich war auch noch mal in mich gegangen auf der Rückfahrt, und mir war klar geworden, dass ich einfach bäurisch bin und Jack nicht. Dass es eine Milieufrage ist. Und als ich dann da war und ihm alles so leidtat, habe ich ihm das gesagt, das mit dem Milieu, ganz sachlich, und wissen Sie, was dann passiert ist? Wir müssen zwei Stunden durchgeredet haben, wir haben geredet und geredet, und er sagte, er wäre auf seine Art selber bäurisch, und deshalb ist er so empfindlich, wenn ihm Leute provinziell vorkommen, weil er sich selbst sein Leben lang im Grunde als der Provinzler gefühlt hat, der er nicht sein will. Er sagte: Ich bin ein Snob, Olive, und darauf bin ich nicht stolz. Sein Vater war Arzt, wissen Sie, in der Nähe von Wilkes-Barre in Pennsylvania, was nicht das ist, was ich bäurisch nennen würde, aber er war offenbar nur Allgemeinarzt und hatte seine Praxis im hinteren Teil ihres Hauses, das auch ziemlich klein war, und Jack sagte, er hätte sich schon in der

Schule leicht fehl am Platz gefühlt, und dann seine erste Frau, Betsy – die war aus einem richtig guten Stall, sie kam aus Philadelphia, und sie hatte in Bryn Mawr studiert ...«

Olive brach ab. Dann sagte sie: »Jedenfalls hatten wir ein großartiges Gespräch, das war das, was rauskam.«

»Da bin ich froh«, sagte Cindy. »Aber, Olive, wie meinen Sie das, dass Sie bäurisch sind?«

»Na ja, ich habe einfach ein Problem mit Leuten, die vornehm tun. Mein Vater hat nicht mal die Schule fertig gemacht – gut, meine Mutter war immerhin Lehrerin. Aber wir waren kleine Leute, und ich bin stolz darauf. So, aber jetzt erzählen besser Sie mir was.«

Also erzählte Cindy Olive, dass ihre Haare in ungefähr einem Monat wieder zu wachsen anfangen sollten. Erst würde es nur so eine Art Flaum sein, aber dann würden es wieder richtige Haare werden, und Olive sah sie interessiert an und nickte ein bisschen.

Dann sagte Olive: »Sagen Sie, das wollte ich schon länger fragen, Cindy, was ist eigentlich mit Ihren Schwestern? Was ist aus denen geworden? Sie hatten doch eine Schwester? Oder zwei?«

Es überraschte Cindy, dass Olive das noch wusste. Sie sagte: »Ja. Die eine lebt in Florida. Sie ist Kellnerin. Und meine kleine Schwester ist schon vor vielen Jahren gestorben ...« Cindy zögerte. »An einer Überdosis«, ergänzte sie dann. »Sie hatte alle möglichen Probleme, über Jahre.«

Olive Kitteridge sah sie an, und nach kurzem Warten schüttelte sie ganz leicht den Kopf. »Ach du je«, sagte sie. Sie schlug die Knöchel übereinander, ruckte sich auf dem Stuhl zurecht. »Tja, dann kommen die Sie wohl nicht besuchen.«

»Meine Schwägerin kommt. Anita. Ganz im Ernst, Olive,

sie ist der einzige Mensch außer Ihnen, der regelmäßig bei mir vorbeischaut.«

»Anita Coombs«, sagte Olive. »Kenn ich. Arbeitet bei der Stadtverwaltung.«

»Genau.«

»Nette Frau. Fand ich jedenfalls immer.«

»Oh, sie ist wunderbar«, sagte Cindy. »Und sie hat echt nichts zu lachen. Aber wer hat das schon?« Und dann setzte sie sich aufrechter hin, und sie sagte: »Olive, haben Sie mir deshalb von Ihrem Streit mit Jack Kennison erzählt, weil Sie denken, ich sterbe sowieso bald?«

Olive schaute aufrichtig überrascht. Sie schwieg kurz und schlug dann die Knöchel andersherum übereinander. »Nein, das habe ich Ihnen erzählt, weil ich eine alte Frau bin, die gern über sich selber redet, und weil ich niemanden sonst gewusst hätte, dem ich es erzählen möchte.«

»Ach so«, sagte Cindy. »Ich dachte, vielleicht haben Sie bei mir weniger Hemmungen, weil ich bald sterbe, und da ist es eh schon egal.«

Olive sagte: »Ich habe ja keine Garantie, dass Sie bald sterben.«

Sie schwiegen, und dann sagte Olive: »Sie haben noch Ihren Weihnachtskranz an der Tür. Manche Leute machen das ja, keine Ahnung, warum.«

»Oh, ich hasse das«, sagte Cindy. »Ich hab's Tom schon so oft gesagt. Warum nimmt er ihn nicht endlich runter?«

Olive machte eine abwinkende Geste. »Er ist durcheinander, Cindy. Er kann sich zur Zeit wahrscheinlich auf gar nichts konzentrieren.«

Und es war seltsam, aber da erst begriff Cindy, dass Olive recht hatte. So eine simple Feststellung, aber sie traf den Nagel auf den Kopf. Armer Tom!, dachte Cindy. Oh, Tom, ich war so ungerecht zu dir …

Aber Olive hatte das Gesicht dem Fenster zugedreht. »Schauen Sie sich das an«, sagte sie.

Cindy wandte sich um. Das Licht war unglaublich, die Sonne flutete flammend gelb vom blassblauen Himmel und durch die kahlen Äste der Bäume, ein so offenes Strömen war das, wie man es nur sah, wenn der Tag schon dem Ende zuging.

Aber was dann geschah …

Was dann geschah, sollte Cindy nicht vergessen, so lange sie lebte. Olive Kitteridge sagte: »Mein Gott, habe ich dieses Licht im Februar immer geliebt.« Und sie schüttelte langsam den Kopf. »Mein Gott«, wiederholte sie fast eine Spur feierlich. »Schauen Sie sich dieses Februarlicht an.«

# Der Spaziergang

Mit seinen Kindern stimmte etwas nicht.

Die Erkenntnis kam Denny Pelletier in einer Dezembernacht, als er allein durch die Straßen von Crosby, Maine, wanderte. Es war eine kalte Nacht, und er war nicht entsprechend angezogen, nur eine Jacke über dem T-Shirt und seiner alten Jeans. Er hatte den Spaziergang nicht geplant gehabt, aber nach dem Essen war der Drang in ihm erwacht, und als seine Frau sich langsam fürs Bett fertig machte, hatte er zu ihr gesagt: »Ich muss noch mal an die Luft.« Er war neunundsechzig und noch sehr rüstig, auch wenn er sich morgens manchmal ziemlich steif fühlte.

Im Gehen dachte er wieder: Etwas stimmt nicht. Und er meinte, mit seinen Kindern. Er hatte drei Kinder, alle drei längst mit eigenen Familien. Sie hatten alle jung geheiratet, mit knapp zwanzig, so wie er und seine Frau auch; seine Frau war achtzehn gewesen. Bei den Hochzeiten seiner Kinder hatte Denny nicht darüber nachgedacht, wie jung sie waren; erst jetzt, während er durch die Nacht wanderte, machte er sich plötzlich klar, wie unüblich es da schon gewesen war, so jung zu heiraten. Im Geist ging er die Schulfreunde seiner Kinder durch, und alle hatten sie gewartet, bis sie Mitte zwanzig waren, achtundzwanzig oder sogar noch älter, wie dieser extrem nett aussehende Junge von den Woodcocks – zweiunddreißig war der gewesen, als er und seine hübsche blonde Braut geheiratet hatten.

Die Kälte lenkte ihn ab, und er machte schnellere Schritte, um warm zu bleiben. Es ging auf Weihnachten zu, aber seit drei Wochen war kein Schnee mehr gefallen. Das war seltsam – nicht nur Denny fand das –, denn als er ein Kind war, in exakt diesem Städtchen in Maine, hatten sich die Schneewälle bis Weihnachten immer schon so hoch aufgetürmt, dass er und seine Freunde sich Festungen darin bauen konnten. Heute Abend jedoch war das einzige Geräusch das gedämpfte Rascheln des Laubs unter seinen Turnschuhen.

Der Vollmond schien. Er glänzte hell auf dem Fluss, als Denny an den Textilmühlen vorbeiging, unter den langen dunklen Reihen ihrer Fenster entlang. In einer dieser Mühlen, der Washburn-Mühle, hatte Denny mit achtzehn zu arbeiten angefangen; die Fabrik war vor dreißig Jahren stillgelegt worden, und ab da hatte er in einem Bekleidungshaus gearbeitet, das unter anderem Regenumhänge und Gummistiefel verkaufte, an die Fischer, aber auch an Touristen. Die Mühle war ihm gegenwärtiger als der Laden, die Erinnerungen schienen lebhafter, dabei war er dort viel kürzer gewesen. Aber er erinnerte sich mit erstaunlicher Deutlichkeit an die Maschinen, die die ganze Nacht durchliefen, an die Weberei, in der er gearbeitet hatte; sein Vater hatte damals die Webstühle repariert, und als Denny anfing, hatte er das Glück gehabt, nach drei Monaten Bodenfegen zum Weber aufzusteigen und nicht viel später zum Webstuhlreparateur wie sein Vater. Der ohrenbetäubende Krach dort drinnen, die beängstigende Fahrt, die ein Schiffchen aufnehmen konnte, wenn es vom Kurs abkam, wie es über den Stoff peitschte, wie es den Metallteilen Scharten schlug: was für ein Tanz das immer gewesen war. Doch all das existierte nicht mehr. Er dachte an Snuffy, der nie lesen und schreiben gelernt hatte und regelmäßig sein Gebiss herausnahm, um es im Wassertrog abzuspülen, worauf schließlich ein Schild aufgehängt worden war: Gebisse waschen verboten! Und dann die Witze über Snuffy, der das Schild ja nicht lesen konnte. Snuffy war nun schon einige Jahre tot. Viele – fast alle – der Männer, die mit ihm in der Mühle gearbeitet hatten, waren inzwischen tot. Aus irgendeinem Grund empfand Denny heute ein stummes Erstaunen über diese Tatsache.

Und dann kehrten seine Gedanken zu den Kindern zurück. Es kam so wenig von ihnen, fand er. Zu wenig. Warfen sie ihm etwas vor? Alle drei hatten studiert, seine Söhne waren nach Massachusetts gezogen, seine Tochter nach New Hampshire; hier gab es keine Stellen für sie. Mit seinen Enkeln lief es gut, sie waren alle ordentliche Schüler. Seine Kinder waren es, die ihn beschäftigten, während er spazieren ging.

Letztes Jahr, um die Zeit von Dennys fünfzigjährigem Schulabschlusstreffen, hatte er seinem ältesten Sohn ihr Jahrbuch von damals gezeigt, und sein Sohn hatte gesagt: »Dad! Du hast *Frenchie* geheißen?« Ja, sicher, hatte Denny mit einem kleinen Lachen erwidert. »Das ist nicht lustig«, hatte sein Sohn gesagt und hinzugefügt: »Mrs Kitteridge hat schon in der Siebten zu uns gesagt, dieses Land sollte mal ein Schmelztiegel sein, aber er hat seine Temperatur nie erreicht, und sie hatte recht«, und damit war er aufgestanden und hatte Denny vor seinem aufgeklappten Jahrbuch am Küchentisch sitzen lassen.

Mrs Kitteridge hatte nicht recht. Die Zeiten änderten sich.

Aber Denny, der den Weg zum Fluss einschlug, verstand jetzt auch seinen Sohn besser; jemanden »Frenchie« zu nennen war heute nicht mehr akzeptabel. Was sein Sohn nicht verstand: Ihm, Denny, hatte es nie etwas ausgemacht, »Frenchie« genannt zu werden. Obwohl, stimmte das?, überlegte Denny im Weitergehen, die Hände tief in die Taschen gebohrt. Und gestand sich ein: Die Wahrheit war, dass er es *hingenommen* hatte.

Und dies hinzunehmen hieß, vieles hinzunehmen – dass Denny, sobald er dazu fähig war, in der Mühle arbeiten ging, dass er gar nicht auf die Idee kam, zu studieren, mehr zu lernen. Aber hieß es das zwangsläufig? Als Denny den Fluss erreichte und das Wasser im Mondlicht schnell dahinströmen sah, erschien ihm sein Leben wie ein Stück Rinde auf diesem Fluss, das einfach ohne einen Gedanken dahintrieb. Auf den Wasserfall zu.

Die Mondscheibe stand ein Stückchen rechts von ihm, und als er anhielt und zu ihr hinaufsah, schien sie heller zu strahlen. Dachte er deshalb plötzlich an Dorothy Paige?

Dorie Paige war eine Schönheit gewesen – mein Gott, war sie schön gewesen! Blond, mit bis über die Schultern herabfallenden Haaren, so kam sie ihm auf den Gängen der Highschool entgegen; sie war groß, und sie konnte sich ihre Größe leisten. Auch ihre Augen waren groß, und um ihren Mund lag immerzu eine verhaltene Bereitschaft zum Lächeln. Sie war gegen Ende der Zehnten aufgetaucht, und sie war der Grund, warum Denny an der Schule geblieben war. Er wollte sie sehen, er wollte sie einfach nur anschauen dürfen. Ohne sie wäre er gleich abgegangen und hätte in der Textilmühle angefangen. Ihre Spinde lagen nah beieinander, aber gemeinsamen Unterricht hatten sie keinen, weil Dorie nicht nur bildschön, sondern auch klug war. Sie war, das fanden ihre Lehrer, aber die Mitschüler sagten es ebenfalls, die begabteste Schülerin, die es an der Schule seit langem gegeben hatte. Ihr Vater war Arzt. Eines Tages sagte sie hallo zu ihm, als sie jeder an seinem Spind standen, und ihm wurde fast schwindlig. »Äh – hallo«, sagte er. Ab da entwickelte sich zwischen ihnen eine Art Freundschaft. Die meiste Zeit steckte sie mit ein paar anderen von den »Guten« zusammen, und das waren die Leute, mit denen sie richtig befreundet war, aber sie und Denny wurden auch Freunde. »Erzähl mir was über dich«, sagte sie eines Tages nach der Schule zu ihm. Sie standen allein auf dem Gang. »Irgendwas. Alles.« Und sie lachte.

»Da gibt's nichts zu erzählen«, sagte er, und er meinte es so.

»Unsinn, das kann nicht sein. Hast du Geschwister?« Sie war fast so groß wie er, und sie wartete neben ihm, während er ungeschickt mit seinen Büchern hantierte.

»Ja, ich bin der Älteste. Ich habe drei Schwestern und zwei Brüder.« Denny hatte endlich die Bücher, die er brauchte, und nun stand er da und sah sie an. Es war, als würde man in die Sonne schauen.

»Ach«, sagte Dorie, »das muss toll sein. Also für mich klingt das toll. Ich habe nur einen Bruder, und bei uns ist es immer ziemlich still. Ich wette, bei euch ist es nicht still.«

»Nein«, sagte Denny, »still ist es bei uns nicht unbedingt.« Er ging damals schon mit Marie Levesque, und er hatte Angst, sie könnte sie sehen. Er begann den Flur entlangzugehen, weg von der Turnhalle, wo Marie übte – sie war Cheerleader –, und Dorie kam mit. Und ganz am anderen Ende des Gangs, vor dem Musikraum, in dem die Band probte, redeten sie dann. Er wusste nicht mehr alles, worüber sie an diesem Tag gesprochen hatten, oder an den anderen Tagen, an denen sie plötzlich daherkam, um mit ihm in Richtung Musikraum zu schlendern, wo sie standen und redeten. Was er wusste, war, dass sie ihn nie gefragt hatte, ob er nicht studieren wollte, ihr musste klar gewesen sein – natürlich, »Frenchie« –, dass er weder die Noten noch das Geld dafür hatte; er war in keinem ihrer Kurse, schon allein deshalb musste es ihr klar sein, genauso, wie ihm klar war, dass sie aufs College gehen würde.

Zwei Jahre hindurch redeten sie so, vielleicht einmal die Woche, und in der Basketballsaison, wenn Marie in der Turnhalle am Üben war, auch öfter. Dorie sprach Denny nie auf Marie an, obwohl sie ihn auf dem Korridor mit ihr gesehen haben musste. Er sah Dorie mit verschiedenen Jungen, sie schien immer einen anderen im Gefolge zu haben, und sie lachte mit ihnen allen und rief ihm zu: »Hallo, Denny!« Was hatte er sie geliebt. Sie war so unglaublich schön. Sie war schön durch und durch.

»Ich gehe nach Vassar«, erzählte sie ihm im Frühjahr ihres Abschlussjahres, und er wusste nicht, was sie damit meinte. Nach einer Pause setzte sie hinzu: »Das ist ein College ein Stück nördlich von New York.«

»Das ist toll«, sagte er. »Hoffentlich ist es ein richtig gutes College, du bist so gescheit, Dorie.«

»Es ist ganz gut«, sagte sie. »Doch, es ist schon ganz gut.«

An ihr letztes Gespräch konnte er sich hinterher nie erinnern. Bei der Abschlussfeier gab es ein paar Zwischenrufe, als ihr Name aufgerufen wurde, Pfiffe, daran erinnerte er sich. Innerhalb eines Jahres war er verheiratet, und er sah Dorie nie wieder. Aber er wusste noch genau, wo er war – vor dem Eingang zum Supermarkt hier in Crosby –, als er erfuhr, dass sie das Studium noch abgeschlossen und sich dann umgebracht hatte. Trish Bibber erzählte es ihm, die mit ihnen zur Schule gegangen war, und als Denny sagte: »Aber *warum*?«, sah Trish zu Boden und sagte dann: »Denny, ihr wart ja irgendwie befreundet, deshalb dachte ich, du wüsstest es vielleicht. In ihrer Familie gab es sexuellen Missbrauch.«

»Was soll das heißen?«, fragte Denny, und er fragte es, weil sein Verstand Mühe hatte, es zu erfassen.

»Ihr Vater«, sagte Trish. Und sie blieb ein bisschen bei ihm stehen, während er es zu begreifen versuchte. Sie sah ihn teilnahmsvoll an, und sie sagte: »Es tut mir so leid, Denny.« Auch das vergaß er nicht: die Anteilnahme in Trishs Blick, als sie es ihm erzählte.

Das also war die Geschichte von Dorie Paige.

Denny machte sich auf den Nachhauseweg, die Main Street entlang. Eine Unruhe überkam ihn, als liefe er durch eine unsichere Gegend; tatsächlich hatte sich die Stadt in den letzten Jahren so verändert, dass kaum noch jemand nachts herumlief wie er jetzt. Aber er hatte auch länger nicht mehr an Dorie gedacht; früher hatte er sehr oft an sie denken müssen. Der Mond schien auf ihn herunter, noch immer mit einem Leuchten, als hätte die Erinnerung an Dorie – oder Dorie selbst – es ausgelöst. »Ich wette, bei euch ist es nicht still«, hatte sie gesagt.

Und mit einem Mal erkannte Denny: Jetzt war es still bei ihm daheim. Über die Jahre war ihr Haus immer stiller geworden. Nachdem die Kinder geheiratet hatten und weggezogen waren, war nach und nach Stille bei ihnen eingekehrt. Marie arbeitete seit einigen Jahren nicht mehr – sie war Förderlehrerin an der örtlichen Schule gewesen –, und sie hatte nicht so viel zu erzählen wie früher. Und dann hatte er in dem Bekleidungshaus aufgehört, und auch er konnte jetzt nicht mehr so viel erzählen.

Denny ging weiter, an den Bänken beim Musikpavillon vorbei. Eine Bö trieb ein paar raschelnde Blätter vor ihm über den Boden. Welche Wege seine Gedanken nahmen oder wie lange er so ging, hätte er nicht sagen können. Aber plötzlich sah er vor sich einen kräftigen Mann, der sich über eine der Bänke zu beugen schien. Denny hätte fast kehrtgemacht. Aber der schwere Körper hing einfach vornüber – seltsame Haltung – und rührte sich nicht. Langsam ging Denny näher heran. Er räusperte sich laut. Keine Reaktion. »Hallo?«, sagte Denny. So wie der Bursche über der Lehne hing, war ihm die Jeans ein Stück übers Gesäß gerutscht; im Mondlicht sah Denny den Ansatz seiner Pospalte. Es wirkte, als versuchte er sich mit den Händen auf der Sitzfläche abzustützen. »Hallo?« Denny sagte es mit erhobener Stimme, und wieder kam keine Reaktion. Das Gesicht war von ein paar Haarsträhnen verdeckt, die hellbraun und ziemlich lang waren. Denny tippte dem Mann auf den Arm, und der Mann stöhnte.

Er machte einen Schritt zur Seite, holte sein Handy heraus und wählte den Notruf. Er sagte der Frau, die abhob, wo er war und was er vor sich sah, und die Frau sagte: »Wir schicken Ihnen jemanden, Sir. Bleiben Sie bitte dran.« Er konnte sie sprechen hören – in ein anderes Telefon? –, und dann Rauschen und Klicken, und er wartete. »Hören Sie? Können Sie feststellen, ob der Mann am Leben ist?«

»Er hat gestöhnt«, sagte Denny.

»Es wird gleich jemand da sein, Sir.«

Und im Handumdrehen – schien es Denny – fuhr ein Streifenwagen mit blinkendem Blaulicht vor, und zwei Polizisten stiegen aus. Sie waren auffallend ruhig, fand Denny, und nachdem sie kurz mit ihm gesprochen hatten, traten sie zu dem Mann an der Bank. »Zugedröhnt«, sagte der eine, und der andere sagte: »So schaut's aus.«

Einer der Polizisten langte in seine Tasche und zog eine Ampulle heraus, schob dann mit einer raschen, fließenden Bewegung den Ärmel des Mannes hoch und spritzte ihm etwas in die Armbeuge, und nur wenige Augenblicke später richtete sich der Mann auf. Er sah um sich.

Es war der Woodcock-Junge.

Denny hätte ihn gar nicht erkannt, aber seine Augen, tief in den Höhlen liegende Augen in einem gutgeschnittenen Gesicht, hefteten sich auf Denny, und er sagte: »Ach! Hallo!« Dann verdrehten sich die Pupillen einen Moment lang, und die Polizisten halfen ihm, sich hinzusetzen. Er war natürlich kein Junge mehr, er war ein erwachsener Mann, und doch konnte Denny in ihm nur den Schulkameraden seiner Tochter sehen, damals vor all den Jahren. Wie hatte er sich in diesen Menschen verwandelt? Unförmig – dick –, mit zu langem Haar, vollgepumpt mit Rauschgift? Denny blieb, wo er war, so dass er den anderen nur noch von hinten sah, und dann kam mit jaulender Sirene und blinkenden Lichtern ein Rettungswagen angefahren, und zwei Sanitäter sprangen heraus und redeten mit den Polizisten, von denen einer sagte, ja, sie hätten ihm gleich als Erstes Naloxon injiziert. Die beiden Sanitäter nahmen den Woodcock-Jungen in die Mitte und führten ihn zum Rettungswagen; die Türen schlossen sich.

Als der Wagen wegfuhr, sagte ein Polizist zu Denny: »Na, da haben Sie heute ein Menschenleben gerettet«, und der andere sagte, schon im Einsteigen: »Fürs Erste.«

Denny ging mit schnellen Schritten nach Hause, und er dachte: Die Kinder sind nicht das Problem. Das sah er nun plötzlich glasklar. Seine Kinder waren nicht aufgewachsen wie die arme Dorie, sie hatten ein sicheres Zuhause gehabt. Seine Kinder nahmen keine Drogen. Das Problem war er selbst. Er trauerte schon jetzt um sein zu Ende gehendes Leben, aber noch war das Ende nicht da.

Er eilte die Stufen zu seinem Haus hinauf, warf die Jacke ab, und im Bett saß Marie und las. Ihr Gesicht hellte sich auf, als sie ihn sah. Sie legte das Buch weg und winkte ein bisschen mit den Fingern. »Wieder da?«, sagte sie.

# Pediküre

Es war November.

Der erste Schnee in Crosby, Maine, stand noch aus, und weil an diesem Mittwoch die Sonne herausgekommen war, lag eine geradezu bedrohliche Schönheit über der Welt. Die Eichen trugen noch Laub, verschrumpelt und golden, und die Nadelhölzer standen stramm, als frören sie, aber die anderen Bäume waren kahl und reckten ihre spitzigen schwarzen Äste in den Himmel, und die Straßen wirkten nackt, und die Felder lagen da wie blankgefegt, all dies von einer bizarren Pracht in der schräg gleißenden Sonne, die nie den Zenit erreichte. Der Himmel war tiefdunkelblau.

Jack Kennison schlug Olive Kitteridge eine Spazierfahrt vor. »Oh, Spazierfahrten liebe ich«, sagte sie, worauf er sagte, genau deshalb habe er es vorgeschlagen; er wolle schließlich, dass sie glücklich war. »Ich bin glücklich«, sagte sie, und er sagte, er auch. Also stiegen sie in ihren neuen Subaru – mit Jacks Sportwagen konnte Olive sich nicht anfreunden – und fuhren los; als Ziel wählten sie das eine Stunde entfernte Shirley Falls, wo Olive auf die Highschool gegangen war und wo ihr erster Mann, Henry, herstammte.

Jack und Olive waren jetzt fünf Jahre zusammen; Jack war neunundsiebzig, Olive achtundsiebzig. Die ersten Monate hatten sie eng umschlungen geschlafen. Beide hatten jahrelang keine Nacht mehr in den Armen eines anderen Menschen verbracht. Wenn Jack sich zwischendrin einmal ein paar Tage mit Elaine hatte wegstehlen können, dann waren sie sich in ihrem Hotel nachts in den Armen gelegen, sicher, doch das war etwas völlig anderes gewesen als bei ihm und Olive in dieser ersten Zeit. Olive streckte ihr Bein über seine beiden Beine, sie legte den Kopf an seine Brust, und irgendwann im Lauf der Nacht änderten sie zwar die Lage, aber sie ließen einander nicht los dabei, und Jack kamen ihre dicken alten Leiber immer vor wie zwei am Strand angespülte Schiffbrüchige, die sich verzweifelt aneinander festklammern.

Nichts davon hätte er sich je träumen lassen. Dass sie so sehr Olive sein könnte, dass er selbst so bedürftig sein könnte; nie im Leben hätte er es für möglich gehalten, seine letzten Jahre auf solche Art mit solch einer Frau zu verbringen.

Die Sache war, bei ihr konnte er er selbst sein. Das hatte er während jener ersten Monate empfunden, wenn er mit der schlafenden, leise schnarchenden Olive im Arm dalag, und er empfand es noch.

Wie sie ihm gegen den Strich ging!

Sie nahm sich keine Zeit zum Frühstücken, sondern begann gleich zu werkeln, als ob sie Unmengen zu tun hätte. »Olive, du hast nichts zu tun«, sagte er dann. Und sie machte ihm eine lange Nase. Eine lange Nase. Auch das noch.

Erst nach ihrer Hochzeit begriff er allmählich, wie viel innere Unruhe in ihr steckte. Wenn sie im Sessel saß, wippte ihr Fuß unablässig, sie stand abrupt auf und verkündete, sie müsse in Joanns Textilladen Stoff kaufen, und war Sekunden später auch schon aus der Tür. Aber in den Nächten hielt sie sich immer noch an ihm fest, und er sich an ihr. Und dann, nach einem weiteren Jahr, hielten sie sich nicht mehr aneinander fest, aber sie schliefen in einem Bett und stritten in der Früh darüber, wer wem nachts die Decke weggezogen hatte; sie waren ein echtes Ehepaar. Und sie hatte immer mehr von ihrer Getriebenheit abgelegt; insgeheim war Jack darauf sehr stolz.

Der Miami-Urlaub vor zwei Jahren war allerdings nicht Olives Fall gewesen. »Was sollen wir hier, dumm in der Sonne rumsitzen?«, hatte sie gefragt, und Jack hatte ihr recht geben müssen; sie waren vorzeitig heimgeflogen. Letztes Jahr hatten sie eine Kreuzfahrt durch die norwegischen Fjorde gemacht, und das hatte ihnen beiden wesentlich besser gefallen. Dieser Tage waren sie es vollauf zufrieden, spazieren zu fahren. »Zwei richtige alte Sesselfurzer, das sind wir«, hatte Jack bei ihrem letzten Ausflug gesagt, und Olive hatte gesagt: »Jack, du weißt genau, wie ich solche Ausdrücke hasse.«

Jetzt ließen sie Crosby hinter sich und fuhren an der kleinen Wiese mit der Steinmauer und den vielen Felsbrocken im bleichen Gras entlang. »Übrigens«, sagte Olive, »Edith ist vom Nachttopf gefallen und hat sich den Arm gebrochen, die ist also fürs Erste verräumt.«

»Wie, verräumt?«, fragte Jack mit einem Blick zu ihr.

»Ach, du weißt schon.« Olive wedelte mit der Hand. »In der Reha, irgend so was.«

»Heilt das wieder richtig?«

»Weiß nicht. Ich glaub schon.« Olive schaute aus dem Fenster; sie fuhren jetzt durch Bellfield Corners. »Mein Gott«, sagte sie, »ist dieser Ort trübselig.« Jack konnte ihr nur zustimmen. Ein einziges Lokal an der Hauptstraße hatte geöffnet, dazu gab es eine Genossenschaftsbank und eine Tankstelle. Alles andere hatte dichtgemacht. Sogar das Sägewerk, das früher gleich am Ortseingang gestanden hatte, war im Lauf der letzten zehn Jahre abgerissen worden, erklärte Olive Jack.

»In Shirley Falls war ich noch nie«, bemerkte Jack, als Bellfield Corners hinter ihnen lag und sie wieder durch offene Landschaft fuhren.

Olive wandte sich ihm so weit zu, dass ihr Rücken fast an der Tür anstieß. »Im Ernst?«, fragte sie. »Du warst noch nie in Shirley Falls?«

»Warum sollte ich in Shirley Falls gewesen sein?«, sagte Jack. »Was gibt es dort denn noch? Ich weiß schon, damals in der guten alten Zeit war Shirley Falls eine bedeutende Stadt, aber was hat es heute zu bieten?«

»Somali«, sagte Olive und drehte sich wieder nach vorn.

»Ah, stimmt«, sagte Jack. »Die hatte ich ganz vergessen.« Und er fügte hinzu: »Ich meine, nicht vergessen, ich habe nur länger nicht mehr an sie gedacht.«

»Tja-ja«, sagte Olive.

»Wie hat Edith es geschafft, vom Nachttopf zu fallen?«, fragte Jack nach einer kurzen Pause.

»Wie? Ich nehme mal an, sie ist eben … runtergekippt. Woher soll ich das wissen?«

Jack lachte; diese Art mochte er so an ihr. »Na ja, du weißt ja auch, dass sie runtergefallen ist. Du weißt sehr viel, Olive.«

»Oh, weißt du, was Bunny Newton mir neulich erzählt hat? Ihr Mann hat offenbar diesen Bekannten, dem die Frau gestorben ist, und dieser Mann hatte zehn Jahre lang eine andere Frau geliebt – schon als seine Frau noch am Leben war –, und diese andere Frau geht an ihrem Geburtstag hin und setzt sich mitten auf den Highway und wird überfahren und stirbt. Setzt sich einfach auf die Straße. Hast du so was schon mal gehört? Und jetzt trauert der Mann um sie viel mehr als um seine Ehefrau.«

»Heißt das, es war Selbstmord?«

»Klingt mir ganz danach. Guter Gott, was für eine Art abzutreten.«

»Und wie alt war die Frau?«

»Neunundsechzig. Oh, und sie hat keine vierzig Kilo gewogen. Sagt Bunny. Für mich klingt das alles ein bisschen verrückt.«

»Es klingt irgendwie unvollständig«, sagte Jack.

»Ich geb's nur wieder«, sagte Olive. »Ach«, fügte sie hinzu, »und sie hatte die Scheidung eingereicht. Vielleicht ist das entscheidend, keine Ahnung. Verrückt.«

»Du hast schon bessere Geschichten erzählt«, meinte Jack.

»Stimmt.« Nach einer Pause sagte Olive: »Diese Fußpflege hat dermaßen gutgetan, Jack.«

»Freut mich. Du kannst jederzeit wieder hingehen, Olive.«

»Das habe ich vor«, sagte Olive.

Ein paar Tage zuvor war Jack ins Schlafzimmer gekommen, und Olive saß da, winzig kleine Tränen im Gesicht. Sie konnte ihre Zehennägel nicht mehr schneiden, das war der Grund, sie konnte sie nicht mehr so schneiden wie früher, sie war zu dick und zu alt, um ihre Füße dicht genug an sich heranzuziehen, und sie fand es grauenvoll, einfach grauenvoll, sagte sie, mit solchen Krallen an den Füßen herumzulaufen. Also hatte Jack gesagt: »Dann gehen wir eben mit dir zur Pediküre«, und Olive hatte sich angestellt, als wäre das etwas ganz und gar Unerhörtes. »Hopp, auf geht's«, hatte Jack gesagt, und er hatte sie ins Auto verfrachtet und war mit ihr nach Cook's Corner gefahren, wo es einen Nagelsalon gab. »Nicht kneifen«, hatte er gesagt, als sie hinter ihm zurückblieb, und so folgte sie ihm hinein, und Jack sagte: »Die Dame hätte gern eine Pediküre«, und die kleine Asiatin sagte, bitte schön, hier entlang. »Ich komme wieder«, sagte Jack und winkte Olive, die ein ängstliches Gesicht machte, aber als er sie abholte, schaute sie ganz selig.

»Jack«, sagte sie atemlos, kaum dass sie im Auto saßen, »Jack, die haben eine Schüssel für den einen Fuß und eine für den anderen, fast wie richtige kleine Badewannen, in die tut man die Füße einfach rein, und dieses Mädchen, oh, sie hat wahre Wunder vollbracht!«

»Du bist eine Frau, die leicht zufriedenzustellen ist«, sagte er.

Und sie sagte: »Das hat mir auch noch keiner gesagt.«

Jetzt sagte Olive: »Sie hat mir die Waden gerieben, oh, war das ein gutes Gefühl. Massiert, das ist das Wort. Sie hat mir die Waden massiert. Herrlich.« Und etwas später: »Du kennst doch diese Schriftstellerin, die diese Gruselgeschichten schreibt – wie heißt sie gleich – Sharon McDonald –, die ist einfach ein Mädel aus Bellfield Corners, mehr nicht.«

»Soll heißen?«, fragte Jack.

»Das soll heißen, damals, als alles angefangen hat mit ihrer Karriere, da saß sie hier, in Bellfield Corners. Mehr steckt nicht dahinter. Ein Mädel aus Bellfield Corners.«

Jack ließ sich das durch den Kopf gehen. »Vielleicht schreibt sie deshalb so gut über Horror.«

»Ich wusste nicht, dass sie über irgendwas gut schreibt«, gab Olive zurück.

»Du bist ein richtiger Snob, weißt du das«, sagte Jack.

Und Olive sagte: »Und du bist ein Dämlack, wenn du ihren Mist liest.«

»Ich habe keine Zeile von ihrem Mist gelesen«, sagte Jack. Er unterschlug die Tatsache, dass Betsy, seine verstorbene Frau, sämtliche Sharon-McDonald-Thriller verschlungen hatte; Olive so etwas zu erzählen war zwecklos. Sie fuhren jetzt am Fluss entlang, der als graues Band gleich neben der Straße dahinfloss, schön auf eine herbe, direkte Art. »Ich bin froh, dass wir diesen Weg fahren«, sagte Jack.

»Oh, ich auch«, sagte Olive. Und dann: »Apropos, ich habe noch eine Geschichte für dich. Bunny und ihr Mann waren neulich bei Applebee essen, und sie saßen relativ weit hinten, und außer ihnen war nur ein anderes Paar da, so fett, dass es kaum zu glauben war, und dann hustete der Mann plötzlich los, und er fing an, sein Essen rauszuwürgen …«

»Gott, Olive.«

»Nein, hör zu. Er würgte und würgte, und die Frau holte lauter Plastiktüten heraus und entschuldigte sich in einer Tour bei Bunny, während sie ihrem Mann diese Plastiktüten hinhielt, damit er da reinspucken konnte.«

»Sie hätten einen Krankenwagen rufen sollen«, sagte Jack, und Olive sagte: »Das meinte Bunny auch. Aber es stellte sich heraus, dass der Mann an einer Krankheit litt, die, wie hieß das gleich wieder, Zanker-Divertikel? Zenker-Divertikel? Irgendwie so nannte es seine Frau, und als Bunny und Bill schon bezahlt hatten, saß dieses arme fette Paar immer noch da und wartete, dass der Mann sein Essen zu Ende rauswürgt.«

»Großer Gott«, sagte Jack. »Alles, was recht ist, Olive.«

»Ich geb's nur wieder.« Sie zuckte die Achseln.

Sie hatten jetzt Shirley Falls erreicht; sie fuhren von hinten in den Ort ein. Die Häuser rückten enger zusammen, und nun kamen die hohen Holzhäuser, die seinerzeit für die Fabrikarbeiter erbaut worden waren, eins fast auf dem anderen sitzend, mit ihren an den Rückseiten emporführenden hölzernen Stiegen. Jack spähte aus dem Fenster und sah auf dem

Gehsteig mehrere schwarze Frauen in Hidschab und langen Gewändern. »Himmelarsch«, sagte er; der Anblick war so unerwartet.

»Du hättest damals meine Mutter hören sollen«, sagte Olive, »mein Gott, konnte die fuchtig werden, wenn im Bus jemand Französisch sprach. Und natürlich sprachen sehr viele Arbeiter Französisch, sie kamen alle aus Quebec, um hier in den Fabriken zu arbeiten, aber meine Mutter wurde richtig fuchtig. Tja, die Zeiten ändern sich.« Olive sagte es fröhlich. »Schau dir diese Menschen an«, fügte sie hinzu.

»Aber ein komisches Gefühl ist es schon.« Jack spähte nach rechts und nach links, während er das sagte. »Das musst du zugeben, Olive. Als gäbe es irgendwo ein Nest, aus dem sie alle rauswuseln.«

»Ein *Nest*, aus dem sie *rauswuseln*?«

»Ja.«

»Das ist abwertend, Jack.«

»Also komm schon, Olive.« Aber ein bisschen beschämt war er doch, und er sagte: »Na gut, ich hätte es anders ausdrücken können.«

Sie fuhren durch die Stadt, die Jack reichlich trist vorkam, und dann über den Fluss und einen langen Hügel hinauf; hier schien eine reine Wohngegend zu sein. »Halt, hier rechts rein«, sagte Olive, also bog Jack nach rechts, und sie folgten der Straße, und sie zeigte ihm das Haus, in dem Henry aufgewachsen war.

»Hübsch«, sagte Jack. Es interessierte ihn nicht übermäßig, wo der heilige Henry aufgewachsen war. Aber er sah sich brav das Haus an, und er fand, dass es der rechte Ort für Henrys Kindheit gewesen war – ein zweigeschossiges Häuschen, dunkelgrün, mit einem gewaltigen Ahorn im Vorgarten.

»Den Baum da hat Henry gepflanzt, als er vier war«, sagte Olive. »Wirklich wahr.« Sie nickte. »Er hat einen winzigen Schössling gefunden und ihn hier einfach in die Erde gesteckt – seine Mutter, dieses grässliche Weib, hat ihm am Anfang wohl noch beim Gießen geholfen –, und jetzt steht er hier.«

»Sehr schön«, sagte Jack.

»Dir ist es egal«, sagte Olive. »Tja, macht nichts, fahren wir weiter.«

Jack ließ den Blick durch das kleine Wohngebiet schweifen, und er sagte: »Es ist mir nicht egal, Olive. Wohin möchtest du als Nächstes?«

Und sie sagte, nach West Annett, wo sie aufgewachsen war, also ließ er sich von ihr dirigieren, und sie fuhren eine schmale Straße entlang, durch Wiesen, die noch seltsam grün für November waren, beschienen von dieser schrägen, bedrohlich schönen Sonne. Sie fuhren und fuhren, und Olive erzählte ihm von dem Schulhaus, in dem ihre Mutter Lehrerin gewesen war – ein Raum nur, mit einem Ofen, den ihre Mutter im Winter in aller Herrgottsfrühe anheizen musste; sie erzählte ihm von der Finnin, die auf sie, Olive, aufgepasst hatte, als sie noch zu klein für die Schule war, sie erzählte ihm von ihrem Onkel George, der Trinker war und der eine viel jüngere Frau geheiratet hatte, und die junge Frau verliebte sich in einen Nachbarn – »da, in dem Haus gleich da drüben« –, und dieser Nachbar, so ganz wusste Olive nicht, was mit ihm gewesen war, jedenfalls hatte die junge Frau sich am Fuß der Kellertreppe erhängt.

»Mein Gott«, sagte Jack.

»Tja«, sagte Olive. »Als Kind hatte ich immer Angst, da runterzugehen, ich wurde immer mal was holen geschickt, Kartoffeln, was weiß ich, und – ach, ich fand es jedes Mal grausig.«

»Liebe Güte«, sagte Jack.

Ihr Onkel George hatte wieder geheiratet, erzählte Olive dann, aber zehn Jahre nach dem Tod seiner ersten Frau hatte er sich genau an derselben Stelle erhängt.

»Herr*gott* noch mal«, sagte Jack.

So fuhren sie, über Nebenstraßen, und dabei redeten sie. Jack redete über seine Kindheit, nicht zum ersten Mal, aber Olives Elternhaus erinnerte ihn an das Haus seiner Eltern bei Wilkes-Barre in Pennsylvania, und er erzählte auch nun wieder davon – wie klein es ihm immer erschienen war, selbst als Kind schon, dabei war es längst nicht so klein wie Olives Elternhaus, aber er hatte sich darin so *eingeengt* gefühlt, sagte er jetzt. Olive hörte zu und sagte: »Tja-ja.«

Dann sagte sie: »Aber schau dir das an«, denn Jack war um eine Kurve gebogen, und vor ihnen sank die Novembersonne an dem fast schon nachtblauen Himmel. Der Horizont war ein breites gelbes Band. Und die kahlen Bäume reckten ihre nackten schwarzen Äste in den Schimmer. »Schon irre irgendwie«, sagte Jack.

Auf und ab fuhren sie, einen kleinen Hügel hoch und den nächsten hinunter, um eine langgezogene Biegung hier, eine enge Kurve dort, mit dem Straßenverlauf schaukelnd, während rund um sie der Sonnenuntergang leuchtete.

Jack sagte: »Wollen wir mal dieses neue Restaurant in Shirley Falls ausprobieren? Marianne Rutledge hat neulich irgendwas darüber erzählt. Es soll das einzige anständige Restaurant in der Stadt ein. Wie hieß es gleich wieder – irgendein komischer Name.«

»Gasoline«, sagte Olive.

Er warf ihr einen Blick zu. »Stimmt. Wie kommt es, dass

du über ein Toprestaurant in Shirley Falls Bescheid weißt, das Gasoline heißt? Olive, du erstaunst mich.«

»Und du erstaunst mich. Kriegst du gar nichts mit? In der Zeitung stand vor ein paar Monaten ein Artikel darüber. Ein Restaurant Gasoline nennen! Hat man so was schon gehört?«

Jack parkte in der Straße hinter dem Restaurant, dessen Name in Neonlettern an der Fassade leuchtete, und als er den Wagen abschloss, sah er sich um. Es war jetzt seit einer guten Stunde dunkel, und die Dunkelheit um diese Jahreszeit kam Jack immer besonders tief vor; sie war ihm nicht geheuer, und er wollte nicht, dass sein Auto gestohlen oder aufgebrochen wurde. Olive stand auf dem Gehsteig. »Jetzt komm schon, Jack«, sagte sie, als könnte sie seine Gedanken lesen – manchmal hätte Jack schwören können, dass sie es tat –, »Herrgott noch mal, dem Auto passiert nichts.«

»Ich weiß schon«, sagte er.

Der erste Eindruck war der einer riesigen Höhle: hohe Decken, eine Bar mit blinkenden Gläsern und Flaschen in dichten Reihen vor einem enormen Spiegel, und jenseits der Bar kamen die Tische. Auch die Wände rechts und links waren verspiegelt, und auf jedem Tisch stand ein kleines Schälchen, aus dem es herausflackerte. Die Empfangsdame führte sie zu einem Tisch in der Raummitte, außer ihnen waren nur wenige Gäste da, und so setzten sie sich, und Olive schüttelte ihre Serviette aus und sagte: »Hoffentlich haben die hier Steak. Ich will ein Steak.« Und Jack sagte, bestimmt hätten sie Steak. »Ich lad dich ein«, fügte er mit einem Augenzwinkern hinzu.

Die Kellnerin brachte Jack einen Whiskey und Olive ein Glas Weißwein, und nach einer Weile bestellten sie, Olive ihr Steak und Jack die Jakobsmuscheln. Sie waren so ins Reden vertieft, dass sie sich, als das Essen kam, zurücklehnen und warten mussten, bis die Kellnerin die Teller vor sie hingestellt hatte, und dann beugten sie sich wieder vor und redeten weiter. Olive erzählte Jack alles über die Somali, die vor fünfzehn Jahren hergekommen waren und um die es zu Anfang ziemlichen Rabatz gegeben hatte, weil Maine ein so durch und durch weißer Bundesstaat war. »Und ein so alter«, fügte Olive hinzu. Aber die Somali bewiesen viel Unternehmergeist, so Olive, und hatten hier in der Stadt schon einiges an Geschäften aufgezogen.

»Das ist doch gut«, sagte Jack, ganz aufrichtig sagte er das, obwohl es ihm im Grunde herzlich egal war. Aber bei ihr klang es interessant, so interessant, wie es für Jack nur werden konnte, weil sie Olive war, und ohnehin würden sie ja bald auf etwas anderes zu sprechen kommen; er konnte ruhig warten.

Die große, schwere Eingangstür öffnete sich, und ein Paar kam herein. Jack, der flüchtig in ihre Richtung schaute, sah die Frau zuerst und dachte: Das könnte fast … Und dann hörte er ihre Stimme. Sie hatte sich umgewandt und sagte etwas zu ihrem Begleiter, der dicht hinter ihr ging, und die Stimme war es, die jede Verwechslung ausschloss. »Oh, ich weiß, ich weiß«, hörte Jack sie sagen, »natürlich weiß ich das«, und er – Jack – sagte unterdrückt: »Nein.«

»Nein was?«, fragte Olive. Sie hatte gerade das erste Stück Steak abgeschnitten und wollte es sich in den Mund schieben.

»Nichts«, sagte Jack. »Ich dachte, da käme jemand rein, den ich kenne, aber er war es nicht.«

Aber sie war es doch.

Und er konnte es nicht fassen. Er konnte es einfach nicht fassen. Ein bisschen war ihm wie damals als Kind, als er vom Rad gefallen war, diese verzögerte Ahnung, dass ihm etwas

Furchtbares blühte, und die Gewissheit, nichts mehr daran ändern zu können, während das Pflaster auf seine Backe zusauste.

Reglos saß er da und sah sie die ersten Schritte in den Raum hinein tun, sah die Empfangsdame auf sie zutreten, sah, wie sie alle drei näher kamen. Sie trug einen goldfarbenen Lammfellmantel und um den Hals einen braunen Schal; der Goldton des Mantels entsprach fast dem ihrer Haare, und sie erschien ihm eine Spur stattlicher, als er es erwartet hätte, was an dem Mantel liegen mochte, und wie schon immer sehr hübsch; sie hatte schwere goldene Ohrringe an, die ihm übergroß vorkamen, und nun blickte sie in seine Richtung. In ihrem Gesicht flackerte Verwirrung auf, sie schaute weg, schaute wieder her, und im nächsten Moment hatte sie direkt neben seinem Stuhl angehalten. »Jack?«, sagte sie. »Jack Kennison?« Ein schwacher Hauch von Parfüm wehte ihn an, das gleiche Parfüm, das sie auch damals aufzulegen pflegte, und er spürte ein eigenartiges Kribbeln an der Kinnlade.

»Hallo, Elaine.« Er zog die Serviette auf seinen Knien zurecht.

Elaine starrte auf ihn herab, ihre Ohrringe wie zwei Ausrufezeichen links und rechts von ihrem Gesicht; vielleicht sollte er aufstehen, dachte er, also stand er auf, worauf ihre grünen Augen – er sah es ganz deutlich – von seinem Gesicht unwillkürlich an seinem Körper hinabwanderten und wieder hoch. Er setzte sich wieder, wobei er mit dem Bauch am Tisch anstieß. Der Knabe, den sie dabeihatte, war ebenfalls stehen geblieben.

Ihr Gesicht war älter – wie auch nicht? –, aber ansonsten erstaunlich unverändert. Irgendwie größer schien es geworden zu sein; sie hatte ein bisschen zugenommen. Sie war perfekt geschminkt, mit schwarzem Eyeliner um die Augen, die dadurch noch grüner wirkten, und trug ihr Haar etwas länger als damals. »Was machst *du* denn hier, Jack?«

»Ich esse zu Abend.«

Er sah ihren Blick weiterwandern zu Olive, die im selben Moment die Hand ausstreckte und sagte: »Hallo. Ich bin Jacks Frau, Olive«, und er registrierte Elaines stumme Verblüffung. Sie gab Olive die Hand. »Elaine Croft«, sagte sie. Und dann berührte sie den Arm ihres Begleiters und sagte: »Das ist Gary Taylor.« Und Gary gab erst Olive die Hand und dann Jack, und Jack fand, dass der Mann wie ein Vollidiot aussah mit seiner runden Brille, dem einzelnen Ohrring (ein Ohrring, in drei Teufels Namen, ein dünnes goldenes Ringlein!) und den Haaren, die ihm fast bis auf die Schultern hingen.

Elaine wandte sich wieder Jack zu, und er konnte ihr ansehen, dass ihr die Frage auf den Lippen brannte, also sagte er: »Betsy lebt nicht mehr, falls du dich das gefragt hast.«

»Sie lebt nicht mehr?« Sie machte große Augen; es befriedigte ihn, wie überrascht sie war.

»Leider nein.« Jack griff nach seiner Gabel.

»Wann …?«

»Vor inzwischen sechs Jahren.«

»Und du – ihr *wohnt* hier, Jack?« Sie hatte sich leicht vorgebeugt, wie um ihn klarer sehen zu können.

»Wir wohnen nicht in Shirley Falls, nein. Aber sag doch, *Mizz* Croft«, er legte die Gabel auf den Teller zurück und sah zu ihr hoch, »was führt dich in das verschlafene Shirley Falls?«

Ihr Blick wurde kühl; das »Mizz« verfehlte seine Wirkung nicht. »Klitoridektomien, Dr. Kennison. Mich führen Klitoridektomien her.«

»Aha.« Jack musste fast lachen.

»Hier oben leben sehr viele Somalier«, sagte Elaine.

»Ja, ich weiß«, sagte Jack.

Olive hielt einen Finger hoch. »Somali.« Der erhobene Finger wackelte rügend. »Nicht ›Somalier‹. Das ist ein sehr häufiger Fehler. Aber man sagt ›Somali‹, nur zu Ihrer Information.«

Elaines Gesicht nahm einen pikierten Ausdruck an, ihr Blick wurde noch kühler. Sie sagte: »Ja, das weiß ich, Mrs Kennison. Und ich habe ›Somali‹ gesagt.«

»Nein, ich habe genau gehört, wie Sie …« Olive zog die Brauen sehr hoch, zuckte leicht die Achseln und säbelte das nächste Stück Steak ab.

Jack sagte: »Und wie betreibst du deine Klitoridektomie-Recherchen, Elaine? Klopfst du bei den *Somaliern* und sagst: Guten Tag, ich heiße Elaine Croft, ich unterrichte am Smith College und wüsste gern, ob in Ihrem Haushalt Frauen leben, die sich einer Klitoridektomie unterzogen haben?«

Elaine sah auf ihn herab, einen Mundwinkel zu einem winzigen Halblächeln verbogen, ein Zeichen von Wut, wie er aus der Vergangenheit wusste. »Schönen Abend noch, Jack«, sagte sie nur, und sie nickte diesem Armleuchter Gary zu, und die beiden gingen weiter, und Jack sah Elaine mit der Kellnerin sprechen, bevor sie sich so weit von Jack und Olive wegsetzten wie überhaupt nur möglich.

»Wer war das?«, fragte Olive, während sie weiter ihrem Steak zu Leibe rückte, und Jack sagte, ach, eine Frau eben, die er vor Jahren in Harvard gekannt hatte. »Sie spinnt ein bisschen«, hätte er beinahe gesagt, verkniff es sich aber.

»Besonders sympathisch kam sie mir nicht vor. Sehr von sich überzeugt. Und was ist das, was sie hier recherchieren will?«

»Klitoridektomie, Olive. Sie scheint angereist zu sein, um über die Beschneidung von Mädchen zu forschen.«

Olive sagte: »Grundgütiger, Jack, du meine Güte, so etwas hab ich noch nie gehört.«

»Tja, jetzt hörst du's.« Er aß seine Jakobsmuscheln, ohne etwas zu schmecken, er schaufelte lediglich Essen in sich hinein. Noch immer hatte er das Gefühl, vom Fahrrad zu fallen, aber er war sich nicht sicher, ob er schon aufgeschlagen war.

»Weißt du, es ist wirklich eine Schande, was der somalischen Gemeinde hier schon alles nachgesagt worden ist …«

»Können wir das Thema wechseln, Olive?«, sagte er, und sie sagte: »Von mir aus.« Dann fragte sie, wie seine Jakobsmuscheln seien, und er sagte, sehr gut. »Also dieses Steak ist ein Gedicht«, sagte sie; sie war gerade erst bei der Hälfte.

Aus dem Augenwinkel sah er Elaine und ihren – was immer er war – die Köpfe zusammenstecken, und es war klar, dass sie dem Burschen erklärte, wer Jack war. Jack hatte Lust, seine Serviette auf den Tisch zu werfen, hinüberzugehen und zu sagen: »Aber das ist nur die halbe Geschichte!« Er starrte auf sein Essen, und irgendetwas schien mit seiner Optik nicht zu stimmen. Im Grunde wollte er einfach nur heim. Und vor seinem inneren Auge sah er wieder Elaines kleines Stutzen, als Olive sich als seine Frau vorgestellt hatte. Betsy war eine unauffällig hübsche Frau gewesen, Elaine hatte sie ein paarmal auf Fakultätsveranstaltungen getroffen. Und er dachte daran, wie ihre grünen Augen an seiner Figur hinabgewandert waren, als er stand, an seiner Figur mit dem dicken Bauch.

Olive brauchte endlos, um ihr Steak zu essen; sie sagte nochmals, wie phantastisch es war, und fragte dann: »Nehmen wir noch einen Nachtisch?« Und Jack sagte nein. Er bemerkte ihre Überraschung und sagte: »Tut mir leid, Olive, mir ist irgendwie nicht gut.«

»Warum sagst du dann nichts?« wollte Olive wissen. »Seit wann denn schon?« Und er sagte, seit gerade eben, und sie sagte, das sei dann ja wohl reine Geldverschwendung – in so einem Lokal zu essen, wenn man sich danach schlechter fühlte als vorher. Und dann schwieg sie. Jack, der an Elaine dachte, daran, dass sie vielleicht zu ihnen herübersah, strich Olive über den Arm und beugte sich zu ihr vor und sagte: »Ach, Olive, egal, es ist doch bloß Geld.« Olive sah ihn nur an.

Als sie gingen, streifte Jack Elaines Tisch mit keinem Blick.

Am allermeisten hatten ihn ihre Füße entzückt. Es waren die hübschesten Füße, die Jack in seinem Leben gesehen hatte, und Elaine war ganz überrascht gewesen; sie behauptete, über ihre Füße nie groß nachgedacht zu haben, und vielleicht stimmte es ja. Aber sie hatte einen hohen Spann und schmale Fesseln, und ihre Zehen (die immer knallrot lackiert waren oder manchmal auch in einem Orangeton – »ich gehe jede Woche zur Pediküre«, hatte sie ihm bei ihrem ersten Mal lachend gesagt) waren für Jack die hinreißendsten Zehen, die es auf der Welt nur geben konnte. »O Gott, ich vergeh von den Füßen aufwärts«, kicherte sie einmal in ihrem Bett, und er nannte sie ab da Sokrates, weil Sokrates von den Füßen aufwärts gestorben war. Jack begann häufig bei ihren Füßen, nachdem er seine Vorliebe für sie entdeckt hatte, und sie lachte und lachte, weil sie kitzlig war, und fragte ihn, ob er ein Fußfetischist sei, aber Jack war keineswegs ein Fußfetischist, nur ihre Füße bezauberten ihn so. Ihr Bauch hatte Grübchen, und ihr Hintern war nicht gerade klein. In Jacks Augen war sie eine Schönheit gewesen; er hatte noch nie einen Menschen so schön gefunden, was natürlich daher kam, dass er sie liebte.

Mein Gott, hatte er sie geliebt. Ihretwegen hatte er einmal

sogar ein Seminar verpasst, weil sie gestritten hatten und er es nicht aushielt, so von ihr wegzugehen, auch wenn er sich heute nicht mehr erinnerte, worum es bei dem Streit gegangen war, wahrscheinlich darum, ob er bei Betsy blieb oder nicht, obwohl Elaine von Anfang an gesagt hatte: »Ich will nicht, dass du deine Frau verlässt, Jack, dafür will ich nicht verantwortlich sein.« Sie trafen sich in einem Hotel in Cambridge, was riskant war, weil sie beide in Cambridge wohnten, aber das Risiko, dabei erwischt zu werden, wie er aus ihrem Haus kam, schien ihm weit größer. Und in dem Hotelzimmer hatte sie an dem Tag vielleicht von Betsy angefangen, und er hatte sein Seminar verpasst – das einzige Mal in seiner ganzen Dozentenlaufbahn, außer bei seiner Gallen-OP viele Jahre davor –, um nicht einfach so wegzulaufen. Aber was er noch genau wusste: Hinterher, als sie sich wieder versöhnt hatten, da hatte sie gesagt, sie müsse zu einem Termin bei Schroeder, dem Dekan; sie kam aus der Dusche, gibst du mir mal das Handtuch, sagte sie, und dann, dass sie zu Schroeder müsse. Nachdem Jack ihretwegen sein Seminar hatte sausen lassen! Und etwas in ihm hatte klick gemacht, obwohl er nie – bis zum heutigen Tag nicht – hätte sagen können, warum. Aber etwas in Jack hatte damals begriffen: Sie ist auf Karriere aus.

Und genauso war es. An dieser Uni waren alle auf Karriere aus. Aber erst als es um die Professur ging und Jack gegen sie stimmte, weil alle anderen in der Kommission auch gegen sie waren (und sie ihn fachlich sowieso nie so ganz überzeugt hatte), erst da hatte sie Jack dann wegen sexueller Belästigung verklagt. Und als Schroeder ihn daraufhin zu sich ins Büro zitierte, da hatte Schroeder ihm eröffnet, dass sie Mitschnitte von den Anrufen besaß, die er nachts in betrunkenem Zustand bei ihr gemacht hatte – während des letzten Jahrs, in dem er ihre Zuneigung schon schwinden fühlte –, und E-Mails von ihm hatte sie ebenfalls, und Schroeder hatte zu Jack gesagt: »Nehmen Sie einfach ein Forschungssemester, bis die Sache vom Tisch ist.«

Ein Forschungssemester.

Und ab da war Jack nicht mehr an ihn herangekommen. Drei Jahre später hatte Elaine Croft ihre dreihunderttausend Dollar Abfindung eingestrichen. Bis dahin war Jack schon nicht mehr in Harvard; er und Betsy waren nach Crosby im Staate Maine gezogen.

Jack hatte selbst einmal zu den Karrieremachern gehört. Aber das war viele Jahre, bevor er Elaine getroffen hatte. Als er sie kennenlernte, hatte er die Nase längst voll von der Fakultät; aber sie war jung und darauf aus, es zu schaffen, und sie schaffte es.

Nur nicht in Harvard.

Er hätte das mit Smith vorhin nicht sagen sollen. Dadurch wusste sie nun, dass er sie gegoogelt hatte – vor ein paar Jahren schon –, und als er das mit der Professur am Smith College gesehen hatte, da hatte er gedacht: Das passt.

Jack hielt aus der Entfernung den Schlüssel hoch und drückte; die Scheinwerfer blinkten auf, das kleine »Ping« ertönte, und dann, im Näherkommen, sah er im Licht der Straßenlaterne, dass jemand mit etwas Spitzem, höchstwahrscheinlich einem Schlüssel, an der Fahrertür entlanggeschrammt und einen langen, tiefen Kratzer hinterlassen hatte. »Das darf doch nicht wahr sein«, sagte er. »Das darf doch einfach nicht wahr sein.« Olive stand neben ihm und schüttelte den Kopf. »Wer macht so was?«, fragte sie und ging hinüber auf ihre Seite.

»Ich kann dir schon sagen, wer so was macht. Irgendein junger Rowdy, dem der Anblick von einem neuen Subaru nicht passt.« Und Jack fügte hinzu: »Dreckspack.« Und schon im Auto sitzend: »*Arschlöcher.*«

»Ich frag mich trotzdem, was jemand davon hat.« Olive schnallte sich an. Und dann sagte sie: »Na ja, es ist ja nur ein Auto.« Und irgendwie machte das Jack noch geladener.

Er sagte: »Nur leider das letzte Auto, das ich mir je kaufen werde«, ein Gedanke, der ihm durch den Kopf gegangen war, als er den Wagen gekauft hatte.

Bei dem Stoppschild am Ende der Straße bremste er hart und fuhr dann so abrupt wieder an, dass es Olive leicht gegen ihren Sitz warf. »Auweia«, sagte sie leise, in einem scherzhaft-scheltenden Ton.

Aber auf dem Weg aus der Stadt hinaus und dann weiter, über Land, schwieg Olive. Und auch Jack fiel nichts ein, was er zu ihr sagen konnte; er hatte immer noch das Gefühl, auf seinem kippenden Fahrrad zu sitzen. Erst als er am Fluss entlangfuhr, wo er nichts sah außer der weißen Linie des Mittelstreifens, kehrte die Tatsache, dass Olive seine Frau war und dass sie bis zu der Sache mit Elaine einen glücklichen Tag miteinander verlebt hatten, in sein Bewusstsein zurück. Aber sie fühlten sich nicht mehr wie Glück an, diese Stunden mit Olive; sie schienen endlos weit weg.

Und so fiel ihr gemeinsamer Tag in sich zusammen, war weg, verpufft.

In der Stille des dunklen Wagens nahm Jack Olives Gegenwart – die Gegenwart seiner Frau – als etwas Unüberwindbares wahr. Eine Ladung Luft drängte sich aus seinem Brustkorb nach oben, und er öffnete den Mund und rülpste lange und laut. Olive sagte: »Guter Gott, Jack, du könntest dich wenigstens entschuldigen.« Jack starrte nur geradeaus, auf die schwarze Straße vor ihm und den milchig-blassen Streifen, der sie zweiteilte.

Olive sagte: »Daher hat das Gasoline wahrscheinlich diesen blöden Namen. Von den Gasen, mit denen man hinterher aufgebläht ist.«

»Na, wenigstens habe ich nicht gefurzt«, sagte Jack, ehe ihm klar wurde, dass er damit – ohne es wirklich zu wollen – eine echte Breitseite abgefeuert hatte. Von Olive kam keine Antwort.

Als sie schließlich Bellfield Corners erreichten, dieses trostlose Städtchen, sagte Olive leise: »Ich weiß, wer das war, Jack.« Er warf einen Blick zu ihr hinüber. In dem schwachen Licht sah er nur ihr Profil; sie schaute starr geradeaus.

»Nämlich?«, fragte er trocken.

»Diese Frau, wegen der du in Harvard gefeuert worden bist.«

»Ich bin nicht gefeuert worden«, sagte Jack; langsam wurde er *richtig* wütend.

»Aber sie war der Grund.« Auch das sagte Olive noch in ruhigem Ton. Und dann wandte sie ihm den Kopf zu, und jetzt klang ihre Stimme fast zittrig: »Ich muss dir sagen, Jack, das Einzige, womit ich ein Problem habe, ist dein Frauengeschmack. Ich fand sie eine ganz und gar fürchterliche Person.«

Als Jack nichts erwiderte, fuhr sie fort: »Dieses dumme kleine Thibodeau-Mädel, in das Henry damals verschossen war – das war zwar eine graue Maus, aber sie war immerhin anständig. Ein unschuldiges Mädchen. Und Jim O'Casey, mit dem ich vor hundert Jahren meine Beinahe-Affäre hatte, war wenigstens ein wunderbarer Mensch.«

Jack fuhr an dem Schild der Genossenschaftsbank vorbei; die ganze Stadt lag im Dunkeln bis auf die Tankstelle, die gespenstisch einsam wirkte mit ihren Lichtern.

»Jetzt mach aber einen Punkt«, sagte er. »Alles, was recht ist, Olive. Ein Mann mit einer Frau und sechs Kindern, der zu seiner Kollegin an der Schule sagt: Verlass deinen Henry und brenn mit mir durch, und der sich dann besoffen um einen Baum wickelt, ist *kein* wunderbarer Mensch, Olive. Himmelherrgott noch mal!«

»Du hast doch keine Ahnung«, sagte Olive. »Du hast keine Ahnung, was du da sagst, und ich wäre dir dankbar, wenn du deine dummen – dummen – Ansichten für dich behalten könntest. Er war ein wunderbarer Mensch, und diese Thusnelda von dir ist ein Miststück. Dieses grässliche Weib, mit dem du es diese ganzen Jahre getrieben hast.«

»Das reicht jetzt, Olive.«

»Nein, ich bin noch nicht fertig. Sie war herablassend. Sie war das Letzte, Jack.«

»Olive, hör auf, ja? Also gut, sie war das Letzte. Wen interessiert das?«

»Mich interessiert das«, sagte Olive. »Es interessiert mich deshalb, weil es etwas über dich aussagt. Wenn du dich mit so einem Miststück abgibst, dann sagt das etwas über dich aus.«

»Es ist x Jahre her, Olive.« Die Fahrt kam ihm unendlich lang vor: noch so viele Meilen wollten zurückgelegt sein, bevor sie zu Hause waren. Er nahm eine Kurve mit etwas zu viel Schwung.

»Genau wie meine Beinahe-Affäre mit diesem Mann, der ein wunderbarer Mensch war. Du hast ihn nie kennengelernt, also kannst du nicht mitreden. Aber er war ein wunderbarer Mensch, Jack, und wenn du mir jetzt sagst, dass er das nicht war, dann ist das einfach ekelhaft von dir. Aber jetzt weiß ich auch, warum du so was sagst. Wegen dieser Frau, die dich da eingewickelt hatte.« Sie hielt inne und sagte dann: »Es macht mich *krank*.«

Er war nahe daran, sie anzuschreien. Zu schreien, dass sie aufhören sollte, dass sie das Maul halten sollte; er stand so kurz davor, dass er die Worte im Mund spürte; fast glaubte er sie wirklich geschrien zu haben, aber das hatte er nicht. Und sie sagte nichts mehr. Als sie zu Hause ankamen, stieg sie aus und schmiss die Tür zu.

»Genieß deinen Whiskey«, sagte sie noch zu ihm, bevor sie die Treppe hinaufstampfte; er hörte sie ins Schlafzimmer gehen. Er empfand einen echten Hass auf sie.

Jack saß im Lehnstuhl und trank seinen Whiskey in schnellen Schlucken, weil er Angst hatte. Angst, weil er einen so großen Teil seines Lebens gelebt hatte, ohne zu wissen, wer er war oder was er tat. Es löste ein Zittern tief in ihm aus, und er konnte das, was er da fühlte, nicht einmal annähernd in Worte fassen. Aber er empfand, dass er sein Leben ohne Bewusstheit gelebt hatte. Mit einem großen blinden Fleck ganz dicht vor seinen Augen. Was auch hieß, dass er nicht verstand, in gar keiner Weise verstand, wie ihn andere wahrgenommen hatten. Und genauso wenig war er imstande gewesen, sich selbst wahrzunehmen.

Er stand auf, um sich Whiskey in das eben geleerte Glas nachzuschenken, und dann ging er ins Bad und pinkelte pladdernd wie ein alter Mann. Beim Hinausgehen sah er sein Gesicht im Spiegel. Er *war* ein alter Mann. Sein Schädel war mehr oder weniger kahl, die Nase wirkte größer als früher; nichts verband diesen Greis da im Spiegel mit dem Mann, der er zu

Elaines Zeiten gewesen war. Er kehrte zu seinem Sessel zurück und nippte an seinem Whiskey. Aber wer war er damals gewesen? Ein Mann, der Jahre älter war als sie, ein Mann, in dessen Augen sie unendlich schön war, der ihre Intelligenz liebte, ihre Jugend, aber was in drei Teufels Namen hob diese Geschichte von tausend anderen dummen Bettgeschichten gleichen Schlags ab? Gar nichts. Sie hob sich durch nichts ab – außer dadurch, dass es *seine* Geschichte war. Und durch das Ende, das sie genommen hatte. Es erstaunte ihn immer noch, dass Elaine das hinbekommen hatte. Sie musste ihn von Anfang an benutzt haben. Wie es Betsy auf der Stelle vermutet hatte, als er mit seiner Beichte zu ihr gekommen war, sichtbar erschüttert, in der Küche ihres Hauses in Cambridge.

Elaines Gesicht heute Abend, machte er sich klar, hatte eine Kälte ausgestrahlt, die ihn überraschte. Sie war zu perfekt geschminkt, schon darin lag etwas Kaltes. Und dann begriff er: Ich war selber kalt. Also hatte er sich vielleicht, ohne sich dessen bewusst zu sein, zu der Kälte in ihr hingezogen gefühlt. Betsy war nicht kalt gewesen – außer bei ihm. Aber von ihrem Naturell her war sie nicht kalt. Sie war warmherzig, und jeder mochte sie.

Ach, Betsy …!

Betsy mit ihren Sharon-McDonald-Thrillern. Oh, was hätte er in diesem Moment nicht darum gegeben, Betsy wiederzuhaben, es scherte ihn nicht, wie geistlos er sie gefunden hatte, wie desinteressiert an ihm sie gewesen war, egal, egal, nur wiederhaben wollte er sie. Betsy, rief es in ihm, Betsy, Betsy, Betsy, du ahnst nicht, wie ich dich vermisse!

Und es stimmte. Nicht nur heute. Es hatte Nächte gegeben – eine Handvoll –, da hatte er, während Olive oben im Ehebett schnarchte, draußen auf der Veranda gesessen und –

nicht mehr ganz nüchtern – geweint, weil er statt ihrer Betsy zurückhaben wollte. Olive redete nur von sich, schien ihm in solchen Momenten; ihm war natürlich klar, dass das nicht stimmte, nicht ganz zumindest, aber sie kreiste auf eine Weise um die eigene Person, die Jack an diesen Abenden ermüdend fand; konnte das daran liegen, dass er lieber über sich sprechen wollte? Nicht auszuschließen. Er war nicht dumm. Er wusste, dass er Olive, was das anging, in nichts nachstand. Und er wusste auch, selbst heute Nacht in seinem Kummer wusste er das, dass seine Ehe mit Olive in vielerlei Hinsicht ein überraschender Glücksgriff war, es war ein Glück, dass er mit dieser Frau alt werden durfte, die so … so sehr Olive war.

Aber mit der Erinnerung war er jetzt ganz bei Betsy, ihrer unauffälligen Hübschheit, ihrer simplen Art – wobei von simpel bei ihr keine Rede sein konnte. Sie hatte nicht mit der Wimper gezuckt, als sie erfuhr, dass Cassie lesbisch war, sie hatte eine Affäre gehabt (o Betsy!) – nein, es war nichts Simples an Betsy. Und in dieser Nacht wünschte er nur, sie wäre noch am Leben und bei ihm. Und das verblüffte ihn und tat es doch auch wieder nicht. Es verblüffte ihn, weil ihr Leben zusammen so vertan gewesen war, aber eben doch nicht ihr ganzes Leben, sie hatten oft zusammen gelacht, hatten viele innige Momente gehabt, die nun flüchtig zu ihm zurückkehrten. Er dachte daran, wie er an den Wochenenden Crêpes gemacht hatte, die sie zu dritt – Betsy, Cassie und er – am Küchentisch gegessen hatten; in seiner Erinnerung lachten sie. Er sah seine Frau vor sich, später, als sie ins Bett kam, sah ihr abgewandtes Gesicht und dann, plötzlich, dieses offene Lächeln, das sie ihm manchmal schenkte, und sein Herz machte einen furchtbaren Satz, denn auf seine Art hatte er sie wirklich geliebt, und nun war sie tot. Und doch hatten sie das, was sie hatten, vertan, weil sie blind gewesen waren.

Aber Betsys Verhältnis mit diesem Tom Groger … er wusste nicht, was er davon halten sollte. Es hatte auf jeden Fall lange vor seinem eigenen begonnen. Und während er nun in seinem Sessel saß und hinaussah in die dunkle, dunkle Nacht – so dunkel, dass er die Wiese und die Bäume nicht einmal ahnen konnte –, drückte er die Ellbogen an den Bauch und sagte hörbar: »Oh, Betsy, musste das sein, musste das sein!«

Aber Betsy war tot. Und er nicht.

Jack hätte beinahe unten geschlafen. Aber zuletzt stieg er doch die Treppe hinauf und legte sich neben Olive; er hatte keine Ahnung, ob sie wach war oder nicht.

In dieser Nacht träumte er von Betsy und Cassie. Seine Tochter war klein, und sie ging an der Hand ihrer Mutter; alle beide kehrten sie ihm den Rücken zu. Aber dann drehten sie sich um und winkten ihm, und ihm wurde so froh zumute, und er eilte auf sie zu, aber plötzlich war nur noch Cassie allein da, und dann verschwand auch sie, und in dem Traum fand Jack sich auf einem gewaltig großen Felsen wieder, der sich sacht nach unten krümmte, als wäre er die Erde selbst, oder der Mond – so abgeschieden fühlte es sich an –, und Jack war allein auf diesem Felsen, und eine unendliche Angst packte ihn. Er erwachte mit einem Aufschrei, und selbst dann wusste er noch nicht, wo er war.

Olive sagte seinen Namen. »Jack«, sagte sie; sie saß aufrecht im Bett. Als er sagte: »Olive, ich weiß nicht, wo ich bin«, sagte sie ruhig: »Na gut, Jack, dann komm mit«, und sie ging mit ihm durchs Haus, sie führte ihn die Treppe hinunter ins Wohnzimmer, führte ihn durch das Haus, in dem er wohnte, und selbst jetzt, wo sie ihm alles zeigte, wurde er die Verwirrung und die Angst nicht los; selbst während er Olives Stimme hörte – »Jack, du bist bei dir zu Hause, das hier ist das Wohnzimmer, und jetzt kommen wir wieder ins Schlafzimmer« –, selbst während er all dies hörte, wusste er nur, dass er mit seinem Alptraum alleine war.

Wie es der Mensch in so einem Moment immer ist.

# Exilanten

Jim und Helen Burgess flogen im Juli von New York City nach Maine, um ihren ältesten Enkel, den siebenjährigen Ernie, ins Sommerlager zu bringen. Von Portland aus fuhren sie mit dem Mietwagen weiter, und nachdem sie das Kind abgeliefert hatten, weinte Helen im Auto ein Weilchen; der Junge war noch zu klein, sagte sie Jim immer wieder, um einen ganzen Monat von zu Hause fort zu sein, und Jim meinte jedes Mal, Ernie würde sich schon durchbeißen. Sie waren nun unterwegs nach Crosby, wo Jims Bruder Bob mit seiner zweiten Frau wohnte. Helen hatte Margaret nur einmal getroffen, als Bob sie vor ein paar Jahren nach New York mitgebracht hatte, und Helen hatte ihr angemerkt – es war schwer, es nicht zu merken –, dass ihr die Stadt nicht geheuer war, sie machte ihr Angst – Angst! –, und seitdem kam Bob immer allein nach New York; er kam vielleicht einmal im Jahr.

Helen war fast ein Jahrzehnt nicht mehr in Maine gewesen, und sie blickte interessiert um sich, als sie nach Crosby hineinfuhren. Ihr Weg hatte ein Stück die Küste entlanggeführt, wo die Inseln mit dünnen, geraden Fichten gespickt waren und das Wasser funkelte wie verrückt, und jetzt tauchten am Straßenrand weiße Schindelhäuser auf und dazwischen Häuser aus Stein. Die Sonne schien hell, und auf der Main Street war irgendeine Veranstaltung im Gange; Buden waren aufgebaut, und Leute aller Art schlenderten herum. »Das ist ja richtig hübsch«, sagte Helen, und Jim brummelte etwas Zustimmendes.

Bobs Haus war nicht schwer zu finden; es lag in einer Seitenstraße der Main Street, ein großer alter Ziegelbau mit vier Etagen. Jetzt war es in Eigentumswohnungen unterteilt, und als Helen in der Mittagssonne auf der Eingangsstufe wartete, war sie richtig froh, hier zu sein. Aber bei Margarets Anblick wäre sie fast in Ohnmacht gefallen: Margarets Haare – die beim letzten Mal in einem strähnig blonden, ziemlich schlampigen Dutt gesteckt hatten – waren vollständig grau und hörten bei den Ohren auf.

»Hallo!«, sagte Margaret, und Helen reckte sich hoch, um sie auf die Wange zu küssen, auf der ein bisschen Lippenstift zurückblieb, den Helen mit dem Finger wegzureiben versuchte. »Ups«, sagte sie, aber Margaret sagte: »Ach, denk dir nichts«, und Helen und Jim folgten ihr eine enorm steile Treppe hoch; Bob sei nur kurz Wein kaufen, erklärte Margaret ihnen, und müsse jeden Augenblick zurück sein. Der Läufer auf der Treppe war grau und schmuddelig – Helen wunderte sich etwas –, und als sie Margaret durch die Wohnungstür folgte, wunderte sie sich gleich noch mehr: Die Wohnung war klein, nur zwei Zimmer, eins davon mit Küchenzeile und äußerst merkwürdig eingerichtet, mit einer offensichtlich uralten Couch mitten im Küchenbereich und zwei dazupassenden Sesseln, rot mit einem großflächigen gelben Muster, und von da kam man in das kleine Wohnzimmer; das Schlafzimmer lag anscheinend noch einen Stock höher, denn vom Wohnzimmer führte eine Treppe hoch, aber Margaret sagte nichts dazu, und Helen fragte nicht. »Was für eine nette Wohnung«, sagte Helen, während sie darin herumging, weil Jim gar nichts sagte, sondern nur sein Sakko auszog und sich auf das Wohnzimmersofa setzte. »Sie ist ganz in Ordnung«, erwiderte Margaret achselzuckend und streckte die Hände in einer Art Willkommensgeste nach vorn. »Uns gefällt's.«

Helen dachte, dass sie die Wände hochgehen würde, wenn sie mit zwei solchen Zimmern auskommen müsste, auch wenn die Fenster hoch waren, fast schon wie Türen, und eigentlich einen hübschen Blick boten, auf den Park hinaus, wo üppig belaubte Bäume standen und ein paar Kinder mit einem Ball herumkickten. »Sehr gemütlich«, sagte Helen und nahm in einem Schaukelstuhl Platz, dessen Bezug an einer Stelle aufgeplatzt war.

Die Tür zum Treppenhaus quietschte, und dann trat Bob ins Wohnzimmer. Jim stand auf und klopfte seinem Bruder, der vier Jahre jünger war als er, auf die Schulter. »Goofy, wie geht's?« Das fragte er mit einem breiten Lächeln. »Gut schaust du aus, Kleiner«, sagte er zu Bob, und Bob sagte: »Du aber auch«, dabei hatte Jim – der immer im Form gewesen war und immer ein gutaussehender Mann – im letzten Jahr fast fünf Kilo zugelegt, und Helen fand, dass seine Augen dadurch irgendwie zu klein wirkten. »Ach, Bobby«, sagte Helen, und nachdem sie ihn geküsst hatte, legte sie ihm die Hand an die Wange. »Hal*lo*, Bobby«, sagte sie. Und Bob sagte strahlend: »Hallo, Helen, willkommen in Crosby im Staate Maine.«

»Richtig schön habt ihr's hier«, sagte Helen.

Einige Jahre zuvor hatte Bob Burgess seine Frau gefragt – sie waren zu der Zeit fünf Jahre verheiratet; Bob war von New York City, wo er sein ganzes Erwachsenenleben verbracht hatte, nach Maine übersiedelt –, ob es ihr etwas ausmachen würde, wenn sie aus Shirley Falls weggingen und stattdessen nach Crosby zogen, eine Stunde von hier, und kaum hatte er sie gefragt, sah er ihre Bestürzung. Eilig schob er nach: »Nein, vergiss es«, aber sie fragte ihn, warum er wegziehen wollte, und er antwortete ihr ehrlich, Shirley Falls deprimiere ihn einfach zu sehr. Sie saßen in ihrem Wohnzimmer, als sie dieses Gespräch führten, die Decke war niedrig, der Raum erhielt wenig Tageslicht, auch jetzt, Ende Juni, und er sah um sich und sagte: »Entschuldige.«

Sooft er an den Abend zurückdachte, ergriff ihn tiefe Liebe zu dieser Frau, seiner zweiten, Margaret, der unitarischen Pastorin, denn sie hatte nicht lockergelassen mit ihren Fragen, bis sie schließlich dahinterkamen, dass das, was ihn deprimierte, nicht nur die Stadt als solche war, die nur noch ein Schatten ihrer selbst schien – an der Main Street waren nun schon seit Jahren alle Läden geschlossen außer denen, die die Somali übernommen hatten. Es war nicht nur das, nicht nur dieses schleichende Grauen, mit dem das heutige Shirley Falls ihn erfüllte, das einmal so bunt und voller Leben gewesen war, sondern der Umstand, dass es ihn unbewusst immerzu an seine Kindheit hier erinnerte, und an den Unfalltod seines Vaters, als Bob erst vier war. Es hatte ihn überrascht zu erkennen, dass sein Gefühl der Bedrückung daher kam, aber Margaret hatte keineswegs überrascht gewirkt. »Das ergibt sehr viel Sinn, schließlich dachtest du dein Leben lang, du wärst schuld an seinem Tod«, sagte sie und schlug die Beine andersherum übereinander. »Vielleicht bin ich's ja auch«, sagte Bob, und Margaret hob die Schultern und sagte in fast hoffnungsvollem Ton: »Vielleicht bist du's.« Das war in der Familie nie bezweifelt worden: Bob war es, der den Tod ihres Vaters verursacht hatte. Aber dann hatte ihm sein älterer Bruder vor zehn Jahren gebeichtet, dass er – Jim – mit der Kupplung herumgespielt hatte, bevor der Wagen die Einfahrt hinuntergerollt war und ihren Vater erfasst hatte, der am Fuß der Einfahrt nach der Post sah. Und weil Jim, Bob und Susan – Bobs Zwillingsschwester – im Norden Neuenglands aufgewachsen waren, in einer Kultur und zu einer Zeit, in der niemand an solche Dinge rührte, hatten sie – logischerweise – nach dem Unfall nie wieder davon gesprochen. Bis zu dem Tag, als Jim, der zu diesem Zeitpunkt schon die fünfzig passiert hatte, Bob gestand, dass er, Jim, der Schuldige war. Und als Ergebnis hatte Bob das Gefühl gehabt, einen Teil seiner selbst verloren zu haben. Seine Identität war ihm genommen worden. Das war Margarets Theorie gewesen, und er hatte sofort gespürt, dass sie recht hatte. Auf jeden Fall hatte sie an diesem Tag eingewilligt, mit ihm nach Crosby zu ziehen, das etwa eine Stunde entfernt lag.

An der Küste, ein malerischer kleiner Ort.

Es war ein Uhr, und die vier beschlossen, einen kurzen Spaziergang zu machen. Die Pension, in der Helen und Jim übernachten würden, lag nur zwei Straßen weiter, also gingen sie alle zusammen hin, um einzuchecken; das Gepäck würden sie später holen. Der Gehsteig war nur breit genug für zwei Leute, also ging Jim mit Margaret voraus und Bob mit Helen hinter ihnen her. Helen sagte: »Bobby, als du das letzte Mal in New York warst, da wolltest du doch noch Pam treffen, bevor dein Zug ging. Ich wollte dich schon immer fragen, wie das gelaufen ist.« Pam war Bobs erste Frau; sie waren, sehr zu Helens Erstaunen, Freunde geblieben, und Bob sagte jetzt: »Oh, ihr geht's prima. Doch, es war richtig gut, sie zu sehen.«

Die Pension hatte eine umlaufende Veranda, über die ein paar Leute in weißen Schaukelstühlen verteilt saßen; Helen winkte ihnen, und sie nickten zurück. Die Rezeptionistin war eine hübsche Frau mit schön glänzenden Haaren, und als sie sagte, dass sie ursprünglich aus New York kam, war Helen ganz entzückt. »Gefällt es Ihnen hier?«, fragte sie, und die Frau sagte, ja, sie und ihre Familie seien völlig begeistert. Sie zeigte ihnen ihr Zimmer, das eigentlich fast eine Suite war: ein kleiner Wohnbereich mit zwei Ohrensesseln, und dann das Schlafzimmer. »Ach, ist das schön«, sagte Helen. Danach gingen sie noch zwei Ecken weiter, die Dyer Road entlang, die auf beiden Seiten von Bäumen gesäumt war, und dann hintenherum zurück zur Main Street. »Was für ein allerliebstes Städtchen, Bobby«, sagte Helen, als sie diese grässliche, gammelige Treppe zur Wohnung hinaufstiegen.

Der Plan war Folgender: Jim und Bob würden nach Shirley Falls fahren und zum Abendessen wieder zurück sein. Ihre Schwester Susan lebte noch dort, sie war nie weggegangen, und weil Susan und Helen sich nicht so gut verstanden, war – noch im Vorfeld, Margaret hatte das angeboten – vereinbart worden, dass Helen und Margaret in Crosby bleiben und sich die Straßenausstellung anschauen sollten, die dieses Wochenende in Crosby stattfand, und nach ein paar Stunden würden die Brüder dann wieder zu ihnen stoßen. »Dann bis später«, sagte Helen, und sie gab beiden Männern einen Kuss; Margaret winkte nur kurz.

Ein paar Minuten blieben Helen und Margaret aber noch im Wohnzimmer sitzen; Helen spielte an ihrem goldenen Ohrring herum und sagte: »Und, wie geht es euch?«, und Margaret sagte, ihr und Bob gehe es sehr gut. »Wie geht es dir denn?«, fragte Margaret, und Helen sagte, sie mache sich Sorgen um den kleinen Ernie; dann holte Helen ihr Handy heraus und zeigte Margaret Fotos von ihren Enkelkindern, und Margaret setzte die Brille auf, die an einer schwarzen Kordel über ihrem üppigen Busen hing, und spähte auf das Display und bestätigte, dass es reizende Kinder waren. »Ich rede wahrscheinlich zu viel von ihnen«, sagte Helen, und Margaret setzte die Brille wieder ab und sagte: »Ach, kein Problem«, also zeigte Helen ihr noch zwei Bilder und steckte das Handy dann weg und sagte: »Wollen wir?« Und Margaret holte ihre Handtasche, und sie zogen los.

Sobald sie Crosby hinter sich gelassen hatten und auf der Landstraße Richtung Shirley Falls fuhren, stieg in Bob ein Glücksgefühl auf; es überlagerte die Befürchtungen, die ihn anfangs geplagt hatten, und nun war er einfach glücklich. Sein Bruder fuhr. »Jimmy, ich freu mich so, dass du hier bist«, sagte Bob, und sein Bruder wandte den Kopf ein Stück und lächelte lakonisch. »Alles gut bei dir, ja?«, fragte Bob daraufhin, denn ihm schien plötzlich, als wäre irgendetwas an seinem Bruder anders als sonst, er bekam es nicht recht zu fassen, aber es war, als wäre Jim nicht ganz da.

»Mir geht's gut«, sagte Jim. »Und du? Was treibst du so, erzähl mal.«

Also erzählte Bob ihm – was Jim bereits wusste –, dass er nach wie vor an drei Tagen die Woche nach Shirley Falls fuhr, um seine Angeklagten zu vertreten, und Jim fragte ihn, ob er viele somalische Mandanten habe, und Bob sagte, ein paar, aber nicht viele. Die Somali waren vor über zwanzig Jahren nach Maine gekommen und hatten sich in Shirley Falls angesiedelt, weil sie sich von der unscheinbaren kleinen Stadt Sicherheit versprachen. Bob hatte vor kurzem eine Somali vertreten, der Erschleichung von Sozialleistungen vorgeworfen wurde, und das interessierte Jim offenbar.

Jim, der seinerzeit mit Vollstipendium an der Harvard Law School studiert und auf dem Höhepunkt seiner Laufbahn den berühmten Freispruch für Wally Packer erreicht hatte, den Sänger, der wegen Mordes an seiner Freundin vor Gericht stand, übernahm inzwischen nur noch vereinzelte kleine Mandate, und als Bob sich nun danach erkundigte, machte Jim eine wegwerfende Geste. Stattdessen fragte er: »Wie kam dir Helen vor? Findest du, dass sie aussieht wie immer?«

»Sie sieht prima aus«, sagte Bob. »Sie hat schon immer prima ausgesehen. Sie wirkt ein bisschen kleiner als früher, aber kaum älter.«

»Sie wirkt deshalb kleiner, weil ich in die Breite gegangen bin. Nett von dir, das nicht zu erwähnen.«

»Du siehst doch völlig okay aus, Jimmy.«

Nach einer Pause fragte Jim: »Was ist mit Margarets Haaren passiert?«

»Ach.« Bob stieß einen Seufzer aus. »Sie hat gesagt, sie hat keine Lust mehr auf das Theater, also hat sie die Farbe rauswachsen lassen und sie kurz geschnitten.«

Jim warf Bob einen raschen Blick zu. »Verstehe.« Und dann: »Dachtest du, ich würde sagen, dass sie wie eine Lesbe aussieht?«

Bob antwortete aufrichtig: »Ich war mir sicher, dass das das Erste sein wird, was ich von dir zu hören bekomme, wenn wir allein sind.«

»Quatsch, das passt schon. Nicht so wichtig. Ich bin milder geworden auf meine alten Tage. Und, bei Susan alles in Ordnung?«

»Susan geht's bestens. Wie du gleich selbst feststellen wirst. Sie sieht gut aus. Ich meine, für Susans Verhältnisse.«

»Und ihr Spinner von Sohn heiratet jetzt also«, sagte Jim.

»Man glaubt es kaum, aber als er letztes Jahr in New York war, hat er praktisch normal gewirkt.«

»Tatsächlich?« Bob sah durchs Fenster auf die Wiese, an der sie gerade vorbeifuhren; Steinbrocken leuchteten aus dem tiefgrünen Gras, und das Ganze lag gebadet in Sonnenlicht. »Es ist alles gut ausgegangen, Jimmy.« Er schaute zu seinem Bruder hinüber.

Jims Blick war auf die Fahrbahn gerichtet. »Wenn du meinst«, sagte er.

Die Frauen gingen die Main Street entlang und blieben vor jedem einzelnen Ausstellungsstand stehen; Helen wurde ganz müde davon. Stellwand um Stellwand mit Kunstwerken aller Art, Aquarellen, Ölbildern. Helen fand es alles furchtbar dilettantisch – auf fast jedem Bild war das Meer zu sehen, dazu weiße Schindelhäuser oder Teile davon, nicht selten ein Rosenstrauch. »Schau nur«, sagte sie zu Margaret. »Ist das nicht hübsch!«

Und Margaret sagte ja.

Helen merkte, dass Margarets Aussehen sie richtiggehend irritierte. Sie hatte vergessen, dass Margarets Brüste so groß waren; Helen kamen sie riesenhaft vor, dabei trug Margaret schon ein weites Schlabberkleid, dunkelblau, und sie quollen trotzdem noch so hervor. Und dann diese Haare! Wie konnte ein Mensch mit so einer Frisur herumlaufen? Einfach abgesäbelt. Ach je, dachte Helen und schielte durch ihre Sonnenbrille zu Margaret. Ach, Bobby, was für ein Abstieg! Pam war immer sehr modebewusst gewesen – fast ein bisschen übertrieben für Helens Geschmack –, aber jetzt lebte Bob schon fast zehn Jahre mit dieser anderen Ehefrau. Nun ja. Was ließ sich da machen? Gar nichts.

»Ach, hallo, grüß Sie«, sagte eine Frau zu Margaret, und Margaret sagte: »Ah, hallo.« Und sie blieb stehen und unterhielt sich mit der Frau, die grob in Margarets Alter zu sein schien, sogar die Haare trug sie ganz ähnlich wie Margaret, sie redeten über die Schwester der Frau, der es schon wieder viel besser ging, und dann sagte Margaret: »Ach, das ist übrigens meine Schwägerin Helen«, und Helen streckte die Hand aus, und die Frau stutzte kurz, bevor sie sie nahm, und dann trennten sie sich. Das passierte einige Male; immer wieder kamen Leute auf Margaret zu. Sie schienen alle froh, sie zu treffen. Margaret erkundigte sich nach ihren Kindern, nach ihrer Arbeit, einmal auch nach der Mutter, aber sie sagte nicht noch einmal: »Das ist meine Schwägerin Helen«, und so stand Helen nur dabei und versuchte, ein interessiertes Gesicht zu machen. Schließlich – Margaret redete gerade mit einem Mann – sagte sie einfach: »Tag. Ich bin Helen, Margarets Schwägerin«, und sie hielt ihm die Hand hin, und der Mann – ein ziemlich dicker Mann war das, mit dem Margaret da sprach – zog die Hand aus der Hosentasche und gab Helen einen kraftlosen Händedruck.

»Du scheinst ja sehr beliebt zu sein«, sagte Helen, als sie weitergingen, und Margaret sagte: »Ich bin die Pastorin hier. Ich hatte Glück – als wir vor ein paar Jahren hierherkamen, habe ich gleich eine halbe Stelle bei der UU-Kirche gekriegt.«

»Der was?«

»Unitarische Universalkirche«, sagte Margaret.

Und nach einer kurzen Pause sagte Helen: »Gut, aber beliebt bist du trotzdem.« Margaret sah Helen durch ihre Sonnenbrille an und lachte, also lachte Helen auch. Sie waren vor einem Café mit geöffneten Türen angelangt. Helen blieb stehen und zog einen Strohhut aus ihrer Handtasche; es war ein

Hut zum Zusammenrollen, den sie auffaltete und sich auf den Kopf setzte.

»Du siehst wie eine Touristin aus«, sagte Margaret zu ihr, und Helen sagte: »Ich bin ja auch eine.«

Jetzt ging ein Mann mit einem grauen Bart an ihnen vorbei, und Helen sah, dass er einen Rock trug. Sie schaute rasch weg, dann wieder hin. Es war ein Schottenrock, stellte sie fest, wobei er ihr kürzer vorkam als die meisten Schottenröcke. Der Rock war braun, und dazu trug der Mann ein graues T-Shirt und braune Halbschuhe. »Hallo, Fergie«, sagte Margaret, und der Mann sagte: »Hallo, Margaret.«

Als er außer Hörweite war, sagte Helen: »Warum läuft er so herum?«

»Weil es ihm gefällt, würde ich denken«, sagte Margaret.

»Ich wohne seit fünfzig Jahren in New York, und ich habe noch nie einen Mann im Rock herumlaufen sehen«, sagte Helen. »Im Schottenrock«, fügte sie hinzu. Margaret richtete ihre Sonnenbrille auf Helen, und Helen hob leicht den Zeigefinger: »Halt, stimmt nicht. Es gab mal diesen Jogger auf der Third Avenue, der immer ein schwarzes Negligé anhatte. Was aber immer noch kein Rock ist.«

»Ich fürchte, da können wir nicht mithalten«, sagte Margaret. »Jogger in schwarzen Negligés haben wir meines Wissens keine zu bieten.«

»Und er war alt. Der Mann in dem schwarzen Negligé«, sagte Helen.

Margaret ging wortlos weiter.

»Irgendwie hatte das etwas Seltsames«, sagte Helen. »Weißt du, was ich meine?«

Und Margaret sagte nichts, sondern blieb nur vor der nächsten Bude stehen.

Helen wurde es langsam heiß, trotz Hut, der wenigstens ihren Kopf vor der Sonne schützte, und als sie hinter Margaret trat, sagte sie: »Ich wusste gar nicht, dass es in Maine so warm wird.«

Margaret sagte: »Doch, wird es.«

Das war der Moment, in dem Helen beschloss, ein Bild zu kaufen. Sie würde ein Bild kaufen, damit Margaret sie nicht für einen Snob hielt, denn vielleicht hielt Margaret sie ja für einen Snob. »Warte kurz«, sagte sie und berührte Margaret am Arm. »Ich wollte mir diese Bilder mal ansehen.« Es waren Seestücke mit vielen lila Wellen und schäumender Gischt. Helen entdeckte eins, ein kleineres Bild weit oben an der Stellwand. Es zeigte einen Felsen inmitten von tosender Brandung. »Ich nehm das da.« Helen zückte ihre Kreditkarte und gab sie dem Mann, der hocherfreut schien, es ihr verkaufen zu können. »Ich nehme es so, Sie brauchen es nicht einzuwickeln«, sagte Helen, weil der Mann Anstalten machte, es in braunes Packpapier einzuschlagen.

Als sie gehen wollte, das Bild in der Hand, stieß sie mit einer großen, dicken alten Frau zusammen, die mit lauter Stimme zu dem Mann neben ihr sagte: »Gott, mir reicht's langsam von diesem Schrott hier. Komm, Jack.«

»Ach, hallo, Olive«, sagte Margaret.

Die Frau machte ein überraschtes Gesicht und sagte: »Hallo, Margaret.« Dann sah sie durch ihre Sonnenbrille an Helen auf und ab; Helen konnte sie während ihrer Musterung leicht den Kopf wiegen sehen. »Und wer sind Sie?«, fragte die Frau.

»Ich bin Margarets Schwägerin«, sagte Helen, und weil die Frau sie nur weiter anschaute, erklärte sie: »Mein Mann ist Bobs Bruder, und wir sind aus New York da, um unseren Enkel ins Sommerlager zu bringen.«

Die Frau sagte: »So.« Sie deutete auf das Bild, das Helen hielt. »Na, viel Spaß damit«, und sie drehte sich um und reckte winkend den Arm hoch, bevor sie und der Mann davongingen.

»Sie füllt mich mit diesen Antidepressiva ab«, sagte Jim. Er zuckte die Achseln und grinste seine Geschwister schief an. »Was soll man machen?«

»Bist du depressiv, Jimmy?« Susan setzte sich ihrem Bruder gegenüber an den Küchentisch. Susan war Augenoptikerin und hatte sich den Nachmittag freigenommen, um Zeit für die beiden zu haben. Die Sonne schien durchs Fenster und malte ein Viereck auf den Tisch und quer über Susans Arm.

»Jetzt nicht mehr.« Und Jim lachte.

Susan und Bob lachten nicht, und Susan fragte: »Aber warst du's?«

Jim legte beide Hände nebeneinander auf den Tisch und sah zur Seite. »Keine Ahnung.« Er ließ den Blick durch die Küche wandern; es war eine kleine Küche, aber Susans ganzes Haus war klein. Die Küchenvorhänge waren orange, und einer blähte sich leicht in dem Luftzug durchs offene Fenster; es war warm hier drin. »Aber sie findet anscheinend, dass es sich besser mit mir zusammenlebt, wenn ich sie nehme, also nehme ich sie. Die Antidepressiva.« Jim sah Bob an und lächelte. »Die Höchstdosierung, deshalb trinke ich nichts. Was völlig in Ordnung ist. Aber Helen zischt ganz schön was weg, sag ich euch. Die braucht ihren Abendwein, aber hallo.«

Susan warf Bob einen Blick zu, und sie schwiegen beide einen Moment. Dann sagte Susan: »Aber dir geht es so weit gut. Oder?«

»Klar.« Jim sah zwischen ihnen hin und her. Bob kam es

vor, als sähe er Jim durch eine Glasscheibe; er begriff jetzt, was an ihm anders war. Sein Bruder hatte nicht mehr den Biss von früher. Von wegen milder geworden – ruhiggestellt, das war er. In Bobs Brust zog sich etwas zusammen, und er drückte die Schultern durch.

Jim schob nach: »Wir haben unser Haus jetzt ja todschick aufgebrezelt …« Sein Gesicht glänzte ganz leicht.

»Gefällt es dir nicht?« Susan zupfte an der Vorderseite ihrer blau-weiß-gestreiften Bluse, und Jim sah sie ernst an.

»Soll ich dir was sagen?«, es klang, als ginge ihm das jetzt erst auf, »das stimmt. Ich mochte es früher lieber, es war wunderbar so, wie es war, und jetzt ist es wie …« Er blickte in Susans Küche umher, als wäre die Antwort dort zu finden.

»Ein Palast«, sagte Bob. »Es sieht aus wie ein moderner Palast.«

»Ja«, sagte Jim mit langsamem Nicken und sah Bob an.

»Tja, vielleicht war das deine Strafe für diese Affären, die du hattest«, äußerte Susan, und Jim sagte sofort: »Ja, definitiv war es das.«

Jim und Helen wohnten in einem Brownstone-Haus in Park Slope, und vor ein paar Jahren hatten sie es aufwendig renoviert. Als Bob zum ersten Mal nach den Renovierungsarbeiten wieder hinkam, hätte er es fast nicht mehr erkannt. Das ganze alte Balkenwerk, die Rosshaartapeten, all das war verschwunden, das Haus wirkte geschleckt wie ein Museum. »Wie findest du es?«, fragte Helen begierig, atemlos schon fast, und Bob sagte, dass es unglaublich sei.

»Absolut irre«, sagte er.

»Gib's zu, es gefällt dir nicht«, sagte Helen, und Bob leugnete standhaft, aber es stimmte.

Susan stand auf, um den Wasserkessel von der Flamme zu nehmen, und während sie den Tee aufgoss – drei Becher mit je einem Beutel –, sagte Jim: »Maine fehlt mir.«

»Was?«, fragte Bob. Und Jim wiederholte es.

»Echt? Ich muss zur Zeit viel an Mommy denken«, sagte Susan, an Jim gewandt.

»Das ist ja komisch«, sagte Jim, »ich auch.«

»An was genau?«, wollte Susan wissen. Sie brachte zwei Becher zum Tisch und ging dann den dritten holen.

»Weiß nicht. Was für ein schweres Leben sie hatte«, sagte Jim. »Und weißt du, was ich mir letztens auch noch gedacht habe? Wir waren als Kinder richtig arm.«

»Fällt dir das jetzt erst auf?« Susan lachte auf. »Mein Gott, Jimmy, natürlich waren wir arm.«

Jim sah Bob an. »War dir das bewusst?«

Bob sagte: »Äh – ja. Mir war das bewusst, Jim.«

»Ich glaube, ich bin schon so lange reich – ich meine, ich lebe schon so lange das Leben eines reichen Mannes –, dass ich irgendwie vergessen habe, was für eine ärmliche Kindheit wir hatten.«

»Oh, Jimmy, die hatten wir wirklich«, sagte Susan. »Das kannst du doch nicht vergessen haben. Wir mussten Zeitungen in die Fensterritzen stopfen, dass es nicht so hereinpfeift.«

»Richtig vergessen hab ich's ja auch nicht. Nur daran *gedacht* habe ich nicht mehr.«

Susan setzte sich hin. »Aber wir waren deshalb ja nicht unglücklich.« Sie sah von einem Bruder zum anderen. »Oder?«

»Nein«, sagte Bob im selben Moment, in dem Jim: »Doch« sagte.

»Du warst unglücklich, Jimmy?« Susan, die ihren Becher schon hochgehoben hatte, setzte ihn wieder ab.

»Na, klar war ich unglücklich. Ich hatte schließlich Dad umgebracht, daran habe ich jeden Tag denken müssen. Und daran, dass ich es Bob in die Schuhe geschoben hatte. Keinen Tag hab ich nicht daran gedacht.«

Susan schüttelte langsam den Kopf. »Ach, Jimmy«, sagte sie. »Es tut mir so leid.«

Bob sagte: »Jim, lass los. Wir waren Kinder. Wir werden nie wissen, was tatsächlich passiert ist.«

Jim sah ihn an. »Na ja«, sagte er nach einer Weile, »es ist schön und gut, mir jetzt zu sagen, ich soll loslassen, nachdem ich es all die Jahre mit mir rumgeschleppt habe.« Er schaute um sich, überkreuzte dann die Beine. »Jeden einzelnen Tag.«

»Weißt du«, sagte Bob und zitierte damit mehr oder weniger Margaret, »wenn es heutzutage passiert wäre, dann hätten wir vermutlich jeder unseren Therapeuten gehabt und es uns von der Seele geredet. Aber es war vor über fünfzig Jahren, und damals wurde über *nichts* geredet, nicht in Shirley Falls jedenfalls – von niemandem. Und so gab es für dich kein Entkommen.« Und er fügte hinzu: »Es tut mir so leid für dich, Jimmy.«

Jim sah ihn ernst an. »Nein, mir tut es für dich leid, Bobby.«

Susan beugte sich vor und legte die Hand auf die von Jim, die die Teetasse hielt. »Ach, Jimmy«, sagte sie. »Gut, aber wir sind alle hier, wir haben es alle überlebt.«

Ein Schatten legte sich über Jims Gesicht, und Bob suchte nach einer Bemerkung, die ihn verjagen könnte, aber jetzt fragte Susan ihn nach Pam. »Wie geht es ihr?«, wollte sie wissen. »Das waren so lustige Sommer damals, als sie bei uns gewohnt hat, in diesem winzigen Häuschen. Sie war wirklich klasse. Das wäre echt nicht jedermanns Sache gewesen, die Semesterferien in dieser Enge zu verbringen. Aber bei ihr daheim war es wohl auch nicht so vornehm. Du warst schon weg, Jim …« Und Jim nickte. »Ich denke jedenfalls oft an sie. Geht es ihr gut?«

Bei seinem letzten Besuch in New York hatte Bob seine Exfrau Pam angerufen, und sie hatten sich in einem Café nicht weit von Pams Haus in der Upper East Side getroffen. »Bobby!«, hatte sie gesagt und die Arme um ihn geworfen. Sie sah aus wie immer, nur älter, das sagte er ihr auch, und sie lachte und sagte: »Also, du siehst prima aus.«

»Du hast mir gefehlt«, sagte er, und es war die Wahrheit.

»Oh, Bobby, du mir auch«, sagte sie und strich sich die Haare zurück, sie waren schulterlang und in einem hübschen Rotton gefärbt. »Ich frag mich immer, geht es dir halbwegs gut in diesem grässlichen Maine? Ach, ich will damit natürlich nicht sagen, dass Maine grässlich ist – es ist nur so …«

»Grässlich«, vollendete er, und sie lachten. »Mir geht's gut, Pam. Alles in Ordnung.«

Als Bob nun daran dachte, schoss in ihm die alte Liebe zu Pam auf; sie hatten gleich nach dem College geheiratet, halbe Kinder noch. Und sie waren fünfzehn Jahre verheiratet geblieben. Aus Bobs Sicht hatte Pam ihn verlassen, als sie herausfand – als sie beide herausfanden –, dass Bob zeugungsunfähig war. Und Bob war fast kaputtgegangen daran. Erst später hatte er verstanden, dass es für Pam kaum weniger schlimm gewesen war, aber sie hatte einen Mann gefunden, und sie hatte ihre Zwillinge bekommen – Bob hatte sie über die Jahre immer wieder gesehen, sehr nette Jungs, alle zwei –, und ihr Mann schien in Ordnung zu sein. Sie beklagte sich nie über ihn; er war Topmanager in einem Pharmaunternehmen, und Pam schwamm jetzt im Geld, aber wann immer sie und Bobby sich trafen, war es wieder, als wären sie die Studenten von früher. Nur eben älter, und auch das sagten sie sich jedes Mal.

»Sehr gut geht es ihr«, sagte Bob jetzt zu Susan.

Margaret war mit New York nicht warm geworden. Das war bei dem einen gemeinsamen Besuch dort deutlich zu merken gewesen. Schon die Treppen hinunter zur U-Bahn verunsicherten sie, und obwohl er ihre Angst zu zerstreuen versuchte und obwohl sie sich sichtlich Mühe gab, es locker zu nehmen, war der Besuch kein Erfolg geworden, Bob konnte ihr Unbehagen nicht ausblenden, und das machte ihn traurig, denn er liebte New York; es war dreißig Jahre lang seine Heimat gewesen, bevor er nach Maine fuhr und dort Margaret traf.

»Sagst du Pam, dass ich nach ihr gefragt habe?«, sagte Susan, und Bob versprach es.

»Margaret passt besser zu dir«, sagte Jim, und Susan fragte: »Warum sagst du das?«

Aber Bob sagte: »Susan, erzähl uns von Zach. Jim sagt, er hatte einen sehr guten Eindruck von ihm, als er in New York war.«

»Ach, Zach.« Susan fuhr sich durchs Haar, das grau und wellig war und ihr knapp bis zur Schulter reichte. »Jim, er macht sich ganz großartig. Er arbeitet als Programmierer, das hat er dir ja bestimmt auch erzählt, und er hat in Massachusetts diese Frau kennengelernt, sie sind schon länger zusammen, und jetzt wollen sie heiraten.«

»Magst du sie?«, fragte Jim. Er nahm seinen Becher, nippte daran und stellte ihn zurück auf den Tisch.

»O ja.«

»Tja, da wären wir.« Jims Blick wanderte wieder, eine Rastlosigkeit schien ihn ergriffen zu haben. »Wisst ihr, ich würde gern öfter hier raufkommen. Mir fehlt das hier. Mir fehlt Shirley Falls, und ihr zwei fehlt mir auch.«

Bob und Susan sahen sich an, Susan mit leicht erhobenen Brauen. »Mach das«, sagte sie. »Das fänden wir herrlich.«

»Ich habe dieses Jahr fünf Kilo zugenommen«, sagte Jim. »Sieht man das sehr?«

»Ach was«, log Bob.

»Bob, trinkst du noch?« Jim zwinkerte seinem Bruder zu.

»Nein. Ein Glas pro Abend, höchstens. Und seit ich mit Margaret verheiratet bin, habe ich nicht eine Zigarette geraucht.«

Jim schüttelte langsam den Kopf. »Wahnsinn.« Dann fragte er Susan: »Was macht die Augenoptik?«

»Die boomt«, sagte Susan. »Ich könnte in Rente gehen, aber mir ist nicht danach. Ich mag meine Arbeit.«

»Ihr seid mir zwei«, sagte Jim.

Als sie zurück in die kleine Wohnung kamen, sagte Helen: »Jetzt könnte ich ein Glas Wein vertragen.«

Margaret schaute befremdet – so schien es Helen – und sagte: »Ja, gut«, und sie holte die Flasche Weißwein, die Bob in den Kühlschrank gestellt hatte, öffnete sie und goss eine kleine Menge in ein Marmeladenglas, das sie Helen reichte.

»Wunderbar.« Helen beschloss, keine scherzhafte Bemerkung über das Weinglas zu machen. »Du nicht?« Margaret schüttelte den Kopf und setzte sich in den Schaukelstuhl mit dem aufgeplatzten Bezug; Helen setzte sich aufs Sofa. Sie schlug die Beine übereinander und ließ den Fuß wippen. »So«, sagte sie.

»So«, sagte Margaret.

»Oh, ich kann dir noch ein paar Fotos von meinen Enkelkindern zeigen.« Helen holte ihr Handy hervor. »Ich muss immerzu an den kleinen Ernie denken, ich weiß einfach nicht, ob er wirklich schon groß genug ist, um ganz allein ins Sommerlager zu fahren, aber seine Eltern haben es so beschlossen, und Ernie wollte es ja auch, aber diese Holzhütte, in der er untergebracht ist, schien schon sehr – nun ja, bescheiden.« Als Margaret nichts sagte, klickte Helen die Fotogalerie auf ihrem Handy an und zeigte Margaret viele Bilder von ihren drei Enkeln. Die kleine Sarah redete schon wie ein Buch, erzählte sie Margaret, fast alles ganze Sätze, dabei war sie noch keine zwei, war das zu glauben? »Nein«, sagte Margaret und spähte durch ihre Brille, deren Kordel ihr über die Brust herabbaumelte, auf das Display. Dann lehnte sie sich zurück und seufzte.

Helen stand auf und holte den Wein aus der Küche. Sie schenkte sich nach und fuhr dann fort, den Blick wieder auf ihr Telefon gerichtet, das sie Margaret hinhielt: »Und guck dir Karen an! Sie ist drei, und sie ist völlig anders als ihr Bruder, er ist so selbstbewusst und extrovertiert, und Karen – ist das nicht ein hinreißender Name, Karen? So klar und geradlinig – sie ist einfach zum Dahinschmelzen …« Helen sah zu Margaret hoch. »Aber ich rede zu viel über meine Enkel.«

Margaret sagte: »Allerdings.«

Ein Unwirklichkeitsgefühl überkam Helen, und ihr Gesicht wurde brennend heiß. Sie steckte das Telefon in die Tasche zurück, und als sie wieder zu Margaret hinsah, hatten auch Margarets Wangen sich rosa gefärbt. »Entschuldige bitte«, sagte Helen. »Entschuldige. Ich weiß, du und Bob …«

»Ja, für ein kinderloses Paar ist es … Wir haben kein Problem damit, aber es kann manchmal etwas anstrengend sein, sich diese Geschichten …« Margaret schwenkte die Hand und brach ab. »Es tut mir leid. Ich bin sicher, deine Enkel sind alle ganz wundervolle Kinder.«

Helen trank zwei große Schlucke Wein und spürte, wie sich seine Wärme in ihrer Brust ausbreitete. »Wann wohl die Jungs zurückkommen?«, sagte sie und schaute im Zimmer umher; sie war jetzt wütend auf Margaret, einfach stinkwütend. Sie stand auf. »Ich geh mal auf euer Örtchen, wenn's recht ist.«

»Natürlich«, sagte Margaret.

Helen nahm ihren Wein mit und stürzte den Rest hinunter, kaum dass sie die Badezimmertür geschlossen hatte. Aber dann ging ihr auf, wenn sie jetzt Jim anrief, konnte man draußen alles mithören, also setzte sie sich auf die Toilette und schrieb ihm eine Nachricht. Jimmy, schrieb sie, wo bleibt ihr? M macht mich RASEND. Sie wartete, und es kam keine Antwort. Dann schrieb sie: Ich finde sie GRAUENHAFT. Jetzt mach schon, Jimmy, dachte sie, und dann bekam sie Angst, Margaret könnte es auffallen, dass kein Plätschern zu hören war – denn Helen musste überhaupt nicht –, also versuchte sie es trotzdem, und ihr entfuhr ein leises Pupsgeräusch, was sie fast in den Boden versinken ließ, mit Margaret vor der Tür, die alles hörte! Nach kurzem Warten stand sie auf und wusch sich sorgfältig die Hände – das Handtuch wirkte nicht allzu sauber –, bevor sie zurückkehrte zu Margaret, die im Schaukelstuhl saß, als hätte sie kein Glied gerührt.

Helen schenkte sich nach.

»Es tut mir wirklich furchtbar leid«, sagte Margaret zu ihr.

»Nein, nein, schon gut.« Helen trank ihren Wein.

Auf dem Rückweg nach Crosby sagte Jim: »Das klingt vielleicht komisch, Bobby, aber ich liebe Helen eher noch mehr, seit sie das Haus so aufgemotzt hat.« Er sah zu Bob hinüber, der keine Regung zeigte. »Und weißt du, warum?«

»Nein«, sagte Bob.

»Weil sie allen Ernstes dachte, es könnte helfen. Sie dachte, wenn sie das Haus rundumerneuert, dann macht das alles ungeschehen, was darin passiert ist, in dem Jahr damals, als ich meine Krise hatte und mich mit diesen Tussen eingelassen habe, und Helen dachte wirklich, wenn wir das Haus umkrempeln, wird alles anders.«

Jim sah erneut zu Bob hinüber und dann wieder auf die Straße. »Aber natürlich ändert es gar nichts, und jetzt leben wir in einem brandneuen Haus statt in unserem alten, in dem alles mögliche Schöne passiert ist. Und als mir klar wurde, dass das der Grund für alles war, für diese ganze grauenhafte Renovierung, hab ich sie dafür noch mehr geliebt, Bobby. Ich glaube, es hat sie für mich menschlicher gemacht, was weiß ich. Jedenfalls liebe ich sie jetzt noch mehr als vorher, und das ist die Wahrheit.«

»Okay«, sagte Bob. »Ich hab's verstanden.«

Nach einer kurzen Pause sagte Jim: »Diese Pillen, die ich schlucke – das ist nicht wegen Helen.«

Eine Weile fuhren sie schweigend; Bob begriff zwar, was Jim ihm da sagte, aber die Information schien keinen Eingang in sein Hirn zu finden. »Es ist nicht wegen Helen?«, fragte er. »Warum schluckst du sie dann?«

Worauf Jim sagte: »Weil ich Angst habe.« Er sah starr geradeaus.

»Angst wovor, Jimmy?«

»Vor dem Tod.« Jim sah mit seinem ironischen Halblächeln zu Bob hinüber. »Ich habe eine Höllenangst vor dem Tod. Kein Witz. Ich kann direkt spüren, wie er näher kommt – in diesem Affenzahn! Gott, alles geht so schnell heutzutage. Aber soll ich dir noch was sagen?«

»Was?«

»Auf der anderen Seite ist es mir scheißegal. Tod, Sterben, alles das. Es ist echt seltsam, Bobby. Weil ich einerseits diese

Phasen habe – beziehungsweise, ich hatte sie, vor den Antidepressiva –, in denen mich nackte Panik packt. *Panik.* Und gleichzeitig habe ich irgendwie das Gefühl, okay, dann war's das eben, ich bin bereit.« Jim schwieg einen Moment und sah in den Rückspiegel; ein Auto überholte sie. »Aber trotzdem fürchte ich mich. Oder habe mich gefürchtet. Als ich noch nicht mit diesem Zeug vollgepumpt war.«

Und jetzt bekam Bob es mit der Angst. Jimmy, wollte er rufen, du kannst dich nicht fürchten, du bist mein Anführer! Aber er wusste – ein Teil von ihm wusste das, und lieber Gott, machte es ihn traurig –, dass Jim nicht mehr sein Anführer war. Dann sagte er: »Wenn es gar nicht Helens Idee war, warum hast du Susan dann gesagt, es wäre wegen ihr?«

Jim blieb eine Weile stumm. »Weil ich weiß, dass Susan Helen nicht mag«, sagte er dann. »Also hab ich's auf Helen geschoben.« Er wandte den Blick seinem Bruder zu, die Augen geweitet. »Hör dir das an, Bobby, was bin ich nur für ein Arschloch.«

Bob sagte, und er war selbst überrumpelt davon, wie zornig seine Stimme klang: »Weißt du was, Jim? Kannst du einfach mal damit aufhören? Du hast *eine* Dummheit gemacht, verflixt noch mal, nach dieser Geschichte mit Zach vor zehn Jahren, und das hat deine ganzen verdrängten Schuldgefühle in dir hochkochen lassen, und da musstest du dich eben – austoben. Du hattest eine Affäre. Oder auch mehrere, was weiß ich. Das heißt aber noch nicht, dass du ein Arschloch bist, Jim. Es heißt, dass du ein Mensch bist. Himmel noch mal, reiß dich zusammen.«

Und prompt sagte Jim: »Hast ja recht, hast ja recht. Tut mir leid. Nein, tut mir wirklich leid. Gott – ich klinge so melodramatisch. Tut mir leid, Bobby.«

Und in Bob tat sich kurz eine bodenlose Leere auf; noch nie hatte er in so einem Ton mit seinem Bruder gesprochen, und noch nie hatte sich Jim so eilfertig entschuldigt wie jetzt.

Helen hielt ihr Marmeladenglas voll Wein in der Hand und wippte mit dem Fuß. »Letztes Jahr um diese Zeit waren Jimmy und ich auf unserer Kreuzfahrt nach Alaska«, sagte sie, warum, wusste sie selbst nicht.

»Ja«, sagte Margaret. »Davon habe ich gehört.«

»Es hat die ganze Zeit durchgeregnet. Als wir in diese Gletschergegend kamen, Glacier Bay, hätte es diesen Rundflug mit dem Hubschrauber geben sollen, damit wir die Gletscher sehen, aber der Nebel war zu dicht.«

»Wie ärgerlich«, sagte Margaret.

»Nein, gar nicht. Ist doch egal.«

Margaret sah Helen an. »Ich hätte nicht gedacht, dass dir das egal ist. Wo ihr doch so viel Geld bezahlt habt, um die Gletscher zu sehen.«

»Es war mir aber egal«, sagte Helen. Sie trank wieder zwei große Schluck Wein. Und dann sagte sie, und sie spürte, wie sich ihre Wangen leicht röteten: »Ich sag dir, was mir nicht egal war: die Indonesier, die auf dem Kreuzfahrtschiff gearbeitet haben. Sämtliche Bedienstete auf diesem Schiff waren Indonesier, und mit dem einen kamen wir eines Abends ins Gespräch, und er war zehn Monate pro Jahr auf dem Schiff beschäftigt, und nur zwei war er daheim in Bali. Und ich wette mit dir«, sie zeigte mit dem Finger auf Margaret, »dass diese Leute irgendwo unten im Schiffsbauch zusammengepfercht hocken, ohne Fenster, und als mir das einmal klar geworden war – nein, ich konnte es einfach nicht mehr genießen. Ich meine, der Luxus, den wir da hatten – das war alles auf Kosten dieser Menschen.«

Margaret sagte nichts, obwohl sie den Mund geöffnet hatte, als wollte sie zu einer Bemerkung ansetzen.

»Was dachtest du jetzt?«, fragte Helen sie.

»Ich dachte, wie liberal von dir.«

Ein paar Sekunden wusste Helen nicht recht, wie ihr geschah. Dann sagte sie: »Sag mal, Margaret, was habe ich eigentlich verbrochen?«

»Red keinen Unsinn.«

Aber jetzt wurde Helen traurig. Sie hatte immer gedacht, Pastoren müssten nett sein. Sie schnaubte ganz leicht durch die Nase. »Ich bin traurig«, sagte sie, und Margaret sagte: »Kann es sein, dass du ein bisschen viel getrunken hast?«

Wieder fühlte Helen ihre Wangen heiß werden. Sie nahm die Flasche und goss Wein in dieses furchtbare Marmeladenglas. »Hoch die Tassen«, sagte sie.

Und dann waren auf der Treppe die Männer zu hören, und gleich darauf ging die Tür quietschend auf und wieder zu, und da standen sie, im Wohnzimmer. »O Mann«, sagte Helen. »Mann, bin ich froh, dass ihr hier seid.« Sie blinzelte zu ihnen hoch. »Alles gut bei euch?«

Sie konnte Jims Augen nicht sehen, aber etwas an der Art, wie sie beide dastanden, gab ihr das Gefühl, dass nicht alles gut war. »Schaut mal«, sagte sie, »ich habe ein bisschen Schrott eingekauft.« Sie deutete auf das kleine Gemälde, das neben dem Sofa lehnte.

Bob hob es auf, und Jim schaute ihm über die Schulter. »Großer Gott, Helen«, sagte Jim, »warum kaufst du so was?« Und Bob sagte: »So schlecht ist es auch wieder nicht.«

»Es ist grauenvoll«, sagte Helen. »Ich hab es nur gekauft, weil – weil ich nett sein wollte. Wer war diese Frau?« Helen sah stirnrunzelnd zu Margaret. »Mit diesem Gemüsenamen. Du weißt schon …« Sie versuchte, mit den Fingern zu schnippen, aber die Kuppen rutschten voneinander ab. »Diese Person, wie – du weißt doch, zum Einlegen …«

»Olive.« Margarets Ton war kalt.

»Olive.« Helen nickte.

»Olive Kitteridge«, sagte Margaret.

»Genau. Sie hat gesagt, es ist Schrott.«

»Olive urteilt immer hart«, sagte Bob. »So ist sie nun mal.«

Margaret stand auf und sagte: »Ich glaube, wir sollten zum Essen aufbrechen. Helen braucht etwas in den Magen.«

Erst als Helen selber aufstand, merkte sie, wie betrunken sie war. »Hoppla«, sagte sie leise. Sie sah sich um. »Wo ist Jimmy hin?«

»Auf dem Klo«, sagte Bob. »Wir gehen gleich.«

Und dann fiel Helens Blick auf die Treppe, die vom Wohnzimmer aus nach oben führte. »Bobby, ist da euer Schlafzimmer? Ganz da oben?«

Bob sagte ja.

Und Helen kletterte die Stufen hinauf. »Ich guck nur ganz kurz«, rief sie. Sie stützte sich sicherheitshalber an der Wand ab. Es waren sehr steile Stufen, und auf halber Höhe ging es um die Kurve. Helen blieb auf dem Treppenabsatz stehen und drehte sich um. Eine Topfpflanze stand da, und ihre Zweige hingen weit über die Stufen über und unter ihr. »O Mann, da kann man sich ja fürchten«, sagte Helen, und als sie weitersteigen wolltc, fiel sie rückwärts, und was ihr am stärksten bewusst war, das war die Dauer des Falls, ein ums andere Mal schlug ihr Körper auf, sie stürzte und stürzte, wie in einem Alptraum. Und dann lag sie still.

»Fasst sie bloß nicht an!«, schrie Margaret.

Jim fuhr im Krankenwagen mit, und Margaret und Bob folgten mit ihrem Auto. Margaret sagte: »O Bob, Bob, das ist alles meine Schuld.« Er sah zu ihr hinüber. Ihre Augen hatten so etwas Nacktes, schien ihm, und sie waren gerötet. »Doch, wirklich«, sagte sie. »Es ist ganz allein meine Schuld, Bob, ich fand sie unerträglich, und sie hat es gespürt. Und es war schrecklich von mir, aber ich habe nicht mal versucht, nett zu ihr zu sein. Oh, Bob. Und sie hat es gespürt! Sie hat es gespürt, weil man so etwas immer spürt, und deshalb hat sie sich betrunken.«

»Margaret ...«

»Nein, Bob. Ich fühle mich so schuldig. Sie ist mir so auf die Nerven gegangen, dabei gab es eigentlich gar keinen Grund, sie ist nur – oh, Bob, sie ist so *reich*.«

»Ja, reich ist sie, das stimmt schon. Aber was hat das damit zu tun?«

Margaret sah ihn an. »Es macht sie egozentrisch, Bob. Sie hat mir keine einzige Frage über mich gestellt.«

»Sie ist schüchtern, Margaret. Sie ist nervös.«

Margaret sagte: »Diese Frau ist nicht nervös. Sie ist *reich*. Und ich fand sie von der ersten Sekunde an unausstehlich. Mit dieser perfekten Frisur und den goldenen Ohrringen. Oh, Bob! Und dann zieht sie auch noch dieses affige Strohhütchen heraus, ich dachte, ich sterbe.«

»Strohhütchen? Margaret, was redest du da?«

»Ich fand sie unausstehlich, und sie hat es gespürt, Bob. Und ich fühle mich so schuldig.«

Bob erwiderte nichts. Ihm fiel nichts ein. Aber ein seltsames Gefühl von Irrealität beschlich ihn, und in seinem Kopf blitzte das Wort Vorurteil auf; besser vorsichtig fahren, sagte er sich, und das tat er, und dann hatten sie das Krankenhaus erreicht.

Es war schon Mitternacht, als Helen entlassen wurde. Sie hatte sich den Arm und zwei Rippen gebrochen, und ihr Gesicht sah übel aus, ein Auge war zugeschwollen und blaurot verfärbt. Jetzt saß sie stumm da, den Arm in einem weißen Gips, der in einem Winkel bis über den Ellbogen reichte, während Jim – den Margaret zurück zu ihrem Haus gefahren hatte, damit er sein Auto holen konnte – um den Wagen herumging, die Beifahrertür öffnete und ihr beim Einsteigen half. Eine Schädelverletzung war per CT ausgeschlossen worden, und die Röntgenaufnahmen hatten keine Hinweise auf weitere Verletzungen ergeben. Bob setzte sich auf den Rücksitz und schickte Margaret eine SMS, dass Helen nichts Ernstes fehlte und sie ins Bett gehen sollte.

Jim sagte über die Schulter: »Mit gebrochenen Rippen muss man im Sitzen schlafen.«

»Ach, Helen«, sagte Bob und streichelte ihr über den Hinterkopf. »Das tut mir alles so leid.«

Jim sagte: »Hellie, wir fahren gleich morgen heim. Ich miete uns einen SUV, und wir fahren direkt nach Hause. Dann hast du's bequemer.« Und Bob sah Helen kaum merklich nicken.

In der Pension half Bob seinem Bruder dabei, Helen – in ihrem Pyjama jetzt, unter dem im schiefen Winkel der Gips hervorstand – in den Ohrensessel vorn im Wohnbereich zu betten und mit ihrem Bademantel zuzudecken, und versprach dann wiederzukommen.

Als er die Treppe zu seinem eigenen Schlafzimmer hinaufstieg, schlief Margaret zu seiner Verblüffung tief und fest. Ein Lämpchen brannte neben dem Bett, und er betrachtete diese Frau, die ihm in dem Augenblick fast wie eine Fremde vorkam. Wie engherzig sie einer Lebensweise begegnete, von der sie nichts wusste und die sie nicht verstand, dachte er; ganz ähnlich hatte auch seine Schwester auf Helen reagiert. Und gleichzeitig wusste er: Wenn er nicht selbst so lange Zeit in New York gelebt hätte und wenn sein Bruder, den er wie einen Gott verehrt hatte, nicht ebenfalls dort gelebt hätte, reich und berühmt all diese Jahre hindurch, dann hätte er womöglich ebenso empfunden wie Margaret. Aber er empfand nicht wie sie. Er knipste das Lämpchen aus und ging die Treppe wieder hinunter und zurück zur Pension.

Die Zimmertür war nicht abgeschlossen, und er trat leise ein. Jim lag schnarchend auf dem Bett, und Helen saß in ihrem Stuhl, als schliefe sie. Ihre Füße steckten jetzt in zarten rosa Pantöffelchen mit puschligen Quasten.

In Bob schwoll eine Traurigkeit an, die er seit Jahren nicht mehr gespürt hatte. Er hatte seinen Bruder vermisst – seinen Bruder! –, und sein Bruder vermisste Maine. Aber sein Bruder war mit einer Frau verheiratet, die Maine hasste, und Bob machte sich nichts vor: Sie würden nie mehr hierherkommen. Jim würde den Rest seines Lebens im Exil in New York City verbringen. Und Bob den Rest seines Lebens im Exil in Maine. Er würde nicht aufhören, Pam zu vermissen, er würde nicht aufhören, New York zu vermissen, auch wenn er weiterhin einmal im Jahr hinfahren würde. Er war hier im Exil. Und die Seltsamkeit von alldem – wie sich das Leben gefügt hatte, für ihn, für Jim, ja sogar für Pam –, wie ein ganzer Ozean der Traurigkeit fühlte es sich an.

Aus dem Sessel kam ein Geräusch, und er sah, dass Helen wach war und leise vor sich hin weinte. »Ach, Helen«, sagte er und ging zu ihr. Er blickte sich um und sah auf dem Tisch eine Kleenex-Schachtel, und er hielt ihr ein Kleenex an die Nase und sagte gedämpft: »Schnäuzen«, was ihr eine Art Lachen entlockte, und kauerte sich dann vor sie hin. Er hob eine

Hand und strich ihr das Haar aus der Stirn. »Das wird alles wieder, Helen«, sagte er. »Mach dir keine Sorgen. Jim fährt dich morgen auf direktem Weg heim, und du musst nie mehr in dieses grässliche Maine zurückkommen.«

In dem Halbdunkel des Zimmers sah sie ihn an, das eine Auge fast völlig zugeschwollen, das andere mit einem forschenden Ausdruck. »Aber du lebst hier«, sagte sie. »Für dich ist es hier nicht grässlich, oder, Bobby?«

Er wartete, flüsterte dann: »Manchmal«, und zwinkerte ihr zu, und das brachte sie neuerlich zum Lachen.

»Bobby?«

»Ja, Helen?«

»Ich mag dich so gern, Bobby.«

»Das weiß ich. Und ich dich auch.«

Helen nickte ein ganz klein wenig. »Gut«, sagte sie. »Ich bin müde.«

»Dann schlaf. Ich bin hier bei dir, und Jim ist nebenan.«

»Schnarcht er?«

»Ja.«

»Na gut, Bobby.«

Und Bob richtete sich in die Hocke auf, und nachdem Helens Augen eine Weile zugeblieben waren, schlich er zu dem Sessel ihr gegenüber. Seine Glieder schmerzten, als hätte er einen Gewaltmarsch hinter sich, jeder einzelne Knochen tat ihm weh, und er dachte: Das sind Schmerzen der Seele.

Und ihm schien, dass sie niemals leichtfertig abgetan werden durfte, die Einsamkeit am Grund eines jeden Lebens, und dass die Entscheidungen, die die Menschen trafen, um dieser klaffenden Schwärze zu entgehen, Entscheidungen waren, denen Respekt gebührte; das galt für Jim und Helen, und für Margaret und ihn ganz genauso.

»Bobby?«, kam es flüsternd von Helen.

»Was denn, Helen?« Er stand auf und ging zu ihr.

»Nichts. Ich wollte nur wissen, ob du da bist.«

»Ich bin da.« Er blieb einen Augenblick bei ihr stehen, bevor er in seinen Sessel zurückkehrte. »Ich geh nirgends hin.«

# Die Dichterin

An einem Dienstagmorgen Mitte September bog Olive Kitteridge vorsichtig in den Parkplatz des Segelclubs ein. Es war früh – sie fuhr jetzt nur noch früh am Tag –, und wie erwartet waren noch nicht viele Autos da. Sie lenkte ihren Wagen auf einen der markierten Plätze und hievte sich aus dem Sitz; sie war jetzt zweiundachtzig und kam sich uralt vor. Seit drei Wochen hatte sie einen Stock, und sie überquerte die Schotterfläche mit gesenktem Blick, um sicher zu sein, wo sie hintrat, aber sie konnte die Morgensonne spüren, und sie nahm das Leuchten der Baumkronen wahr, deren oberste Wipfel sich schon hellrot färbten.

Drinnen setzte sie sich an einen Tisch mit Meerblick und bestellte bei der Bedienung mit dem enormen Hinterteil Rühreier und einen Muffin. Die Bedienung war keine von den netten; auch nach einem Jahr war sie noch nicht netter geworden. Olive starrte auf das Wasser hinaus. Es war Ebbe, der Seetang lag da wie grobes, gekämmtes Haar, lauter parallele Strähnen. Ein paar wenige Boote ankerten noch in der Bucht, anmutig, ihre dünnen Masten himmelwärts zeigend wie winzige Kirchtürme. Weit hinter ihnen sah man Eagle Island, und dann Puckerbrush Island, beide über die ganze Länge mit Nadelbäumen bestanden, aber von hier schienen sie nicht mehr als ein blasser Strich. Als die Bedienung – die den Teller mit ihren Rühreiern und dem Muffin praktisch vor sie hingeknallt hatte – mit in die Hüften gestemmten Armen fragte: »Noch irgendwas?«, schüttelte Olive nur ganz kurz den Kopf und sah die weißbehosten Pobacken davonschaukeln, auf, ab, immer im Wechsel, riesige wackelnde Hinterkeulen. In einem Sonnenfleck auf dem Tisch blinkten die Ringe an Olives Hand; der Anblick – in diesem Licht – löste in Olive eine ganz entfernte Verwunderung aus. Faltig, gedunsen: Das war ihre Hand. Und dann, nur Minuten später, als sie gerade den nächsten Bissen Rührei auf ihre Gabel lud, entdeckte Olive sie plötzlich: Andrea L'Rieux. Im ersten Moment konnte sie gar nicht glauben, dass sie es wirklich war, und dann dachte sie: Warum nicht? Warum sollte es nicht Andrea sein?

Das Mädchen – was hieß Mädchen, sie war ja nicht mal mehr jung, aber aus Olives Sicht gab es dieser Tage nur noch Mädchen – saß allein in einer Sitznische, ein paar Tische von Olive entfernt; sie saß mit dem Gesicht zu Olive, aber sie schaute über eine getönte Brille hinweg aufs Wasser. Olive legte die Gabel zurück auf den Teller, und nach kurzem Zögern stand sie auf, etwas mühsam, und ging zu Andreas Tisch und sagte: »Hallo, Andrea. Ich hab Sie gleich wiedererkannt.«

Das Mädchen wandte ihr den Kopf zu, und sekundenlang dachte Olive, sie hätte sich geirrt. Aber dann wurde die getönte Brille abgesetzt, und da war sie, Andrea, eine Frau mittleren Alters. Ein gedehntes Schweigen folgte – Olive schien es gedehnt –, bevor Olive sagte: »Sie sind jetzt ja berühmt.«

Andrea starrte Olive immer noch an; ihre Augen waren sehr groß, und sie trug ihre dunklen Haare in einem lockeren Pferdeschwanz. »Mrs Kitteridge?«, sagte sie dann. Ihre Stimme war tief, kehlig.

»Die bin ich«, sagte Olive. »Inzwischen als alte Frau.« Sie setzte sich Andrea gegenüber, obwohl sie aus dem Ausdruck des Mädchens Ablehnung herauszulesen meinte. Aber Olive war alt, sie hatte zwei Ehemänner begraben, was scherte sie so etwas? Keinen Pfifferling scherte es sie.

»Sie kommen mir kleiner vor«, sagte Andrea.

»Gut möglich,« Olive faltete die Hände auf dem Tisch, dann legte sie sie in den Schoß. »Mein Mann ist vor vier Monaten gestorben, da esse ich nicht mehr so viel. Appetit habe ich zwar noch, aber ich esse weniger, und im Alter schrumpft man ja sowieso.«

Nach einer kurzen Pause sagte Andrea: »Ist das wahr?«

»Dass man schrumpft? Ja, natürlich. Die Wirbel sacken zusammen, der Bauch stülpt sich vor – und zack, ist man kürzer. Ich bin ja wohl nicht der erste Mensch, den Sie altern sehen.«

»Nein, sind Sie nicht.«

»Na also. Dann wissen Sie's ja.«

»Holen Sie Ihren Teller doch rüber.« Andrea sah an Olive vorbei zu dem Platz, an dem sie gesessen hatte. »Warten Sie, ich geh schon.« Und sie rutschte aus ihrer Bank und kehrte gleich darauf mit Olives Rühreiern und dem Muffin und auch dem Gehstock zurück. Sie war kleiner, als Olive gedacht hatte, fast wie ein Kind.

»Danke«, sagte Olive. »Den Stock habe ich erst seit drei Wochen. Ich hatte einen kleinen Autounfall, deshalb. Ich war auf dem Parkplatz bei Chewie's. Und statt auf die Bremse bin ich aufs Gas gekommen.«

Andrea bog die Hand ein Stück auf und sagte mit einer anteilnehmenden Grimasse: »So was passiert.«

»Sollte es aber nicht, wenn man zweiundachtzig ist. Da ist man schwuppdiwupp den Führerschein los. Wobei ich sagen muss, der Polizist war sehr nett. Ich habe geheult. Können Sie sich das vorstellen? Ich kann's immer noch nicht ganz glauben. Aber ich stand da und habe geheult. Wirklich sehr nett, dieser Polizist. Und die Sanitäter waren auch furchtbar nett.«

»Haben Sie sich was getan?«

»Steißbein angebrochen.«

»Autsch«, sagte Andrea,

»Halb so schlimm.« Olive zog ihre Jacke enger um sich. »Ich bewege mich einfach langsamer, und ich fahre jetzt nur noch am Vormittag. Oder versuch's jedenfalls. Ich hab auf diesem Parkplatz zwei Autos zu Schrott gefahren.«

»Zwei?«

»Ja. Zwei. Drei sogar, wenn man meins mitzählt. Der Mann von meiner Freundin Edith, Buzzy Stevens, musste mir helfen, ein neues zu kaufen, als das Geld von der Versicherung da war. Besonders wild war er nicht drauf, aber was soll's. Wenigstens ist niemand verletzt worden. Außer mir. Es hat mir einen ziemlichen Schock versetzt, muss ich sagen.«

»Verständlich«, sagte Andrea mit ihrer tiefen Stimme.

»Ich habe auf Facebook gesehen, dass Sie vor kurzem in Oslo waren«, sagte Olive. Sie aß ein paar Bissen Rührei.

»Sie folgen mir auf Facebook? Ernsthaft?«

»Natürlich. Sie haben gerade eine Lesereise durch Skandinavien hinter sich. Ich war mit meinem zweiten Mann in Oslo. Ich war zweimal verheiratet«, sagte Olive. »Und mit meinem zweiten Mann bin ich nach Oslo geflogen, und dann mit dem Schiff – eine Kreuzfahrt ist so etwas wohl – durch die Fjorde. Die wunderschön waren, wirklich. Richtig schön. Aber dann ist Jack trübsinnig geworden, und dann bin ich trübsinnig geworden, und wir haben beide gesagt: Es ist schön hier, aber nicht so schön wie daheim. Und als wir uns darauf geeinigt hatten, ging's uns besser.« Olive nahm eine Papierserviette vom Tisch und wischte sich damit die Nase. Irgendwie hatte sie das Gefühl, schwer zu atmen.

Das Mädchen beobachtete sie aufmerksam.

»Ich weiß nicht, wie Sie die Fjorde fanden, aber so ging's uns damit.« Olive lehnte sich zurück.

»Ich habe sie gar nicht gesehen.«

»Sie haben die Fjorde nicht gesehen?«

»Nein.« Andrea setzte sich gerader hin. »Ich habe meine Gedichte vorgelesen und mich von meiner Verlegerin ausführen lassen, und dann ging's schon weiter. Was mir nur recht war. So richtig interessieren mich die Fjorde wohl nicht.«

»Hmm«, machte Olive.

»Ich fühle mich oft einsam auf diesen Reisen«, sagte Andrea.

Olive war nicht ganz sicher, ob sie richtig gehört hatte, aber sie vermutete eher ja, und sie dachte darüber kurz nach. »Hm«, sagte sie, »Sie waren wahrscheinlich schon immer einsam.«

Daraufhin sah Andrea sie an, mit einem Blick, der Olive etwas verwirrte; ihre Augen waren braun, aber mit einem Stich fast ins Karamellfarbene, und in die Augenwinkel schlich sich ein beinahe zärtlicher Ausdruck, während sie Olive betrachtete. Sie sagte nichts.

Wenn es je eine Schülerin gegeben hatte in den zahllosen Klassen, die Olive im Lauf der Jahre unterrichtet hatte, wenn es je eine Schülerin gegeben hatte, der sie keine Berühmtheit vorausgesagt hätte, dann war das Andrea L'Rieux. Dass Olive sich überhaupt an das Mädchen erinnerte, lag nur daran, dass sie sie so oft allein hatte herumwandern sehen, immer mit diesem todtraurigen Gesicht. Mein Gott, hatte sie traurig ausgesehen! Aber schulisch hatte sie sich nicht hervorgetan, o nein, ganz und gar nicht. Auch nicht in Englisch, das hatte Olive gelesen, denn als es losging mit ihrem Höhenflug, als sie vor ein paar Jahren sogar Poet Laureate der Vereinigten Staaten (!) wurde, hatte Andreas Englischlehrerin an der Highschool einem Reporter erzählt, dass sie keine Leuchte gewesen sei. Irene White, ein grauenvolles Weib, dumm wie Suppe, die selbst einen Shakespeare nicht erkannt hätte, wenn er in ihrer Klasse gesessen wäre, aber trotzdem …

»Irene White ist gestorben«, teilte Olive Andrea mit, und Andrea nickte und zuckte leicht die Achseln.

»Sie kam mir schon damals alt vor«, sagte sie. »Sie hatte richtige Runzeln, in denen immer das Rouge kleben geblieben ist.«

»Tja, das über Sie war auf jeden Fall etwas schofel«, sagte Olive, und als das Mädchen sie verständnislos ansah, wurde ihr klar, dass sie den Artikel nicht kannte.

Dann sagte Andrea: »Ich lese die Sachen über mich nicht.«

»Gute Idee«, sagte Olive. »Bei mir haben sie jedenfalls auf Granit gebissen, als sie ankamen und herumschnüffeln wollten.«

Was hätte sie ihnen auch sagen sollen? Dass das Mädchen so traurig dreingeschaut hatte, dass sie aus einer Familie mit Gott weiß wie vielen Kindern kam – mochten andere das herumposaunen. Und das hatten sie. Aber nicht das mit dem traurigen Gesicht; anscheinend hatte niemand außer Olive sie vor dreißig Jahren durch die Straßen von Crosby, Maine, wandern sehen. *Die Sonne sank ins Laub der Apfelbäume / und hielt das dunkle Rot gefühlt für immer.* Das war die einzige Zeile aus einem von Andreas Gedichten, die Olive behalten hatte. Vielleicht weil es die einzige war, mit der sie etwas anfangen konnte. Sie hatte viele Gedichte von Andrea gelesen. Die ganze Stadt, konnte man meinen, hatte Andreas Gedichte gelesen. Ihre Bücher bekamen immer den besten Platz im Fenster der

Buchhandlung. Die Leute schwärmten von ihrem Talent. Andrea L'Rieux wurde als alles Mögliche gepriesen: Feministin, Postmodernistin, Naturlyrikerin mit politischer Aussage. Sie schrieb »Bekenntnislyrik«, und Olive fand, dass es Dinge gab, die ein Mensch besser nicht bekannte. (»Wütende Vaginen«, hieß es in einem Gedicht, erinnerte sie sich jetzt.)

»Danke«, sagte Andrea. »Dass Sie den Reportern nichts erzählt haben«, fügte sie hinzu. Und dann schüttelte sie den Kopf und sagte fast mehr zu sich selbst: »Gott, hängt mir das alles zum Hals raus.«

»Also, hören Sie mal«, sagte Olive. »Sie erleben so viele großartige Dinge. Sie sind dem Präsidenten vorgestellt worden.«

Andrea nickte. »Das stimmt.«

»Nicht jeder aus Crosby kann von sich sagen, dass er dem Präsidenten gegenüberstehen durfte«, sagte Olive. Und dann: »Wie war er denn?«

»Er hat mir die Hand gegeben, das war schon alles.« Jetzt lag in dem Blick, mit dem sie Olive ansah, etwas Belustigtes.

»Und seine Frau? Sind Sie der auch vorgestellt worden?«

»Doch, ja.«

»Und wie sind sie so?« Olive verehrte diesen Präsidenten. Er hatte etwas auf dem Kasten, und seine Frau auch, und der Kongress warf ihm solche Knüppel zwischen die Beine! Ein Jammer, dass er nicht noch einmal antreten durfte.

»Ihn fand ich ein bisschen arrogant. Seine Frau war sehr freundlich – hat gesagt, dass sie meine Gedichte gelesen hätte und völlig begeistert davon wäre, den üblichen Kack eben.« Andrea strich sich eine lose Haarsträhne hinters Ohr.

Olive aß den Rest von ihrem Rührei. Einer Dichterin, hätte sie gedacht, sollten doch andere Ausdrucksmittel zu Gebote stehen als so etwas. »Drück dich vernünftig aus«, hatte Olive ihrem Sohn, Christopher, eingebläut, als er klein war. »Hör auf mit dem Gewinsel und drück dich vernünftig aus.« Jetzt sagte Olive zu Andrea: »Mein Mann – mein zweiter Mann, Jack – hätte das mit der Arroganz wahrscheinlich auch so gesehen.« Und als das Mädchen darauf nichts erwiderte, fragte Olive: »Und warum sind Sie jetzt hier?«

Andrea stieß einen Seufzer aus. »Mein Vater ist krank. Deshalb …«

»Meiner hat sich umgebracht«, sagte Olive. Sie griff nach ihrem Muffin; den Muffin aß sie immer als Letztes.

»Ist das wahr? Ihr Vater hat Selbstmord begangen?«

»Hat er.«

Eine kurze Pause, dann fragte Andrea: »Wie?«

»Wie? Kugel.«

»Ach«, sagte Andrea. »Das war mir gar nicht klar.« Sie nahm ihren Pferdeschwanz in beide Hände und zog ihn über die Schulter nach vorn. »Wie alt waren Sie da?«

»Dreißig. Woher hätten Sie es denn wissen sollen? Ihr Vater plant wahrscheinlich nichts in der Richtung, oder?«

»Frauen neigen ja in der Regel weniger dazu, sich zu erschießen.« Andrea nahm das Salzfässchen und betrachtete es. »Männer schon, bei Männern ist es das Mittel der Wahl. Aber Frauen – die machen es eher mit Tabletten, glaube ich.« Sie gab dem Salzfässchen einen Stups, so dass es leicht zu kreiseln begann.

»Da kann ich nicht mitreden.«

»Nein.« Andrea zog die Finger durch die Haare unmittelbar über dem Haargummi. Nach einer Pause sagte sie: »Mein Vater wüsste gar nicht, wie er es anstellen soll. Er ist nicht mehr ganz richtig im Kopf. Wobei, so ganz richtig im Kopf war er nie. Wenn Sie wissen, was ich meine.«

»Er ist dement, meinen Sie? Aber was war vorher mit ihm?«

»Keine Ahnung.« Ihre Stimme klang plötzlich müde. Sie zuckte die Achseln. »Er war einfach immer – er war einfach immer so *bösartig*.«

Olive wusste aus Andreas Gedichten, dass sie ihren Vater nie gemocht hatte, aber sie konnte sich jetzt an keinen bestimmten Grund erinnern; ein Trinker war er nicht, das hätte sie sich gemerkt. »Und jetzt stirbt er?«, fragte sie.

»Angeblich.«

»Und Ihre Mutter ist schon gestorben.« Das wusste Olive; viele der Gedichte handelten davon.

»Oh, vor zwanzig Jahren schon. Sie hat acht Kinder zur Welt gebracht, ich meine, was erwarten Sie?«

»Sie haben selbst keine Kinder, stimmt das?« Olive sah rasch von dem Muffin auf, den sie mit den Händen zerteilte.

»Nein. Ich war meine ganze Jugend von Babys umzingelt.«

»Macht nichts. Kinder sind nur ein Stachel in deinem Herzen.« Olive trommelte mit den Fingern auf der Tischplatte und steckte sich dann ein Stück Muffin in den Mund. Nachdem sie heruntergeschluckt hatte, wiederholte sie: »Nur ein Stachel in deinem Herzen.«

»Wie viele haben Sie?«

»Oh, nur eins. Einen Sohn. Das reicht völlig. Und eine Stieftochter habe ich. Sie ist nett. Ein sehr nettes Mädchen.« Olive nickte. »Sie ist lesbisch.«

»Mag sie Sie?«

Auf die Frage war Olive nicht gefasst. »Ich glaube schon«, sagte sie. »Doch, sie mag mich.«

»Immerhin.«

»Das ist nicht das Gleiche. Sie war schon erwachsen, als ich sie kennengelernt habe, und sie lebt in Kalifornien. Es ist nicht wie bei einem eigenen Kind.«

»Warum ist Ihr Sohn ein Stachel in Ihrem Herzen?« Das Mädchen stellte die Frage zögernd; ihre Finger zerpflückten die Orangenschale, mit der ihr Teller garniert gewesen war.

»Was weiß ich. So geboren wahrscheinlich.« Olive wischte sich die Hände an der Serviette ab. »Verwenden Sie's für ein Gedicht, wenn Sie mögen. Frei nach Bedarf.«

Dazu schwieg das Mädchen. Sie sah durchs Fenster auf die Bucht hinaus.

Erst da fiel Olive ihr Pullover auf, ein dunkelblauer Reißverschlusspulli. Aber die Bündchen waren speckig, sie sahen alt aus. Dabei konnte sich das Mädchen doch bestimmt anständige Kleider leisten. Olive wandte rasch den Blick ab, als hätte sie etwas gesehen, das nicht für ihre Augen bestimmt war. Sie sagte: »Es war nett, dass ich mich zu Ihnen setzen durfte. Dann pack ich's mal.«

Das Mädchen schaute ganz betroffen. »Oh …«, sagte sie. »Oh, Mrs Kitteridge, bitte, gehen Sie noch nicht. Nehmen Sie noch mal einen Kaffee? Ach so, Sie haben gar keinen. Möchten Sie eine Tasse?«

»Ich trinke keinen Kaffee mehr«, sagte Olive. »Irgendwie vertrage ich ihn nicht mehr. Aber trinken Sie ruhig noch einen, wenn Sie mögen. Ich leiste Ihnen solange Gesellschaft.« Sie sah sich nach der Bedienung um, und die Bedienung kam sofort an ihren Tisch und war sehr nett zu Andrea. »Bitte schön«, sagte sie und lächelte Andrea an – sie lächelte! –, während sie ihre Tasse nachfüllte. »Wenn man alt ist«, sagte Olive zu Andrea, als die Bedienung weg war, »dann wird man unsichtbar. Das ist eine Tatsache. Und in gewisser Weise hat das etwas Befreiendes.«

Andrea sah sie fragend an. »Nämlich in welcher?«

»Nun ja«, Olive kam ein bisschen ins Rudern, sie wusste nicht, wie sie es erklären sollte. »Man zählt einfach nicht mehr, und das befreit.«

»Das verstehe ich nicht«, sagte das Mädchen. Und durch Olives Hirn zuckte der Gedanke: Du bist ehrlich.

»Ich glaube, ich erkläre es nicht sehr gut«, sagte sie. »Aber man geht durchs Leben, und man denkt, man ist jemand. Nicht im guten Sinn und auch nicht im schlechten. Aber man denkt, man ist jemand. Und dann merkt man« – und Olive nickte in Richtung des Mädchens, das den Kaffee gebracht hatte –, »dass man eben niemand mehr ist. Dass man für eine Kellnerin mit einem monströsen Hinterteil unsichtbar ist. Und das ist befreiend.« Sie beobachtete Andreas Gesicht; widerstreitende Empfindungen zeichneten sich darauf ab.

Schließlich sagte Andrea: »Da beneide ich Sie.« Und sie lachte, und Olive sah, was für schlechte Zähne sie hatte; es wunderte sie ein bisschen, dass ihr das auf den Fotos nie aufgefallen war. »Ich beneide Sie darum, dass Sie je dachten, Sie wären jemand«, sagte Andrea mit kehliger Stimme.

»Jetzt hören Sie aber auf, Andrea. Sie waren immerhin Poet Laureate der Vereinigten Staaten!«

»Tja«, sagte Andrea. »Das war ich.«

Als sie zu Olives Auto gingen, etwas zügiger, als Olive lieb war, nestelte das Mädchen in einer Jackentasche, und im nächsten Moment fand sich Olive in eine Wolke aus Zigarettenrauch gehüllt. Ein Stich der Enttäuschung durchfuhr sie, und sie dachte: Sie ist eben doch bloß eine L'Rieux. Mehr ist sie nicht. Berühmt hin oder her.

»Das ist inzwischen eine reine Unterschichtssache, das Rauchen«, bemerkte Andrea, als sie neben Olives Auto standen, und hob die zwei Finger, zwischen denen die Zigarette klemmte. »So wie Heroinspritzen – wobei das mittlerweile gar nicht mehr so eindeutig Unterschicht ist.« Und dann – Olive blieb fast die Luft weg – umarmte das Mädchen sie und sagte: »Das war richtig nett mit Ihnen, Mrs Kitteridge.« Olive hatte ein bisschen Angst, Andreas Zigarette könnte ihr Haar in Brand stecken.

»Fand ich auch«, sagte Olive, und sie stieg ein und startete den Motor und stieß vorsichtig zurück, ohne noch aus dem Fenster in Andreas Richtung zu schauen; Rückwärtsfahren war keine einfache Sache dieser Tage. Und den ganzen Heimweg über erzählte sie Jack, was passiert war; Jack, ihr zweiter Mann, war es, bei dem sie all das loswerden wollte.

Abends, bei dem Telefonat mit ihrem Sohn Christopher, der in New York lebte, erwähnte sie ihre Begegnung mit dem Mädchen, und er sagte: »Andrea L'Rieux, wer soll das sein? Eine von diesen zig L'Rieuxs draußen an der East Point Road?«

»Genau«, sagte Olive, »die, die Poet Laureate war.«

»Die was war?«, fragte Christopher in keinem sehr netten Ton, und Olive begriff, dass Christopher kein gesteigertes Interesse an Ehrungen für Dichter oder an seinen Altersgenossen von früher hatte, wobei Andrea jünger war als er. »Sie war Poet Laureate der Vereinigten Staaten«, sagte Olive, und Christopher sagte: »Jippie!«

Als sie mit ihrer Stieftochter Cassie telefonierte, wusste die ihr Erlebnis mehr zu würdigen. »Oh, Olive, das ist toll. Wie spannend!«

Und als sie es dem Inhaber der Buchhandlung erzählte – Olive schaute am nächsten Tag extra zu diesem Zweck im

Laden vorbei –, sagte er: »Wow, das ist ja 'n Ding! Andrea L'Rieux, die ist einfach *genial.*«

»Hmm«, sagte Olive. »Wir haben uns gut unterhalten. Wir haben zusammen gefrühstückt. Sie war richtig nett. Kam mir ziemlich normal vor.«

Sie rief ihre Freundin Edith an, deren Mann Buzzy ihr beim Autokauf geholfen hatte; sie wohnten in einem dieser Senioren-Appartements draußen bei Littlehale's Farm, und auch Edith freute sich für sie. »Olive, du bist einfach jemand, mit dem die Leute gern reden.«

»Ich weiß ja nicht«, sagte Olive, aber dann dachte sie, dass daran doch ein Körnchen Wahrheit war. »Sie schien mir eine sehr einsame Person. Als würden ihre Berühmtheit und was nicht alles ihr gar nichts bedeuten. Ein trauriges kleines Ding. Verlottert angezogen, raucht wie ein Schlot. Nein wirklich, Edith, so etwas Einsames.«

Ein, zwei Wochen wartete Olive darauf, von Andrea zu hören. Jeden Morgen, wenn sie nach der Post sah, ertappte sie sich dabei, dass sie nach einer Karte Ausschau hielt, einer altmodischen, handgeschriebenen Karte, auf der stand: Ich habe mich so gefreut, Sie wiederzusehen, Mrs Kitteridge. Vielleicht können wir in Verbindung bleiben! Das Mädchen hätte ihre Adresse im Internet finden können. Aber es kam keine Karte, und nach einer Weile hörte Olive auf, darauf zu warten. Als sie in der Zeitung die Todesanzeige für Severin L'Rieux sah, fragte sie sich, ob Andrea noch in der Stadt war, im Zweifel war sie für die Beerdigung zurückgekommen, die laut Zeitung in St. John stattfinden würde, was Olive nur logisch erschien und ihr gleichzeitig einen winzigen Schauder einjagte. Diese Franko-Kanadier mit ihrem Katholizismus, nun ja – Friede deiner Seele, Severin L'Rieux.

Für den Flug nach Oslo hatte Jack für sie beide Erste-Klasse-Tickets gebucht. Olive hatte geschäumt. »Ich fliege nicht erster Klasse«, hatte sie gesagt.

Jack hatte gelacht. »Du fliegst überhaupt nie«, sagte er, und das machte sie noch wütender.

»Ich setz mich nicht in die erste Klasse. Das ist obszön.«

»Obszön?« Jack nahm am Küchentisch Platz und sah sie an, immer noch mit diesem amüsierten Ausdruck. »Obszön ist gut.« Als sie nichts erwiderte, sagte er: »Weißt du was, Olive? Du bist ein Snob.«

»Ich bin das Gegenteil von einem Snob.«

Jack hörte gar nicht mehr auf zu lachen. »Denkst du, ein umgekehrter Snob ist kein Snob? Olive, du bist ein Snob.« Dann beugte er sich vor und sagte: »Jetzt komm, Olive, stell dich nicht so an. Ich bin achtundsiebzig, ich habe Geld, du hast Geld – ja, richtig, ich habe viel mehr Geld als du – und wann, wenn nicht jetzt?«

»Nie«, sagte sie.

Also war sie Holzklasse geflogen, während er vorn in der Businessclass saß. Sie konnte es nicht fassen, dass er Ernst damit machte, aber das tat er. »Also dann«, sagte er und winkte noch kurz, und sie durfte zusehen, wie sie zu ihrem Platz kam; er war ganz hinten im Heck. Sie saß am Gang, neben einem dicken Mann – Olive war selber dick –, und am Fenster saß die Freundin des Mannes, eine Asiatin, sicher zwanzig Jahre jünger als er, aber so ganz wusste man das bei den Asiaten ja nie. Sie waren noch nicht gestartet, da hasste sie die beiden schon. Und als die Stewardess ihr die Handtasche wegnahm und oben im Gepäckfach verstaute, hätte sie weinen mögen. »Ich brauche meine Tasche bei mir«, sagte Olive, und die Frau sagte, sie könne sie wiederbekommen, sobald sie in der Luft waren.

Der Dicke saß die meiste Zeit seiner Freundin zugedreht, so dass sein fetter Rücken zu Olive herüberquoll. Sie konnte Teile ihrer Unterhaltung hören, und sie merkte sehr schnell, dass der Mann ein Schurigler war, ständig erzog er an seiner jungen Freundin herum. Sie fand sie beide widerlich. »*Solche* Musik solltest du hören«, sagte der Mann, und er wiederholte es mehrfach. Als ob der Musikgeschmack des Mädchens schlechter wäre als seiner. Und dann flüsterte der Mann seiner Freundin etwas ins Ohr, und sie beugte sich ein Stück vor und sah zu Olive. Sie redeten über sie! Eine alte Frau, die mit hochgezogenen Knien hier eingepfercht saß – was um alles in der Welt hatten sie über sie zu reden? Die Asiatin zuckte leicht die Achseln, und Olive hörte sie sagen: »Gut, es ist ihr Leben.« Wessen Leben? Was wusste dieses Mädchen über Olives Leben? Oh, sie kochte vor Wut, und sie tat den ganzen Flug nicht ein Auge zu. Einmal kam Jack durch den Vorhang, der den vorderen Teil der Kabine vom hinteren trennte, und sagte zu ihr: »Na, Olive? Wie geht's, wie steht's?«

»Ich hätte gern meine Tasche«, sagte sie. »Wärst du so nett und gibst sie mir?«

Er holte die Tasche aus dem Gepäckfach, stellte sie ihr auf den Schoß und flüsterte ihr ins Ohr: »Kopf hoch, kleine Miss.«

»Hau ab, Jack«, sagte sie. Und sie konnte sehen, wie der Dicke neben ihr sie beobachtete. Sie schloss die Augen und ließ sie zu; der Flug wollte und wollte nicht enden.

Aber als sie durch den Zoll gingen, war Jack sehr lieb zu ihr. Er sagte: »Jetzt schaffen wir dich auf schnellstem Weg ins Hotel, und du legst dich hin.« Er hatte ein Auge auf sie, während sie in der Schlange vorrückten. Im Hotel schlief sie sofort ein, und am nächsten Tag bestiegen sie ihr Schiff.

Als er ein paar Tage später so trübsinnig wurde, nahm sie

das fürchterlich mit – und es machte ihr Angst. Sie dachte, er vermisse seine Frau (obwohl doch Olive seine Frau war). Sie dachte, sie sei die Falsche für ihn. Schließlich sagte sie: »Jack, ich glaube, ich bin die verkehrte Frau für dich.« Er sah sie verdutzt an; sie konnte sehen, wie überrascht er war. »Olive, du bist die perfekte Frau für mich. Ganz ehrlich.« Er lächelte und griff nach ihrer Hand. »Ich habe nur Heimweh«, sagte er. »Diese ganze gottverdammte Schönheit …« Er machte eine Kopfbewegung in Richtung Kabinenfenster. »Da kriege ich Heimweh nach der Küste von Maine.«

»Mir fehlt Maine auch«, sagte sie. Und ab da war alles gut. Sie genossen die Reise in vollen Zügen.

An ihrem letzten Abend auf dem Schiff sagte er: »Ach, Olive, ich hab dir für den Rückflug ein Upgrade besorgt. Falls du nichts dagegen hast.« Er zwinkerte.

Und der Rückflug war unglaublich. Sie hatte einen Sitz ganz für sich mit verstellbarem Fuß- und Rückenteil. Sie kam sich vor wie ein Astronaut in seiner eigenen kleinen Kapsel. Es gab ein Set mit Socken, Augenmaske und Zahnbürste, extra für sie! Sie aß ein Roastbeef-Sandwich und zum Nachtisch Eiscreme, und sie konnte nicht aufhören, über den Gang zu Jack hinüberzugrinsen. Er machte ein Kussgeräusch und sagte: »Jetzt stör mal nicht.« Und trank sein Glas Wein.

In der zweiten Oktoberwoche fuhr Olive zum Haareschneiden zu Janice Tucker, die ihr Friseurgeschäft bei sich im Haus hatte. Olive ließ sich immer gleich den ersten Termin geben, um acht Uhr, und als sie auf dem Stuhl Platz nahm, legte ihr Janice den Frisierumhang um und sagte: »Sie haben mit Andrea L'Rieux gefrühstückt, hab ich gehört?«

»Allerdings«, sagte Olive. »Allerdings, das hab ich.«

»Dann war das mit ihrem Unfall bestimmt ein Schock für Sie.«

»Was sagen Sie da?« Olive wandte den Kopf.

»Es stand gestern in der Zeitung, ich dachte, Sie haben es sicher gesehen. Warten Sie, ich hol's.« Janice sah den Stoß Zeitungen auf dem Tischchen im Wartebereich durch. Sie kam mit der Seite zurück und sagte: »Da, schauen Sie. Ach je, Olive, ich dachte, Sie wüssten es.«

Die kleine Überschrift lautete: Preisgekrönte Lyrikerin von Bus überrollt. Und ein kleiner Absatz berichtete, dass Andrea L'Rieux auf einer Straße in Boston unter einen Bus geraten sei und sich einen Beckenbruch sowie innere Verletzungen zugezogen habe; ihr Zustand sei jedoch stabil, und mit einer vollkommenen Genesung könne gerechnet werden.

Olive spürte eine Feuchtigkeit in den Mundwinkeln. Sie legte die Zeitung weg und lehnte sich zurück, stumm, und Janice nahm ihre kleine Schere und fing an zu schneiden. »Ist das nicht traurig?«, sagte Janice, und Olive nickte. Ihr war kreuzelend. Und während die Frau behutsam an ihren Haaren herumschnippelte, wurde ihr immer noch elender. Und dann, als ihr aufging, dass kein Jack mehr da war – und auch kein Henry, ihr erster Mann –, mit dem sie daheim darüber reden konnte, sagte sie unvermittelt: »Janice, ich glaube, sie hat sich umbringen wollen.«

Janice wich einen Schritt zurück, die Schere auf Brusthöhe. »Sagen Sie so was nicht, Olive.«

»Doch, wirklich. Ich hab mir eben alles noch mal durch den Kopf gehen lassen, und sie hat mit mir über Selbstmord geredet. Dass Männer sich meistens erschießen, während die Frauen es eher mit Tabletten machen, und ich hätte wissen müssen – ich hätte erkennen müssen …«

»Also, Olive, so was dürfen Sie sich nicht einreden. So was dürfen Sie nicht mal denken. Ich bin mir ganz sicher, dass das nicht stimmt. Sie ist vom Bus überfahren worden, so etwas kommt vor, Olive.«

»Janice, Sie haben sie nicht gesehen. Sie sah furchtbar aus. Sie hatte diesen zerlumpten kleinen Pullover an, und geraucht hat sie auch. Sie hat ihren Vater gehasst, und jetzt ist er gestorben. Und so etwas reicht ja oft schon als Auslöser.«

Janice dachte nach. Und dann sagte sie: »Olive, ich glaube einfach nicht, dass sie sich umbringen wollte. Ich will's nicht glauben, und deshalb glaub ich's auch nicht.«

»Na wunderbar«, sagte Olive. »Dann eben nicht.«

Sie gab Janice nicht eigens noch Trinkgeld wie sonst immer, sondern hob nur zum Winken die Hand über die Schulter, während sie mit ihrem Stock die Stufen hinunterging.

Es war ein prachtvoller Herbst. Die Blätter blieben so lange an den Bäumen hängen und leuchteten so intensiv wie seit Jahren nicht mehr. Alle sagten das, und es stimmte. Und Tag für Tag strahlte die Sonne herab. Es regnete hauptsächlich nachts, und die Nächte waren kalt, und tagsüber war es nicht zu kühl, aber warm war es auch nicht. Die Welt funkelte, und wer die Straße hinunter zur Bucht entlangfuhr, war ganz geblendet von dieser Symphonie aus Gelb-, Rot-, Orange- und Blassrosatönen. Olive musste dafür nicht ins Auto steigen; sie sah den Wald von der Haustür aus, und jeden Morgen, wenn sie die Tür öffnete, wurde ihr die Schönheit der Welt neu bewusst.

Das überraschte sie. Nach dem Tod ihres ersten Mannes war nichts mehr zu ihr durchgedrungen. So zumindest schien es ihr. Aber hier war die Welt, schrie ihr Tag für Tag ihre Schönheit entgegen, und dafür war sie dankbar. Im Garderobenschrank hingen noch Jacks Jacken und Pullover. Und auch das war anders als damals. Henrys Kleider hatte sie sehr rasch weggegeben, nachdem er einmal gestorben war; damit begonnen hatte sie sogar schon während seiner Zeit im Pflegeheim – die neuen Schuhe, die er am Tag seines Schlaganfalls angehabt hatte und die er nie wieder tragen würde, hatte sie gar nicht schnell genug loswerden können. Kamelhaarfarbene Wildlederschuhe, die Schnürsenkel noch kein bisschen angeschmuddelt.

Aber von Jacks Kleidern trennte sie sich nicht, und ihr Geruch kam ihr noch immer schwach entgegen, wenn sie die Schranktür öffnete. Da war die dunkelgrüne Strickjacke mit den Lederflicken an den Ellbogen, die er getragen hatte, als sie das erste Mal zusammen essen waren, oder die blaue mit dem Zopfmuster, die er bei ihrem ersten richtigen Streit angehabt hatte, damals, als er gesagt hatte: »Mein Gott, Olive, bist du *schwierig*. Du bist so eine grauenvoll schwierige Frau, aber verflixt und zugenäht, ich liebe dich. Wenn's dir also nicht allzu viel ausmacht, Olive, könntest du bei mir bitte nicht *ganz* so olive-ig sein, auch wenn du's bei andern dann vielleicht umso mehr bist? Weil ich dich liebe und uns nicht mehr viel Zeit bleibt.«

Die Botschaft war bei ihr angekommen.

Und dann hatte er gesagt, am Bettrand sitzend: »Lass uns heiraten, Olive. Verkauf das Haus, das du mit Henry hattest, und zieh bei mir ein. Bitte heirate mich, Olive.«

»Warum?«, hatte sie gefragt.

Sein angedeutetes Lächeln mit dem einen hochgezogenen Mundwinkel. »Weil ich dich liebe«, sagte er. »Weil ich dich verdammt noch mal liebe.«

»Warum?«, wollte sie wissen.

»Weil du Olive bist.«

»Gerade hast du gesagt, ich bin dir zu olive-ig.«

»Olive. Halt den Mund. Halt den Mund und heirate mich.«

Als er starb, neben ihr, im Schlaf, schlugen Ozeane der Angst über ihr zusammen. Tag für Tag beutelte die Angst sie. Komm zurück, dachte sie immerzu, o bitte bitte bitte komm zurück! Acht Jahre waren sie zusammen gewesen, die so unaufhaltsam vorbeigestürzt waren wie eine Lawine, und doch – entsetzlich! – erschien er ihr manchmal als ihr richtiger Mann. Henry war ihr erster Mann gewesen, und nach ihm war Jack gekommen, ihr richtiger Mann. Ein entsetzlicher Gedanke, er konnte unmöglich wahr sein.

Wie schnell die Dunkelheit nun hereinbrach!

Für Olive änderte sich dadurch ihr ganzer Tagesablauf. Im Dunkeln fuhr sie nicht Auto, und so lag sie schon um vier Uhr im Bett und sah fern. Sie döste ein wenig und schreckte dann voller Angst hoch. Und dann ebbte die Angst wieder ab. Sie sah die Nachrichten, und sie sah sie mit Interesse. In was für einem grauenvollen Schlamassel das Land steckte. Dann aß sie zu Abend und trank ein Glas Wein. Den Wein hatte Jack in ihr Leben gebracht. Vorher hatte Olive keinen Tropfen getrunken. »Himmelherrgott, Olive, trinkst du jetzt wohl ein Glas Wein!«, hatte er einmal zu ihr gesagt, bevor sie geheiratet hatten. »Wenn jemandem ein Schluck Wein guttäte, dann dir.« Er selbst trank Whiskey, und nicht zu knapp. Aber sie hatte ihn nie betrunken erlebt. Trotzdem war sie aufgebracht gewesen über die Unterstellung, dass ihr ein Schluck Wein guttäte. Und doch hatte er recht gehabt. Denn als sie ein paar Abende darauf tatsächlich ein Glas trank, da hatte es sich – ja, es hatte sich richtig angefühlt.

Und allein, ohne Jack, fühlte es sich immer noch richtig an.

Sie trank nie mehr als das eine Glas, aber dennoch hatte sie das Gefühl, dass es half.

Der Winter kam.

Es schneite, als wollte es nie wieder aufhören, weißes Flockengestöber oder nasses weißes Gegraupel, alle paar Tage fegte ein neuer Sturm über sie weg. Für Olive waren es Tage der Folter. Sie konnte es nicht fassen, wie sich die Zeit dehnte – wie sich die Nachmittage dehnten –, sie konnte es nicht fassen! Und doch hätte sie es wissen können, es wissen müssen, aus der Zeit von Henrys Schlaganfall. Aber damals war sie täglich ins Pflegeheim gefahren, sie hatte zu tun gehabt. Oder schien ihr das nur so? Jetzt hatte sie jedenfalls nichts zu tun. Sie ließ sich die Zeitung liefern, weil ans Fahren oft nicht zu denken war vor lauter Schnee. Und eines Tages sah sie einen kleinen Artikel über Andrea L'Rieux. Der Busfahrer war betrunken gewesen, das hatten die nun abgeschlossenen Ermittlungen ergeben. Tatsächlich? Olive las den Artikel nochmals und warf die Zeitung zur Seite. Na gut, dann hatte Janice Tucker also recht gehabt, Andrea hatte sich nicht umbringen wollen. »Dann eben nicht«, sagte Olive. »Wunderbar.«

Sie sah auf die Uhr, und es war erst zwei.

Und endlich wurde es doch wieder Mai.

Olive öffnete die Haustür und trat ins Freie, eigentlich nur, um hinüber zum Wald zu schauen, der hinter der Biegung der Einfahrt begann. Vom Wohnzimmer aus sah man die große, lange Wiese, aber Olive mochte den Waldblick auch, vielleicht weil er sie an die Bäume hinter ihrem und Henrys Haus erinnerte. Als sie wieder hineingehen wollte, bemerkte sie in ihrem Briefkasten eine Zeitschrift; sie hing halb heraus, wie um Olives Aufmerksamkeit zu erregen, und Olive wunderte sich, denn für die Post war es noch Stunden zu früh. *American Poetry Review* lautete der Titel, und dann sah sie an einer Stelle, recht weit vorn, einen Klebezettel zwischen den Seiten herausstehen. Sie nahm das Heft mit nach drinnen, und noch in der Diele sah sie auf der Titelseite die Ankündigung: Neue Lyrik von Andrea L'Rieux.

In der Frühstücksecke sitzend, schlug sie die Seite mit dem Klebezettel auf und las: *Gestellt.* Sie begriff nicht gleich, was der Zettel sollte, erst als sie das Gedicht selbst las, begann es ihr – verlangsamt, so verlangsamt, als bewegte sie sich unter Wasser – zu dämmern. *Die mich in Mathe vor gut dreißig Jahren / das Fürchten lehrte und es selbst nun lernt / da sitzt sie, an der Frühstückstheke / weißborstig / und sagt mir, dass ich immer einsam war / und weiß nicht, dass sie von sich selber spricht.* Olive las weiter. Es war alles da, der Selbstmord ihres Vaters, der Sohn, der ein Stachel in ihrem Herzen war; die Aussage des Gedichts, lang und breit ausgewalzt, war die, dass sie – Olive – die Einsame und Verängstigte war. Es endete: *Verwenden Sie's für ein Gedicht, sagt sie / Frei nach Bedarf.*

Olive stand auf, etwas wackelig, ging zum Mülleimer und warf die Zeitschrift hinein. Dann setzte sie sich wieder hin und starrte hinaus auf die Wiese. Sie versuchte zu verstehen, was da eben passiert war, dabei verstand sie es natürlich, nur glauben wollte sie es nicht. Und dann machte sie sich klar, dass jemand aus dem Ort die Zeitschrift in der Nacht hergebracht haben musste – zu ihrem Haus gefahren sein und ihr diese Dreckszeitschrift in den Briefkasten gesteckt haben musste, mit einem Klebezettel markiert, damit Olive das Gedicht bloß nicht übersah, und das traf sie noch mehr als das Gedicht selbst. Ihr fiel dieser Tag ein, Jahrzehnte war das nun her, da hatte ihre Mutter morgens die Tür aufgemacht und auf der Schwelle einen Korb entdeckt, Kuhfladen und darauf ein Zettel: Für Olive. Sie hatte nie erfahren, wer ihr die Kuhfladen hingestellt hatte, und sie hatte keine Ahnung, wer die Zeitschrift gebracht haben konnte.

Nach ein paar Minuten – oder vielleicht war es eine Stunde, Olive hätte nicht sagen können, wie viel Zeit verstrich, wie lange sie regungslos an ihrem Tisch saß – holte sie das Heft wieder aus dem Müll und las das Gedicht noch einmal. Diesmal sagte sie laut: »Andrea, dieses Gedicht ist eine Sauerei.« Aber ihre Wangen brannten wie Feuer, sie konnte sich nicht erinnern, dass ihre Wangen jemals so gebrannt hatten wie jetzt, während sie dasaß und auf das Gedicht starrte. Sie wollte schon aufstehen und das Heft zurück in den Mülleimer stopfen, aber das genügte nicht, selbst es im Haus zu haben war zu viel, also nahm sie ihren Stock und setzte sich ins Auto, und sie musste bis hinter Juniper Bay fahren, bevor sie eine öffentliche Mülltonne fand; es war niemand in der Nähe, und so zog Olive den Klebezettel ab und warf die Zeitschrift hinein.

Als sie nach Hause zurückkam, rief sie Edith an. Edith sagte: »Olive, wie geht es dir?«

»Wieso, wie soll's mir gehen? Mir geht's gut. Warum sollte es mir nicht gut gehen?« Irgendwie schien ihr Ediths Ton so zu klingen, als wüsste sie von dem Gedicht.

»Ich weiß nicht«, sagte Edith. »Ich weiß nicht, wie es dir geht, deshalb frage ich.«

»Was macht Buzzy so?«, fragte Olive.

»Ach, Buzzy geht's gut. Du kennst ihn ja. Steht in aller Herrgottsfrühe auf und fährt los, uns einen Kaffee holen, und viel mehr macht er nicht.«

»Du kannst froh sein, dass du ihn hast«, sagte Olive.

»O ja, unbedingt, ich *bin* froh.« Das sagte Edith mit mehr Nachdruck, als aus Olives Sicht nötig war.

»Na dann«, sagte Olive.

Sie lief im Haus hin und her und brütete über Buzzy nach, der so früh aufstand und Kaffee holen fuhr. Aber wo in aller Welt sollte Buzzy die *American Poetry Review* herhaben? Buzzy würde moderne Lyrik nicht erkennen, wenn sie an seiner Tür klopfte und sich ihm vorstellte. Buzzy hatte sein Geld mit Häuserbauen verdient. Aber dass Edith wissen wollte, wie es ihr ging … »Mom, du bist paranoid«, hatte Christopher einmal zu ihr gesagt. Das hatte sie ziemlich geärgert, und es ärgerte sie auch jetzt, wenn sie daran dachte.

In dieser Nacht machte sich Olive im Schlaf in die Hose und erwachte davon, dass es ihr warm zwischen den Beinen herauslief. »O Grauen«, flüsterte sie in sich hinein. Das war jetzt das dritte Mal seit Jacks Tod, und sie hatte es weder ihrem Arzt erzählt noch irgendwem sonst. Während sie ein neues Laken aufzog und duschte – es war ein Uhr früh –, dachte sie an Andrea. Daran, dass sie, Olive, sie letztlich nie losgelöst von ihrem franko-kanadischen Hintergrund gesehen hatte. Nie. Keines der L'Rieux-Geschwister hatte sie losgelöst von ihrer Herkunft zu sehen vermocht. Und die Labbes und die Pelletiers genauso wenig, auch wenn das eine oder andere Kind sie positiv überrascht hatte, die Galarneau-Tochter etwa, die so etwas Aufgewecktes im Blick hatte und so helle war, die hatte Olive gemocht. Konnte man das so sagen? Doch, unbedingt. Olive setzte sich an den Bettrand. *Das ist eine reine Unterschichtssache, wie Heroinspritzen. Wobei das heute nicht mehr so eindeutig Unterschicht ist.*

Jacks Stimme: »Du bist ein Snob, Olive. Denkst du, ein umgekehrter Snob ist kein Snob? Und was für ein Snob du bist, meine Liebe.«

Olive hatte Andrea L'Rieux an dem Morgen im Segelclub angesprochen, weil sie berühmt war, aus keinem anderen Grund. Nur deshalb hatte sie sich zu ihr gesetzt und mit ihr geredet, als wären sie alte Bekannte. Wäre Andrea L'Rieux keine preisgekrönte Dichterin gewesen, wäre aus ihr einfach das geworden, was Olive von ihr erwartet hatte – eine Frau unter vielen, die Kinder in die Welt setzte und manchmal halbwegs glücklich war, meist aber nicht (ihr trauriges Gesicht bei diesen Spaziergängen damals!) –, dann hätte Olive sie nie angesprochen. Sie mochte ja nicht einmal ihre Gedichte, bis auf diese eine Zeile mit der Dunkelheit und dem roten Laub. Aber sie hatte sich zu ihr an den Tisch gesetzt, weil sie berühmt war. Und auch deshalb, weil sie, Olive – das sah Andrea völlig richtig –, einsam war. Sie, Olive Kitteridge, die sich von so etwas weit entfernt geglaubt hatte. Sie sagte laut, mit zorniger Stimme: »Merk dir das, Olive, du dummes Weib. Merk dir das.«

In dem Halbdunkel des Schlafzimmers klappte Olive ihren kleinen Computer auf und ging auf Andreas Facebook-Seite. Sie hatte noch nie einen Kommentar geschrieben, und sie verstand nicht gleich, wie es ging. Aber dann hatte sie es heraus, und sie schrieb: »Habe Ihre neueste Veröffentlichung gesehen. Respekt.« Sie schaute zum Fenster hinaus in die Dunkelheit der Wiese; nur eine einzige Straßenlampe war von hier aus sichtbar, weit weg. Dann drehte sie sich wieder dem Computer zu und schrieb noch einen Satz: »Schön, dass Sie nicht tot sind.«

Danach saß sie lange am Bettrand und sah durch das Glas auf die dunkle Wiese. Ihr schien, als begriffe sie jetzt erst zur Gänze, wie weit die Erfahrungswelten der Menschen auseinanderlagen. Sie wusste nichts über Andrea L'Rieux, und Andrea wusste nichts über sie. Und trotzdem. Und trotzdem. Andrea hatte viel mehr von Olive verstanden als umgekehrt. Wie eigenartig. Wie interessant. Das ihr, die sich immer eingebildet hatte, Dinge zu wissen, die andere nicht wussten. So konnte man sich täuschen. *Henry.* Dieses Wort ging Olive durch den Kopf, während sie durch das Fenster in die Dunkelheit schaute. Und dann: *Jack.* Wer waren sie, wer waren sie gewesen? Und wer – wer in aller Welt – war sie selbst? Olive drückte sich die Hand an den Mund, während sie sich das fragte.

Dann klappte sie den Computer zu und legte sich wieder hin. Sie sprach die Worte laut vor sich hin: »Tja, Andrea. Respekt. Schön, dass du nicht tot bist.«

# Die letzte Bürgerkriegsparade

Die MacPhersons bewohnten ein großes altes Haus am Rand von Crosby, Maine. Sie waren jetzt zweiundvierzig Jahre verheiratet, und seit fünfunddreißig Jahren sprachen sie so gut wie nicht miteinander. Aber im selben Haus wohnten sie trotzdem. Mr MacPherson – der mit Vornamen Fergus hieß – hatte, als er noch jung war, eine Affäre mit einer Nachbarin gehabt; das war noch die Zeit, als es bei solchen Dingen keine Vergebung und auch keine Scheidung gab. Und so saßen sie zusammen in ihrem Haus fest. Für eine Weile war ihre jüngere Tochter Laurie wieder zu ihnen gezogen; ihre Ehe war zerbrochen, und sie hatte mit ihrem sechsjährigen Sohn Zuflucht bei den Eltern gesucht (was sowohl Fergus als auch seiner Frau, trotz der Umstände, gutgetan hatte), aber schon sehr bald hatte Laurie erklärt, ihr »Langzeit-Provisorium«, wie sie es nannte, sei ihrem Kind psychisch nicht zuzumuten, und sich eine kleine Wohnung in der Nähe von Portland gesucht.

Das Provisorium sah so aus: Quer durchs Wohnzimmer verlief eine Trennlinie aus gelbem Isolierband, die den Raum in zwei Hälften teilte, über den Holzboden und an der Kante des Teppichs entlang, den Ethel MacPherson in ihrer Hälfte liegen hatte. Im Esszimmer war es das Gleiche; hier teilte der gelbe Streifen den Esstisch exakt in der Mitte und lief auf dem Boden weiter. Jeden Abend kochte Ethel das Essen und stellte ihren Teller auf die eine Seite des geteilten Tisches und den ihres Mannes auf die andere. Sie aßen schweigend, und wenn Ethel fertig war, schob sie ihren Teller in die Tischhälfte ihres Mannes und ging dann aus dem Zimmer; den Abwasch besorgte er. Die Küche hatten sie seinerzeit auch aufgeteilt, aber wegen der Spüle und der Schränke, zu denen beide MacPhersons Zugang haben mussten, besonders morgens, war das Band stellenweise weggeschabt, und sie ignorierten es weitgehend. Wie sie auch einander ignorierten. Ihre Schlafzimmer lagen in unterschiedlichen Stockwerken, insofern gab es da keine Reibungen.

Der Hauptreibungspunkt waren natürlich die Fernseher im Wohnzimmer. Auf jeder Seite des gelben Streifens stand einer; der von Fergus war der größere von beiden und der von Ethel der ältere. Jahrelang hatten sie abends vor ihren getrennten Apparaten gesessen – Fergus sich versonnen den Bart kraulend, Ethel in der Anfangszeit manchmal noch mit Lockenwicklern im Haar, das sie inzwischen aber kurz und orangegelb gefärbt trug; nach wie vor strickte sie oft – und ihre unterschiedlichen Sendungen gesehen, die sie jeder möglichst laut aufdrehten, um den anderen zu übertönen. Aber vor ein paar Jahren hatte sich Fergus – kurz bevor er bei der Eisenhütte aufhörte, wo er als Zeichner gearbeitet hatte – ein Paar Hightech-Kopfhörer gekauft, die man mit einer Art altmodischer Telefonschnur in den Fernseher einstöpselte, und seitdem saß er mit Kopfhörern in seinem Polstersessel, und Ethel konnte in fast normaler Lautstärke fernsehen.

In der folgenden Woche würde nun Lisa, die ältere Tochter der beiden, zu ihrem alljährlichen Besuch aus New York City kommen, wo sie seit achtzehn Jahren lebte. An Lisa war etwas, das Fergus nie so ganz zu fassen bekam; hübsch, wie sie war, erwähnte sie doch nie einen Freund, nur ganz selten und ganz am Rande. Sie ging langsam auf die vierzig zu, und die Tatsache, dass sie wohl nie Kinder haben würde, machte ihn traurig. Lisa hatte in Fergus' Herzen einen besonderen Platz, den ihre jüngere Schwester Laurie nicht hatte, obwohl er Laurie natürlich auch liebte. Sie arbeitete als Verwaltungsassistentin für ein Studienprogramm an der New School. »Das heißt, du bist Sekretärin«, hatte Fergus gesagt, worauf Lisa geantwortet hatte, ja, im Prinzip sei sie das.

Jetzt – es war ein Freitagabend Anfang August – sagte Fergus zu seinem Fernseher laut »So eine Scheiße!«, woraufhin seine Frau lauthals zu trällern begann. »La-la-laaah-la, di-da-di-dum«, trällerte sie, weil sie es nicht leiden konnte, wenn er fluchte, aber mit seinen Kopfhörern hörte er sie wahrscheinlich sowieso nicht, also ließ sie es schnell wieder sein. Fergus hatte deshalb geflucht, weil der Besuch seiner Tochter sich mit der Bürgerkriegsparade im Park überschneiden würde, bei der er jedes Jahr mitmachte; als Unionssoldaten verkleidet, marschierten die Männer den ganzen Samstag auf und ab, feuerten ihre Gewehre ab – natürlich nur Platzpatronen –, und dann schliefen sie in ihren kleinen Zelten im Park und kochten sich ihr Essen auf improvisierten Feldkochern, wie sie in den Tagen des Sezessionskriegs benutzt worden waren. Fergus schlug die Trommel, gemeinsam mit einem anderen Mann, einem sauertöpfischen alten Kauz namens Ed Moody, der gar nicht hier wohnte, sondern ein Stück weiter küstenabwärts, und der, als er vor ein paar Jahren beigetreten war, der Meinung zu sein schien, *er* sei der Trommler; fast hätte es böses Blut deswegen gegeben, aber schließlich hatte das Regiment verfügt, dass beide Männer trommeln durften. Fergus' Passion für die ganze Sache, das musste man sagen, ließ schon seit einer Weile merklich nach, aber er wusste, dass seine Frau sich über sein Hobby lustig machte, deshalb konnte er nicht einfach aufhören. Wenn er es recht bedachte, war ihm das St.-Andrews-Bataillon schon immer lieber gewesen – beim Highland-Festival, bei dem Männer mit schottischen Wurzeln in ihren Kilts über die Festplätze zogen und die Dudelsäcke jaulen ließen; Fergus schlug auch dort die Trommel, angetan mit dem Kilt des MacPherson-Clans.

Der Hund, der in der Zimmerecke gelegen hatte, ein kleiner – jetzt alter – Cockerspaniel mit Namen Teddy, stand auf und trottete schwanzwedelnd hinüber zu Fergus, der die Kopfhörer abnahm. Ethel sagte: »Ich kann nur hoffen, dass dein Herrchen dich noch Gassi führt, mir ist heute Abend nicht nach Rausgehen«, und Fergus sagte: »Sag deinem Frauchen, sie soll ruhig sein.« Er stand aus seinem Sessel auf, und als er mit dem Hund zur Tür ging, sagte er: »Na, Teddy, wollen wir mal wieder im Laden vorbeischauen?«, und seine Frau sagte: »Dann hoffen wir mal, dass Fergus an die Milch denkt.« Auf diese Weise stimmten sie sich ab.

Ethel hatte viele Jahre in der Stadtverwaltung gearbeitet und Fischereischeine, Hundemarken und anderes mehr ausgestellt. Dadurch hatte sie sich mit Anita Coombs angefreundet, die nach wie vor dort arbeitete, und als Fergus jetzt mit der Milch und seinen Hotdogs und ein paar Dosen Baked Beans zur Kasse ging, stand Anita vor ihm in der Schlange. »Hallo, Fergus«, sagte Anita erfreut. Sie war eine kleine Frau mit Brille, die sich mit jeder Menge eigenen Sorgen herumschlagen musste; das wusste Fergus durch die Telefonate, die er bei seiner Frau mithörte. Fergus nickte ihr zu. »Daheim alles gut?«, fragte Anita.

Und Fergus sagte, ja, alles bestens. Seine Hand schloss sich um die Rolle Geldscheine, die er immer in der Tasche trug. Vor Jahren hatte seine Frau einmal zu den Mädchen gesagt, ihr Vater sei ein solcher Knauser, dass er noch das benutzte Klopapier zum Trocknen aufhängen würde, wenn er könnte, und das hatte ihm einen Stich versetzt; seitdem hatte er immer eine Rolle Bargeld bei sich, als würde ihn das von dem Vorwurf reinwaschen.

»Und, schon am Vorbereiten für die Bürgerkriegsparade?«, erkundigte Anita sich, während sie ihre Kreditkarte herausholte und in den Schlitz steckte. Fergus bejahte. Anita blinzelte auf das Display des Apparats, dann wandte sie sich zu Fergus um und tippte kurz an den Rand ihrer Brille. »Ich hab gehört, dass ihr diesmal wohl nicht im Park kampiert. Da tummeln sich nachts jetzt zu viele Junkies.«

In Fergus zuckte leise Unruhe auf. »Ach ja?«, sagte er. »Na ja, man will's ja immer möglichst allen recht machen.«

Anita zog die Karte aus dem Schlitz, nahm dann ihren Stoffbeutel mit den Einkäufen und hängte ihn sich über die Schulter. »Grüßen Sie Ethel, ja?«, sagte sie, und er sagte: »Mach ich«, und sie sagte: »Immer nett, Sie zu treffen, Fergie«, und ging hinaus.

Im Auto, noch auf dem Parkplatz vor dem Laden, sah Fergus auf sein Handy und entdeckte eine SMS von Bob Sturdges, dem Hauptmann ihres kleinen Sezessionskriegsheers: Wir haben ein Problem, bitte um Rückruf. Also rief Fergus ihn vom Auto aus an und erfuhr, dass Anita teilweise recht gehabt hatte: Sie würden die Nacht nicht im Park verbringen. Allerdings nicht, wie sie gemeint hatte, wegen der Junkies. Es gab einfach zu viel politischen Zündstoff im Land, wegen allem drehten die Leute heutzutage gleich am Rad, sie hatten schon keine Konföderierten mehr in ihrer Einheit, aber man konnte ja nie wissen. Dazu kam, dass die Männer langsam älter wurden. Lauter Gründe, so Bob Sturdges zu Fergus, warum die Übernachtung im Park diesmal ausfallen würde; Fergus empfand Enttäuschung und dann, nach dem Auflegen, auch Erleichterung. Also würden sie ihre Zelte für den Samstag aufschlagen, und gut.

Lisa hatte angerufen, um zu sagen, dass es später werden würde; sie war nach Portland geflogen und hatte dort ein Auto gemietet, und sie hatte ihren Eltern gesagt – die jeder ein Mobilteil in der Hand hielten –, dass sie auf dem Weg noch bei ihrer Schwester vorbeischauen wollte. Sehr eng war das Verhältnis zwischen den Schwestern eigentlich nie gewesen; sowohl Fergus als auch Ethel dachten bei sich, wie ungewöhnlich es war, dass Lisa bei Laurie vorbeifuhr, anstatt zu warten, bis Laurie mit ihrem Sohn zu den Eltern kam, wie sich das über die Jahre eingebürgert hatte.

Aber jetzt hörten sie Lisas Auto in die Einfahrt biegen, und ihre Mutter ging zur Tür und winkte und rief: »Hallo, Lisa! Hallo!« Und Lisa stieg aus und sagte: »Hi, Mom«, und sie umarmten sich leicht, wie sie es immer machten, eine Art Halb-Umarmung. »Warte, ich helf dir«, sagte ihre Mutter, und Lisa sagte: »Nicht nötig, Mom, alles im Griff.« Lisas dunkles Haar, länger als letztes Jahr, war im Nacken zum Pferdeschwanz gebunden, und ihre Augen – die sehr groß waren – leuchteten. Ethel sah zu, wie ihre Tochter ihren kleinen Koffer ins Haus brachte, und dann sagte sie: »Du bist verliebt.« Sie sagte es deshalb, weil Lisas Gesicht so etwas Strahlendes hatte, eine Extraschicht Schönheit, so schien es.

»Ach, Mom«, sagte Lisa und zog die Tür hinter sich zu.

Bei der Bürgerkriegsparade ein paar Jahre zuvor hatte Fergus ein Techtelmechtel mit einer Frau gehabt. Sie hieß Charlene Bibber, und sie gehörte zu der Handvoll Frauen (fast alles Ehefrauen der sogenannten Soldaten), die sich mit Reifrock, Schultertuch und einer kleinen Haube kostümierten, und an diesem Abend hatte Fergus Whiskey getrunken, und irgendwie fand er sich am Rand des Parks wieder – es war eine unglaublich schöne Nacht –, und Charlene, deren Mann einer der Soldaten gewesen war, bis er vor einem Jahr gestorben war, Charlene war auch da, und Fergus sagte zu ihr: »Gut schaust du aus heute Nacht«, und sie kicherte. Tatsächlich war Charlene dicklich und schon ziemlich grau, aber in dieser Nacht ging von ihr etwas aus, das Fergus wollte. Er nahm sie um die Taille und grapschte ein bisschen an ihr herum, während sie sagte: »Fergie, du böser Junge, du!« Lachend sagte sie das, und dann hatten sie es miteinander gemacht, beim Musikpavillon; das Unerwartete daran, und dieser verdammte Reifrock, der irgendwie hochgeschoben werden musste, hatten der Sache etwas Aufregendes verliehen. Aber als er am nächsten Morgen in seinem Einmannzelt wach wurde, dachte er, was für ein Mist, und er suchte sie, nahm sie beiseite und entschuldigte sich flüsternd bei ihr, und sie tat so, als wüsste sie nicht, wovon er sprach, was er extrem ungehörig fand.

»Also, hört mal kurz her«, sagte Lisa. Sie hatte ihren Vater mit einem Kuss begrüßt; er war aufgestanden dazu und setzte sich nun wieder in seinen Polstersessel, und Lisa setzte sich auf den Stuhl ihrer Mutter gegenüber, den neben dem Fernseher ihrer Mutter, aber dann stand sie auf und verrückte ihn, so dass er direkt über dem gelben Trennstreifen stand; sie sah zwischen ihren Eltern hin und her. Sie berührte die langen Ponyfransen, die ihr in die Stirn hingen, und strich sie leicht zur Seite. »Ich hab unterwegs bei Laurie vorbeigeschaut …«

Fergus sagte: »Das haben wir schon gehört, Lisa. Das war nett von dir.«

Lisa warf ihm einen Blick zu. »Und ich habe ihr etwas erzählt, und sie hat gesagt, ich muss es euch auch erzählen, sonst sagt sie es euch – also erzähl ich's euch lieber selbst.« Der Hund saß an Lisas Füßen, und nun winselte er plötzlich und wedelte mit dem Schwanz und drückte die Schnauze gegen Lisas Jeans.

»Dann erzähl es uns«, sagte Ethel. Sie spähte zu ihrem Mann hinüber; er sah Lisa unbewegt an.

Lisa zog sich den langen braunen Pferdeschwanz über die Schulter nach vorn, ihre Augen glänzten. »Es gibt diesen Dokumentarfilm, der gerade gedreht worden ist.« Sie hob die Brauen ein bisschen, während sie das sagte. »Und ich bin der Star darin.« Dann bückte sie sich und streichelte den Hund und machte kleine Kussgeräusche in seine Richtung.

»Wie meinst du das, ein Dokumentarfilm?«, fragte Fergus.

»So, wie ich es gesagt habe«, antwortete Lisa.

Fergus setzte sich gerader hin. »Einen Moment«, sagte er. »Du bist der Star in einem Dokumentarfilm? Ich wusste gar nicht, dass es bei Dokumentarfilmen Stars gibt.«

»Sag deinem Vater, er soll ruhig sein«, sagte Ethel. »Und dann erzähl mir von diesem Film. Wie meinst du das, du bist der Star darin, Herzchen? Das ist ja richtig aufregend.«

Lisa nickte. »Ja, für mich auch, ehrlich gesagt. Enorm aufregend.«

Während der Sommermonate, nach dem Highland-Festival im Juni, zog Fergus manchmal seinen Kilt an – nicht den des MacPherson-Clans, sondern einen anderen, ungemusterten;

er hatte zugenommen und den letzten einfach im Laden gekauft, zu dem höchst befriedigenden Preis von einundzwanzig Dollar neunundneunzig – und spazierte damit durch die Straßen von Crosby. Es war ein gutes Gefühl; die Leute waren nett, und der Kilt trug sich so angenehm; er kombinierte ihn mit einem grauen T-Shirt, passend zu seinem grauen Bart, und den braunen Wanderschuhen. Die Leute, viele Sommerfrischler darunter, blieben stehen und sprachen ihn an, und oft erzählten sie von ihren eigenen schottischen Wurzeln, soweit sie welche hatten, und es überraschte – und freute – ihn jedes Mal, wie viele Menschen doch stolz auf ihre Herkunft waren. Vor Jahren hatte oben bei der High Street eine Horde Jungen herumgelungert, die ihm nachriefen: »Was trägt der Schotte unter seinem Kilt? 'nen Schwengel, 'nen Schwengel«, und sich darüber kaputtlachen wollten. Es hatte ihn oft gejuckt, ihnen eine Ladung Steine auf den Pelz zu brennen, was er aber natürlich nicht tat, und mit den Jahren erlebte er solche Dinge immer seltener und entwickelte daraus für sich die Theorie, dass die Menschen toleranter wurden – gegen Männer im Kilt jedenfalls, auf den Schlamassel im Land traf das nicht unbedingt zu –, und auch das freute ihn.

»Über deine Arbeit?«, fragte Ethel jetzt Lisa. »Oder ist es ein Film über Menschen, die aus einer Kleinstadt nach New York kommen?«

Lisa schloss die Augen und öffnete sie wieder. »Über meine Arbeit.« Sie stand auf. »Okay, ihr zwei, reden wir später drüber. Ich pack erst mal aus.«

Fergus sagte: »Nein, erzähl's uns jetzt, Lisa. Spuck's aus, Kind. Nicht jeder ist der Star in einem Dokumentarfilm.«

Lisa sah ihn an. »Also gut. Okay. Also, hört zu. Ich bin eine Domina.«

Fergus konnte nicht schlafen. Er starrte in die Dunkelheit vor seinem Gesicht. Dann schloss er die Augen, und sofort war die Angst wieder da, also ließ er die Augen offen, aber auf diese Art konnte er nicht schlafen. Nach fast zwei Stunden stieg er aus dem Bett und tappte ganz leise den Flur entlang, und er hörte Lisa in ihrem Zimmer herumrascheln, also klopfte er vorsichtig an.

»Dad?« Sie trat zur Seite und ließ ihn herein. Sie war im Schlafanzug, der rosa war und irgendwie seidig, die Hose bis zum Knöchel.

»Du weißt aber schon, Lisa …« Er kratzte sich am Hinterkopf. »Du weißt schon, wenn es darum geht, dass du Geld brauchst – sag einfach ein Wort, wirklich. Ich hätte nicht einfach annehmen dürfen, dass du dich da unten auf eigene Faust durchschlagen kannst …«

»Dad, es ist nicht das Geld. Ich meine, schon auch, aber darum geht es nicht.« Lisa griff sich ins Haar, das jetzt aus seinem Pferdeschwanz befreit war, und strich es sich über die Schulter; solch glänzendes Haar kannte Fergus sonst nur aus der Fernsehwerbung.

Er setzte sich auf ihr Bett, seine Beine trugen ihn nicht richtig. »Worum geht es dann?«, fragte er.

»Ach, Dad.« Sie sah ihn an, mit einem Ausdruck, der so tieftraurig war, dass er wegschauen musste.

Am Nachmittag – nach viel Verwirrung, besonders von seiten Ethels, die nicht verstand, was eine Domina war, und immer nur wiederholte: »Ich versteh einfach nicht, was du meinst, Lisa« – hatte Lisa, nachdem sie ihrer Mutter erklärt hatte, was sie als Domina machte, dass sie sich verkleidete und Männern dabei half, ihre sexuellen Phantasien auszuleben, zu ihren Eltern gesagt: »Wir haben einen Erziehungsauftrag.«

»Was?« Das hatten Ethel und Fergus im Chor gefragt.

»Die Menschen müssen es *verstehen* lernen«, sagte Lisa. »Ich meine, schaut Mom an, die nicht mal weiß, was wir machen.«

Fergus fiel gar nicht auf, dass er den Streifen überquert hatte und nun auf der Zimmerseite seiner Frau stand. »So etwas Abartiges braucht niemand zu verstehen. Himmel noch mal, Lisa.« Er zog an seinem Bart und machte lange Schritte. Dann sagte er: »Du bist nur aufgedreht, weil irgend so ein Wichtigtuer, der nicht weiß, wohin mit seinem Geld, dieses Zeug verfilmt.«

»Keine Verfilmung. Eine Dokumentation«, sagte Lisa. Und in fast schon entnervtem Ton: »Es hat nichts mit Sex zu tun, Dad. Ich bin keine Prostituierte, Dad.« Sie sah zu ihm hoch und fügte hinzu: »Ich gehe mit diesen Männern nicht ins Bett, falls du das denkst.«

»Ich versteh's nicht«, sagte Ethel und fuhr sich mit den Fingern durchs Haar; sie stand auf und schaute im Zimmer herum und setzte sich dann gleich wieder hin. »Ich versteh das hinten und vorne nicht.«

Dass sie mit den Männern nicht ins Bett ging, verwirrte Fergus, aber es erleichterte ihn auch, ein klein wenig. Trotzdem sagte er: »Was soll das heißen, es hat nichts mit Sex zu tun? Natürlich hat es mit Sex zu tun, Lisa. Erzähl uns doch nichts.«

»Es geht um Rollenspiele. Ums Verkleiden.« Lisa klang bemüht geduldig. »Wenn ihr den Film anschauen würdet, könntet ihr vielleicht etwas lernen. Laurie hat ihn angeschaut.«

»Hast du ihn denn hier?«, fragte Fergus.

»Ja, ich habe eine DVD. Ich sage auch gar nicht, dass ihr ihn anschauen sollt, ich sage nur, wenn ihr's tätet …«

Jetzt, spätnachts, sagte Lisa mit diesem traurigen Ausdruck: »Leg dich hin und schlaf, Dad. Ich hätte es euch nicht sagen sollen. Es war ein Fehler. Aber dann hättet ihr vielleicht auf andere Weise davon erfahren, es wird ja öffentlich gezeigt, und ich dachte, ihr solltet es wissen.«

»Du gehst nicht ins Bett mit diesen Männern?«, fragte Fergus.

»Nein, Dad. Ich gehe nicht mit ihnen ins Bett.«

Fergus trat hinaus auf den Gang. »Gute Nacht«, sagte er.

»Träum was Schönes«, rief Lisa ihm nach.

Und Fergus konnte nicht fassen, dass sie das sagte.

Am nächsten Morgen verschlief Fergus – er hatte endlos lang nicht einschlafen können –, und als er aufwachte, hörte er Lisa und ihre Mutter in der Küche. Er kniete sich hin und holte seine Soldatenuniform aus dem Koffer unterm Bett; die Mütze war ganz verdrückt, und er versuchte sie mit der Faust auszubeulen. Die ganze Uniform wirkte zerknittert; er hatte es versäumt, sie wie sonst zum Plätten in die Wäscherei zu bringen. »So ein Mist«, murmelte er in sich hinein. Er zog sie an, holte die kleine Bürste für den Schnurrbart heraus, den er an den Enden zu zwirbeln versuchte, ging dann ins Bad und fixierte ihn mit Haarspray, das ihm in die Augen geriet und höllisch brannte.

In der Küche schien die Sonne zum Fenster herein. »Guten Morgen«, sagte er zu Lisa, und sie lächelte ihn an – »Morgen, Dad« –, und er schüttete sich Frühstücksflocken in ein Schälchen und ging damit ins Esszimmer, wo er etwas machte, was er sonst nie tat: Er setzte sich auf Ethels Seite des gelben Trennstreifens, und zwar deshalb, um besser hören zu können, was sie sprachen. Aber sie redeten über Geschirrtücher. Über Geschirrtücher! Lisa sagte, sie wolle gern in diesem Laden draußen bei Cook's Corner vorbeischauen, wo es so hübsche Geschirrtücher gab, und Ethel murmelte etwas, das so klang wie, sicher, warum nicht. Fergus aß sein Schälchen leer, ging in die Küche zurück, spülte es aus und sagte zu Lisa, er müsse jetzt los und werde sie heute Abend sehen. »Viel Spaß«, sagte Lisa. Und dann sagte seine Frau: »Wünsch deinem Vater noch einen schönen Tag«, was ihn etwas überrumpelte; »sag deiner Mutter danke«, sagte er.

Aber von einem schönen Tag konnte keine Rede sein. Er holte sein Einmannzelt aus der Garage und warf es in den Pick-up, und als er im Park ankam, waren die anderen schon versammelt; er hörte die Schüsse knallen, bevor er noch den Motor ausstellte. Es schien diesmal ein bunt zusammengewürfelter Haufen, nicht so viele Männer wie sonst immer, und er nahm sein Zelt und ging damit zu Bob Sturdges, der ihn begrüßte und ihn mit einem »Da drüben« zu einem Platz in der Reihe von Einmannzelten schickte, und Fergus schwitzte jetzt schon in seiner Uniform, als er das verdammte Ding aufbaute. Seine Gedanken wanderten immer wieder zu Lisa zurück. Er sah sie als junges Mädchen vor sich, wenn sie nach einem langen Schultag nach Hause kam; sie war immer fröhlich gewesen, nicht wie Laurie, die gern einmal schmollte.

Einer der Männer in seiner Nähe, Fergus kam jetzt nicht auf den Namen, schmurgelte etwas auf einem winzigen Grillrost, unter dem ein kleines Feuer brannte, und Fergus nahm seinen Kaffee (er hatte gemogelt und die Bohnen schon vorher gemahlen) und seine Blechtasse und setzte sich zu dem Mann, der »Hallo, Fergus« zu ihm sagte. Und Fergus, der sich reichlich dumm vorkam, brühte seinen Kaffee auf und saß da und trank ihn mit diesem Mann, dessen Name ihm endlich doch wieder einfiel, Mark Wilton. »Nicht so viele da heute«, sagte Mark, und Fergus sagte, nein, nicht viele da.

Die Sonne stach vom Himmel herab; sie saßen in einem Fleckchen Schatten, den eine Eiche warf, aber der größte Teil des Parks lag in der prallen Sonne. Die Eichen und Ahornbäume tüpfelten die Helle nur leicht, und Fergus musste plötzlich an den Park denken, wie er in seiner Kindheit gewesen war; damals hatten hier Ulmen gestanden, deren Laub so üppig und dicht war, dass der ganze Park aussah wie mit Kränzen geschmückt. Auch das Gras war in seiner Erinnerung grüner gewesen; tatsächlich war dieser Tage eine große Fläche einfach kahl, durch den Bauernmarkt, der hier zweimal die Woche abgehalten wurde; die Wagen ruinierten das Gras.

Als er den Kopf wandte, sah Fergus eine Frau in einem langen Kleid herankommen, gebauschter Rock, leuchtend blau, und über sich hielt sie einen kleinen blauen Sonnenschirm. Er konnte ihr Gesicht sehen, ihren Blick, der irgendwie etwas Selbstzufriedenes hatte. Aber es war weniger Selbstzufriedenheit, begriff er dann, als die nicht zu unterdrückende Freude darüber, am heutigen Tag solch ein Kleid tragen zu können. Sie war auch so schon füllig, und das Kleid machte sie noch fülliger. »Hallo, Fergus«, sagte sie, als sie fast bei ihnen war, und erst da erkannte er sie: Charlene Bibber!

»Donnerwetter, Charlene, das ist ja ein Wahnsinnskleid, das du da anhast«, sagte Fergus mit einem Nicken zu ihr.

»Ein Wahnsinnskleid«, echote Mark Wilton. »Wirklich.«

»Oh, danke, ihr zwei. Das habe ich mir selber genäht, mit der *Hand*.« Charlene stand vor ihnen, ein paar Schweißperlen auf der Oberlippe. »Ich hab mir gedacht, damals mussten sie ja auch ohne Nähmaschine auskommen, also keine Ausflüchte, Charlene, du kannst das, und dann hab ich's einfach gemacht.«

Er müsse noch mal kurz weg, sagte Fergus und stand auf; er habe etwas zu Hause vergessen.

»Was denn?«, wollte Charlene wissen, aber er schüttelte nur den Kopf. Als er in seinen Pick-up stieg, sah er, dass sie ihm immer noch nachschaute.

In der Einfahrt stand zu seiner Verwunderung Lauries Wagen, und noch verwunderter war er, als er auf dem Rücksitz seinen Enkel sitzen sah, Teddy, benannt nach dem Hund. »Teddybär«, Fergus öffnete die Autotür, »was machst du denn hier ganz allein?«

Der Junge sah ihn mit ernstem Blick an. »Mom hat gesagt, ich kann nicht mit reinkommen, weil sie über was reden müssen, was nichts für mich ist.«

»So, so«, sagte Fergus. Er liebte den Kleinen unbändig. »Ist dir nicht ein bisschen warm da drin?«

Der Junge nickte. »Aber ich hab ja die Fenster unten. Sie hat gesagt, sie braucht nicht lang.«

»Wie lang ist sie denn schon drin?«

Der Junge zuckte mit den Schultern. »Weiß nicht. Nicht sehr lang, glaub ich. Ich find's bloß …« Er schaute unglücklich um sich. »Ich find's bloß blöd, dass ich hier rumsitzen muss.« Dann sagte er kritisch: »Grandpa, du hast deine Uniform an. Sie sieht anders aus.«

»Dann setz dich wenigstens auf die Veranda«, sagte Fergus. »Komm schon, ich nehm's auch auf meine Kappe, wenn du deshalb Schimpfe kriegst. Raus mit dir, Bär.« Und so stieg Teddy mitsamt seinem Buch aus dem Auto aus und setzte sich auf die unterste Verandastufe.

»Warum sieht deine Uniform so anders aus?«, fragte er.

»Ach, weil sie nicht geplättet ist.«

»Geplättet?« Teddy blinzelte fragend zu seinem Großvater hoch.

»Sie ist nicht gebügelt. Wahrscheinlich sieht sie deshalb anders aus.« Fergus sah auf seine Hose hinab und fand sie doch arg zerknautscht.

Durch das offene Fenster drangen plötzlich erhobene Stimmen.

Teddy guckte beunruhigt zu Fergus empor, und Fergus sagte: »Na gut, ab ins Auto, Junge. Ich hol dich bald mal wieder ab, versprochen.« Also kletterte das Kind wieder auf den Rücksitz und sagte: »Es ist aber nichts Schlimmes, oder?« Und Fergus sagte: »Ganz bestimmt nicht«, und ihm schien, dass der Bub schon nicht mehr ganz so besorgt aussah, was ihn über Gebühr stolz machte.

»Hat sie es euch gesagt?« Laurie schleuderte ihrem Vater die Frage entgegen, sowie er über die Schwelle trat. »Hat sie's euch gesagt?«

»Ja«, sagte Fergus. »Jetzt beruhig dich erst mal.«

»Dass sie den Männern Nadeln in den Penis steckt? Hat sie euch das gesagt?«

Fergus musste sich hinsetzen. »Du meine Güte, Laurie. Hör auf damit.« Er konnte regelrecht spüren, wie sein Hodensack in sich zusammenschrumpelte.

»Ich soll aufhören? Das sagst du mir? Ich bin die Normale in der Familie! Himmel noch mal, deine Tochter ist eine *Prostituierte*, und du sagst mir, ich soll aufhören?« Laurie fragte es mit vorgerecktem Hals.

»Ganz richtig«, sagte Fergus. »Ich sage dir, du sollst aufhören, und zwar auf der Stelle, Laurie MacPherson. Was du hier aufführst, macht die Sache kein bisschen besser.«

Laurie drehte sich zu ihrer Mutter um. »Mom. Hilf du mir wenigstens.«

Aber Ethel, die hinter ihrem Sessel gestanden hatte, setzte

sich jetzt hinein und sagte nur: »Ach, Laurie.« Und sie fügte hinzu: »Aber eine Prostituierte ist sie, glaub ich, nicht, Laurie.«

»Mein Gott!« Laurie ließ ihre Handtasche auf den Boden fallen und stemmte die Hände in die Hüften.

»Ich weiß einfach nicht, was ich sagen soll«, jammerte Ethel. »Verstehst du das nicht? Ich weiß nicht, was ich sagen soll. Das ist alles – das ist alles so furchtbar.«

»Du *glaubst*, sie ist keine Prostituierte?« Laurie warf dramatisch den Kopf in den Nacken.

Fergus sagte: »Laurie, verdammt noch mal, krieg dich gefälligst wieder ein!«

Laurie presste die Lippen aufeinander, dann bückte sie sich nach ihrer Handtasche. Leise sagte sie: »Ihr seid echt die kränkste Familie, die je auf Gottes Erde gelebt hat.« Und sie stürmte hinaus und knallte die Tür hinter sich zu, so fest, dass an der hinteren Küchenwand eine Pfanne von ihrem Bord fiel.

Fergus stand auf und folgte ihr nach draußen. »Teddybär«, sagte er zu seinem Enkel, den Kopf zum Autofenster hineingebeugt. »Wir zwei sehen uns ganz bald. Deine Mutter ist gerade ziemlich sauer auf mich, aber das geht vorbei, und dann gehen wir zwei fischen.«

»Fischen!«, schnaubte Laurie, während sie sich anschnallte. »Deine Fische kannst du dir sonst wohin stecken!« Und mit quietschenden Reifen brauste sie aus der Einfahrt, während ihr armer Sohn auf seinen Schoß hinunterstarrte und Fergus' Winken nicht sah.

Lisa im Wohnzimmer schien im Reinen mit sich. Sie trug Jeans und ein weißes T-Shirt, und sie sah jung aus. Sie redete mit ihrer Mutter, und sie wandte sich leicht zur Seite, um auch ihren Vater mit einzubeziehen, als er hereinkam und sich in seinen Sessel setzte. Ein Blick auf Ethel, und ihm tat seine Frau richtiggehend leid; sie wirkte verängstigt und irgendwie kleiner als sonst. Lisa sagte gerade: »Was ich sagen will, Mrs Kitteridge damals im Matheunterricht – das werde ich nie vergessen – es war mitten in der Stunde, und sie hat an der Tafel irgendeine Aufgabe vorgerechnet, und plötzlich drehte sie sich um und sagte zu der Klasse: ›Ihr wisst alle, wer ihr seid. Wenn ihr euch nur anschaut und in euch reinhört, dann wisst ihr genau, wer ihr seid. Dass ihr das niemals vergesst.‹ Und ich habe es nicht vergessen. Und es hat mir über die Jahre hinweg immer wieder Mut gemacht, weil sie nämlich recht hatte: Ich hab gewusst, wer ich bin.«

»Du hast gewusst, dass du eine – eine Domina bist?«, fragte Fergus. »Willst du das damit sagen?«

»Doch, ja, mehr oder weniger. Ich wusste schon immer, dass ich mich gern verkleide, und ich sag gern, wo's langgeht, ich *mag* Menschen, Dad, und diese Menschen haben gewisse Bedürfnisse, und ich bin es, die sie ihnen erfüllt, und das ist eigentlich etwas ziemlich Tolles.«

Ethel sagte: »Ich versteh's nicht. Ich verstehe das alles hinten und vorn nicht.« Ihre Augen schienen in völlig verschiedene Richtungen zu schauen, das war der Eindruck, den Fergus hatte, als er nochmals zu ihr hinsah. Ihre Haarwurzeln waren dunkel, bemerkte er, und die gelben Enden standen vom Kopf weg; sie musste mit den Fingern darin gewühlt haben – ja, jetzt machte sie es wieder, sie raufte sich richtig die Haare. »Schätzchen, ich geb mir ja Mühe«, sagte Ethel. »Lisa, ich geb mir Mühe, aber ich begreif's einfach nicht.«

Lisa nickte geduldig. Ihre dunklen Augen glänzten, und auf ihrem Gesicht lag wieder dasselbe Leuchten wie bei ihrer Ankunft. »Und genau deshalb zeigen wir diese Doku. Damit die Menschen sich nicht mehr so … so marginalisiert fühlen müssen, wenn sie auf so etwas stehen. Es sind alles Spielarten menschlichen Verhaltens, und das versuchen wir den Leuten nahezubringen.« Sie strich sich das Haar über die Schulter; sie wirkte verblüffend selbstsicher.

Fergus räusperte sich. Er beugte sich vor, Ellbogen auf die Knie gestützt. »Tut mir leid, aber wenn einem Mann Nadeln in den Penis zu stechen unter akzeptables menschliches Verhalten fällt, dann ist irgendwas gewaltig im Argen.« Er zerrte an seinem Bart. »Verdammt noch mal, Lisa.« Er stand auf und wollte aus dem Zimmer gehen, drehte sich aber noch einmal um und sagte: »Spielarten menschlichen Verhaltens? Verdammt, die Konzentrationslager bei den Nazis, das war auch so eine Spielart. Warum musst du auf Teufel komm raus jede menschliche Perversion verteidigen? Bei aller Liebe, Lisa!«

Und dann kamen die Tränen. Kübelweise Tränen. Lisa schluchzte, bis ihr Augen-Make-up völlig verschmiert war und ihr schwarze Rinnsale über die Wangen krochen. Wie konnte er sie mit den *Nazis* vergleichen? Wie konnte er nur so etwas sagen? Und dann, nach minutenlangem lautem Schluchzen, sagte sie, dass es von seiner Ignoranz kam. Sie stand auf; sogar ihr weißes T-Shirt hatte einen schwarzen Schmierer abbekommen. »Ich liebe dich, Dad«, sagte sie. »Aber du hast einfach keinen Schimmer.«

Am Straßenrand stand Anita Coombs neben einem flachen blauen Auto mit verbeulter Stoßstange. Fergus brachte seinen Pick-up zum Stehen und stieg aus. Andere Autos waren keine zu sehen; es war die Straße, die zur Landspitze führte, und ringsherum waren nichts als Felder. Die Sonne brannte herunter und brachte Anitas Stoßstange zum Funkeln. »Oh, Fergie«, sagte sie, als er zu ihr ging. »Bin ich froh, Sie zu sehen. Diese Mistkarre ist liegen geblieben.«

Fergus streckte die Hand aus, und sie gab ihm den Schlüssel. Er zwängte sich in den Fahrersitz und versuchte den Motor anzulassen, vergeblich. Er versuchte es noch ein paarmal, bevor er wieder ausstieg und sagte: »Da rührt sich nichts. Haben Sie schon wen angerufen?«

»O ja.« Anita seufzte und sah auf die Uhr. »Sie haben gesagt, in einer Viertelstunde sind sie da, und das war vor dreißig Minuten.«

»Lassen Sie mich mal«, sagte Fergus, und er nahm Anitas Handy und rief beim Pannendienst an und sprach barsch in den Hörer. Dann gab er ihr das Telefon zurück. »So«, sagte er. »Sie sind unterwegs.« Er lehnte sich an ihr Auto und verschränkte die Arme. »Ich warte solange mit Ihnen.«

»Danke, Fergie.« Anita kam ihm abgespannt vor. Sie schob die Hände in die Vordertaschen ihrer Jeans und schüttelte langsam den Kopf. Dann fragte sie: »Wohin geht's?«

»Nirgends«, sagte Fergus, und Anita nickte.

Es war Sonntagnachmittag. Fergus war am Samstagabend im Dunkeln zurück in den Park gefahren, wo einsam sein Zelt stand – irgendwie hatte es ihn überrascht, dass es noch da war –, und er hatte es abgebaut und in seinen Pick-up verladen. Ebenfalls hinten im Pick-up, in einen Müllsack gepackt, lag jetzt seine Unionsuniform mit den Stiefeln und der Mütze. Heute Morgen nach dem Frühstück hatte Lisa – sie schien sich wieder beruhigt zu haben und fing auch nicht mehr von ihrer blödsinnigen Doku an – gesagt: »Ich rufe Laurie an. Ich möchte nicht, dass sie so eine Wut auf mich hat.« Fergus wollte fast sagen: »Ich habe auch eine Wut auf dich«, aber er beherrschte sich; stattdessen trug er das Geschirr in die Küche und spülte es ab, während Ethel am Esstisch sitzen blieb und mit den Fingern auf die Tischplatte trommelte. Lisas Stimme drang aus ihrem Zimmer zu ihnen heraus, aber was sie sagte, verstanden beide nicht. Aber Lisa redete und redete und redete, und schließlich sagte Ethel: »Komm, Teddy«, und führte den Hund Gassi. Als sie zurückkam, fragte sie: »Redet sie noch?« Und nach einer Pause sagte Fergus: »Ja.« Dann sagte er: »Teddy, sag deinem Frauchen, ich mache eine Spazierfahrt«, und jetzt war er mit dem Pick-up unterwegs, um seine Unionsuniform in dem Müllcontainer vorn bei der Landspitze zu entsorgen. Nach dem Losfahren hatte er ein mehrfaches »Creag Dhubh!« ausgestoßen – der Schlachtruf des MacPherson-Clans – und es dann wieder sein lassen; er dachte an das Highland-Festival und fragte sich, ob auch das nicht letztlich nur kindisch und albern war: sich Sommer für Sommer im Kilt hinzustellen und mit dem Rest des Clans so ein Zeug zu brüllen.

»Was halten Sie von Olive Kitteridge?«, fragte er Anita nun.

»Olive?«, sagte Anita. »Also ich mag sie. Sie ist nicht jedermanns Sache, aber ich mochte sie eigentlich immer.« Und dann fügte sie hinzu: »Wieso fragen Sie?«, und Fergus schüttelte nur den Kopf. Anita lachte kurz auf. »Von Olive kam auch dieser Vorschlag – hat Ethel Ihnen das erzählt? – bei den Fischereischeinen, die wir ausstellen, wo auch das Gewicht des Antragstellers abgefragt wird – da meinte Olive, wir könnten sie doch fragen, auf wie viel ein Fischereiaufseher sie ihrer Meinung nach schätzen würde. Das war echt eine ziemlich geniale Idee. Wissen Sie, da kommen diese Fettwänste an, und zu denen einfach zu sagen, hallo, wie viel wiegen Sie … Also haben wir es ab da immer so gemacht.«

»Anita«, Fergus drehte sich zu ihr um, »irgendwie ist die Welt doch nicht zum Aushalten.«

»Ich weiß«, sagte Anita locker. Sie nickte. »O ja, ich weiß.« Und sie setzte hinzu: »Das war aber schon immer so, fürchte ich.«

»Ja?«, sagte Fergus. Durch seine Sonnenbrille sah er sie an. »Meinen Sie, es war wirklich immer so schlimm? Mir kommt es vor, als würde die Welt immer irrer.«

Anita zuckte die Achseln. »Ich glaube, sie ist immer gleich irr. Doch.«

Darüber musste Fergus erst einmal nachdenken.

Nach mehreren Sekunden fragte er: »Bei Ihnen daheim alles in Ordnung, Anita?«

Ihr Seufzer blähte für einen Moment ihre Backen auf. »Na ja.« Sie sah nach beiden Seiten, bevor sie sagte: »Also, Gary hängt ziemlich durch, seit sie ihn rausgeworfen haben, was jetzt schon ein paar Jahre her ist, und meine Kinder spinnen.« Sie sah Fergus an und machte mit dem Zeigefinger eine Drehbewegung ums Ohr. »Die sind richtig krank im Hirn.« Sie schüttelte den Kopf. »Wissen Sie, worauf mein Ältester steht? Er guckt auf seinem Computer diese japanische Reality-Show, bei der die Kandidaten sich gegenseitig am Hintern schnüffeln.«

Fergus sah sie an. »Großer Gott«, sagte er. Und dann: »Und da sagen Sie, die Welt wird nicht immer irrer?«

»Na gut, ein bisschen vielleicht schon.« Anita hob leicht die Schultern.

»Tja. Kinder«, sagte Fergus nach einer ganzen Weile, den Blick zu Boden gerichtet. »Was will man machen?«

»Gar nichts«, sagte Anita. »Wie geht es Ihren Mädchen?«

»Ach, die spinnen auch. Die spinnen nach Strich und Faden.« Auf der anderen Seite der Wiese sah er den Abschleppwagen in Sicht kommen und nickte in die Richtung, und Anita sagte: »Ah, sehr gut.«

»Das Abschleppen müssen Sie bar bezahlen«, sagte Fergus. »Haben Sie Geld mit?«

»Nein, nur die Karte.«

Fergus griff in die Tasche und gab Anita seine Rolle mit Scheinen. Er wartete noch, bis der Abschleppwagen davonruckelte, Anita winkend auf dem Vordersitz, dann stieg er in seinen Pick-up und fuhr vor zur Landspitze und warf seine Uniform in den Müll, drückte den Sack tief hinunter in den Container. Ihn beschäftigte der Gedanke an Anitas Kinder – wie krank im Hirn sie waren oder auch nicht. Leuten dabei zuschauen, wie sie einander am Hintern rumschnüffelten? Grundgütiger. Das war schon verdammt irr.

Als er heimkam, stand zu seiner Überraschung wieder Lauries Auto in der Einfahrt, ohne Teddy auf dem Rücksitz diesmal, und als er ins Haus kam, hörte er, dass sein Fernseher lief. Er wusste, dass es seiner war und nicht Ethels, weil er anders klang. Er ging geradewegs ins Wohnzimmer und fand seinen Polsterstuhl von Ethel und seinen Töchtern besetzt, Ethel ganz vorn auf der Kante und die Mädchen rechts und links auf den Armlehnen, und er öffnete schon den Mund, um zu sagen, was zum Teufel, als er sah, dass auf dem Bildschirm … Lisa war … in Leder gekleidet, und sie hielt eine Peitsche, die sie knallen ließ, und ein Mann stöhnte; sein Gesicht, tief unten am Boden, war zur Seite gewendet und verpixelt, aber das Hinterteil war blank, und wieder schlug diese Frau – Lisa – ihn mit der Peitsche, und wieder stöhnte er.

»Macht das aus«, sagte Fergus. »Macht das sofort aus.« Seine Frau drückte auf die Fernbedienung, und den Bildschirm füllte eine blaue Leere mit dem DVD-Zeichen in der Mitte. »Und wer hat euch erlaubt, meinen Fernseher zu benutzen?«

Lisa sagte: »Wir mussten deinen nehmen, Dad, weil der von Mom zu alt ist, um damit DVDs abzuspielen, und sie hat gesagt, sie ist bereit, es sich mal anzusehen, und Laurie wollte es auch noch mal ...«

»Dad«, sagte Laurie. »Du kannst dir das nicht vorstellen. Sie hat diesen einen Typen, der sich erst in mindestens hundert zerdrückten Bananen wälzen musste, und dann – o Gott, Dad, dann hat sie auf ihn *draufgekackt.*«

Fergus starrte Laurie an. »Und wieso hast du deine Meinung über diese Schweinereien plötzlich geändert?«

Laurie sagte: »Na ja, Lisa und ich haben lange geredet, und ich hab noch mal über alles nachgedacht, und ich glaube jetzt, vielleicht hat sie recht, man muss ein Bewusstsein für so etwas schaffen, also bin ich hergekommen, um es mit Mom anzuschauen. Und Mom hat gesagt, sie würde es probieren, weil es ja Lisa ist, verstehst du, es ist ihre Tochter ...«

»Wo ist Teddy?« Fergus sah sich um.

»Bei seinem Vater. Es ist Sonntag.«

Ein ganz eigenartiges Gefühl überkam ihn, als wüsste er nicht recht, wo er war. Er sagte zu Lisa: »Du hast auf diesen Mann ... dein Geschäft gemacht?«

Lisa senkte den Blick. »Das ist sein Ding, Dad.«

Fergus ging zum Fernseher, und dann ergriff ein noch eigenartigeres Gefühl Besitz von ihm, schlagartig verschwamm ihm alles vor den Augen, und ohne jede Vorwarnung sackte er zu Boden und krachte mit dem Kopf gegen die Ecke des Fernsehers; ganz kurz sah er Sterne. Als er wieder zu sich kam, hörte er aufgeregte Frauenstimmen, das mussten Ethel und die Mädchen sein, sie versuchten ihn aufzusetzen, was ihnen gelang, und gleich darauf stand er, und sie bugsierten ihn ins Auto.

Fergus wollte nur eins, sich zusammenrollen, etwas anderes

hatte in seinem Kopf keinen Platz, er wollte sich zusammenrollen zusammenrollen zusammenrollen, und als sie mit ihm im Krankenhaus ankamen, tat er genau das, rollte sich auf dem Boden der Notaufnahme zusammen, und im Nu war ein Pfleger bei ihm und stellte ihn wieder auf die Füße, und dann lag er auf einer schmalen Liege, und er rollte sich dort zusammen. Jemand versuchte, seine Beine zu strecken, aber er zog sie gleich wieder an, so weit er konnte, und bog den Kopf fast bis zur Brust. Das war alles, was er wollte: so zusammengerollt bleiben, die Augen geschlossen.

Schließlich hörte er irgendwoher das Wort »Beruhigungsmittel«, und er dachte, ja, her damit, und offenbar gaben sie ihm etwas, denn er schlief fest ein, und als er aufwachte, hatte er Angst und wusste nicht, wo er war.

»Dad?« Das war Lisa, ihr Gesicht nah an seinem, die mit leiser Stimme sprach: »Oh, Daddy, denk nur, es ist alles in Ordnung. O Gott, Daddy, du hast uns so einen Schrecken eingejagt, aber dir fehlt nichts. Du musst über Nacht hierbleiben, aber mit dir ist alles in Ordnung, Daddy.«

Sie hielt seine Hand, und er drückte sie.

Dann war Laurie da, und sie sagte: »Oh, Dad, wir hatten solche Angst«, und er nickte.

Dann war er allein, und er schlief erneut ein. Als er diesmal wach wurde, wusste er gleich, dass er im Krankenhaus war und dass es Nacht war; über seinem Krankenhausbett brannte ein kleines Lämpchen. Er schloss wieder die Augen.

Nach und nach drang in sein Bewusstsein, dass jemand seinen Arm streichelte, sehr langsam, rhythmisch; hin und her fuhr die Hand auf seinem Arm. Er ließ die Augen zu, damit sie weiterstreichelte, und das tat sie. Nach vielen Minuten – wer konnte sagen, wie vielen? – wandte er den Kopf und öffnete die Augen und sah, dass die Hand seiner Frau gehörte. Sie hörte auf, als sie seinen Blick bemerkte, und legte die Hand in ihren Schoß.

»Ethel«, sagte er, »was haben wir nur gemacht?«

»Gemacht inwiefern?«, fragte sie leise. »Mit unserem Leben, meinst du, oder mit unseren Kindern?«

»Ich weiß nicht, was ich meine«, sagte er.

Und kurz darauf fügte er hinzu: »Du musst mir von Anitas Kindern erzählen. Nicht jetzt sofort, aber irgendwann bald.«

»Oh«, sagte Ethel, »die haben einen derartigen Hau.«

»Nicht wie unsere«, sagte er.

Ethel sagte: »Nein, nicht wie unsere.«

Und dann nickte er zu seinem Arm hin, ein kleines Nicken nur, aber nach so vielen Jahren Ehe verstand sie auch so. Sie begann wieder, seinen Arm zu streicheln.

# Herz

Olive Kitteridge öffnete die Augen.

Sie war bis eben an einem Ort gewesen … einem traumhaft schönen Ort … aber wo war sie jetzt hingeraten? Jemand schien ihren Namen zu sagen. Dann hörte sie Piepsgeräusche. »Mrs Kitteridge? Wissen Sie, wo Sie sind?« Der Ort von eben war sehr sonnig gewesen, und hier gab es keinerlei Sonne, nur Lichter, die direkt über ihr brannten. »Mrs Kitteridge?«

»Hmm«, machte sie. Sie versuchte den Kopf zu wenden, aber es ging nicht. Ein Gesicht erschien dicht vor ihrem. »Hallo«, sagte sie. »Wer sind Sie? Bist du das, Christopher?«

Eine Männerstimme sagte: »Ich bin Dr. Rabolinski. Ich bin Kardiologe.«

»Na, da schau her«, sagte Olive, und sie richtete den Blick wieder hoch zu den Lichtern.

»Wissen Sie, wo Sie sind?«, fragte die Männerstimme.

Olive schloss die Augen.

»Wissen Sie, wo Sie sind, Mrs Kitteridge?« Langsam, aber sicher wurde die Stimme lästig. »Mrs Kitteridge, Sie sind im Krankenhaus.«

Olive öffnete die Augen wieder. »Ah.« Das musste sie sich erst einmal eingehen lassen. »Mannomann«, sagte sie. Das Piepsen hielt an. »Sonst noch Wünsche.«

Jetzt beugte sich eine Frau über sie. »Hallo? Mrs Kitteridge?«

Olive sagte: »Es war so ein schönes Gefühl. Richtig schön.«

»Was war ein schönes Gefühl, Mrs Kitteridge?«

»Dieser Ort, wo ich war«, sagte Olive. »Wo war ich?«

»Sie waren tot.« Die Männerstimme jetzt wieder.

Olive hielt den Blick auf die Lichter geheftet. »Haben Sie gerade gesagt, ich war tot?«, fragte sie.

»Ja. Tot. Kein Puls.«

Olive ließ das einsickern, »Petunien«, sagte sie, »da tust du dir was an.« Das sagte sie, weil sie das Wort »Totholz« gedacht hatte und ihr die Petunien einfielen, die sie in den hohlen Baumstumpf gepflanzt hatte. In einer Tour musste man bei Petunien verwelkte Blüten abzupfen. »Pff«, sagte sie und sah sie vor sich, blassblaue Petunien. »Ein Fass ohne Boden«, sagte sie.

»Wie, ein Fass ohne Boden, Mrs Kitteridge?« Das war die Frau, die auftauchte und dann wieder verschwand.

»Petunien«, sagte Olive.

Und dann entfernten die Stimmen sich, sie redeten untereinander, und das Piepsen blieb. »Kann das nicht jemand abstellen?«, fragte Olive die Decke.

Das Gesicht der Frau, ein nichtssagendes Gesicht, schob sich wieder in ihr Blickfeld. »Was abstellen?«

»Dieses Piep-piep-piep-piep.« Wer war die Frau nur? Irgendwie kam sie Olive bekannt vor.

»Das ist der Herzmonitor, Mrs Kitteridge. Damit wir wissen, dass Ihr Herz schlägt.«

»Schalten Sie ihn ab«, sagte Olive. »Wen schert's?«

»Uns schert das, Mrs Kitteridge.«

Olive versuchte sich vor Augen zu führen, was bisher mit ihr passiert war. »Oh«, sagte sie dann. »Scheiße. Schiet. Scheißdreck«, sagte sie. »Verfickt noch mal.« Das Gesicht der Frau verschwand. »Hallo«, sagte Olive. »He, hallo. 'tschuldigung, ich habe keine Ahnung, warum ich ›verfickt‹ gesagt habe. Ich sage nie ›verfickt‹. Und ›Scheiße‹ auch nicht. Ich hasse Leute, die so was sagen.« Niemand schien ihr zuzuhören, obwohl die Stimmen ganz nah waren. »Na gut«, sagte Olive, »ich geh wieder zurück.« Sie schloss die Augen, aber das Piepsen blieb. »Ach verdammt«, sagte sie.

Das Gesicht des Mannes kam wieder. Olive mochte den Mann lieber als die Frau. Er fragte: »Was ist das Letzte, woran Sie sich erinnern?«

Olive überlegte. »Hm«, sagte sie, »ich kann's nicht sagen. Was sollte ich sagen?«

»Das war schon mal sehr gut«, lobte der Mann sie.

Was für ein netter Mann. »Danke«, sagte Olive. Und dann: »Ich möchte jetzt gern wieder zurück, bitte.«

Der Mann sagte: »Ich fürchte, Sie müssen ein Weilchen hierbleiben, Mrs Kitteridge. Sie hatten einen Herzinfarkt. Verstehen Sie?«

Als sie das nächste Mal wach wurde, war ein anderer Mann da, fast noch ein Junge. »Hallo«, sagte sie, »wer sind Sie?«

»Jeff«, sagte der Junge. »Ich bin Pfleger hier.«

»Hallo, Jeff«, sagte Olive. »Jetzt erzählen Sie mir mal, warum ich hier bin.«

»Sie hatten einen Herzinfarkt.« Der Junge schüttelte teilnahmsvoll den Kopf. »Tut mir leid.«

Olive bewegte die Augen. Um sie herum waren viele Geräte mit vielen blinkenden Lichtern und immer noch dieses Piepsen. Dann schaute sie auf ihren Arm und sah, dass Schläuche in ihn hineinführten. Ihre Kehle fühlte sich merkwürdig an, eine Spur wund fast. Sie heftete den Blick wieder auf den Jungen. »Ach du je«, sagte sie.

»Ja«, sagte er und hob die Schultern. »Tut mir echt leid.«

Das bedachte Olive eine Zeitlang. »Na, Sie können ja nichts dafür«, sagte sie. Der Junge hatte braune Augen und lange Wimpern. Ein entzückender junger Mann.

»Schon klar«, sagte er.

»Wie heißen Sie gleich wieder?«

»Jeff.«

»Jeff. Also gut, Jeff. Was meinen Sie, wie lange ich hierbleiben muss?«

»Das dürfen Sie mich nicht fragen. Im Moment weiß das nicht mal der Arzt, glaube ich.« Jeff saß auf einem Stuhl, sah sie jetzt, der dicht an ihr Bett herangerückt war.

Sie schaute um sich, ohne den Kopf zu heben. »Bin ich allein hier drin?«, fragte sie.

»Nein. Mit zwei anderen zusammen. Sie sind auf der Intensivstation.«

»Auch das noch.« Sie wartete kurz und fragte dann: »Was für andere sind das? Männer?«

»Nein. Frauen.«

»Hören die mich?«

Jeff wandte den Kopf, als würde er zu jemandem hinsehen. Dann drehte er sich wieder ihr zu und sagte: »Schwer zu sagen.«

Olive schloss die Augen, »Ich bin so müde«, sagte sie. Sie hörte, wie der Stuhl zurückgeschoben wurde. Nicht weggehen, wollte sie sagen, aber auch dazu war sie zu müde.

Als sie das nächste Mal aufwachte, saß Christopher an ihrem Bett. »Christopher?«, sagte sie.

»Mom.« Er stützte das Gesicht in die Hände. »Oh, Mommy«, sagte er, »du hast mir einen Todesschrecken eingejagt.«

Das verwirrte Olive noch mehr als alles bis dahin Geschehene. »Bist du echt?«, fragte sie.

Ihr Sohn ließ die Hände sinken. »Oh, Mommy, bitte sag was anderes. Bitte, hab nicht den Verstand verloren.«

Einen Moment lang schwieg Olive; sie musste ihre Gedanken erst sammeln. Dann sagte sie: »Hallo, Chris. Ich habe den Verstand keineswegs verloren. Ich hatte – allem Anschein nach – einen Herzinfarkt, und du bist – allem Anschein nach – hier, um mich zu besuchen.« Als er nichts erwiderte, fragte sie: »Und? Alles richtig?«

Ihr Sohn nickte. »Aber du hast mich erschreckt, Mom. Die sagen, du hättest geflucht. Und ich dachte, o Gott, geflucht? Dann muss sie völlig gaga sein, und ich dachte, lieber soll sie tot sein als gaga.«

»Geflucht habe ich?«, sagte Olive. »Wie, geflucht?«

»Ich kann's dir nicht sagen, Mom. Aber sie fanden es auf jeden Fall sehr lustig. Ich hab gefragt, aber sie haben bloß gelacht und nicht geantwortet, nur, dass du richtig geladen warst.«

Olive schwieg. Das Gesicht ihres Sohnes kam ihr alt vor. Sie sagte: »Ach, egal. Ich war an einem absolut himmlischen Ort, Chris, und sie haben mich hierher zurückgeholt, und das wird mich wohl wütend gemacht haben, aber frag mich irgendwas, und ich beweise dir, dass ich nicht gaga bin. Gott, ich hoffe jedenfalls, dass ich's nicht bin.«

»Nein, du klingst besser. Du klingst wie immer. Mom, sie haben gesagt, du warst *tot*.«

»Interessant, findest du nicht?«, sagte Olive. »Also ich finde das hochinteressant.«

Dr. Rabolinski hielt im Sprechen ihre Hand; sie konnte sich nicht erinnern, dass er das vorher schon einmal getan hatte. Aber seine Hand war glatt und doch eine Männerhand, und während der ganzen Zeit, die er mit ihr sprach, hielt er ihre Hand, teils in beiden Händen, teils auch nur in einer. Er trug eine Brille mit dicken Gläsern, durch die sie aber seine Augen gut sehen konnte; dunkel und durchdringend blickten sie sie an, während er redete und dabei ihre Hand hielt. Sie sei eine starke Frau, sagte er und drückte ihre Hand ein bisschen. Sie hätten ihr einen Stent gesetzt. Sie hätten sie intubieren müssen. Olive wusste nicht, was das bedeutete, und sie fragte auch nicht. Er erzählte ihr noch einmal, dass sie den Herzinfarkt in der Einfahrt der Frau erlitten hatte, zu der sie zum Haareschneiden ging. Sie war vornübergesackt, auf die Hupe, worauf die Frau herauskam und sofort den Notarzt rief, und nur deshalb lebte Olive noch, obwohl sie keinen Puls mehr gehabt hatte, als die Sanitäter eingetroffen waren. Aber sie hatten sie ins Leben zurückgeholt.

Olive sah in Dr. Rabolinskis Augen, ihre Hand in seinen beiden, und sagte versonnen: »Tja, ob das eine so gute Idee war.«

Der Arzt seufzte. Er schüttelte langsam den Kopf. »Was soll ich dazu sagen?«, fragte er betrübt.

»Nichts«, sagte sie. »Da gibt's nichts zu sagen.«

Sie hatte sich in ihn verliebt.

Olive blieb auf der Intensivstation; die Intubation hatte zu einer Lungenentzündung geführt. An manchen Tagen wusste sie fast nichts von sich, sie hatte das Gefühl, ein dicker, schwitzender Käselaib zu sein, den ab und zu jemand wendete und abtupfte. Sie driftete vom Schlaf in den Halbschlaf und wieder zurück, und dann wieder war ihr, als schliefe sie überhaupt nicht. Eine tiefe Traurigkeit hielt sie gepackt, und sie konnte nur an die Decke starren oder versuchen, mit Christopher zu reden, der, schien es ihr, ziemlich häufig da war und an ihrem Bett saß und mit ihr sprach, wobei er manchmal so sorgenvoll dreinblickte, dass sie am liebsten sagen wollte: »Bitte geh jetzt«, aber sie sagte es nicht, sie war alt und müde, und ihr Sohn wollte bei ihr sein. Es schien ihr eines der wenigen Male in ihrem Leben, dass sie nicht aussprach, was sie dachte. Aber wenn er nicht da war, fühlte sie sich nur noch trauriger, und nach und nach wurde ihr klar, dass sie zwar höchstwahrscheinlich nicht sterben musste, aber dass ihr Leben nie mehr das alte sein würde.

Das sagte sie leise zu Dr. Rabolinski, als er einmal wieder an ihrem Bett saß und ihre Hand hielt. »Ihr Leben wird ziemlich genauso sein wie vorher«, sagte er. »Sie müssen nur wieder auf die Beine kommen, und das werden Sie.«

»Pff«, sagte sie und zog die Hand weg.

Aber er blieb bei ihr sitzen. Oh, was für ein netter Mann er war. Sie ließ die Hand auf die Matratze zurückfallen, damit er sie wieder nehmen konnte, wenn er wollte, aber er nahm sie nicht, und in ihrem benebelten Zustand begriff sie, dass sie selbst es ihm unmöglich gemacht hatte.

»Können Sie meine Hand wieder nehmen?«, sagte sie. »Ich mag es, wenn Sie meine Hand halten.« Also nahm er sie wieder und erklärte ihr, dass sie ein intravenöses Antibiotikum verabreicht bekam und dass es schon wirkte und sie bald auf die Station verlegt werden würde.

Und dann wurde sie auf die Station verlegt, in ein normales Doppelzimmer, in dem sie einige Tage blieb, später erfuhr sie, dass es sieben Tage gewesen waren, und wenn sie an diese Tage dachte, kamen sie ihr länger vor und zugleich kürzer. Mit anderen Worten, die Zeit war nicht mehr dasselbe wie früher. In dem Zimmer, in dem sie jetzt lag, hatte sie vom Bett aus einen Blick auf die Bäume – es war Herbst, und sie sah den Ahornblättern beim Fallen zu, eins nach dem anderen trudelten sie zu Boden, manchmal auch zwei oder drei auf einmal, und das gefiel ihr. Was ihr weniger gefiel, war ihre Bettnachbarin, also bat sie darum, dass der Vorhang zwischen den Betten zugezogen würde, und als er zu war, sagte sie: »Und da bleibt er jetzt bitte auch.«

Nachts lag sie wach, zumindest schien es ihr so, aber es machte ihr nichts aus, und vielleicht schlief sie ja doch. Christopher hatte ihr das kleine Transistorradio ins Krankenhaus mitgebracht, und sie umklammerte es, schmiegte die Wange daran, als ob es ein Stofftier wäre und sie ein Kind. Frühmorgens sah sie es vor dem Fenster hell werden, und der Himmel brachte sie zum Staunen, dieses Licht, blasses Grau erst, dann Rosa, dann Blau; es umriss die Baumkronen noch schwärzer, und dann flutete es durch sie hindurch; Olive staunte jedes Mal von neuem darüber. Solche Schönheit! Und dann – so früh, dass die Sonne noch kaum aufgegangen war – erschien Dr. Rabolinski und sagte: »Guten Morgen, Olive, wie geht es meiner Lieblingspatientin heute?«

»Pff«, antwortete sie. »Ich will raus hier.« Was jedoch halb gelogen war, denn sie liebte diesen Mann. Das zu wissen erfüllte sie mit einer sengenden Scham. Aber sie war machtlos dagegen.

Als er sie fragte, ob sie schon Stuhlgang gehabt hatte, wäre sie beinahe gestorben. »Nein«, sagte sie mit abgewandtem Blick. Und als er wissen wollte, ob sie Blähungen habe, murmelte sie: »Weiß nicht.« Worauf er sagte, kein Problem, nur sollte sie ihm bitte Bescheid geben, wenn es so weit war. Und er setzte sich an den Bettrand und nahm ihre Hand. Es lasse sich alles sehr gut an, sagte er, in ein paar Tagen dürfe sie heim.

»Ich bin eine alte Frau von dreiundachtzig Jahren«, sagte sie und sah ihn an dabei. Seine Augen hinter den dicken Brillengläsern erwiderten den Blick.

Und er zuckte die Achseln und sagte: »In meiner Welt ist so was ein Küken.«

Aber wenn dann das Frühstückstablett kam und der Krankenhaustag begann, wurde sie nörgelig und wollte nach Hause. Christopher – der für kurze Zeit heim nach New York gefahren war, aber jetzt wieder da war – kam vorbei, manchmal während sie noch in ihrem Rührei stocherte, manchmal später, aber er sah übermüdet aus, und sie machte sich Sorgen um ihn. »Ich habe eine Betreuung für dich organisiert«, sagte er ihr. »Damit du die ersten zwei Wochen rund um die Uhr versorgt bist.«

»Ich brauche keine Betreuung«, sagte Olive. »Sonst noch Wünsche!«

Aber wenn sie ehrlich war, jagte ihr die Aussicht, allein in ihrem Haus zu sein, Angst ein.

Nachmittags schaute Jeff, der Pfleger, vor seinem Dienst auf der Intensivstation bei ihr vorbei. »Hallo, hallo«, begrüßte sie ihn, »ich laufe schon im Gang auf und ab, ich glaube, es ist Zeit, dass ich entlassen werde.«

»Super machen Sie das«, sagte er. Und er ging mit ihr den Gang entlang und nahm ihren Arm, und auf der anderen Seite hatte sie ihren Stock als Stütze.

»Sie aber auch«, sagte sie.

Dr. Rabolinski erkundigte sich wieder nach ihrer Verdauung,

und sie erwog kurz zu lügen, log dann aber doch nicht. »Nichts«, sagte sie.

»Keine Sorge«, sagte er, »das ist nur eine Frage der Zeit.«

Und dann, noch am selben Nachmittag – heiliger Bimbam! Olive bekam Blähungen, leicht erst und dann stärker, und dann spürte sie, wie etwas aus ihr herauslief. Sie verstand nicht gleich, was da passierte, aber als sie sich aus dem Bett hievte, starrte sie fassungslos auf die Bescherung. Sie klingelte nach der Schwester, aber nichts geschah. Sie klingelte wieder, und als die Schwester endlich kam, sagte sie: »Du liebes bisschen.« Und das machte es für Olive noch ärger.

»Ich weiß«, sagte sie. »So eine furchtbare Schweinerei.«

»Denken Sie sich nichts«, sagte die Schwester. »Das gibt es öfter.«

»Ja?«, fragte Olive streng, und die Schwester sagte, doch, das seien die Antibiotika, die sie wegen ihrer Lungenentzündung hatte nehmen müssen, jetzt duschen Sie erst mal, und ich kümmere mich derweil um das Bett, und als Olive aus der Dusche kam, war das Bett neu überzogen, und auf dem Laken lag eine riesige Papierwindel.

Bei Dr. Rabolinskis Visite am nächsten Morgen wartete Olive, ob ihm etwas von ihrer Schande zu Ohren gekommen war, und als er es nicht erwähnte, sagte sie schließlich: »Mein Stuhlgang war leider ein halber Vulkanausbruch.« Sie zwang sich, ihn anzusehen, als sie das sagte. »Das sind die Antibiotika«, sagte er mit leichtem Schulterzucken. Also entspannte sie sich ein klein wenig und fragte, wann sie denn nun nach Hause dürfe, und er sagte, sehr bald. Danach blieb er bei ihr am Bettrand sitzen, ohne zu sprechen, und Olive sah aus dem Fenster. Ein paar Sekunden lang empfand sie reines Glück, als sei die Zeit stehengeblieben – einfach stehengeblieben, für diese wenigen Augenblicke nur –, und es gab nur den Arzt und das Leben selbst, das bei ihr am Bett saß, in der Morgensonne. Sie legte die Hand kurz auf seine, und ohne den Blick vom Fenster zu wenden, sagte sie leise: »Danke«, und er sagte ebenso leise: »Nichts zu danken.«

Aber daheim war es ein einziges Elend. Olive begriff nicht, wie sie in diesem Haus – Jacks Haus – so viele Jahre hatte leben können, es fühlte sich gänzlich ungewohnt an, und sie bekam Angst, dass es immer so bleiben würde. Es war klamm, und sie drehte die Heizung voll auf, was sie früher nie nötig gehabt hatte. Das Wohnzimmer erschien ihr riesengroß, sie schaffte es kaum bis ans andere Ende, und sie schlief in dem Gästezimmer im Erdgeschoss. Aber Betty kam, ihre erste Betreuerin, und sie war eine korpulente Person. Nicht dick, einfach korpulent. Ihre braune Baumwollhose war zu eng, die Bluse spannte; sie mochte so um die fünfzig sein. Sie ließ sich gleich als Erstes auf einen Stuhl fallen. »Was ist der Plan?«, fragte sie Olive, was Olive mächtig gegen den Strich ging.

»Ich hatte einen Herzinfarkt, und Sie sollen bei mir jetzt Babysitterin spielen.«

»Na, so würde ich das aber nicht nennen«, sagte Betty. »Ich bin Altenpflegerin.«

»Schön«, sagte Olive. »Nennen Sie sich, wie Sie wollen. Sie sind trotzdem meine Babysitterin.«

Als Olive ein paar Minuten später durchs Küchenfenster den Pick-up sah, in dem Betty gekommen war, und an seinem Heck den Aufkleber mit dem Namen dieses orangehaarigen Kotzbrockens, der jetzt Präsident war, hätte sie fast den nächsten Herzinfarkt bekommen. Sie holte tief Luft und baute sich vor Betty auf und sagte sehr laut zu ihr: »Eins sag ich Ihnen.

Über Politik wird hier nicht geredet. Haben Sie mich verstanden?«

Und Betty zuckte die Achseln und sagte: »Okay, von mir aus.« Olive schauderte es jedes Mal, wenn sie an diesen Aufkleber dachte.

Aber nach ein paar Tagen gewöhnte sich Olive einigermaßen an Betty. Es stellte sich heraus, dass die Frau vor Jahrzehnten eine Schülerin von Olive gewesen war; sie erinnerte sich erst wieder daran, als Betty es sagte. »Sie haben mich immer zum Direktor geschickt«, sagte Betty.

»Warum das?«, fragte Olive. »Was haben Sie denn immer gemacht?«

»Ich hab geschwätzt. Ich hatte eine ziemlich große Klappe.«

»Und dafür habe ich Sie zum Direktor geschickt?«

Betty nickte. »Ich hab's darauf angelegt. Ich war so was von verknallt in den Mann.«

Olive sah sie von ihrer Seite des Zimmers an.

»Mein Gott, war ich verknallt in ihn«, sagte Betty. »Mr Skyler. Wahnsinn.«

»Jerry Skyler«, sagte Olive. »Ja, den mochte ich auch gern. Das war der, der immer gesagt hat: ›Ihr macht das *ganz, ganz* prima!‹ Er war früher Sporttrainer, deshalb.«

Betty lachte. »Stimmt, das war immer sein Spruch. Also, ich fand ihn richtig, richtig toll. Ich war damals noch dünn, wissen Sie«, und sie strich mit der Hand an sich hinab. »Und eigentlich ganz niedlich. Und er fand mich auch ganz niedlich, glaube ich. Keine Ahnung. Aber, Menschenskind, war ich verschossen in ihn.« Betty schüttelte langsam den Kopf, und dann richtete sie den Finger auf Olive und sagte: »Sie machen das *ganz, ganz* prima!«

Nachmittags um vier wurde sie von einer anderen Frau abgelöst, Jane; sie war nett und freundlich, aber für Olives Geschmack etwas farblos. Jane kochte ihr das Abendessen, und dann sagte Olive ihr, dass sie gern allein wäre, und Jane verzog sich nach oben. Und wenn Olive morgens aufwachte, war wiederum eine andere Frau da, aber ihre Schicht endete bald, und dann kam wieder Betty.

Ein paar Tage ging das so, dann machte Betty gegen vier – Janes Ankunftszeit – die Tür auf, und Olive hörte sie »Hallo« sagen, aber etwas in ihrer Stimme klang nicht so freundlich wie sonst. Olive stand auf und ging hinaus in die Diele, und da stand eine dunkelhäutige junge Frau mit einem Kopftuch in einem leuchtenden Pfirsichrosa und einem langen Gewand in einem dunkleren Pfirsichton. »Ah, hallo«, sagte Olive. »Immer herein mit Ihnen. Sie sehen aus wie ein Schmetterling.«

Die junge Frau lächelte, wobei sie eine breite Reihe blitzend weißer Zähne sehen ließ. »Hallo, Mrs Kitteridge«, sagte sie. »Ich heiße Halima.«

»Kommen Sie herein, kommen Sie herein, schön, Sie kennenzulernen«, sagte Olive, und die Frau trat ins Wohnzimmer und sah sich um und sagte: »Ein großes Haus.«

»Zu groß«, sagte Olive. »Machen Sie es sich bequem.«

Betty ging ohne ein Wort, was Olive unglaublich von ihr fand. Aber Halima übernahm gleich das Ruder; sie machte sich in der Küche zu schaffen, fragte Olive, was sie essen wollte, und richtete ihr dann im Gästezimmer das Bett her, obwohl es erst fünf war, während Olive im Wohnzimmer saß.

»Setzen Sie sich doch zu mir«, rief Olive schließlich zu der Frau hinaus, und so kam sie herein und setzte sich hin, und Olive dachte wieder, was für ein schöner Anblick sie war. »Ich glaube, ich muss Sie Madame Butterfly nennen«, sagte sie, und die Frau lächelte mit ihren blendend weißen Zähnen und zuckte die Achseln und sagte: »Gern, aber eigentlich heiße ich Halima.«

»Dann erzählen Sie mir doch, Madame Halima Butterfly – Sie müssen aus Shirley Falls sein.«

Und Halima sagte, ja, richtig, sie habe das Central Maine Community College besucht und dort die Altenpflegerausbildung gemacht, und – sie zog die Schultern hoch und hob leicht die Arme, so dass die Falten ihres Gewandes schlugen wie sanfte Flügel –, und hier sei sie nun.

»Sind Sie hier geboren?«, fragte Olive.

»Geboren bin ich in Nashville. Vor fünfzehn Jahren ist meine Mutter dann hierhergezogen.«

»Kam sie aus einem von diesen Flüchtlingslagern in Kenia?«, fragte Olive sie.

Und Halimas Gesicht hellte sich auf. »Sie wissen von den Lagern?«

»Natürlich weiß ich von den Lagern. Wofür halten Sie mich, eine ignorante Idiotin?«

»Nein, dafür halte ich Sie nicht.« Halima lehnte sich in ihrem Stuhl zurück. »Meine Mutter war acht Jahre im Lager, bevor sie hierherkommen konnte.«

»Und gefällt es Ihnen hier?«, fragte Olive.

Darauf lächelte Halima nur und sagte: »Jetzt sollten Sie aber erst mal was essen. Sie sind zu dünn«, und darüber musste Olive lachen.

»Ich war in meinem ganzen Leben nicht dünn, Madame Halima Butterfly«, sagte sie, und Halima verschwand in die Küche.

»Aber sitzen Sie nicht da und schauen mir zu«, sagte Olive zu ihr, nachdem Halima eine Scheibe Hackbraten und eine

Ofenkartoffel aus der Mikrowelle vor sie hingestellt hatte. »Wenn Sie nicht mitessen, zischen Sie ab.«

Also ging Halima und kam erst zurück, als Olive gerade den letzten Bissen aß.

»Warum tragen Sie diese Kleidung?«, fragte Olive Halima.

Halima spülte ab, und sie lächelte Olive über die Schulter an. »Das bin einfach ich.« Wenig später drehte sie den Wasserhahn zu und fragte: »Warum tragen *Sie diese* Kleidung?«

»Na gut«, sagte Olive. »War nur eine Frage.«

Am nächsten Tag sagte Olive zu Betty: »Jetzt hören Sie mal zu, mein Fräulein.«

Betty setzte sich Olive gegenüber.

»Ich habe mitgekriegt, wie Sie sich gestern dieser Frau gegenüber benommen haben, und so etwas dulde ich in meinem Haus nicht.« Bettys Gesicht – das sah Olive plötzlich ganz deutlich – war das einer schmollenden Zwölfjährigen. »Und ziehen Sie jetzt keinen solchen Flunsch«, sagte Olive. »Benehmen Sie sich wie ein erwachsener Mensch, also wirklich.«

Betty rutschte auf ihrem Allerwertesten hin und her und sagte: »Ich dachte, wir reden hier nicht über Politik.«

»Goldrichtig«, sagte Olive. »Und diese Frau ist keine Politik. Sie ist ein Mensch, und sie hat jedes Recht, hier zu sein.«

»Aber ich mag es nicht, wie sie rumläuft, dieses Zeug, das sie anhat, davor gruselt's mich. Und deshalb ist es eben doch Politik«, fügte Betty hinzu.

Olive dachte nach und sagte dann schließlich mit einem Seufzer: »In meinem Haus sind Sie jedenfalls nett zu ihr, verstanden?« Und Betty stand auf und sortierte eine Ladung Wäsche.

Am nächsten Tag, Ende der ersten Woche, fuhr Betty Olive zu ihrem Termin bei Dr. Rabolinski. Olive hatte Lippenstift aufgelegt, und sie saß neben der dicken Betty in ihrem Auto; sie fuhren mit Olives Wagen, Olive wäre ungelogen lieber gestorben, als sich in einem Auto mit so einem Aufkleber erwischen zu lassen. Olive sagte wenig; sie hatte regelrecht Angst vor diesem Wiedersehen. In seiner Praxis mussten sie fast eine Stunde warten; Betty blätterte seufzend in Illustrierten, während Olive nur still dasaß, die Hände im Schoß. Endlich rief die Sprechstundenhilfe sie auf. Olive, im Papierhemdchen, nahm auf der Untersuchungsliege Platz, und die Sprechstundenhilfe kam und klebte ihr Metallplättchen an den Oberkörper, machte ein EKG und entfernte die Metallplättchen danach wieder, und dann ließ sie Olive allein. Olive setzte sich auf. An der Wand gegenüber hing ein Spiegel, und als sie sich darin sah, bekam sie einen Mordsschrecken. Sie sah aus wie ein Transvestit! Dieser grelle Lippenstift in dem bleichen Gesicht! Wieso hatte sie das daheim nicht bemerkt? Hektisch hielt sie nach einem Papiertuch Ausschau, um den dummen Lippenstift noch schnell wegzuwischen, als Dr. Rabolinski hereinkam und die Tür hinter sich schloss. »Hallo, Olive«, sagte er, »wie geht es Ihnen?«

»Grauenhaft«, sagte sie.

»Ach je.« Der Mann setzte sich auf einen Hocker und rollte zu ihr hin. Da saß er und betrachtete sie durch seine dicke Brille. »Ihr EKG war einwandfrei. Erzählen Sie mir, warum es Ihnen so grauenvoll geht.«

Und schlagartig fühlte Olive sich, als wäre sie wieder in der ersten Klasse, nur hatte sie sich in Squirrelly Sawyer verwandelt, der damals in der Bank vor ihr saß. Squirrelly Sawyer, dass sie ausgerechnet jetzt an ihn dachte! Seine Familie war bettelarm, und er begriff nie, was der Lehrer von ihm wollte, und seine permanente Verwirrung – und permanente Stummheit – befielen sie nun plötzlich mit aller Macht. Kein Wort brachte sie hervor, während der Arzt auf ihre Antwort wartete.

Nach einer Weile nahm er sein Stethoskop, fuhr damit geschickt in den Ausschnitt ihres Hemdchens und lauschte. Dann setzte er es am Rücken an und ließ sie tief atmen. »Noch mal«, befahl er, und sie füllte den Brustkorb mit Luft. »Noch mal.« Er lehnte sich wieder zurück und sagte: »Das hört sich alles sehr gut an.« Er fasste nach ihrem Handgelenk – um ihr den Puls zu fühlen, begriff sie und sah ihn nicht an. »Gut«, sagte er und notierte etwas. Er streifte ihr die Klettverschlussmanschette über den Arm und pumpte sie auf, um ihren Blutdruck zu messen; »gut«, sagte er nochmals und notierte auch das. Dann setzte er sich wieder auf den Hocker, und sie spürte, dass er sie ansah, und er sagte: »Und jetzt versuchen Sie mir zu sagen, was so grauenvoll ist.«

Und Tränen – Tränen, Grundgütiger! – begannen ihr übers Gesicht zu laufen, über die Lippen mit diesem schwachsinnigen Lippenstift; sie fühlte sie zittern. Sie konnte nicht sprechen, und sie konnte ihn nicht anschauen. Er reichte ihr ein Taschentuch, und sie wischte sich damit über die Augen und die Lippen und sah die roten Schmierer auf dem Weiß. Er sagte: »Denken Sie sich nichts, Olive. Das ist völlig normal. Vergessen Sie nicht, was ich Ihnen gesagt habe – so ein Herzinfarkt schlägt einem aufs Gemüt. Es geht bald aufwärts, das verspreche ich Ihnen.«

Noch immer mochte sie ihn nicht anschauen.

»Besser?«, fragte er, und sie nickte. »Dann sehen wir uns in einer Woche wieder«, sagte er.

Er stand auf und ging hinaus. Und dann weinte sie und weinte, und schließlich wischte sie den Lippenstift komplett ab und rieb sich die Augen trocken und zog sich fertig an, und als sie herauskam, sah Betty alarmiert zu ihr auf, und Olive wedelte ungeduldig mit der Hand, damit sie den Mund hielt. Sie fuhren schweigend heim.

Als sie wieder im Haus waren, sagte Betty: »Jetzt sagen Sie mir nur kurz – war alles so weit in Ordnung?«

Olive setzte sich in den Lehnstuhl, der früher Jacks Lehnstuhl gewesen war. »Doch«, sagte sie, »mir reicht's nur so von diesem ganzen Theater.«

»Dabei machen Sie alles so gut!« Betty ließ sich in den Sessel Olive gegenüber fallen. »Ich hatte schon Patienten, die wochenlang nicht ohne Hilfe duschen konnten, und Sie steigen hier gleich am ersten Tag in die Dusche, waschen sich die Haare und steigen wieder raus.« Und sie zeigte mit dem Finger auf Olive und sagte: »Sie machen das *ganz, ganz* prima!«

Olive sah sie an. »Es gibt Leute, die nicht duschen können? Nach einem Herzinfarkt?«

»Ja, sicher«, sagte Betty.

»Und was machen Sie mit denen?«

»Ihnen *helfen*«, sagte Betty. »Aber Ihnen muss ich bei gar nichts helfen. Nicht mal am Arm halten muss ich Sie!«

Olive schwieg eine Zeitlang. »Mir reicht's trotzdem, tut mir leid«, sagte sie dann.

Als Halima Butterfly kam, begrüßte Betty sie mit einem übertriebenen »Hallihallo«. Olive hätte sie umbringen können.

»Sie ist eine Idiotin«, sagte Olive zu Halima, als Betty weg war.

Halima sah Olive an und sagte: »Wegen ihrem Aufkleber, meinen Sie?«

»Ja«, sagte Olive, »ganz genau das meine ich.«

Halima senkte den Blick und fuhr mit dem Finger über das Tischchen mit der Lampe darauf. »Als mein kleiner Bruder gehört hat, dass dieser Mensch Präsident geworden ist, hat er angefangen zu weinen.« Sie schaute auf. »Er dachte, jetzt müssen wir alle wieder zurück, und meine Mutter hat ihm erklärt, dass er hier geboren ist und deshalb nicht abgeschoben werden kann.«

»Ach du heilige Schandtat.« Olive schloss kurz die Augen. Dann sagte sie: »Erzählen Sie mir ein bisschen mehr von sich.« Halima sah durchs Zimmer. Ihr heutiges Gewand war dunkelrot und das Kopftuch dazu noch einmal dunkler. »Übrigens«, fügte Olive hinzu, »dieses orangerosa Kleid, das Sie gestern anhatten, das war eine richtige Freude.«

Halima lächelte leicht und sagte: »Dieses hier mögen Sie nicht so?«

»Nicht ganz so«, sagte Olive. »Zu dunkel.«

Halima erzählte Olive, dass sie vier Schwestern und zwei jüngere Brüder hatte und dass zwei der Schwestern und ein Bruder in Minneapolis lebten. »Warum das?«, fragte Olive. Und Halima sagte, dass es ihnen dort gefiel. Dann stand sie auf; Zeit für Olives Abendessen, sagte sie.

Als am nächsten Tag statt Halima Butterfly wieder Jane kam, war Olive bestürzt. Sie fragte Jane, was mit dem somalischen Mädchen sei, aber Jane wusste es nicht.

Es ließ Olive keine Ruhe, immer wieder überlegte sie, was der Grund sein konnte; es lag an ihr, dachte Olive, Halima mochte sie nicht, und das kränkte sie, und ein bisschen wütend machte es sie auch.

Als Betty am nächsten Morgen für sie einkaufte, rief Olive bei der Pflegedienstzentrale an und fragte, warum Halima nicht gekommen war. Die Frau am Telefon konnte dazu nichts sagen; mit der Einteilung habe sie nichts zu tun, sagte sie. »Dann eben nicht«, sagte Olive und legte auf.

Zu ihrem nächsten Termin bei Dr. Rabolinski fuhr Olive selber, aber sie hatte Betty dabei. Zuvor hatte sie eine Übungsfahrt gemacht, in die Stadt und zurück, ebenfalls in Begleitung von Betty. »Sehen Sie?«, sagte Betty. »Gar kein Problem.«

Diesmal war Olive gewappnet. Sie sah so gut aus, wie das einer aus dem Leim gegangenen alten Frau nach einem Herzinfarkt nur möglich war; sie trug eine blau-weiß-gemusterte Jacke, die sie in ihrem Schrank entdeckt hatte, und als sie den Arzt sah, starb sie keine tausend Tode mehr. Das erstaunte sie, und sie merkte auch – oder glaubte zu bemerken –, dass er nicht ganz so nett zu ihr war wie zuvor. »Alles bestens«, sagte er mit seinem typischen Achselzucken. »Was soll ich sagen? Bei Ihnen passt alles.«

»Pah«, sagte sie.

»Dann sehen wir uns in einem Monat«, sagte er. Und dann, schon an der Tür, drehte er sich um und sagte: »Sie müssen eine sehr gute Mutter gewesen sein, Olive.«

Sie traute ihren Ohren nicht. »Wie um Himmels willen kommen Sie denn darauf?«, fragte sie, während sie ihre Beine von der Kante der Liege manövrierte.

»Weil Ihr Sohn Sie so oft im Krankenhaus besucht hat, und er hat seitdem zweimal angerufen, um sich nach Ihnen zu erkundigen.« Er legte den Kopf leicht zur Seite. »Also waren Sie offensichtlich eine sehr gute Mutter.«

Das verblüffte Olive. »Na, ich weiß ja nicht«, sagte sie langsam.

»Ziehen Sie sich an, dann sprechen wir uns drüben im Zimmer«, sagte Dr. Rabolinski.

Im Sprechzimmer wiederholte er lediglich, dass er sehr zufrieden sei. Und Olive stand auf und ging.

Als sie heimfuhr, die dicke Betty neben sich auf dem Beifahrersitz, fragte sich Olive, ob ihre Gefühle für ihn wohl daher gerührt hatten, dass sie in ihm ihren Lebensretter sah. Und ob man sich in seinen Lebensretter vielleicht zwangsläufig verliebte, selbst wenn einem sein Leben gar nicht rettenswert schien.

Aber in Jacks Haus – denn jetzt war es wieder Jacks Haus, nicht ihres, das empfand Olive seit ihrer Rückkehr aus der Klinik zunehmend – fühlte sie sich unsicher. Sie fühlte sich nicht mehr wie vorher. Immer wieder dachte sie das: Ich bin anders als früher. An ihrem ersten Tag ohne Betty und die anderen (Betty hatte sie zu umarmen versucht, aber Olive stand einfach nur da) war die Verlorenheit besonders groß; sie fühlte sich erschöpft und unwohl. Aber als sie Dr. Rabolinski bei ihrem nächsten Termin davon berichtete, sagte der: »Bei Ihnen läuft alles nach Plan, Olive. Es spricht nichts dagegen, dass Sie allein leben und Auto fahren. Sie sind wieder auf dem Damm.«

»Pff«, sagte sie.

Zeitweise konnte sie es benennen. Es war fast eine Art Panik, die sie befiel. »Verdammter Blödmann«, sagte sie, und sie meinte den Arzt, der noch jung war und keine Ahnung hatte – keine Ahnung hatte er! –, was es hieß, alt und einsam zu sein. Aber an anderen Tagen fühlte sie sich halbwegs normal. Nicht großartig. Aber sie konnte fahren und ihre Einkäufe erledigen, und sie besuchte ihre Freundin Edith in diesem grässlichen Altenheim, in dem sie wohnte, Maple Tree Apartments nannte es sich. Wenn sie dann nach Hause zurückkam, war sie froh, dort zu sein, auch wenn sie das Gefühl nicht loswurde, dass es

Jacks Haus war. Sie saß jetzt immer in Jacks Lehnstuhl, damit seine Leere sie nicht so angähnte. Und manchmal wallte in ihr, wenn sie so saß, eine tiefe Traurigkeit auf, weil sie heim in das Haus wollte, das sie mit Henry gebaut hatte; dieses Haus war längst abgerissen, sie ertrug es nicht einmal, an dem Grundstück vorbeizufahren. Aber was für ein nettes Haus es gewesen war! Was für ein netter Mann Henry gewesen war! Und die Traurigkeit nahm noch zu, wenn sie den Blick durch das Haus wandern ließ, in dem sie jetzt wohnte – seit fast acht Jahren bereits –, und sie dachte: Also ernsthaft! Dass ich hier auf der Wiese hocke, wenn ich noch meinen Meerblick haben könnte!

Sie sah wieder Jacks Gesichtsausdruck an dem Abend, bevor er neben ihr im Bett gestorben war. »Gute Nacht, Olive«, hatte er gesagt und das Licht ausgeknipst, aber zuvor hatte er sie angelächelt, und in ihrer Erinnerung war es dieses zerstreute Lächeln, das er ihr zukommen ließ, wenn er in Gedanken anderswo war. Sie hatte gerade so lange mit ihm zusammengelebt, dass sie die Anzeichen zu erkennen begann, die Veränderungen in seiner Mimik (so minimal nur), die verrieten, dass er weit weg von ihr war. Und so, schien ihr nun, hatte er auch seine letzten Worte gesprochen: »Gute Nacht, Olive.«

Zum Teufel mit dir, dachte sie, aber die Erkenntnis verletzte sie wirklich: Er war nicht bei ihr, als er starb. Sicher, er war da gewesen, er hatte neben ihr gelegen, aber nur, weil dies sein Haus war – sein Zuhause mit seiner Frau, Betsy –, und Olive empfand (jetzt), dass es nicht ihr Zuhause war, und sie fühlte sich unsicher dort.

Und dann, eines Nachmittags, stürzte sie.

Es war ein Aprilnachmittag, noch gar nicht spät, und ein Sturm zog auf. Olive sah die Wolken, die sich über der Wiese zusammenballten, und dann hörte sie erste Regentropfen auf den Verandabrettern aufschlagen und an die Scheiben klatschen. Sie stand auf und ging auf die Veranda. Sie wollte nur die Polster von den Stühlen nehmen, die sie vor einer Weile herausgestellt hatte, deshalb zog sie keine Jacke über und ließ auch den Stock weg, sie trat ja nur eben vor die Tür, und als sie sich nach dem blauen Kissen auf dem Holzstuhl bückte, stutzte sie plötzlich: Da auf dem Boden lag ein Zigarettenstummel! Olive starrte ihn an, sie verstand nicht, wo er hergekommen sein konnte. Es verwirrte sie – und noch mehr erschreckte es sie. Da lag das Ding, und es wirkte nicht so, als läge es schon sehr lange dort, sicherlich nicht seit Wochen, das weiße Ende war noch ganz weiß, nur eine Spur plattgedrückt. Direkt neben dem Stuhl. Hatte jemand hier gesessen und geraucht, während sie weg war? Wie konnte das sein?

Olive beugte sich vor, und dabei – wie, konnte sie sich später nicht erklären – fiel sie um. Kippte einfach um, fast kopfüber, aber irgendwie landete sie doch auf der Seite, zwischen Hauswand und Stuhllehne lag sie, so verblüfft, dass sie sich einen Moment lang ganz schwummerig im Kopf fühlte, aber das war nur die Verblüffung, nichts sonst. Und dann kam sie nicht mehr hoch. Sie kam nicht mehr hoch.

»Steh auf, Olive«, sagte sie leise zu sich. »Olive, steh auf.« Sie versuchte es mehrmals, aber die Kraft im Arm reichte nicht aus, um sich hochzustemmen. »Steh auf«, befahl sie sich immer wieder. »Steh auf, Olive, du verdammte Idiotin. Hoch mit dir!« Der Wind drehte leicht, und jetzt regnete es mit voller Wucht auf sie ein. Es war ein kalter Regen, sie spürte das Prasseln auf ihrem Gesicht, den Armen, den Beinen. Mein Gott, dachte sie, ich sterbe hier draußen. Mit Christopher hatte sie erst gestern telefoniert, früher als in ein paar Tagen würde er sie nicht anrufen. Und wenn sonst jemand bei ihr anrief – wer, Edith? – und sie nicht abhob, dann würde er sich nichts dabei denken. »Olive, steh auf, wirst du wohl aufstehen«, sagte sie ein ums andere Mal.

Dann würde sie also – woran würde sie sterben? An Unterkühlung? Nein, dafür war es nicht kalt genug, auch wenn sie fror wie ein Schneider in dieser Nässe. Sie würde verhungern. Nein, verdursten würde sie, und wie lange würde das dauern? Drei Tage. Drei Tage würde sie so herumliegen müssen. »Olive, du stehst jetzt sofort auf!« Solche Geschichten hörte man immer wieder. Marilyn Thompson, die in ihrer Garage gestürzt war und zwei Tage dort lag; Bertha Babcock, die ihre Kellertreppe hinuntergefallen und erst nach drei Tagen entdeckt worden war, tot.

»Los jetzt, steh auf, du verdammte Idiotin.« Aber es half nichts. Sie versuchte es immer von neuem, schaffte es aber als Einziges, sich ein Stück weiter auf die Seite zu rollen; ihren Armen fehlte einfach die Kraft. Ihr Blick fiel auf den Wasserhahn, der aus der Hauswand ragte. Jack hatte dort keinen Hahn haben wollen, er fand, es sah dumm aus, so mitten in der Wand, aber seine Frau hatte darauf bestanden, sagte er, fürs Blumengießen. »Recht hast du, Betsy«, sagte Olive. Ihre Zähne klapperten schon. Zentimeter für Zentimeter gelang es ihr, näher zu dem Hahn hinzurobben. Immer wieder griff sie nach ihm, und immer wieder verfehlte sie ihn, aber dann, endlich, bekam ihre Hand ihn zu fassen; lieber Gott, wenn er jetzt nur nicht nachgab! Aber er hielt, der Hahn, und nach mehreren Anläufen konnte sie sich so weit daran hochziehen, dass sie zumindest saß, und dann drehte sie sich um und richtete sich auf die Knie auf, und als Nächstes legte sie die Hände auf die Armlehnen des Stuhls, und zu guter Letzt stand sie. Sie war so zittrig, dass sie sich an der Schindelwand abstützen und Schritt für Schritt ins Haus zurückschleppen musste. Als sie schließlich drinnen war, saß sie viele Minuten nass auf dem Holzstuhl am Tisch, bevor sie sich stark genug fühlte, um unter die Dusche zu gehen.

Aber das war knapp gewesen. Am Bettrand sitzend, frottierte sie sich die Haare und schaute sich um dabei. Wer um alles in der Welt hatte bei ihr auf der Veranda eine Zigarette geraucht? Wer konnte das sein? Im Geist sah Olive eine finstere Männergestalt, die rauchend auf ihrer Veranda saß und ihr auflauerte, einen schrecklichen Verbrecher, der wusste, dass Olive einsam und allein hier draußen wohnte, weitab vom Schuss.

Die ganze folgende Woche konnte Olive das Grauen nicht abschütteln. Sie spürte es, wenn sie abends ins Bett ging, sie spürte es, kaum dass sie morgens wach wurde. Sie spürte es am Nachmittag, wenn sie dasaß und las. Es schwächte sich nicht ab, es wurde stärker. Und dann begriff sie, dass dies die wahre Angst war, eine ganz andere Art von Angst als nach Jacks Tod oder nach dem von Henry. Damals war die Angst *aus ihr* gekommen, aber jetzt saß sie neben ihr. Sie saß Olive in der Frühstücksecke gegenüber, sie saß auf dem Wannenrand, wenn Olive sich das Gesicht wusch, sie saß bei ihr am Fenster, wenn sie ihr Buch las, sie saß nachts am Fußende von Olives Bett.

Und so lief sie in diesem Haus auf und ab, ihrem Zuhause mit Jack, und sie sagte: »Ich hasse es, ich hasse es, ich *hasse* es hier.«

Einsamkeit. Oh, diese Einsamkeit.

Olive wurde schier rasend davon.

So ein Gefühl hatte sie in ihrem ganzen Leben noch nicht erlebt; das dachte sie, während sie von Zimmer zu Zimmer ging. Ihr schien, dass die Angst nach und nach abklang, nur um Platz zu machen für dieses grell klaffende Universum der Einsamkeit, das sich nun um sie auftat, und das brachte sie vollends aus dem Lot. Es war, als hätte sie – ohne sich dessen bewusst zu sein – ihr Leben lang vier stabile Räder unter sich gehabt, und jetzt plötzlich eierten sie alle vier und drohten jeden Moment abzufallen. Sie wusste nicht mehr, wer sie war oder was aus ihr werden sollte.

Eines Tages saß sie in dem großen Lehnstuhl, in dem Jack immer gesessen hatte, und dachte: Was für eine mitleiderregende Figur du geworden bist, Olive. Wenn sie etwas nicht ertrug, dann Leute, mit denen man Mitleid haben musste. Und jetzt zählte sie selbst dazu.

In der Einfahrt war ein Auto zu hören, also stand sie schwerfällig auf und ging zur Tür, um hinter der Gardine vor dem Türfenster hervorzuspähen, und wer kam da? Niemand anderes als Halima Butterfly! Olive öffnete die Tür, und Halima segelte herein und sagte: »Hallo, Mrs Kitteridge.«

»Was machen Sie denn hier?«, fragte Olive und schloss die Tür hinter ihr.

»Ich komme Sie besuchen«, sagte Halima. Sie trug wieder das pfirsichrosa Gewand, in dem Olive sie beim ersten Mal gesehen hatte. »Ich war gerade in der Gegend, und da dachte ich, schau doch mal bei Mrs Kitteridge vorbei. Wie geht es Ihnen?«

»Schauerlich«, sagte Olive. Dann fragte sie: »Warum sind Sie nicht wiedergekommen?«

Halima sagte: »Nach Crosby ist es mir eigentlich zu weit von Shirley Falls aus, deshalb lasse ich mich lieber in der Nähe einteilen, wenn's geht.« Sie hob die Schultern unter den Falten aus Stoff. Dann lächelte sie mit ihren unfassbar weißen Zähnen. »Aber jetzt bin ich hier.«

»Na schön«, sagte Olive.

Im Wohnzimmer sitzend, erzählte Olive Halima von ihrem Sturz und dem Zigarettenstummel. Halima machte ein besorgtes Gesicht. »Das höre ich gar nicht gern«, sagte sie. »Sie sollten nicht allein leben.«

Olive schnaubte angewidert und wedelte mit der Hand, um zu zeigen, was sie von so einer Bemerkung hielt. Aber Halima beugte sich vor und deutete mit dem ausgestreckten Finger auf Olive. »In meiner Kultur«, sagte sie, »wären Sie niemals allein.«

So etwas mochte Olive nicht hören. »Tja, in meiner Kultur«, sie zielte ihrerseits mit dem Finger, »heiraten die Söhne, ziehen weg und lassen sich nie wieder blicken.«

Die Maple Tree Apartments hatten eine Wartezeit von einem Jahr. Aber als sie eines Abends mit ihm telefonierte, sagte Christopher, er könne sie in nur vier Monaten dort unterbringen. »Mom«, sagte er, »ich hab dich nach deinem Herzinfarkt gleich angemeldet, sicherheitshalber. Deshalb bist du schon auf der Warteliste.« Und dann sagte er: »Aber, Mom, hör zu, du wirst das Haus verkaufen müssen. Du kannst in einer Wohnung für dich wohnen statt im Heim, aber du brauchst die Betreuung. Allein in diesem Haus, das geht nicht mehr.«

Olive war sehr müde. »Na schön«, sagte sie.

Damit war es also entschieden. Allmählich wurde es Frühling, und Olive konnte es wahrnehmen und sich daran freuen. Erst die Forsythien, und auch die Schneeglöckchen rund ums Haus. Aber dann schneite es eines Nachts ganz leicht, und am Morgen sahen die Forsythien aus wie verquirlte Eier. Dann kamen die Osterglocken heraus, und schließlich blühten die Fliederbüsche. Sie säumten die Straße zu den Maple Tree Apartments, die sie dieser Tage öfter entlangfuhr, um ihre Freundin Edith zu besuchen, deren Mann Buzzy vor kurzem gestorben war. Edith redete endlos darüber, was für ein wunderbarer Mensch er gewesen sei; Olive hatte ihn nie sonderlich gemocht, aber sie hörte geduldig zu, während Edith zum x-ten Mal erzählte, wie er gestürzt war und danach »über die Brücke« gemusst hatte – so hieß das laut Edith, ein Trakt auf der anderen Seite einer richtigen kleinen Brücke, wo die Leute nach einem Schlaganfall oder dergleichen behandelt wurden – und wie er dann von einem Tag auf den anderen gestorben war … Oh, es war öde, da zuzuhören. Aber Edith sagte, sie sei froh, dass Olive jetzt bald auch hier wohnen würde, wobei sie das nur einmal sagte, und Olive hätte es gern öfter gehört.

Wenn sie jetzt kam und ging, betrachtete Olive die Maple Tree Apartments (verständlicherweise) mit neuen Augen. Die Leute hier waren so *alt*. Heiliger Bimbam. Schlurfende alte Männer, bucklig daherschleichende alte Frauen. Leute mit Rollatoren, bei denen kleine Sitze eingebaut waren. Tja, das war auch ihre Zukunft. Aber sehr real kam es ihr offen gesagt nicht vor.

Sie saß in Jacks Lehnstuhl, als sie ein Auto in der Einfahrt hörte. »Wer zum Teufel ist das denn?«, sagte sie laut, und in der plötzlichen Hoffnung, es könnte wieder Halima Butterfly sein, ging sie mit ihrem Stock zur Tür, und aus ihrem Pick-up stieg Betty. Als Olive ihr öffnete, sagte Betty: »Hallo, Olive!«, mit einer Fröhlichkeit, die Olive künstlich vorkam.

»Hereinspaziert«, sagte Olive.

Betty setzte sich geradewegs in ihren üblichen Sessel und stellte die Handtasche neben sich auf den Boden. »Wie geht es Ihnen?«, fragte sie.

Und so erzählte Olive. Sie erzählte Betty, dass sie nach dem Sommer in die Maple Tree Apartments ziehen würde, und sie erzählte ihr davon, wie sie gestürzt und beinahe gestorben war (sie dramatisierte es Betty gegenüber ein wenig), und auch, dass schuld an allem der Zigarettenstummel war, den sie bei den Verandastühlen entdeckt hatte.

»Ach je«, sagte Betty. »Das war wahrscheinlich meiner. Tut mir sehr leid.«

Das musste Olive erst einmal verarbeiten. »Was soll das heißen?«, fragte sie.

»Ich bin irgendwann bei Ihnen vorbeigefahren, aber Sie waren nicht da, und da habe ich mich draußen hingesetzt und eine geraucht.«

»Sie *rauchen*?«, sagte Olive. »Ist das Ihr Ernst?«

Betty schaute hinab auf ihre Füße, die in Turnschuhen ohne Schnürsenkel steckten. »Nur wenn's mir richtig schlecht geht. Und an dem Tag ging's mir schlecht.« Sie hob den Blick. »Jerry Skyler ist tot.«

Olive sagte nichts, und zu ihrem Erstaunen sah sie, wie sich Bettys Augen mit Tränen füllten.

»Tja«, Betty wischte sie mit dem Handrücken weg, »ich hab ihn gegoogelt, und da stand, dass er gestorben ist. Mit nur achtundsechzig. Ein Herzinfarkt, aber das sollte ich Ihnen vielleicht gar nicht sagen. Er ist beim Laubrechen gestorben, daheim in seinem Garten nördlich von Bangor.«

Olive war drauf und dran gewesen, sie zusammenzustauchen, dafür, dass sie auf ihrer Veranda geraucht und sie zu Tode erschreckt hatte – so erschreckt hatte, dass sie jetzt *wegzog*! Aber Olive stauchte sie nicht zusammen. Sie sah in Bettys Gesicht, sah die Tränen, die ihr über den Mund rannen, so wie auch über Olives Mund Tränen geronnen waren, über das Lippenrot, das sie für den Arzt aufgelegt hatte, weil sie ihn liebte. Und Olive dachte, wie häufig die Menschen doch jemanden liebten, den sie kaum kannten – wie beständig eine solche Liebe sein konnte, und wie tief, selbst wenn sie, wie in Olives eigenem Fall, nicht von Dauer war. Sie dachte an Bettys dummen Aufkleber und an das Kind, Halima Butterflys kleinen Bruder, der sich so gefürchtet hatte, aber irgendetwas davon jetzt zu Betty zu sagen, die aufrichtig litt (wie auch Olive gelitten hatte), schien ihr grausam, und so blieb sie stumm.

Schließlich stemmte sie sich aus ihrem Lehnstuhl hoch und holte ein Kleenex, das sie auf Bettys Schoß fallen ließ, und kehrte zu ihrem Stuhl zurück. Betty putzte sich die Nase, wischte sich an den Augen herum. »Danke«, sagte sie.

»Was haben Sie für ein Leben, Betty?«, fragte Olive nach einer Weile.

Betty sah sie an. »Was für ein Leben ich habe?« Neue Tränen kamen. »Ach Gott …« Sie wedelte schwach mit dem Taschentuch. »Ein ziemlich beschissenes«, sagte sie mit dem Versuch eines Lächelns.

»Dann erzählen Sie mir davon«, sagte Olive. »Ich würde es gern wissen.«

Betty weinte immer noch, aber dabei lächelte sie auch, und sie sagte: »Ach, da gibt's nichts zu erzählen, Olive.«

Olive dachte kurz nach. »Aber es ist Ihr Leben«, sagte sie. »Es ist wichtig.«

Und so erzählte ihr Betty von ihren beiden gescheiterten Ehen, von ihren drei Kindern, die alle chronisch pleite waren, von dem Sohn, dem mit zwölf eine Angina aufs Hirn geschlagen war und der sich seitdem konstant leicht neben der Spur fühlte, und von dem Job, den sie eine Zeitlang gehabt hatte, Zeitungen austragen um vier Uhr früh, bis sie dann schließlich die Altenpflegerausbildung gemacht hatte. Olive hörte zu, versetzte sich an Bettys Stelle, und sie dachte, dass sie selbst es doch bemerkenswert leicht gehabt hatte im Leben, verglichen mit einigem von dem, was diese Frau hatte mitmachen müssen.

Als Betty zum Ende kam, schwieg Olive.

Eine Liebe, wie sie Betty für Jerry Skyler empfunden hatte – wie ließ die sich verstehen? Man musste sie ernst nehmen, das sah Olive. Alle Liebe musste ernst genommen werden, selbst ihre eigene kurze Liebe zu dem Arzt. Aber Betty hatte ihre Liebe über viele, viele Jahre im Herzen bewahrt; so viel hatte sie ihr bedeutet.

Und so sagte Olive schließlich, und sie beugte sich vor dazu: »Soll ich Ihnen mal sagen, was ich finde, junge Dame? Ich finde, Sie machen das *ganz, ganz* prima.« Dann lehnte sie sich wieder zurück.

Was für Wege die Liebe nahm.

Olive empfand sie für Betty, Autoaufkleber hin oder her.

# Freundin

An einem Morgen Anfang Dezember bestieg Olive Kitteridge den Minibus, der die Senioren der Maple Tree Apartments zum Einkaufen in die Stadt transportierte; über Nacht war ein wenig Schnee gefallen, überall glitzerte es weiß. Olive zog sich an dem Handlauf hoch, der die Stufen beim Fahrer hinaufführte – einem mürrischen jungen Mann mit tätowiertem Nacken –, und setzte sich auf den Fensterplatz in der dritten Reihe. Sie war die Erste im Bus, und sie fuhr zum ersten Mal mit. Sie hatte zwar noch ihr eigenes Auto, aber sie hatte sich entschlossen, heute einmal den Bus auszuprobieren, weil ihre Freundin Edith, die schon seit einigen Jahren hier wohnte, gemeint hatte, sie müsse mehr auf die übrigen Bewohner zugehen. »Pff«, hatte Olive gesagt, »also ich finde, sie könnten mehr auf mich zugehen.«

Jetzt sah sie zu, wie die anderen alten Leute – du liebe Güte, manche waren wirklich steinalt! – in den Bus kletterten, und dann kam eine Frau, die ein Stückchen jünger wirkte als die meisten, und setzte sich neben Olive. »Guten Morgen«, sagte die Frau zu Olive und ordnete diverse Stoffbeutel um eine große rote Handtasche auf ihrem Schoß. Sie war hübsch, mit sehr blauen Augen und weißen Haaren, die etwas länger waren, als Olive das für nötig hielt. »Morgen«, sagte Olive, und der

Minibus fuhr an, ruckelte langsam über die Bodenschwellen, bis er auf die Hauptstraße einbog, wo er beschleunigte. Die Frau hieß Barbara Paznik, ließ sie Olive wissen und erkundigte sich, wie lange Olive schon hier wohne. Drei Monate, sagte Olive. Also sie, sagte Barbara und setzte sich eine Spur schräger, um Olive besser ansehen zu können, sei vor einem Monat hier eingezogen, und sie sei völlig begeistert, ob Olive es nicht auch so gehe? »Woher kommen Sie denn?«, fragte Olive, und die Frau sagte, aus New York City, aber sie sei als Mädchen in Maine im Sommerlager gewesen, und sie und ihr Mann hätten jahrelang hier Urlaub gemacht, und jetzt seien sie hergezogen, und sie fühlten sich pudelwohl hier. Absolut pudelwohl. Sie seien beide Frühaufsteher, und sie machten jeden Tag ihren Morgenspaziergang durch das Wäldchen. Nach einer kurzen Pause fragte die Frau: »Und wo kommen Sie her?« Aber Olive drehte den Kopf weg und sah aus dem Fenster; der Atem der Frau roch ein bisschen.

Sie fuhren an der Kongregationalistenkirche vorbei, wo der Trauergottesdienst für Olives ersten Mann Henry abgehalten worden war, und dann weiter durch die Appleton Avenue mit ihren kleinen Häuschen; aus einem kam gerade ein Kind mit seiner Mutter. Das Kind war ein Junge, er hatte keine Mütze auf, und die Mutter sah erschöpft aus, fand Olive. Sie trug Turnschuhe, in diesem Schnee.

»Ich bin von hier«, sagte Olive und wandte sich wieder Barbara Paznik zu. Aber die redete jetzt mit der Frau auf der anderen Seite des Ganges; Olive konnte von ihr wenig mehr als den Rücken ihres Tweedmantels sehen. Nach kurzem Warten nahm Olive den Finger und bohrte ihn in den Tweedmantel, und Barbara drehte sich mit überraschter Miene um. »Ich habe gesagt, ich bin von hier«, sagte Olive, und Barbara sagte:

»Ach so, ja«, und unterhielt sich weiter mit der Frau überm Gang.

Auf dem Parkplatz vor dem großen Lebensmittelladen hielt der Bus, und alle stiegen aus, was seine Zeit dauerte. Olive kaufte Zahnpasta, Waschseife, Cracker und Haferflocken, und damit war sie mit ihren Besorgungen durch. Ein paar Minuten wartete sie auf einer Bank beim Eingang, die Stofftasche mit den Einkäufen auf dem Schoß; sie hatte den größten Teil ihres Lebens in diesem Laden eingekauft, aber auf dieser Bank bei der Tür war sie noch nie gesessen; das zu wissen erfüllte sie mit einer ganz eigenen, stechenden Trauer. Sie stand auf und ging wieder hinaus zum Bus. Der Fahrer öffnete die Falttür für sie, ohne von seinem Handy aufzublicken. Sie klopfte den Schnee von ihrer Stockspitze und setzte sich auf denselben Fensterplatz wie vorhin; außer ihr war noch keiner zurück. Die Stille hüllte sie ein, während sie wartete.

Als die anderen endlich einstiegen, sah Olive, dass mehrere von den alten Frauen unverkennbar diese Alte-Leute-Windeln trugen. Sie beulten ihnen das Hinterteil aus, das sah man, wenn die Jacken nicht lang genug waren; eine Frau, die sich nach etwas bückte, das ihr heruntergefallen war, stellte ihr Windelpaket praktisch für den ganzen Bus zur Schau. Olive schauderte es.

Barbara Paznik beachtete Olive gar nicht, als sie einstieg; sie ging einfach an ihr vorbei und setzte sich neben jemand anderen. Niemand setzte sich auf den Platz neben Olive. Und von allen Seiten hörte sie Stimmen plappern. Und dann, als der Bus die Straße wieder hoch und um die Kurve fuhr, fingen sie alle – Olive traute ihren Ohren nicht – an zu singen: »Die Räder vom Bus drehn sich rundherum, rundherum, rundherum …« All diese alten Frauen sangen mit, lachten sie an mit ihren Runzelgesichtern, sogar die wenigen Männer lachten und freuten sich. Olive musste den Blick zum Fenster wenden; ihre Backen wurden heiß. »Mein Gott, Jack«, dachte sie, »da verpasst du echt was.« Sie nahm es ihm bitter übel, dass er gestorben war. Und dann dachte sie: So ein toller Hecht war er auch wieder nicht, dieser Jack.

Olive fühlte sich, als sei eine Art Drahtglocke über sie gestülpt worden, so ein Gitterding, wie man es bei einem Sommerpicknick hernahm, damit keine Fliegen an den Kuchen gingen. Mit anderen Worten, sie war eingesperrt, und ihr Blick auf die Welt war geschrumpft. Jeden Morgen fuhr sie das Stück zum Doughnutladen und kaufte sich zwei Doughnuts und einen Kaffee zum Mitnehmen, und dann fuhr sie weiter zum Juniper Point und sah aufs Wasser hinaus, während sie ihre Doughnuts aß; die Gezeiten, der Seetang, die Fichten auf der kleinen Insel, all das erinnerte sie an ihr Leben mit Henry. Wenn sie fertig war, stieg sie aus und warf den Kaffeebecher in den Mülleimer, der dort stand. Und dann fuhr sie widerwillig zurück zu den Maple Tree Apartments.

Ihre Wohnung, bestehend aus einem Wohnzimmer mit Kochnische, einem Schlafzimmer und einem großen Bad, ging nach Norden, so dass keine Sonne hereinschien. Das machte Olive viel aus. Sie liebte die Sonne. Sollte sie jetzt ohne Sonne leben? Das hatte sie auch Christopher am Telefon gefragt, gleich nach dem Einzug, und er hatte gesagt: »Mom, wir können von Glück sagen, dass es überhaupt geklappt hat.«

Sie hatte das Einzelbett aus dem Gästezimmer in dem Haus mitgebracht, in dem sie mit ihrem zweiten Mann Jack gelebt hatte, und einen kleinen Holztisch, den sie zusammen mit ihrem ersten Mann besessen hatte. Henry. Und dazu noch ein

Schränkchen, ebenfalls aus Henrys Zeiten. Es war Jacks Vorschlag gewesen, diese Möbel bei ihnen im Keller einzulagern, und jetzt war sie darüber sehr froh. Auf diese Weise konnte sie ein Stück von Henry um sich haben. »Danke, Jack«, hatte sie laut gesagt, nachdem die Umzugsleute gegangen waren. Und dann hatte sie gesagt: »Und danke, Henry.« Auf dem Schränkchen hatte sie ein Foto von Henry stehen und daneben ein kleineres von Jack.

Jeden Abend versammelte sich eine Gruppe von Bewohnern in der Lounge, wo es hölzerne Stehtischchen und eine Handvoll Sessel gab, dunkelgrün gepolstert, mit Armlehnen. Hier tranken diese Leute ihren Wein, und Olive unternahm mehrere Anläufe, sich zu ihnen zu gesellen. An dem Abend nach dem missglückten Minibus-Ausflug ging sie hin und stellte sich mit einem Glas Weißwein in ihre Nähe, aber diese Leute – fand sie – gaben ihr zu spüren, dass sie nicht dazugehörte. Sie waren reich, das hatte Olive schon mitbekommen, und sie waren Snobs. An diesem Abend redete eine hochgewachsene Frau in dunkelblauen Slacks und weißer Bluse über Harvard, Harvard dieses und Harvard jenes. Olive sagte zu ihr: »Mein zweiter Mann war Professor in Harvard. Er hat in Yale studiert, und dann war er der jüngste Dozent, der in Harvard je einen Lehrstuhl bekommen hat.«

Die Frau sah sie an. Sah sie einfach nur an. »Ah ja?«, sagte sie und ging weg.

»Ach, rutscht mir doch alle den Buckel runter«, sagte Olive und stellte ihr Weinglas auf einem der Tischchen ab, und damit meinte sie Jack gleich mit. Als sie wieder in ihrer Wohnung war, packte sie sogar das Bild von Jack weg, so dass nun Henrys Foto allein auf dem Schränkchen stand.

Ein paar der Bewohner waren Leute aus dem Ort, ihre Freundin Edith zum Beispiel, die schon seit etlichen Jahren da war, aber Edith ging vollständig in dem Leben hier auf. Als Olive an ihrem allerersten Abend in den Speisesaal kam – ein großer Raum, durchteilt von Trennwänden mit einem albernen weißen Schnörkelaufsatz –, saß Edith mit drei anderen an einem Vierertisch, und sie winkte Olive kurz zu, mehr nicht, und Olive durfte allein an einem Zweiertisch sitzen. Sie wusste gar nicht, wohin mit ihrem Gesicht, während sie den blöden Salat von der Salatbar aß und dann ihre knauserige Portion Lachs mit gelbem Reis.

Aber Bernie Green wohnte auch hier. Olive erinnerte sich an ihn; als Henry die Apotheke an diese riesige Kette verkaufen musste, hatte Bernie sich um das Rechtliche gekümmert, und Henry hatte immer in den höchsten Tönen von ihm gesprochen. Und nun war er hier, uralt sah er aus, und wo war seine Frau? Seine Frau, stellte sich heraus, war »über die Brücke«; sie war kurz nach dem Einzug an Alzheimer erkrankt, und nun überquerte Bernie jeden Morgen die kleine Fußgängerbrücke, die zur Alzheimer-Station führte, und saß an ihrem Bett, während ihr Verstand sich mehr und mehr verabschiedete. Olive sah ihn nur mit Tränen in den Augen, manchmal liefen sie ihm sogar ganz unverhüllt übers Gesicht. Wie konnte so etwas sein? Das fragte sie Christopher am Telefon, und er sagte: »Na ja, Mom, er wird traurig wegen seiner Frau sein«, und Olive sagte: »Aber Chris, er läuft heulend durch die Gegend!« Und Christopher sagte, das sei eben kulturell bedingt. »Kulturell bedingt?«, wiederholte Olive. »Was zum Kuckuck soll das denn heißen?« Christopher sagte, es solle heißen, dass Bernie Jude war, und bei den Juden sei es keine Schande, wenn Männer weinten.

Olive legte auf, angewidert von ihnen beiden.

Ethel MacPherson war schon sechs Monate hier – sie war hergezogen, nachdem ihr Mann Fergus gestorben war –, und sie schien über alles und alle im Bilde; von ihr wusste Olive auch das von Bernies Frau. Ethel sagte: »Ich hab's nicht ausgehalten in dem großen alten Kasten, nachdem Fergie tot war. Oh, er fehlt mir so furchtbar!«

»War Fergus nicht der, der so oft im Kilt unterwegs war?«, fragte Olive.

Genau, sagte Ethel, das sei ihr Mann gewesen.

»Wozu sollte das gut sein?«, erkundigte sich Olive. »Das hab ich nie so ganz verstanden.«

Darauf reagierte Ethel pikiert. »Tja, wenn Sie schottische Vorfahren hätten, würden Sie das vielleicht anders sehen«, sagte sie spitz.

Und Olive sagte: »Ich habe schottische Vorfahren.«

»Dann bedeutet Ihnen das anscheinend nicht das Gleiche wie Fergie«, versetzte Ethel und ging davon; sie hatte jemanden am anderen Ende des Speisesaals entdeckt.

Wer nicht will, der hat schon, dachte Olive. Aber sie fühlte sich fürchterlich, niemand sprach mit ihr, und nach ein paar Minuten kehrte sie zurück in ihre kleine Wohnung.

Sobald es dunkel wurde, verkroch sie sich in ihr schmales Bett und sah fern. Die Nachrichten waren immer gleich haarsträubend. Und das half. Das Land war in einer desolaten Verfassung, und das interessierte Olive. Manchmal schien es ihr, als würde der Faschismus dicht vor der Tür stehen, aber dann dachte sie, egal, ich sterbe ja sowieso bald. Zeitweise dachte sie an Christopher mit seinen vielen Kindern und sorgte sich, was aus ihnen wohl werden würde, aber dann dachte sie wieder: Ich kann's nicht ändern, es geht eh alles den Bach runter.

Schließlich fand Olive die Chipmans; sie hatten früher in Saco gewohnt, eine Stunde entfernt, er ein ehemaliger Ingenieur, sie eine ehemalige Krankenschwester. Beide waren gottlob Demokraten, deshalb konnten sie sich über die katastrophalen Zustände in der Welt unterhalten, und sie saßen beim Essen zusammen, zu dritt an einem Vierertisch. Das tat Olive gut; es gab ihr einen festen Platz. Dass sie die beiden ein bisschen dröge fand, focht sie nicht groß an, aber nach dem Essen kam es doch öfter vor, dass sie auf dem Weg in ihr Zimmer die Augen verdrehte.

So richtete sie sich ein.

Ein paar Tage nach Weihnachten kam Christopher mitsamt Frau und allen vier Kindern. Und, Wunder über Wunder, Christophers ältester Sohn, Theodore, der einen anderen Mann zum Vater hatte und der, soweit Olive sich erinnern konnte, noch nie ein Wort mit ihr gesprochen hatte, trat in ihre Wohnung, ein Teenager jetzt, und sagte: »Es tut mir leid, dass du krank geworden bist. Mit deinem Herzen und allem.«

»Tja«, sagte Olive, »so was passiert.«

Worauf der Junge zaghaft sagte: »Vielleicht wird es hier ja wieder besser.«

»Vielleicht«, sagte Olive.

Olives Enkelin Natalie war inzwischen acht, und sie redete mit Olive, aber mittendrin wandte sie sich ab und klammerte sich an ihre Mutter, die Olive einen gequälten Blick zuwarf und sagte: »Sie ist gerade in dieser Phase …«

»Sind wir das nicht alle«, sagte Olive.

Aber Henry junior, Olives Enkel, der zehn war, konnte sämtliche Präsidenten der Vereinigten Staaten aufzählen. »Hut ab!«, sagte Olive zu ihm, aber sich die ganze Litanei anhören zu müssen ödete sie unglaublich an, und als er zu dem jetzigen Präsidenten kam, schnaubte sie angeekelt, und der Junge sagte ernsthaft: »Ich weiß.«

Nachdem Christophers Familie abgereist war, fühlte sie sich allein und verlassen und aß zwei Tage in ihrer Wohnung, bevor sie wieder hinaus zu den Chipmans ging.

Es war April, als Olive die Frau zum ersten Mal wahrnahm – sie wohnte schräg über den Gang, zwei Türen weiter; sie sah verhuscht aus, fand Olive, und dieses Mäuschenhafte hatte sie noch nie gemocht. Olive ging weiter in den Speisesaal, und als sie an ihrem Tisch Platz genommen hatte und dort auf die Chipmans wartete, bemerkte sie, dass ihre mäuschenhafte Nachbarin, die eine große Brille vor ihrem kleinen Gesicht trug und an einem Krückstock mit vier Füßen ging, ebenfalls in den Saal gekommen war und sich unsicher umsah. Olive griff nach ihrem eigenen Stock und winkte damit, und als die Frau hersah, machte sie ihr ein Zeichen, dass sie sich zu ihr setzen sollte. »Großer Gott«, murmelte Olive, weil das Mäuschen gar so lang brauchte, um sich zwischen den Tischen durchzuarbeiten, mit einem ängstlichen Blick im Gesicht, als hätte Olive sie nicht extra herbeigewinkt.

»Setzen Sie sich«, sagte Olive, als die Frau den Tisch endlich erreicht hatte, und Miss Mäuschen setzte sich hin und sagte: »Ich heiße Isabelle Daignault. Danke, dass Sie mich an Ihren Tisch holen.«

»Olive«, sagte Olive. (Ein »Frenchie« auch noch, dachte sie bei sich.)

Aber nun kamen die Chipmans, und Olive stellte ihr die beiden vor. »Isabelle.« Und dann aßen sie alle und unterhielten sich, und Miss Mäuschen machte kaum den Mund auf, und

Olive dachte: Also *bitte*. Als sie fertig waren, stand die Frau auf und wartete, unsicher, und Olive sagte: »Gehen Sie zurück?« Ja, sagte sie, also verließen sie den Speisesaal zusammen und gingen den Gang entlang.

Miss Mäuschen sagte: »Ich bin gerade erst eingezogen, vor zwei Tagen.«

»Ach ja?«, sagte Olive. Und sie fügte hinzu: »Das ist alles ziemlich gewöhnungsbedürfig hier, nur, dass Sie's wissen. Die Chipmans sind ganz in Ordnung. Aber von den anderen sind viele ziemlich großkotzig.« Miss Mäuschen sah sie verwirrt an. »Also dann«, sagte Olive. Und sie ließ die Frau vor ihrer Tür stehen.

Es war nun ernstlich Frühling geworden, und Olive kam zu dem Schluss, dass sie eine Schreibmaschine brauchte. Sie tippte jetzt öfter Sachen – Erinnerungen – auf ihrem Computer, aber der Drucker gab langsam den Geist auf, und die Kämpfe mit dem Ding frustrierten sie so, dass sie zitterte; ihre Hände bebten vor Frust. Sie rief Christopher an und sagte; »Ich brauche eine Schreibmaschine.« Dann schob sie hinterher: »Und eine Rose.« Und was machte der Junge: kam die Woche darauf schon aus New York angefahren, mit einer Schreibmaschine, zwei Rosenstöcken und dem kleinen Henry obendrein!

Als Christopher die elektrische Schreibmaschine hereintrug, sagte er: »Die sind inzwischen kaum noch aufzutreiben, weißt du das?«, aber sie hatte nicht das Gefühl, dass er es unnett sagte.

»Da bin ich umso dankbarer«, sagte sie ihm. Er hatte fünf Tintenpatronen besorgt und zeigte ihr, wie man sie einlegen musste. Und dann pflanzte er die Rosensträucher nach ihren Anweisungen in das Stück Beet vor dem Plattenweg gleich bei ihrer kleinen Seitentür; der Hausmeister hatte ihr erlaubt, dort draußen zu gärtnern. Christopher hob die Löcher so tief aus, wie sie es ihm sagte, und er goss die Rosen unmittelbar danach an, auch das genau, wie sie es wollte. »Du, Grandma«, sagte Henry junior mehrmals; sie war mit den Rosen beschäftigt. Aber hinterher, als Christopher wieder drinnen war und sich die Hände gewaschen hatte, sah der Junge seinen Vater an, der ihm zunickte. »Willst du das Bild sehen, das ich dir gemalt habe?«, fragte das Kind, und Olive sagte: »Ja, gut.« Und der Junge faltete sorgfältig ein Blatt Papier auseinander, auf dem mit Wasserfarben eine skelettartige Gestalt und ein großes Haus gemalt waren; Olive fand es ehrlich gesagt ziemlich dürftig. »Wer soll das sein?«, fragte sie, und er sagte: »Ich, und das ist unser Haus«, und Olive sagte: »Schön, schön.«

»Willst du es an deinen Kühlschrank hängen?«, fragte der kleine Henry ganz wichtig und fügte hinzu: »So macht Mommy das immer mit unseren Bildern«, und Olive sagte: »Ich kleb's nachher hin.«

Die Schreibmaschine machte Olive fast ein bisschen glücklich. Sie freute sich an dem Surren und Klicken, sie freute sich daran, einfach ein Blatt einspannen zu können, das dann beschrieben herauskam – ohne diesen blödsinnigen, blinkenden Drucker! –, und auch die Blätter aufeinanderzuschichten war schön. An manchen Tagen las sie durch, was sie geschrieben hatte, an anderen nicht. Aber der Stoß wuchs allmählich. Es waren die einzigen Zeiten, zu denen dieses Gefühl, unter einer Drahtglocke eingesperrt zu sein, nachließ – die Zeiten, wenn sie ihre Erinnerungen tippte.

Eines Tages kam ihr etwas Eigenartiges in den Sinn. Es konnte kaum wirklich passiert sein. Sie war ein kleines Mädchen, und sie fragte ihre Mutter, warum sie keine Brüder oder Schwestern hatte wie andere Kinder auch, und ihre Mutter sah auf sie herunter und sagte: »Nach dir? Das haben wir uns nicht getraut, nach dir noch mal ein Kind zu bekommen.« Aber das konnte so nicht passiert sein, und Olive schrieb es nicht auf.

Zu den Dingen, die sie aufschrieb, gehörte das merkwürdige Benehmen ihrer Mutter in den Monaten, bevor bei ihr der Gehirntumor entdeckt worden war – und eine der Merkwürdigkeiten war gewesen, dass ihre Mutter zu ihrem Auto ging und es streichelte, als wäre es ein Pferd auf der Farm, auf der sie aufgewachsen war. Wenn Olive jetzt daran dachte, verstand sie das. Davor hatte sie es nie verstanden, aber seit ihr Auto die einzige Freiheit war, die ihr noch blieb, verstand sie, wie ihre Mutter ihr Auto so hatte lieben können, als wäre es das Pony aus ihrer Jugend, auf dem sie davonreiten konnte, fort zu einem neuen Ort.

»Henry hat an Gott geglaubt«, schrieb sie eines Tages. Dann schrieb sie: »Ich auch, wegen der Frösche im Sezierkurs im College.« Denn das wusste sie noch – wie sie der Anblick der Froschinnereien plötzlich hatte denken lassen: Es muss einen Gott geben, der all das erschaffen hat. Jetzt erinnerte sie sich daran, und dann schrieb sie: »Damals war ich allerdings jung.«

Miss Mäuschen aß auch weiterhin gemeinsam mit Olive und den Chipmans, und als sie eines Tages vom Speisesaal zurückgingen, fragte sie Olive, ob sie noch mit zu ihr hereinkommen wolle. Olive hatte erst vor kurzem entdeckt, dass die Frau aus Shirley Falls kam – auch wieder so etwas Mäuschenhaftes, dachte Olive, das nicht vorher erwähnt zu haben –, und so sagte sie: »Ist gut«, und sie folgte ihr in ihre Wohnung und staunte über die Mengen von kleinem Nippeszeug, eine Porzellanfigur in Schweizer Tracht und eine andere in Lederhosen, und dazu Dutzende von Fotos, die auf den Tischen aufgestellt waren. Olive nahm Platz. »Na, wenigstens scheint bei Ihnen die Sonne rein«, sagte sie.

Ihr fiel auf, wie geschwollen die Fußknöchel der Frau waren (dass ihre Handgelenke geschwollen waren, hatte sie zuvor schon bemerkt), und nun sagte Miss Mäuschen ihr: »Ich habe Gelenkrheumatismus.«

»Das ist übel, oder?«, sagte Olive, und die Frau sagte, ja, leicht sei es nicht.

Ihre Stimme war leise, und Olive fragte sie, ob sie nicht lauter sprechen könne. »Ich versteh Sie so schlecht«, sagte Olive und beugte sich in ihrem Sessel vor.

Miss Mäuschen sagte: »Ja, entschuldigen Sie.«

Und Olive sagte: »Herrgott noch mal, das ist doch kein Grund, sich zu entschuldigen, ich bitte Sie doch nur, lauter zu sprechen.«

Daraufhin beugte sich Miss Mäuschen ihrerseits vor und fing zu erzählen an. Sie erzählte und erzählte, und Olive merkte, dass sie das, was sie da hörte, hochinteressant fand. Die Geschichte war Folgende: Ursprünglich hatte sie Isabelle Goodrow geheißen, und als junges Mädchen war sie von dem besten Freund ihres Vaters geschwängert worden. Das war nicht lang nach dem Tod ihres Vaters gewesen. Sie war ein Einzelkind, und sie war sehr behütet aufgewachsen, und sie hatte – sie sah Olive ins Gesicht, als sie das sagte – nicht die geringste Ahnung von Sex gehabt. Und so war es passiert. Der Mann war verheiratet und lebte mit seiner Familie in Kalifornien, und er war zu einem Besuch in die Kleinstadt in New Hampshire gekommen, in der Isabelle und ihre Mutter wohnten. Und als er abreiste, war sie schwanger. Ihre Mutter war mit ihr zum Pfarrer gegangen, der gesagt hatte, die Wege von Gottes Liebe seien oft wundersam, und so hatte Isabelle, die zu der Zeit gerade mit der Schule fertig wurde, das Kind bekommen und war zu Hause bei ihrer Mutter geblieben und hatte von daheim Kurse an der Universität belegt, aber ihre Mutter war gestorben, und ab da war sie allein mit dem Kind. Und sie schämte sich deshalb. »Damals hat man sich wegen so etwas geschämt«, sagte Isabelle. »Ich meine, Leute wie ich haben sich geschämt. Furchtbar geschämt.« Sie lehnte sich zurück.

»Erzählen Sie weiter«, sagte Olive.

Und nach einer kurzen Pause beugte sich Isabelle erneut vor und sagte, eines Tages habe sie einfach ihre Sachen gepackt und sei die Küste hinaufgefahren bis nach Shirley Falls, Maine.

»Das hatte ich erzählt, oder, dass ich in Shirley Falls auf der Highschool war«, unterbrach Olive sie. »Ich kam aus West Annett, diesem kleinen Nest, und bin in Shirley Falls auf die Highschool gegangen, genau wie mein Mann.« Isabelle wartete, die geschwollenen Finger um den Knauf ihres Krückstocks gelegt. Olive sagte: »Schon gut, erzählen Sie weiter, ich rede auch nicht mehr dazwischen.«

Nun ja, sagte Isabelle, sie kannte keine Menschenseele dort, als sie ankam, was ja auch der Sinn der Sache gewesen war. Aber sie war sehr einsam. Sie suchte sich einen Babysitter für ihre kleine Tochter und fand eine Stelle im Büro einer Schuhfabrik; sie war die Sekretärin des Bürovorstehers, und der Raum war voller Frauen. »Ich habe mich für etwas Besseres gehalten als sie«, sagte Isabelle. »Ganz im Ernst. Jahrelang habe ich mit diesen Frauen in einem Raum gearbeitet, und immer dachte ich: Ich war so gut in der Schule, ich hätte Lehrerin werden können, wenn ich nicht Amy bekommen hätte, und dazu hätten diese Frauen niemals das Zeug. Solche Sachen habe ich gedacht«, sagte sie, und auch dabei sah sie Olive ins Gesicht.

Olive dachte: Also, ehrlich ist sie jedenfalls.

Die Frauen in dem Büro erwiesen sich dann aber als echte Freundinnen. Als Amy sechzehn war, kam es zu einer Krise. Isabelle entdeckte, dass Amy eine Beziehung mit ihrem Mathematiklehrer gehabt hatte. »Eine sexuelle Beziehung«, sagte Isabelle. Daraufhin war Isabelle ausgerastet. »Wissen Sie, was ich gemacht habe?« Sie sah Olive an, und Olive kamen ihre Augen kleiner vor, röter.

»Nein, was?«

»Amy hatte immer so schöne lange Haare gehabt. Dicke, wellige blonde Haare, von ihrem Vater, nicht von mir, und als ich das mit dem Mathelehrer herausfand, da bin ich – o Gott, Olive, ich bin mit der Handarbeitsschere in ihr Zimmer gelaufen, und ich – ich – hab ihr die Haare abgeschnitten.« Isabelle schaute weg, nahm die Brille ab und wischte sich mit der Hand über die Augen.

»Hmm.« Olive überlegte ein Weilchen. »Doch, da verstehe ich Sie«, sagte sie.

»Wirklich?« Isabelle hatte die Brille wieder aufgesetzt und sah sie an. »Also, ich nicht. Ich meine, ich hab's ja getan, insofern sollte ich es verstehen, aber – oh, die Erinnerung peinigt mich. Meinem Kind so etwas anzutun!«

»Mag sie Sie jetzt denn?«, fragte Olive.

Und Isabelles Gesicht wurde plötzlich froh. »Oh, sie liebt mich. Warum, ist mir ein Rätsel, ich war überhaupt keine gute Mutter, ich habe mich so verkrochen, und sie hatte keine Freunde, aber, doch, sie lebt jetzt in Des Moines, und sie hat einen Sohn, der fünfunddreißig ist und in Kalifornien irgendetwas mit Computern macht. Ja, doch, Amy liebt mich, und dank ihr kann ich mir auch die Wohnung hier leisten.«

Ob sie ein Bild von ihr dahabe, fragte Olive, worauf Isabelle hinter sie zeigte, und als Olive sich umdrehte, war da eine ganze Galerie von Fotos. Das Mädchen war viel älter, als sie sich vorgestellt hätte, aber dann fiel ihr wieder ein, wie jung Isabelle gewesen war, als sie sie bekommen hatte. Amy trug ihr recht graues Haar jetzt kurz, aber ihr Gesicht war rundlich und hatte einen sanften Ausdruck. »Hm«, sagte Olive. Sie studierte die Fotos gewissenhaft.

»Also, ich war auch keine gute Mutter«, sagte sie und wandte sich wieder Isabelle zu. »Aber mein Sohn liebt mich auch. Inzwischen. Nachdem ich meinen Herzinfarkt hatte, ist er plötzlich erwachsen geworden. Was macht Amy beruflich?«, fragte sie dann.

»Sie ist Ärztin. Onkologin.«

»So was«, sagte Olive. »Na, alle Achtung. Den ganzen Tag mit Krebspatienten zu tun haben, alle Achtung.«

»Oh, es muss furchtbar schwer sein, aber irgendwie fasziniert es sie auch, glaube ich. Ihr erstes Kind, auch ein Junge, ist mit achtzehn Monaten gestorben, wissen Sie. Nicht an Krebs. Plötzlicher Kindstod. Und sie war mitten in der Schwesternausbildung, und dann hat sie einfach weitergelernt. Verheiratet ist sie auch mit einem Arzt. Einem Kinderarzt.«

Aus irgendeinem Grund schien das Olive besonders bemerkenswert. Sie sagte: »Mein Sohn ist auch Arzt. In New York City.«

»New York!«, sagte Isabelle, und sie erkundigte sich, was für eine Art Arzt.

»Er ist Fußspezialist«, sagte Olive. »Die New Yorker gehen viel zu Fuß. Seine Praxis hat enormen Zulauf.« Sie sah hinüber zu der Armee kleiner Nippesfiguren, die auf einem Regal am Fenster standen.

»Die sind von meiner Mutter«, sagte Isabelle.

»Und wann haben Sie dann geheiratet?« Olive wandte den Blick wieder ihr zu.

»Oh, ich war mit einem wunderbaren Mann verheiratet, er war Apotheker …«

»Ich war auch mit einem Apotheker verheiratet!« Olive trompetete es richtiggehend. »Mein Mann hatte seine Apotheke hier, in Crosby, und er war so ein unglaublich lieber Mensch. Henry war die Güte in Person.«

»Genau wie mein Mann«, sagte Isabelle. »Ich habe ihn geheiratet, als Amy ihr Studium anfing. Letztes Jahr ist er dann gestorben, und das Haus war einfach zu viel für mich, deshalb hat mir Amy die Wohnung hier verschafft.«

»So was«, sagte Olive. »So was, so was, so was. Da haben wir beide Apotheker geheiratet.«

Isabelle sagte: »Mein Mann hieß Frank.«

»Frank, der Franko-Kanadier«, sagte Olive. »Ein Frenchie, wie das früher geheißen hätte.« Und Isabelle sagte, ja, und ob das nicht drollig sei, denn früher, als sie noch in der Schuhfabrik gearbeitet und sich den anderen Frauen dort so überlegen gefühlt hatte, da hätte sie es nie für möglich gehalten, einmal einen Franko-Kanadier zu heiraten. Aber dann kam es so. Und er war ein wunderbarer Mensch. Er war mit einer Frau verheiratet gewesen, die ganz jung gestorben war, noch bevor sie Kinder hätten bekommen können, und nach ihrem Tod kam er abends von der Arbeit heim, und zwar jeden Tag, Frühling, Sommer und Herbst, er kam heim – er und seine junge Frau hatten ein Haus außerhalb von Shirley Falls mit Wiesen auf allen Seiten bewohnt – und stieg auf seinen Aufsitzmäher, und dann mähte er diese Wiesen. Mähte, mähte, mähte. Und dann lernte er Isabelle kennen.

»Hat er mit dem Mähen aufgehört?«, fragte Olive.

Isabelle sagte: »Er hat weniger gemäht.«

In Olive breitete sich eine Wärme aus; sie setzte ihren Stock auf dem Boden auf und stemmte sich aus ihrem Stuhl. »Diese Sonne, die Sie hier haben, das ist schön«, sagte sie.

Dann geschah etwas, das Olive weit stärker zusetzte als die fehlende Sonne in ihrer Wohnung. Ihr Hinterausgang hielt nicht mehr dicht. Die ersten Male passierte es nachts, sie wachte immer sofort auf, jedes Mal in hellem Entsetzen, und dann überfiel es sie eines Tages auf dem Rückweg vom Speisesaal, o weh, dachte sie noch, jetzt aber hurtig, aber sie schaffte es nicht mehr ganz. Für Olive war das der Alptraum schlechthin.

Am nächsten Morgen stand sie um sechs Uhr auf und stieg in ihr Auto – sie kam an Barbara Paznik und ihrem Mann vorbei, die ihren Morgenspaziergang machten, und Barbara winkte freudig – und fuhr zu dem Walmart, der ein ganzes Stück außerhalb lag. Sie humpelte hinein, so schnell sie es mit ihrem Stock konnte, und kaufte eine Packung von diesen schauderhaften Alte-Leute-Windeln, die sie daheim in die oberste Schublade ihres Badeschränkchens legte. Sie fragte sich, wann sie die erste anziehen sollte. Es war alles so unberechenbar.

Ein paar Abende darauf – Isabelle und sie kamen gerade vom Essen zurück – überfiel es sie wieder, und als Isabelle fragte: »Kommst du noch mit rein?«, sagte Olive: »Ja, und ich hab's eilig«, und sie marschierte auf direktem Weg in Isabelles Bad. »Puh!«, sagte sie, und als sie sich ein paar Minuten später wieder herrichtete, schaute sie nach oben und sah – eine Packung Windeln!

Olive kam aus dem Bad und setzte sich hin und sagte: »Isabelle Goodrow Daignault. Du trägst diese peinlichen Altersheim-Windeln!«, und Isabelle wurde über und über rot. Olive sagte: »Tja, ich auch. Beziehungsweise, ich sollte sie wohl öfter tragen.«

Isabelle schob sich die Brille mit dem geschwollenen Handrücken ein Stück höher und sagte: »Meine Blase schließt nicht mehr richtig, deshalb brauche ich sie. Nicht immer, aber nachts ziehe ich sie an.«

»Bei mir leckt es hinten«, sagte Olive. »Das ist noch viel schlimmer, wenn du mich fragst.«

Isabelles Mund öffnete sich schockiert. »Ach du lieber Schreck, Olive. Das *ist* schlimmer.«

»Und ob es das ist. Und ich glaube, die gefährlichste Zeit ist nach dem Essen. Grundgütiger, Isabelle. Von jetzt an werde ich zum Essen meine *Kacka-Windeln* anhaben müssen. Wo inzwischen sogar meine Enkelin sauber ist – und zwar seit Jahren!«

Das gefiel Isabelle; sie lachte, bis sie Tränen in den Augen hatte. Dann gestand sie Olive, wie sehr es sie immer beschämte, mit den Windeln zur Kasse zu gehen, wenn sie mit den anderen alten Leuten zusammen den Minibus zum Laden nahm (sie hatte kein Auto), und wie sie sich jedes Mal dafür wegzustehlen versuchte, und Olive sagte: »Herrgott, ich kauf dir so viele, wie du nur willst, ich fahr um sechs Uhr früh, wenn sie aufmachen, zum Walmart, so mache ich das.«

»Olive«, Isabelle stieß einen Seufzer aus, »ich bin gottfroh, dass ich dich getroffen habe.«

Als Olive in ihre eigene Wohnung zurückkam, schrieb sie keine Erinnerungen auf; sie saß nur im Sessel und sah den Vögeln an dem Vogelhäuschen vor ihrem Fenster zu und dachte dabei, dass sie eigentlich nicht unglücklich war.

Und so verging das Jahr. An Weihnachten lernte Olive Amy Goodrow und ihren Mann kennen, der Asiate war – das wusste Olive schon durch die Fotos –, und irgendwie war Amy als Person anders, als Olive erwartet hatte; sie strahlte etwas sehr Liebes aus, aber zugleich auch eine gewisse Kühle. Olive wusste nicht recht, was sie von ihr halten sollte, aber nach ihrer Abreise – sie waren zu einem dreitägigen Besuch angeflogen gekommen – sagte sie Isabelle, ihre Tochter sei ein sehr nettes Mädchen. »Oh, sie ist *wunderbar*«, erwiderte Isabelle, und das erstaunte Olive fast ein bisschen, Isabelles abgöttische Liebe zu diesem Kind.

Olives eigene Familie blieb über Weihnachten in New York. »Sie haben diese ganzen kleinen Kinder und den Baum und den ganzen Klimbim«, sagte Olive zu Isabelle, und Isabelle sagte: »Ja, sicher.«

Ganz langsam wurde es wieder Frühling.

Eines Abends sah Olive, dass Bernie Green Gäste bei sich am Tisch sitzen hatte. Sie erspähte sie gleich beim Hereinkommen. Es war ein Paar, beide schätzungsweise in den Fünfzigern, aber noch während sie von der Tür aus hinsah, wurde ihr plötzlich klar: Das musste die Larkin-Tochter sein. Also ging Olive zu dem Tisch hinüber und sagte: »Hallo, sind Sie nicht die Larkin-Tochter?«

Und die Frau blickte zu ihr hoch, eine Hand zog die Ränder ihrer dunkelroten Strickjacke zusammen, und sie sagte vorsichtig: »Ja?«

»Dachte ich's mir doch«, sagte Olive. »Sie sehen aus wie Ihre

Mutter. Ich bin Olive Kitteridge. Ich habe an der Schule unterrichtet, wo sie die Berufsberatung gemacht hat.«

Die Frau sagte: »Hallo, ich bin Suzanne, und das ist mein Mann.« Der Mann nickte Olive freundlich zu. So ein hübsches Mädchen, dachte Olive, trotz dieser leichten Traurigkeit, die sie zu umgeben schien.

»Wissen Sie, einmal – aber das ist schon Jahre her …«, Olive nahm auf einem freien Stuhl Platz, »da hat Ihre Mutter Fotze zu mir gesagt.«

Suzanne Larkins Hand fuhr hoch zu ihrem Hals, und sie starrte erst ihren Mann an und dann Bernie, der leise zu lachen begann.

»Oh, es geschah mir ganz recht«, sagte Olive. »Ich habe sie besucht, nachdem mein erster Mann seinen Schlaganfall hatte, und ich bin deshalb zu ihr gekommen, weil ich dachte, ihre Probleme wären schlimmer als meine eigenen, und sie wusste genau, dass ich deswegen da war, es war wirklich erstaunlich, ich habe es nie vergessen. Aber *meine* Herren, was für eine Wortwahl.«

Suzanne Larkin betrachtete Olive mit einer plötzlichen Wärme im Ausdruck. »Oje, das tut mir leid«, sagte sie.

Und Olive sagte, das brauche es nun wirklich nicht.

»Sie ist diese Woche gestorben«, sagte Suzanne.

»Ach du Himmel«, sagte Olive. Und dann sagte sie: »Das tut mir sehr leid. Für Sie, meine ich.«

Und das Mädchen berührte Olive ganz leicht an der Hand. »Das muss es nicht.« Sie beugte sich zu Olive vor. »Wirklich nicht.«

Die meiste Zeit redeten Olive und Isabelle von ihren Männern und zwischendurch auch ein wenig über ihre Kindheit.

Olive hatte Isabelle gleich zu Anfang erzählt, dass ihr Vater sich in seiner Küche umgebracht hatte, als Olive dreißig war, und die spontane Anteilnahme, die sie daraufhin in Isabelles Gesicht sah, war Olive sehr wichtig; hätte Isabelle distanziert reagiert, wäre es mit ihrer Freundschaft vielleicht schnell wieder vorbei gewesen. Um ihre Enkel ging es nur selten, und eines Tages fragte Olive Isabelle, warum sie nicht mehr von ihrem Enkelsohn erzählte, dem Computermenschen in Kalifornien. Isabelle stützte das Kinn in die Hand, als müsste sie darüber erst nachdenken. »Na ja, wenn man zu viel über seine Enkel spricht, kann das für andere leicht langweilig werden, und außerdem …«, hier seufzte Isabelle und ließ den Blick durch Olives Wohnzimmer wandern; sie besuchten sich jetzt abwechselnd, »… außerdem weiß ich eigentlich viel zu wenig von ihm, Olive. Die Wahrheit ist doch, Amy ist sehr gut zu mir, aber sie lebt nun mal in Iowa, und ich denke manchmal, wenn ein Kind so weit wegzieht, dann versucht es, Abstand zu etwas zu gewinnen, und das bin in diesem Fall ja wohl ich.«

Und erst da begriff Olive zur Gänze – in gewisser Weise begriff sie es allen Ernstes erst jetzt –, warum Christopher in New York lebte. »Das stimmt wahrscheinlich«, sagte sie langsam, während sich der Schmerz wie ein feines Netz in ihr ausbreitete. Und dann dachte sie an Amy. Daher also kam dieses leicht Unterkühlte an ihr: Amy liebte ihre Mutter, aber sie waren sich nicht nah. Die Geschehnisse der Kindheit lassen sich nicht ungeschehen machen.

»Ich liebe meinen Enkel«, hörte sie Isabelle sagen. »Doch, natürlich liebe ich ihn, aber er gehört nicht zu meinem Leben.«

Olive wippte heftig mit dem Fuß. Nach kurzem Zögern erzählte sie Isabelle von dem Brief, den sie Henry junior geschrieben hatte, und dem Brief an seinen älteren Bruder, der plötzlich so nett zu Olive gewesen war; beide hatten sie zurückgeschrieben, und dann hatte Christopher angerufen und gesagt: »Mom, du musst den Mädchen auch schreiben.« Und das hatte Olive getroffen, also hatte sie auch den Mädchen geschrieben und nie einen Pieps von ihnen gehört.

Isabelle hörte sich das an und schüttelte langsam den Kopf. »Also, ich weiß ja nicht, Olive.«

Und Olive sagte: »Ich weiß auch nicht.«

Und dann erschien Isabelle eines Abends nicht zum Essen. Olive hämmerte an ihre Tür, und Isabelle kam und machte auf – was aber ziemlich lang dauerte –, und ein Arm war voller Blutergüsse, die sie Olive gleich als Erstes zeigte. »Olive«, sagte sie, »ich bin hingefallen.« Sie hatte gerade in die Dusche steigen wollen, als sie gestürzt war, und eine kurze Zeit hatte sie schon befürchtet, sie würde nicht wieder hochkommen, aber dann ging es doch, und jetzt war sie völlig durch den Wind. Hinter ihren Brillengläsern glitzerten Tränen. »Ich habe so Angst, dass ich über die Brücke muss«, sagte sie. Olive verstand sie nur zu gut.

Noch am selben Tag tauschten sie die Zweitschlüssel zu ihren Wohnungen aus, damit morgens und abends eine von ihnen bei der anderen aufsperren konnte, um kurz nach ihr zu schauen und gleich wieder zu gehen. Olive hätte nie gedacht, welch ein geborgenes Gefühl es ihr gab, als sie das erste Mal – gleich an diesem Abend – pünktlich um acht den Schlüssel im Schloss hörte und Isabelle in der Schlafzimmertür erschien. Olive winkte, und Isabelle winkte zurück und verschwand. Und so hielten sie es von da an. Morgens um acht sah Olive bei Isabelle nach dem Rechten, und abends um acht sah Isabelle nach Olive. Dabei redeten sie meistens nicht, sondern winkten nur kurz, und sie waren sich beide einig, dass das vorzüglich klappte.

Eines Morgens schloss Olive Isabelles Tür auf – etwas früher als sonst, Olive war schon seit Stunden wach – und wollte gerade rufen: »Ich bin's nur«, als sie Isabelle reden hörte. Sie wäre fast wieder hinausgegangen; sie dachte, Isabelle hätte Besuch.

Aber in dem Moment hörte sie Isabelle mit babyhafter Stimme sagen: »Mommy, bin ich brav gewesen?«

Und dann wechselte Isabelle in einen ruhigen, erwachsenen Tonfall und antwortete: »Ja, Schätzchen, du warst wunderbar brav.«

Wieder Isabelles Babystimme: »Ich hab mir auch ganz viel Mühe gegeben, Mommy.«

Und Isabelles ruhige Erwachsenenstimme: »Ich weiß, Schätzchen. Du bist Mommys braves Mädchen.«

Babystimme: »Mommy, ich muss duschen.«

Erwachsenenstimme: »Ist gut, Schätzchen. Dann mach das.«

Babystimme: »Ja? Weil ich manchmal solche Angst kriege, weißt du? Dass ich hinfallen könnte oder so was.«

Erwachsenenstimme: »Ja, das verstehe ich, Schätzchen. Aber du musst keine Angst haben. Du kannst das.«

Babystimme: »Okay, Mommy. Danke, Mommy. Du bist immer so lieb.«

Und dann sah Olive, wie sich Isabelle in Richtung Bad in Bewegung setzte, und zog leise, so leise, dass sie die Anspannung als Kribbeln im Rücken spürte, die Tür wieder zu, bis sie einrastete, und wartete auf dem Gang, und nach mehreren Sekunden begann drin die Dusche zu rauschen, also ging sie wieder zurück zu sich.

In ihrem Sessel am Fenster sitzend, hörte Olive im Geist immer wieder diese zweierlei Stimmen, mit denen Isabelle mit sich selbst redete; ein Schauder kroch ihr an den Armen herab. War die Frau schizoid? Sie konnte sich nicht helfen, es verstörte sie zutiefst. Vielleicht wurde Isabelle ja auch langsam senil. Ein neuerlicher Schauder rieselte Olive das Bein hinunter.

Als sie am Nachmittag zusammen bei Olive saßen, sagte Olive zu Isabelle: »Ich muss zur Zeit viel an meine Mutter denken.«

Isabelle sah sie freundlich an. »Ja?«, sagte sie. Und als Olive nicht antwortete: »Was denkst du da so, Olive?«

Mit leichtem Schulterzucken sagte Olive: »Ich glaube, meine Mutter hat mich nicht besonders gemocht. Geliebt, ja. Aber ich weiß nicht, ob sie mich mochte.«

»Ach, Olive, wie traurig.«

Also packte Olive den Stier einfach bei den Hörnern und fragte: »Was ist mit deiner Mutter, Isabelle? Erzähl mir ein bisschen mehr von ihr.«

Isabelles Gesichtsausdruck veränderte sich nicht, als sie sagte: »Oh, meine Mutter hat mich geliebt. Aber weißt du, Olive, ich habe sie enttäuscht. Dass ich so früh schwanger geworden bin, das war nicht leicht für meine Mutter. Und dann ist sie gestorben. Und das tut mir weh, Olive, diese ganzen Jahre hat es mir wehgetan, weil ich mir so gewünscht hätte, dass sie lange genug lebt, um zu sehen, wie Amy – ach, dass Amy eben Ärztin ist und so gescheit, und ich hätte mir gewünscht, dass sie meine Ehe mit Frank noch miterlebt. Das hätte ihr viel bedeutet.«

»Ja«, sagte Olive. »Ja, so geht's im Leben. Da kann man nichts machen.«

»Nein.« Isabelle wiegte zustimmend den Kopf. »Ich weiß.

Aber sie fehlt mir. Jetzt fast noch mehr als früher. Manchmal rede ich sogar mit ihr – und dann antworte ich mir mit ihrer Stimme. So, wie sie mir immer geantwortet hat, als ich klein war.« Mit langsamem Nicken sah sie Olive an; ihre Brillengläser warfen das Licht zurück. »Das tröstet mich. Und irgendwie vermischt es sich auch mit meiner Beziehung zu Amy, weil ich immer denke, ich war ihr keine so gute Mutter. Aber das weißt du ja, das habe ich dir schon erzählt.«

Die Sache beschäftigte Olive noch, nachdem Isabelle längst gegangen war. Offenbar war sie weder schizoid, noch wurde sie senil. Sie vermisste ihre Mutter und holte sie sich mit ihrer eigenen Stimme von früher zurück. Beziehungsweise mit der ihrer Mutter. Olive saß lange Zeit in ihrem Sessel am Fenster. Ein Kolibri kam an die Pergola geschwirrt, dann eine Meise. Viele Minuten grübelte sie nach über das, was Isabelle ihr erzählt hatte, bevor sie probeweise sagte: »Mutter?« Und es klang idiotisch. Ihre eigene Stimme, die Stimme einer Sechsundachtzigjährigen, die »Mutter« sagte. Und als ihre Mutter antworten konnte sie erst recht nicht. Nein. Da führte kein Weg hin.

Und irgendwie fühlte sich Olive dadurch doppelt verwaist. Isabelle hatte noch eine Mutter, gewissermaßen, und Olive hatte keine. Olive saß da, brütend. Zuletzt stand sie auf und sagte: »Ach, rutsch mir doch den Buckel runter«, aber wen sie damit meinte, wusste sie nicht.

Es war Juni geworden.

Eine Woche zuvor noch hatte Olive, als sie auf dem Weg zum Walmart vom Parkplatz herunterfuhr, Barbara Paznik und ihren Mann bei ihrem Morgenspaziergang gesehen, und Barbara hatte ihr zugelächelt und heftig gewinkt. Und ganz kurz danach (das erfuhr Olive später) war Barbara offenbar umgekippt, ein Schlaganfall, und zwei Tage darauf war sie tot. Olive konnte es kaum glauben, und es erstaunte sie, wie nahe es ihr ging.

Nun saß sie am frühen Nachmittag auf einem der Stühle, die im Gemeinschaftsraum für Barbaras Gedenkfeier aufgestellt worden waren; zur Sicherheit hatte sie eine Windel angezogen. Isabelle war nicht mitgekommen, sie hatte die Frau nicht gekannt und hätte sich deshalb fehl am Platz gefühlt, sagte sie. An die zwanzig Leute saßen in dem Raum, in den spielend die dreifache Menge hineingepasst hätte. Niemand weinte; alle saßen still da, während Barbaras Tochter darüber sprach, wie positiv ihre Mutter immer gewesen sei, und nach ihr ein Neffe darüber sprach, wie viel Spaß man mit Tante Barbara immer haben konnte, und das war's im Grunde auch schon. Olive schickte sich zum Gehen an, machte aber wieder kehrt und ging zurück zum Gemeinschaftsraum, wo sie Barbaras Mann im Gespräch mit zwei Frauen vorfand. Sie wartete, bis das Gespräch beendet war und sagte dann zu ihm: »Barbara ist einmal sehr nett auf mich zugegangen, und ich war stofflig zu ihr. Es tut mir sehr leid, dass sie nicht mehr bei uns ist. Für Sie vor allem«, ergänzte sie.

Und der Mann war so nett! Er nahm ihre Hand, und er dankte ihr, er sprach sie sogar mit Olive an, und er sagte, sie solle sich keine Sorgen machen, sie habe Barbara ganz bestimmt nicht gekränkt; seine Frau habe davon nie etwas erwähnt, sagte er. Und er beugte sich vor und küsste Olive auf die Wange. Sie konnte es nicht fassen.

Und sie konnte nicht fassen, wie traurig sie war.

Den ganzen Nachmittag saß sie danach in ihrem Sessel am Fenster, und viele Dinge gingen ihr durch den Kopf. Sie war ruppig zu Barbara Paznik gewesen, weil die Frau aus New York kam. Und Barbara Paznik war jünger als Olive gewesen, und so voller Energie, und nun war sie tot. Gestorben. Immer wieder sah sie das hübsche, lebhafte Gesicht der Frau vor sich. Und obwohl ihr schon zwei Ehemänner gestorben waren, wurde ihr jetzt erst vollends klar, dass dies auch ihr, Olive, bevorstand. Auch sie würde sterben. Es verblüffte sie, es schien ihr unfassslich. Irgendwie hatte sie es vorher nie richtig geglaubt.

Aber nun war es so weit, es war fast zu Ende, ihr Leben. Es schleppte hinter ihr her wie ein Sardinennetz, schwer von nutzlosen Klumpen Seetang, Muschelbruch und den zahllosen glänzenden Fischchen – diese Hunderte von Schülern, die sie unterrichtet hatte, all die Jungen und Mädchen in den Gängen der Highschool, als sie selbst noch ein Schulmädchen war (viele davon – die meisten – inzwischen wahrscheinlich schon tot), die tausenderlei Arten von Gefühlen, mit denen sie die Sonne hatte auf- und untergehen sehen, die verschiedenen Kellnerinnenhände, die ihr den Kaffee serviert hatten … Das alles war vorbei, oder fast vorbei.

Olive rutschte leicht hin und her in ihrer Blümchenbluse und der schwarzen Hose, unter der sie die Windel trug. Immer wieder dachte sie: Barbara Paznik hat gelebt, und jetzt ist sie tot. Und dann schlug ihr Gehirn eine kleine Volte, und die Grashüpfer fielen ihr ein, die sie als Kind gefangen und in ein Schraubglas gesperrt hatte, und sie hörte ihren Vater sagen: »Lass sie frei, Ollie, sonst sterben sie.«

Ihre Gedanken drifteten weiter zu Henry, zu dieser Güte in seinem Blick, die er als junger Mann schon gehabt hatte und die ihm auch der Schlaganfall und die Blindheit nicht hatten nehmen können; selbst wenn er im Rollstuhl vor sich hin starrte, hatte sein Gesicht einen liebenswürdigen Ausdruck gehabt.

Sie dachte an Jack, sein spöttisches Lächeln, und sie dachte an Christopher. Sie konnte vermutlich von Glück sagen, dachte sie. Zwei Männer hatten sie geliebt, schon das war Glück, denn warum hätten sie sie sonst lieben sollen? Aber das hatten sie. Und auch mit Christopher lief es inzwischen ja wieder.

Wenn jemand zu wünschen übrig ließ, dann sie selbst. Erneut verlagerte sie ihr Gewicht ein bisschen.

Reichlich spät für solche Erkenntnisse …

Und so saß sie da und betrachtete den Himmel, die Wolken hoch oben, und dann sah sie hinunter zu ihren Rosen, die sich phantastisch gemacht hatten in dem einen Jahr. Sie beugte sich vor und schaute genauer hin – da, gleich hinter der Blüte dort kam noch eine Knospe! Das machte sie richtig froh, der Anblick dieser neuen kleinen Rosenknospe. Und dann lehnte sie sich wieder zurück und dachte an ihren Tod, und das Staunen und die Beklommenheit ergriffen aufs Neue von ihr Besitz.

Er würde kommen.

»Tja-ja«, sagte sie. Und sie saß noch viele Minuten so, ohne recht zu wissen, was sie dachte.

Schließlich erhob sie sich schwerfällig, auf ihren Stock gestützt, und ging hinüber zum Tisch. Sie setzte die Brille auf und spannte ein neues Blatt in die Schreibmaschine. Vorgebeugt, mit nur zwei Fingern, tippte sie einen Satz. Dann tippte sie einen zweiten. Sie zog das Blatt heraus und legte es sorgfältig auf den Stoß mit ihren Erinnerungen; die Sätze klangen in ihrem Kopf nach.

*Ich könnte nicht sagen, wer ich gewesen bin. Ganz ehrlich, ich begreife gar nichts.*

Olive stellte ihren Stock vor sich und hievte sich hoch. Zeit, Isabelle zum Essen abzuholen.

Danksagung

Für ihre Hilfe bei diesem Buch danke ich: Jim Tierney, Kathy Chamberlain, meiner Jugendfreundin Jeannie Crocker, die mir die kulturellen Unterschiede zwischen New York und Maine bestätigt hat, meiner Zimmergenossin im College, Ellen Crosby, deren Unterstützung über die Jahre hinweg mir sehr viel bedeutet hat und die für das Städtchen Crosby Pate stand, Susan Kamil, Molly Friedrich, Lucy Carson, Dr. Harvey Goldberg und – wie immer – Benjamin Dreyer.

Die Originalausgabe erschien 2019 unter dem Titel »Olive, again«
bei Random House, einem Imprint von
Penguin Random House LLC, New York.



1. Auflage
Genehmigte Taschenbuchausgabe April 2021
btb Verlag in der Penguin Random House Verlagsgruppe GmbH,
Neumarkter Straße 28, 81673 München

Die Veröffentlichung der Übersetzung wurde vereinbart mit
Random House, einem Imprint von
Penguin Random House LLC, New York
Umschlaggestaltung: semper smile, München nach einem Entwurf
von buxdesign, München
Covermotiv: © DEEPOL by plainpicture(Foto oben) und
© plainpicture/Leander Hopf (Foto unten)
Druck und Einband: GGP Media GmbH, Pößneck
CP · Herstellung: sc
Printed in Germany
ISBN 978-3-442-77049-6

www.btb-verlag.de
www.facebook.com/btbverlag